诗词格律全集

张小燕　陈佳◎编著

中国华侨出版社

·北京·

图书在版编目 (CIP) 数据

诗词格律全集 / 张小燕 , 陈佳编著 . -- 北京 : 中
国华侨出版社 , 2017.12（2024.5 重印）
ISBN 978-7-5113-7162-1

Ⅰ . ①诗… Ⅱ . ①张… ②陈… Ⅲ . ①诗词格律 – 基
本知识 – 中国 Ⅳ . ① I207.21

中国版本图书馆 CIP 数据核字（2017）第 270936 号

诗词格律全集

编　　著：张小燕　陈　佳
责任编辑：刘晓燕
封面设计：韩　立
文字编辑：杨　君
美术编辑：李丹丹
经　　销：新华书店
开　　本：720mm×1020mm　　1/16 开　　印张：22.5　　字数：380 千字
印　　刷：河北松源印刷有限公司
版　　次：2017 年 12 月第 1 版
印　　次：2024 年 5 月第 2 次印刷
书　　号：ISBN 978-7-5113-7162-1
定　　价：68.00 元

中国华侨出版社　北京市朝阳区西坝河东里 77 号楼底商 5 号　邮编：100028
发 行 部：（010）58815874　　传　　真：（010）58815857
网　　址：www.oveaschin.com　　E－mail：oveaschin@sina.com

如果发现印装质量问题，影响阅读，请与印刷厂联系调换。

前　言

　　在中华文化的灿烂星空中，诗词是一颗璀璨耀眼的明星，它传承着古老的文明，彰显着传统文化独特的魅力。先人凭着慧心巧思，按照一定的韵律，将若干个汉字精心组合，便造就了中华民族永恒的经典。许多诗词早已融入我们的文化性格里，启发着我们的心智，滋养着我们的心灵，丰富着我们的精神，陶冶着我们的人格，成为我们日常生活的一部分。

　　诗词是一门抒写人类心灵的文学艺术，诗人、词人想要作得一首好诗词，需要掌握成熟的艺术技巧、严格的韵律要求，更少不了凝练的语言、绵密的章法、充沛的情感以及丰富的意象。具备以上条件，人们才能够借诗词熟练流畅地表现社会生活和精神世界。中国文学史上有许多古今传诵、充满艺术魅力的诗词，这些名篇都经过千锤百炼，有一定的思想性和艺术性。

　　当看到如画的美景、表达思慕之情、诉说人生悲欢、抒发个人抱负时，人们往往喜欢吟咏诗词。可是对于一些诗词，我们有的不了解它们的时代背景，有的又有语言上的隔阂，有的不了解它们的表现手法，这就导致我们在欣赏诗词时不能产生深入的体会。提高我们对诗词的鉴赏力，并从这些名篇里取得借鉴，就成为我们在阅读古诗词时最需要解决的问题。

　　本书囊括中国古典诗词的各类相关知识，从诗词起源、诗词概述、诗词基础知识、诗词格律、诗词种类、修辞手法到诗词的赏析都有详尽的介绍，既适合初学者学习、鉴赏之用，也适合进行专业的研究。

　　在"诗词概说"中，介绍了诗歌的起源、发展、流派，以及诗词格律基础知识，如韵、平仄、对仗。诗词之所以成为诗词，而不是散文，就在于它们在文字形式上有种种不同于散文的规则，而这些规则就叫作格律。格律是诗词的表现形式之一，其中有很多讲究，如韵脚、对仗、变格、对黏、拗救等，它们都是学习诗词格律的基础。

　　通过"诗律"，我们将了解诗的种类，律诗的诗韵、平仄、对仗，绝句，古体诗，诗书。诗律是诗歌发展的产物。诗歌属于韵文，在诗歌发展的最初阶段，

一般是依据语音的自然节奏和口语的韵律而形成某种音乐性效果。当诗歌发展到高级阶段时，人们总结了语音与诗歌形成的关系，并将两者相结合，从而形成了格律。

在"词律"中，讲述词的起源与特点、词调、词谱、词韵、词的平仄与对仗、词书等内容。词最初称为"曲词"或"曲子词"，是配合音乐演唱的。词律是有关词的格律，是作词时必须遵守的规则。掌握词律，才能领略经典词作的声韵之美与对仗之美，感觉穿越千年的哲思妙语。

"诗词的语法"，介绍了诗词的章法、节奏形式、语法特点等知识。语法是用词造句所必须遵循的规律。诗词是语言的艺术，在遣词造句时自然也要遵循语法的规律。然而，诗词文体的特殊性，决定诗词语言的特殊性。诗词在语序、句式、词类、省略等方面都与其他的文体有着显著的区别。因此，我们在学习和欣赏诗词的时候，尤其是在创作诗词的时候，必须注意和掌握这些特点。

"诗词的修辞"，讲述诗词的修辞手段、艺术形式、风格。修辞就是通过修饰、调整语句，运用特定的表达形式以提高语言表达作用的方式或方法。无论是修辞手法的使用，还是艺术形式的布局，或者诗词风格的确立，都和修辞有关系。巧妙地使用修辞，能让作品增色不少。

常言道："腹有诗书气自华。"要想成为一个谈吐不俗、语惊四座、高雅而有修养的人，就要具备些中华传统文化素养，掌握诗词的基本知识。本书内容丰富，章节体例简单明了，编排逻辑则秉着由浅入深、先总述后分说的原则，便于读者从不同方面进行检索，满足不同的需要。

下面，就让我们走进诗词美丽清新的世界，感受传统格律的抑扬顿挫之美，体验诗情人生。

目 录

第四卷　诗词的语法

第五卷　诗词的修辞

第一卷

诗词概说

　　诗词是一种抒写心灵的文学艺术，中国传统诗歌以近体诗和格律词为代表，诗更适合"言志"，词更适合"抒情"，诗人、词人多借其抒写心灵。在创作诗词的时候，诗人、词人需要凭借成熟的艺术技巧，严格地按照韵律要求，用凝练的语言、绵密的章法、充沛的情感以及丰富的意象来高度集中地表现社会生活和人类精神世界。

中国古代诗歌概述

　　中国是一个诗的国度，诗歌的历史源远流长。诗歌，是中国文学中最早诞生的艺术形式之一，也是在中国文学中发展得最充分的文学体裁。中国古代诗歌，一般称作旧诗，是指用文言文和传统格律创作的诗。广义的中国古代诗歌，包括中国古代的各种韵文，如赋、词、曲等；狭义的中国古代诗歌则仅包括古体诗和近体诗。

第一节　诗歌的起源

　　诗歌是最古老的文学语言。艺术起源于劳动，诗歌同样也起源于劳动。文字产生之前，最原始的诗歌就在人们的劳动、歌舞中逐渐发展起来。人们在劳动中，为了协调动作、消除疲劳，便创作了诗歌，如鲁迅先生所说："其中有一个叫道'杭育杭育'，那么，这就是创作。"

　　从集体劳动的节奏中直接孕育降生的初民文学，就是中国最原始的诗歌。《淮南子》一书中，关于诗歌起源有这样的描述："今夫举大木者，前呼'邪许'，后亦应之。此举重劝力之歌也。"这表明我们祖先劳动时呼喝的有节奏的号子，在其中加入一些词语或者有趣的话，就变成了最原始的诗歌。由此可见，诗歌是为了适应劳动节奏而产生的，而且与原始先民的劳动、生活、情感等密切相关。《毛诗大序》说："诗者，志之所之也。在心为志，发言为诗。情动于中而形于言。言之不足，故嗟叹之；嗟叹之不足，故咏歌之；咏歌之不足，不知手之舞之、足之蹈之也。"诗歌是人们用来表达内心的愿望与情感的。在没有文字的原始社会，诗歌是一种辅以动作的口头表达方式。

　　沈约《宋书·谢灵运传论》写道："歌咏所兴，宜自生民始也。"意为诗歌是伴随着人类社会的产生而出现的。由于最初时我们的祖先没有文字，原始歌

谣都是口头传唱，所以今天所见的劳动歌谣，都是后人辑录的。这些劳动歌谣大多保存在《礼记》《周易》《山海经》《吴越春秋》《艺文类聚》《风雅逸篇》《风雅广逸》以及《诗记·古逸》等典籍里，虽因时代久远，其真伪已难分辨，但仍可看出原始劳动歌谣的整体风貌。这些古老的劳动歌谣，是诗歌起源于劳动的有力证据。

诗歌在发展过程中，与宗教和娱乐有着密不可分的联系。早期的诗歌常伴随着歌舞，《吕氏春秋·古乐篇》记载："昔葛天氏之乐，三人操牛尾，投足以歌八阕。"原始社会时期，有一个部落名叫"葛天氏"，这个部落每次进行祭祀活动时，都会找三个人出来，拿着牛尾巴，一边唱歌，一边跳舞，唱出八段歌词。现在这八段歌词已经失传，但大致的内容是有关图腾崇拜、神话传说和农业生产的。《吴越春秋》也记载了一段远古时代的歌词："断竹，续竹，飞土，逐宍。"这段诗歌的大概意思是：把竹子砍断，做成弹弓，再把泥丸当成子弹，射向要擒获的猎物。

我们的祖先在劳动中的这些即兴创作，实际上就是最原始的诗歌，而它们又都不是独立存在的。在中国古代诗歌发展的最初阶段，或者说是相当长的一段时间里，诗、舞、乐三者总是紧密联系在一起的，这种传统一直贯穿于整个诗歌发展史中。后来，随着语言文字的发展，诗歌虽然从歌舞中独立出来，但是，诗歌的创作以及格律的要求和限制，在很大程度上仍受着音乐影响。

第二节　诗歌的发展

源远流长的中国古代诗歌，经历了多次嬗变，几千年来一直在不断地丰富和发展。从原始社会先民的口头创作，到诗歌的极盛时期——唐代，诗歌的体裁和形式随着时代的发展而发展、演变。这期间，诗歌从简单到繁杂，从一体到多体，从较为自由到讲求格律。至唐代，诗歌各体皆备，无调不有，风格众多，中国诗歌呈现出万紫千红、百花齐放的壮观景象。

一、先秦诗歌

1. 第一首有文字可考的诗歌——《击壤歌》

我国最早有文字可考的诗歌，可以追溯到尧舜时代。据《帝王世纪》记载："帝尧之世，天下大和，百姓无事。有八九十老人，击壤而歌于康衢"其中"八九十老人"所歌的就是我们今天看到的《击壤歌》：

日出而作，日入而息，凿井而饮，耕田而食，帝力于我何有哉？

《击壤歌》是一首淳朴的民谣，描绘了上古尧舜时代的太平盛世。彼时，人

们过着无忧无虑的生活，太阳出来就开始干活，太阳落下就回家休息，开凿井泉就有水喝，耕种田地就有饭吃……这首诗带有农耕文化的显著特点，是上古先民自食其力的生活的真实写照。

2. 我国最早的一部诗歌总集——《诗经》

春秋时期出现了我国文学史上最早的一部诗歌总集——《诗经》。《诗经》汇集了从西周初年到春秋中叶约五百年的诗歌，共三百一十一首，其中六首笙诗有目无辞，既有篇名又有文辞的有三百零五首，故称"诗三百"。

《诗经》分为风、雅、颂三部分。风包括十五"国风"，雅分"大雅""小雅"，颂分"周颂""鲁颂""商颂"。《国风》中收录大量民歌，被历代《诗经》研究者视为《诗经》的精华，也是我国现实主义文学的源头。《诗经》在形式上多是四言一句，兼用杂言，隔句用韵，但并不拘泥，富于变化；在表现手法上，主要采用"赋""比""兴"三种手法。赋就是陈述铺叙，"敷陈其事而直言之"，是《诗经》中最基本的表现手法；比就是比喻，"以彼物比此物"；兴的本意是"起"，即"先言他物，再言所咏之词"，借助其他事物作为诗歌的开头以引起所咏之词。风、雅、颂与赋、比、兴合称"六义"。

《诗经》全面展示了西周、东周、春秋中期的社会生活，真实地反映了中国奴隶社会从兴盛到衰败时期的历史面貌。中国历代诗人和思想家都极为重视《诗经》并给予其高度评价。梁启超曾说过："现存先秦古籍，真赝杂糅，几乎无一书无问题，其真金美玉，字字可信者，《诗经》其首也。"

3. 我国第一部浪漫主义诗歌总集——《楚辞》

"楚辞"，即楚国人的歌词，是战国后期产生于楚国的一种新的诗歌体裁，《楚辞》则是我国第一部浪漫主义诗歌总集。汉代以前，并没有"楚辞"这一名称。汉成帝时，著名学者刘向整理古文献，把屈原、宋玉的作品和汉代人仿效这种体裁所写的作品汇编成集，称为《楚辞》。从此，楚辞作品才有了专集，"楚辞"这个名称也固定下来，流传至今。

《诗经》以后，诗坛沉寂了约三百年；《楚辞》的出现把中国诗歌推向了第二个高峰。与《诗经》质朴的现实主义创作方法有所不同，"楚辞"是属于浪漫主义的，感情奔放，想象奇特，文采华美，风格绚烂，具有浓郁的楚地特色和巫文化色彩；与《诗经》古朴的四言体也不同，楚辞的句式较为灵活，句末常带一个"兮"字，句中词语多为楚国方言，且在节奏和韵律上独具特色，更适于表现丰富复杂的思想感情。如果说《诗经》代表了当时的中原文化，那么楚辞则是当时南方文化高度发展的产物。楚国诗人屈原无疑是楚辞的奠基者和代表作家，他的抒情诗《离骚》是现存楚辞中的代表作，因此后人称楚辞为"骚体"。

二、秦汉诗歌

由于秦代严酷的专制统治，秦代的文学教育几乎停顿，在文学上也就乏善可陈。秦代流传下来的诗歌很少，不过几首民谣。

到西汉，乐府诗歌出现，诗歌有了新的发展。乐府诗歌是指由朝廷乐府系统或相当于乐府职能的音乐管理机关搜集、保存而流传下来的汉代诗歌。乐府本是秦代以来设立的管理音乐的机构，西汉武帝时期乐府大规模扩建，并从民间搜集大量诗歌，后人将这些诗歌统称为"汉乐府"。后来，"乐府"变为一种诗歌体裁，被称为"曲""辞""歌""行"等。可以说，汉乐府民歌是继《诗经》之后，古代民歌的又一次大汇集，也标志着我国古代诗歌继《诗经》、"楚辞"之后的新发展。

汉乐府民歌无论长篇还是短制，都是"感于哀乐，缘事而发"，最大的艺术特点是它的叙事性、丰富的社会内容和高度的思想性。汉乐府民歌继承并发扬了《诗经》的现实主义精神，而这种现实主义精神又直接影响了唐代的"新乐府运动"。

到了汉末，由佚名诗人所作的《古诗十九首》出现，标志着五言诗体基本走向成熟。《古诗十九首》中一部分诗歌代表了五言诗的最高艺术成就，也标志着汉代五言诗成熟的新阶段。《古诗十九首》诗歌内容较为复杂，深刻再现文人在社会思想大转变时期，追求的幻灭与沉沦，心灵的觉醒与痛苦。《古诗十九首》语言朴素自然，浑然天成，艺术成就较高，在我国文学发展过程中占有相当重要的地位。

三、魏晋南北朝诗歌

魏晋南北朝是中国文学史上一个充满活力的创新期，也是五言诗发展的全盛期。继汉乐府民歌之后，魏晋南北朝诗歌无论在思想内容或艺术形式上都有了全面的发展，而且出现了多个不同风格的诗歌流派和诗体，其中建安七子、竹林七贤影响最大，永明体诗歌最为知名。

三国时期的诗歌以建安诗歌为代表。建安诗歌是魏晋南北朝诗歌发展史上最为光辉夺目的一章。建安诗歌吸收了乐府诗的营养，同时也继承了汉乐府民歌的现实主义传统和风格，气格豪迈，慷慨悲凉，被称为"建安风骨"。而建安诗歌重气韵、音节自然流畅的特点，为近体诗奠定了一定的基础。

魏末到西晋立国之初，社会现实黑暗险恶，对文学产生了极大的影响。玄学兴起，文人高谈玄理，遗落世事。诗人对黑暗政治满怀愤恨又不敢直言，故此所作诗歌多晦涩曲折，以阮籍的《咏怀诗》八十二首为代表。

晋室南渡后，玄言诗盛行，代表诗人孙绰、许询。玄言诗人以老庄哲学入诗，

作品往往"理过其辞，淡乎寡味"，既缺乏艺术形象，又没有真挚情感，文学价值不高，作品大多数也已失传。

此时期有两位重要的诗人给当时的诗坛带来了清新自然之风，一位是陶渊明，一位是谢灵运。

陶渊明被看作是田园诗的开创者。他的诗歌平淡自然又极为简练，在质朴醇美的诗句中，蕴含着炽热的感情和浓郁的生活气息。他通过对田园生活的吟唱，表现了躬耕田亩的种种体验和隐居生活下的恬淡心境，还有向当时社会的黑暗统治发出抗议的斗争精神。但是陶渊明的诗歌中有时也会流露出消极避世、乐天知命的老庄思想。

比陶渊明稍晚的谢灵运开创了山水诗一派。他的诗歌一改魏晋以来晦涩曲折的玄言诗之风，充满道法自然的精神和清新自然的韵味。谢灵运一生纵情山水，所作诗歌多刻画山水名胜，意境新奇，辞章绚丽，而且不乏名句，但他的诗歌多数是一半写景，一半谈玄，仍带有玄言诗的尾巴。即便如此，他的创作仍然极大地丰富和开拓了诗的境界，使山水描写从玄言诗中独立出来，不但扭转了东晋以来的玄言诗风，更确立了山水诗的地位，使其成为中国诗歌发展史上的一个流派。而且，他对后世诗人的创作产生了深远影响，李白、杜甫、王维、孟浩然、韦应物、柳宗元等大家都曾取法于谢灵运。

此时期除文人诗光彩绽放外，乐府民歌也有长足发展。南北朝乐府民歌是继"国风"和汉乐府民歌后出现的又一批人民口头创作的诗歌，是我国诗歌史上一个新的发展。南朝民歌以《清商曲辞》中"吴声歌"和"西曲歌"为主，多为描写男女恋情之作，体裁短小，多是五言四句。北朝民歌以《乐府诗集》所载"梁鼓角横吹曲"为主，内容较南朝民歌丰富，除歌咏男女爱情以外，还有一些反映民间疾苦、战乱苦难、边塞风光和歌颂英雄人物的诗篇。北朝乐府民歌虽亦以五言四句为主，但同时还创造了七言四句的七绝体，并发展了七言古体和杂言体。南朝民歌婉转缠绵、华美精致；北朝民歌质朴刚健、粗犷爽直。南朝的抒情长诗《西洲曲》和北朝的叙事长诗《木兰诗》是这一时期民歌的最高成就。

齐梁时期，诗歌的特点是"一简之内，音韵尽殊，两句之中，轻重悉异"；二句一联，四句一绝。齐梁诗回忌声病，崇尚俪偶，但全篇不限句数，押韵不拘平仄，上、下句不相对称，上、下联不相粘连，不像后来的律诗那样有严格的形式。梁朝"宫体诗"和齐朝"永明体"是齐梁诗的代表。齐梁诗人发现了汉语的"四声"，发明了"四声"（平上去入）学说，为近体诗的形成准备了必要的条件。

南北朝时最杰出的诗人是鲍照。他继承和发扬了汉魏乐府的传统，创作了

大量优秀的五言和七言乐府诗。在当时，鲍照就已经可以成熟地运用七言句法。他的诗歌多表现个人的不幸和对社会不平的抗议，《拟行路难》十八首是他杰出的代表作。

南北朝诗歌，上承汉魏，下开唐宋，在民间诗歌的基础上，经过许多诗人的共同努力，逐步形成不同风格的诗体，成为中国诗歌史上一个重要的过渡时期。

四、唐代诗歌

经过齐朝后期的酝酿，初唐时期形成了一种新诗体——史称"近体诗"。近体诗包括五言律绝、七言律绝、五言律诗、七言律诗和长律。近体诗在初唐形成之后，在盛唐、中唐不断发展和繁荣，大放异彩，进入了鼎盛时期。诗是唐代最发达的文学样式，近体诗更是生于斯，盛于斯。后世结集成书的《全唐诗》，收入四万多首诗，诗人两千余位，足见唐诗之浩瀚。

唐代是我国诗歌史上的黄金时代，包括古体诗与近体诗在内的各类诗歌在此时期全面成熟。三百年间，诗才辈出，作品繁多，题材广泛，形式多样，风格各异，此时期的诗坛真可谓万紫千红，百花争艳。

1. 初唐时期——准备期

初唐时期是唐代诗歌走向兴盛的准备期。此时期的代表诗人是"初唐四杰"——王勃、杨炯、卢照邻、骆宾王。"四杰"开拓了新诗风，在内容创作、审美追求和风格上都与宫廷诗人有极大的不同。此外，这时期的重要诗人还有陈子昂。陈子昂是在理论和实践上转变唐代诗风的重要人物，他力反齐梁诗风，主张恢复汉魏风骨和"风雅"的兴寄传统，并将此理论用于自己的创作中。而"文章四友""沈宋"等宫廷诗人对律诗的定型和成熟也作出了不少贡献。

2. 盛唐时期——顶峰期

盛唐时期，经济繁荣，国力强盛，诗歌也发展到了顶峰时期，众多才子型诗人争奇斗妍，形成不同风格的诗人群体，所作诗歌"既多兴象，复备风骨"。此时期，诗歌的题材、内容得到了开拓，并出现了相应的诗歌流派，其中最重要的是"边塞诗派"和"田园诗派"。

李白和杜甫是盛唐诗歌最高成就的杰出代表。他们的诗歌，无论五律七律、五绝七绝、古风歌行，都达到了很高的艺术境界，正如韩愈所言："李杜文章在，光焰万丈长。"此二人创作的诗歌不仅是唐代诗歌的高峰，也是中国古典诗歌的高峰。

李白的诗歌博大精深，从多方面反映了唐代从盛到衰的转变。理想主义、反抗精神和英雄气概在他的诗歌中贯穿始终，奇幻的想象、诡谲的意境构成了他的诗歌独特的艺术风格。李白极大地开阔了诗歌的美学境界，发展了诗歌浪漫主义的传统和表现方式，他的诗歌是中国古典诗歌浪漫主义的顶峰。其代表

作有《梦游天姥吟留别》《将进酒》等。

杜甫在中国现实主义诗歌发展进程中有着继往开来的重要地位，他的诗歌忠实地记录了国家的变乱和人民的苦难，深刻地表露了自己对时局的隐忧和对受害者的同情。杜甫的诗歌被称为"诗史"，是唐代社会的一面镜子，代表作有《三吏》《三别》《茅屋为秋风所破歌》等。

盛唐时期现实生活无限丰富，诗人们的眼界和胸怀也大大开阔；诗歌题材内容广阔，其中边塞战争和山水田园占极大比重，以高适和岑参为代表的边塞诗人和以王维、孟浩然为代表的山水田园诗人在此时期大放异彩。一派描写边塞雄奇景象，抒发爱国主义豪情，反映征战戍边生活疾苦；一派描绘山水景物、田园生活，意境幽深，色彩雅淡，表达闲适淡泊的思想感情和生活情趣。

3. 中唐与晚唐时期——发展与成熟期

中唐时期，诗歌进一步发展，诗歌开始出现有意识的字锤句炼，也多了不少有相近理论主张的诗歌流派。此时期诗歌有了较大变化：盛唐诗歌中强烈的理想色彩消退了，增加了一种对人间艰辛的思虑和生活化的倾向；十年的战乱使得诗人的心境发生很大变化，诗歌创作也从雄浑的风骨气概转向淡远省净的情致，以韦应物、刘长卿、"大历十才子"等诗人为代表。

唐代诗歌经过大历中衰之后，到元和年间进入高潮。此时期名家辈出、流派分立，诗人不断探寻新的诗歌创作途径和技法，创作出大量极富创新意味的各体诗歌。中唐诗歌大变于盛唐，呈现了一种别样的蓬勃景象。这一时期影响力最大的诗派是韩孟诗派和元白诗派，最著名的诗人是韩愈和白居易。

这一时期最卓著的诗人是白居易，他提出"文章合为时而著，歌诗合为事而作"的进步理论主张，继承并发展了《诗经》和汉乐府的现实主义传统，领导并亲自参加了"新乐府运动"，从文学理论上和创作上掀起了一个现实主义诗歌的高潮。白居易的诗明白晓畅，通俗易懂，深受群众喜爱，代表作有《长恨歌》《琵琶行》等。

与白居易同为"新乐府运动"领导者的元稹的主要作品是乐府古题十九首和新乐府十二首。元诗从内容和形式来说都非常接近白诗，语言通俗易懂是他们共同的特色。张籍和王建是"新乐府运动"的中坚。张籍乐府诗以同情农民疾苦为主题，代表作为《野老歌》。

除新乐府运动之外，中唐时期还有一派诗人，就是韩愈、柳宗元、刘禹锡、孟郊、李贺等。他们的诗歌艺术比之白居易另有创造，自成一家。韩愈善以文入诗，把新的语言风格、章法技巧带入诗坛，扩大了诗的表现领域，但同时也带来以文为诗、讲才学、追求险峻的风气。孟郊与贾岛都以"苦吟"著名，追求奇险、苦思锤炼是他们的共同特点。刘禹锡是一位有意创作民歌的诗人，他填写的许

多《竹枝词》描写真实，深受人们喜爱。此外，他的律诗和绝句也别具一格。柳宗元的诗如他的散文一样，多抒发个人的悲愤和抑郁。他的山水诗情致婉转，描绘简洁，处处显示出他高洁的个性，代表作为《江雪》。李贺在诗歌的形象、意境、比喻上不走前人之路，拥有中唐独树一帜之风格，开辟了奇崛幽峭、绮丽凄清的浪漫主义新天地。其代表作有《苏小小墓》《梦天》。

晚唐时期，诗歌感伤气氛浓厚，代表诗人是杜牧、李商隐。杜牧以七言绝句见长，代表作为《江南春》《山行》《泊秦淮》《过华清宫》，这些诗于清丽的辞采、鲜明的画面中，表现出俊朗的才思。李商隐则以爱情诗见长，他的七律用典精巧，对偶工整，如《马嵬》；他的七言绝句也十分有功力，如《夜雨寄北》《嫦娥》。

五、宋代诗词

两宋时期，诗歌得到进一步发展。诗歌的另一种重要形式——词在宋代达到顶峰。词是一种音乐化的文学样式，被称为"曲""曲子"，或"曲子词""乐府""长短句"等。词起源于民间，盛唐以后，文人雅士填词渐成风气。五代时，中国第一部文人词总集《花间集》问世。到宋代，词这一特殊的文学样式，受到社会各阶层的普遍欢迎。宋代词人在词中"言诗之所不能言"，表达其"动于中而不能抑"的欢愉愁怨，实现内容与形式的完美统一。词在宋代达到了可以和唐诗并列的中国文学的另一座高峰，形成了"婉约""豪放"两大派，著名词人有晏几道、欧阳修、范仲淹、王安石、柳永、苏轼、秦观、周邦彦、张孝祥、辛弃疾、李清照、陆游、姜夔等。

宋代著名诗人有欧阳修、梅尧臣、苏舜钦、王安石、苏轼、黄庭坚、杨万里、范成大、陆游、文天祥等，其中以苏轼和陆游成就最高。

苏轼是北宋最著名的文学家、诗人、词人、书法家，诗、词、散文都写得很好。苏词题材广泛，有多方面的艺术修养，风格亦多样，但其主体风格是豪放的。他不仅写男女恋情、离愁别绪，而且也抒发爱国激情、描写农村生活，代表作有《水调歌头·丙辰中秋怀子由》《念奴娇·赤壁怀古》。他的作品展现了诗人对理想的无比执着与不懈追求，对祖国美丽河山的赞颂和热爱以及对历史上英雄人物的赞美与向往，感情奔放，联想丰富，笔力豪迈，具有积极的浪漫主义色彩，成为豪放派词家的典范作品。

陆游是一个多产的诗人，一生写了九千三百多首诗。他的不少诗篇都洋溢着浓烈的爱国主义豪情，激越悲壮，雄浑豪放，在宋代诗坛上独树一帜。其代表作如《关山月》《金错刀行》《书愤》《示儿》等，充分表达了他对南宋王朝忍辱苟安的悲愤和对江山社稷命运的关切。他的诗不论在当时或对后世，都产生了极其深远的影响。

六、元诗、散曲、杂剧

元代是散曲和杂剧兴盛的时代。元代散曲可以认为是继诗词而兴起的一种新诗体。

中国的诗歌同音乐有着非常密切的联系，二者关系的发展变化经历了"以乐从诗""采诗入乐"和"倚声填词"三个阶段。"倚声填词"是诗与乐各自经过长期的发展演变，在新的历史条件下，重新进行的一种更为高级的形态的结合。后来的词和散曲都是沿着"倚声填词"的途径发展过来的。南宋后期，一方面，词逐渐失去了和乐的能力，另一方面，北方少数民族的乐曲又不断传进中原地区，带来了"壮伟狠戾"（《南词叙录》徐渭）的粗犷格调，引起了人们新的兴趣。这种"胡乐"结合北方民间的"俚曲"，配入通俗化的语言，就形成了一种新的诗歌样式——散曲。散曲和传统诗歌的显著区别，就在于它大量地吸收民间的方言俚语。散曲作品具有浓厚的市民通俗文学的色彩，大量的散曲作品还具有以往诗歌中所少见的诙谐和幽默，这给诗坛注入了一股清新的风气。散曲在元代得到了迅速的发展，在不长的时间内就成为中国诗歌史上最兴盛的体裁之一。

马致远是元代散曲之大家，也是影响最为深远的诗人之一。马致远的作品多抒发怀才不遇的悲愤或羁旅漂泊的痛苦，代表作有《双调·夜行船》（秋思）、《天净沙·秋思》等。如马致远的著名诗句"枯藤老树昏鸦，小桥流水人家。古道西风瘦马，夕阳西下，断肠人在天涯"，就给人造成一种清冷寂寥的气氛，又显示出一种清新幽静的境界。马致远善于摄取自然景物，融羁旅漂泊之情于萧瑟荒芜之景，强烈地烘托出"断肠人在天涯"的秋思情绪，情调虽感伤，艺术手法却极高，给人以很强的艺术感染力。元杂剧的代表作家是关汉卿与王实甫，代表作分别为《窦娥冤》和《西厢记》。

当散曲和杂剧在文坛上居于主导地位时，传统的诗歌仍有大量优秀作品涌现。作为正统文学样式的古体诗和近体诗，元代诗歌与前代相比，显然处于低谷时期。然而，这个时期是南北诗风交错、融合的时期，诗坛上呈现出多样化的思想倾向和艺术风格，元代的诗歌作家和作品的数量仍然相当多，而且出现了许多擅长诗文的少数民族作家，其中以契丹族的耶律楚材最为突出。耶律楚材曾随成吉思汗西征，驰骋万里，所以能在诗中描写奇瑰壮丽的西域风光，如《过阴山和人韵》等歌行，写得动荡开阖、气象万千。楚材擅写律诗，尤擅七律。他的律诗流畅沉稳，风骨遒健，如《和移剌继先韵》："旧山盟约已愆期，一梦十年尽觉非。瀚海路难人去少，天山雪重雁飞稀。渐惊白发宁辞老，未济苍生曷敢归。去国迟迟情几许，倚楼空望白云飞。"

元代中期，社会逐渐稳定，民族矛盾有所缓和。在这种历史背景下，诗歌创作十分繁盛，出现了为数众多的诗人，如"元诗四大家"虞集、杨载、范梈、

揭俣斯。元诗四大家的诗歌典型地体现出当时流行的文学观念和风尚，所以备受时人称誉。"元诗四大家"中最优秀的诗人当推虞集。虞集擅长律诗，无论是五律还是七律，都写得格律严谨，意境高远，风格深沉。其代表作有《挽文山丞相》《风入松》等。

元代后期朝廷政治黑暗，社会矛盾又趋激化，反元暴动此起彼伏。动荡不安的社会背景影响了诗坛的风气，写实倾向大大增强。王冕是元末诗坛上写实倾向的代表，他出身农家，毕生未仕，这样的人生经历使他对元末的社会现实有着痛切的感受。王冕以题画诗闻名，但写得最好的作品是反映社会现实之作。元末社会的种种现状，诸如连年的水旱灾害、朝廷的急征暴敛、人民的辗转呻吟、官吏豪富的骄奢淫逸，等等，都在他的诗中得到尖锐的揭露和痛切的描写。其代表作有《江南民》《翼州道中》。

元末最具艺术个性的诗人是杨维桢，杨维桢的"铁崖体"是这一时期诗风的显著标志，他创作了《盐商行》《海乡竹枝词》等写实佳作。杨维桢认为诗是个人性情的表现，强烈主张艺术创作个性化。他力图打破元代中期缺乏生气、面目雷同的诗风，追求构思的超乎寻常和意象的奇特非凡，从而创造了元代诗坛上独一无二的"铁崖体"。"铁崖体"以雄奇飞动、充满力度感的特征，与元代中期诗风背道而驰，所以特别引人注目。其代表作有《鸿门会》。

元末诗坛还出现了一批成就较高的少数民族诗人，其中成就最高的是诗人萨都剌。萨都剌以写宫词、乐府诗著名，擅长描写山水景物和地方风情。他一生遍历南北各地，从塞北风沙到江南烟雨，从毡帐乳酪到芦芽莼菜，他都以清新的格调、深情的笔触予以描绘，代表作为《上京即事》《过嘉兴》《满江红·金陵怀古》《念奴娇·石头城》。

七、明代诗歌

明代无论诗人或诗歌的数量，都超过元代。但是明代诗歌发展的道路是很曲折的，呈现出复杂的状况。

明代诗歌的演变和发展，大致可分为六个时期。

1. 明初洪武、建文年间，诗人在摹拟唐人的基础上"各抒心得"，其中成就较大者是刘基、高启等经历过元末社会大动乱的诗人，如刘基以雄浑奔放见长，高启则以爽朗清逸取胜。高启认为，"诗之要，有曰格、曰意、曰趣而已。格以辨其体，意以达其情，趣以臻其妙"，做到体裁、内容、艺术的有机统一。他主张"兼师众长"，力争"时至心融，浑然自成"。他的诗歌"学无常师"，自成一家，对扭转元末纤弱萎靡的诗风起了良好作用。

2. 永乐至天顺年间，出现了以杨士奇、杨荣、杨溥为代表的台阁体诗歌。三杨均是台阁重臣，官高爵显，备受宠信。他们的诗歌也充溢着大量应制和颂

圣之作，艺术上平庸呆板，了无生气。这种诗歌几乎垄断了当时整个诗坛。不为台阁体所困而显示自己创作个性的诗人只是少数，如于谦、郭登等人。他们关心国家命运，透过升平景象看到社会明显的矛盾，对人民的悲惨命运有所同情。

3. 成化至正德年间，台阁体已为广大诗人所不满，以李东阳为首的茶陵诗派攻之于前，以李梦阳、何景明、徐祯卿、边贡、康海、王九思、王廷相为代表的"前七子"反之于后。李东阳擅长乐府，笔力雄健，但其论诗更多注意的是声调音节，未免舍本逐末。由于茶陵诗派在理论与创作上都存在弱点，所以并未能真正消除台阁体诗歌的影响。待到前七子崛起，才完成了这个任务。台阁体、茶陵诗派主要靠其首领官居极品而发生影响，前七子则主要以自己的理论主张和诗歌创作实践而引起人们注意，故其影响范围较为广泛、深入。他们重视民歌，认为"真诗乃在民间"，推崇汉魏、盛唐诗歌。在他们看来，要创造神意雄丽的作品，必须复古。前七子大多是在政治上敢于与大官僚、大宦官做斗争的人物，所以他们能够面对现实，写出如《元明官行》《官仓行》等讽世之作。就在前七子复古运动大盛之际，江南画家兼诗人沈周、文徵明、唐寅、祝允明等，作诗不事雕饰、自由挥洒，虽不免失之浅露，却显得生趣盎然、才情烂漫。

4. 嘉靖、隆庆年间，前七子复古运动中所暴露出来的摹拟倾向日趋严重，诗人薛蕙与杨慎论诗时指出："近日作者，摹拟蹈袭，致有拆洗少陵、生吞子美之谲。"这时出现了一些不满前七子诗风、卓然自立的诗人，如"沈酣六朝，揽采晚唐，创为渊博靡丽之词"的杨慎，"直举胸情，独妙闻雅"的高叔嗣，"温雅丽密，有王孟之风"的薛蕙，"才高一时，婉丽多讽"的王廷陈。他们虽然反对前七子摹拟汉魏盛唐的创作道路，但仍然是师法古人，在诗歌理论上没有什么建树，因此影响不大。待到后七子兴起，诗必汉魏、盛唐的复古主义又统治了诗坛。李攀龙将复古理论推向极端，摹拟倾向更为严重。后七子中声望最高、影响最大的是王世贞，他虽然也曾鼓吹复古理论，但他要求诗歌"华"与"实"相统一，并提倡"学古而化"，在如何拟古上他与李攀龙有所区别。因王世贞一家曾遭权相严嵩父子迫害，所以他对封建官僚制度内部的矛盾斗争有痛切体验，在一些诗歌里进行了揭露和抨击，有较强的现实感。

5. 万历、天启年间，已形成"剽窃成风，万口一响"（《叙姜陆二公同适稿》袁宏道）的诗歌创作危机。所以在公安派、竟陵派抨击李攀龙、王世贞文风之前，就有一批有识之士，如徐渭、汤显祖、李贽等人，反对复古摹拟倾向。徐渭主张诗歌应"出于己之所得，而不窃于人之所尝言者也"；李贽提出的"童心说"，为公安、竟陵的主张奠定了基础。公安"三袁"深受李贽的影响，他们在童心说的基础上较为完整地阐明了"独抒性灵"的诗歌理论。公安派不仅从理论上与前后七子相抗衡，而且他们在创作上也以清新的诗风使人耳目一新。但公安

派也有"近乎近俚近俳"的缺陷，于是竟陵派应运而生。钟惺、谭元春既吸取公安派反拟古、反传统，提倡"独抒性灵，不拘格套"的长处，又对他们流于轻率浅露深表不满，想以"幽深孤峭"的风格来补弊纠偏。钟惺、谭元春欣赏"幽情单绪""孤怀孤诣""奇理别趣"之类的意境，所以他们更多地描写朦胧的月色、淡淡的雨丝、孤僻的玄想、冷漠的情怀，形成一种孤峭奇崛的诗风。这类诗歌固然有表现诗人洁身自好、耿介绝俗的成分，但毕竟是关闭了诗人应更多感受外界世事的心灵门窗，势必引起明末一些面对现实的诗人的不满。

6. 崇祯及南明诸王年间最为著名的是陈子龙和夏完淳。陈子龙反对公安派和竟陵派，立意与之抗衡。他与李雯、宋征舆等合作编选了一部《明诗选》，虽与前七子一样倡言复古，但并不一味盲从。更可贵的是，陈子龙强调诗歌反映现实的战斗作用，认为"作诗而不足以导扬盛美，刺讥当时，托物连类而见其志，则是《风》不必到十五国，而《雅》不必分大小也，虽工而余不好也"。加之他处在社会变动异常激烈的时代，很快就扭转了"以形似为工"的摹拟倾向，为面对惨痛现实、忧愤时乱的诗歌倾注了沉重的感情，他的诗歌有的对灾民流离失所的惨景给予了深切同情，有的对时事唱出慷慨的悲歌，显得悲劲苍凉。

明朝诗歌创作流派较多，除了具有重大影响的全国性流派前七子、后七子、公安派、竟陵派之外，还有许多地域性的小流派。这种现象显然与明代文士喜结诗社的风气有关。面对正统诗文的衰微，明代诗人提出了不少诗歌创作方面的理论主张。比如，高启认为要"兼师众长"；李东阳认为要分辨诗体的声调音节；前后七子主张要学习汉魏盛唐，提倡复古；公安派则主张要"独抒性灵"等，这些看法均有一定道理，涉及诗歌创作如何学习前人、如何掌握诗体特点、如何表现诗人主体感情等问题。但是，他们中大多数人提出的理论主张有如下共同弱点：一是过分强调他们认识到的部分真理，缺乏应有的辩证态度；二是不能正确总结汉魏盛唐以至宋元以来诗歌发展的经验与教训；三是没有找到提高诗歌创作水平的关键因素，即立到现实生活中寻求诗情。所以，这些理论主张都未能挽救正统诗文的衰微，反而将诗歌创作引向更深的危机。明代诗歌在反映现实生活的广度和深度方面，既不如唐诗，又逊于宋诗。这里固然有八股取士的原因，但更重要的是诗人创作指导思想上存在偏颇。前后七子的摹拟成风，公安派的诗意浅露，竟陵派的诗境狭仄，都是诗人不能深刻认识生活的重要性而结出的苦果。

八、清代诗歌

清代诗人善于借鉴前代，扬长补短，对于古典诗歌有所发展。清代诗人不满于元诗的绮弱，明诗的复古、轻浅、狭仄等毛病，在技巧上兼学唐宋诗的长处，不断追求创新，流派纷呈，风格多样。清代诗歌的成就超过元明两代，足

以下启近代而成为中国古典诗歌的总结。但是，清代的文字狱，使有些诗人畏惧政治的迫害，同时又迷惑于表面的承平，冲淡了对社会矛盾的深入观察和揭露，限制了清诗获得更高的成就。

清初诗坛的主流是"遗民诗"。在当时汉族人民和清代统治者之间存在尖锐的民族矛盾的情况下，具有反清思想的明朝"遗民"诗人，有的直接参加抗清的政治、军事斗争，甚至以身殉难；有的以流亡隐居或削发为僧保持气节，志行皎然。他们写了不少表现民族大义、闪耀战斗光芒的诗篇。有的诗篇因受禁锢而失传，但流传下来的仍然极富反抗精神。这些诗人主要有阎尔梅、傅山、黄宗羲、杜濬、钱澄之、归庄、顾炎武、吴嘉纪、王夫之、吕留良、屈大均、陈恭尹等。其中顾炎武的诗宗法杜甫，诗意坚实，风骨劲健；王夫之的诗瑰丽奥衍，纵横排奡，寄托深远；阎尔梅的诗吊古咏时，抒离发悲，感情强烈；钱澄之的诗题材广泛，激越苍凉，凄急幽奥；吴嘉纪的诗善用白描，哀民疾苦；杜濬的诗清郁；归庄的诗绵丽；屈大均、陈恭尹的诗铿锵遒劲，兼具气韵声色之美。

以明臣而仕清的诗人，最著名的是钱谦益、吴伟业、龚鼎孳，人称"江左三大家"。钱谦益兼取唐诗及宋、金诸名家之长，才藻富赡，在明代的作品，已显露能够挽诗坛衰势的气概；入清后的诗，哀思明室，托兴更深。吴伟业以"藻思绮合，清丽千眠"之笔，写晚明史事及兴亡、身世之感，"韵协宫商，感均顽艳"。他的七言歌行，《四库全书总目》评为："格律本乎四杰（初唐四杰），而情韵为深。叙述类乎香山，而风华为胜。"可见，他的诗有很大的感染力，在诗歌史上有创新意义。

康熙、雍正时期的诗人首推王士禛。王士禛提倡"神韵"，崇尚王维、韦应物一派的"唐音"，在艺术上有新的特色，是清代"神韵派"的领袖，引领诗坛数十年。他擅长七言近体诗，善于融情入景，神韵悠然。王士禛的诗，是清诗进入"盛世"后反映社会矛盾的精神趋于淡漠的标志。

康熙、雍正时期的诗人，还有朱彝尊、尤侗、彭孙遹、梁佩兰、吴雯、洪昇等人，他们的诗歌疏畅隽永，而陈维崧、吴兆骞、田雯、张笃庆等人的诗歌风格则豪迈典丽，皆各有千秋。

康熙、雍正时期堪与王士禛并称为第一流诗人的，应推查慎行。查慎行的诗受苏轼、陆游影响最深，用笔劲炼，运思刻入，讲究音节色泽。

乾隆时期的诗人袁枚、赵翼和蒋士铨合称"乾隆三大家"。袁枚思想通达，论事论情，务求平恕，敢于菲薄崇古、泥古的观念，提倡自写"性灵"；赵翼学识博通，重视创新，他的五言古诗说理诙谐，评论世事鞭辟入里；蒋士铨笔力坚苍，别致清新。除这三家外，郑燮所作古诗如《私刑恶》《逃荒行》《姑恶篇》《孤儿

行》，继承古代乐府诗的优良传统，朴素生动，具有同情人民的思想，感情深厚；黄景仁情感炽烈，笔调清新，境界真切，兼有"清窈之思"和"雄宕之气"，读起来让人回肠荡气。这时期还有提倡"肌理"说的翁方纲，他把经史考据、金石勘研都写进诗中，成为所谓的"学问诗"。

乾隆、嘉庆时期，诗人很多，著名诗人有张问陶、舒位、孙原湘、王昙、严遂成、姚鼐、黎简、吴锡麒、洪亮吉、宋湘，等等。但从总的趋势看，清代后期的诗歌创作已逐渐走向下坡路。这一时期最伟大的诗人是龚自珍，龚自珍的诗敢于揭露批判黑暗的社会和腐朽的政治现实，和他思想上的叛逆性相连，极富创造性。龚自珍的诗体现了其文学及政治主张，现实针对性很强，极少有单纯写景之作，而是抒发感慨，议论纵横，打破了清代中叶以来诗坛吟风弄月的沉寂局面。

第三节　诗歌的流派

在我国文学史上，诗人词人多若繁星，他们或风格相近，或时代相同，或为同乡好友，或为父子师生，形成了不同的流派。这些流派时间有前有后，影响有大有小，地位有高有低。了解和熟悉它们，对于诗歌欣赏是大有裨益的。

从创作方法上划分，诗歌的流派可分为现实主义和反现实主义、浪漫主义和消极浪漫主义，以及形式主义等几个流派。其中，占主导地位的是现实主义和浪漫主义两大流派。

现实主义流派的特点是：真实而形象、广泛而深刻地反映社会现实生活；塑造典型环境中的典型性格；有着具体生动的细节描写；在深刻认识基础上进行高度概括；较多运用朴实的语言和白描手法。

现实主义流派的诗人，最早可以追溯到《诗经·国风》中的佚名诗人。之后，是汉魏乐府中现实主义作品的佚名诗人。而东晋的陶渊明，唐代的杜甫、白居易，宋代的陆游，则是他们所处历史时期现实主义流派的领袖人物。此外，东汉的蔡琰、王粲、陈琳、中唐的元结、柳宗元、元稹、张籍、王建、李绅，晚唐的皮日休、聂夷中，北宋的梅尧臣、王安石，南宋的范成大、杨万里，金代的元好问，元代的王冕，明代的高启、于谦，清代的顾炎武、吴伟业等，都是具有代表性的现实主义诗人。

浪漫主义流派的诗人，最早也可以追溯到《诗经》中创作那些浪漫主义诗篇的佚名诗人。之后，便是我国的第一个大诗人屈原，他早在战国时代就把浪漫主义诗歌创作推上了一个高峰。在魏晋南北朝，先后出现了曹植、左思、郭璞、鲍照等浪漫主义诗人。唐代的李白，是继屈原之后最具深远影响的浪漫主

义大师,他掀起了浪漫主义诗歌创作的新高峰。此外,唐代还有王之涣、王昌龄、岑参、李贺等优秀的浪漫主义诗人。清代的龚自珍,是中国古代最后一个浪漫主义诗人。

浪漫主义流派的共同特点是:洋溢着追求自由和理想的进取精神,具有乐观向上的豪迈气概,以丰富的想象构建浪漫而美妙的虚幻境界,常使用大胆的夸张和奇特的比拟,诗中流淌着绚丽奇妙的语言。

现实主义和浪漫主义的划分并不是绝对的。在我国诗歌发展史上,有一些时代性的流派影响极其深远。下面概述我国古代影响较大的一些诗歌流派:

1. 屈宋

"屈宋"指战国时期的楚国诗人屈原和宋玉,他们是"骚体"的创始者和代表作家。"屈宋"流派以屈原为首,包括宋玉、唐勒、景差在内的楚辞、楚赋的作家群体。这类作品富有抒情和浪漫气息;篇幅较长,形式也较自由;多用"兮"字以助语势。其中屈原是我国文学史上第一个伟大诗人,他的《离骚》为楚辞的代表之作,影响极其深远。宋玉写有《九辩》《风赋》等。他们的诗篇在艺术形式上有很多相似和共通之处,如多用楚国方言,多依楚国音律,大都具有奔放而华美的风格。刘勰在《文心雕龙》中高度评价说:"屈宋逸步,莫之能追。"

2. 三曹

"三曹"指汉魏间曹操与其子曹丕、曹植的合称。他们父子三人是建安文学的代表,对当时文坛产生了很大影响,后人称其三人为"三曹"。曹操是建安文学新局面的开创者,其诗多取材于社会现实,风格清俊通脱,名篇有《蒿里行》《短歌行》《龟虽寿》《观沧海》等;曹丕擅长诗文及辞赋,其诗歌大多描写男女爱情和游子思归,格调细腻婉转,语言清丽浅显,其名作有《燕歌行》《与吴质书》等。其中《燕歌行》全诗均用七言,句句押韵,在中国七言诗的发展史上占有重要地位。曹植是第一个大力创作五言诗的诗人,他把五言诗推到了一个前所未有的高峰,其诗作充满追求和反抗,富有气势和力量,可谓"骨气奇高""词采华茂"。曹植在散文和辞赋上也表现出了很高的思想性和艺术性,其中《洛神赋》美不胜收,另有《与吴季重书》和《与杨德祖书》两篇有名的散文诗札。

3. 建安七子

"建安七子"指的是孔融、陈琳、王粲、徐幹、阮瑀、应玚、刘桢七人,"七子"之称出于曹丕《典论·论文》。他们的诗篇反映了社会动荡,体现了勇于进取的精神。"建安七子"在中国文学史上具有相当重要的地位,对诗、赋、散文的发展都有突出的贡献。他们与"三曹"一起,构成建安诗人的主力军。"建安七子"的创作各有风貌:孔融诗歌体气高妙;王粲诗赋抒情性强,艺术上最为成熟，被称为"七子之冠冕"；刘桢诗篇气势高峻，格调苍凉；陈琳诗作刚劲有力；阮瑀诗作自然畅达；徐幹、应场诗赋俱佳，文笔细腻，体气舒缓，文采飞扬。"建安七子"创作风格各有千秋，却具有共同的时代风格，此时代风格正如刘勰在《文心雕龙·时序》中所言："观其时文，雅好慷慨，良由世积乱离，风衰俗怨，并志深而笔长，故梗概而多气也。"

4. 竹林七贤

"竹林七贤"是"正始体"的代表诗人。在文学史上，正始上承建安，下接太康，是一个重要的文学转折时期。正始时期的诗歌分为两派，一派以何晏、王弼为代表，史称"王何"。他们崇尚老庄，喜好玄谈，诗歌大多以抒发道家志趣为主。刘勰在《文心雕龙·明诗》中曾说："正始明道，诗杂仙心。何晏之徒，率多浮浅。"另一派是以嵇康、阮籍为代表的"竹林七贤"，其余五人为山涛、向秀、刘伶、王戎、阮咸。《魏氏春秋》载：此七人"相与友善，游于竹林，号为七贤"。他们的诗歌体现了对当时社会的黑暗现实极度不满，其中以阮籍的《咏怀》和嵇康的《幽愤诗》最为有名。刘勰曾盛赞其二人："唯嵇志清峻，阮旨遥深，故能标焉。"

5. 三张、二陆、两潘、一左

"三张、二陆、两潘、一左"是西晋太康时期的诗人，也是"太康体"的代表诗人。"太康体"是指太康时期以左思、潘岳等为代表的诗体。这时期诗人的诗歌比较注重对诗歌艺术形式的追求，讲究辞藻华美和对偶工整，正是"缛旨星稠、繁文绮合"。其诗歌技巧虽臻精美，但有时过分追求形式，往往失于雕琢，流于拙滞，而笔力稍嫌平弱。刘勰在《文心雕龙·明诗》中对这一时期诗歌的整体风格作出了中肯的评价："采缛于正始，力柔于建安，或析文以为妙，或流靡以自妍。"

钟嵘《诗品》中有"太康中，三张、二陆、两潘、一左，勃尔复兴，踔武前王，风流未沫，亦文章之中兴也"之说，表明了太康诗人在当时的地位和影响。其中"三张"是指张载和其弟张协、张亢；"二陆"是指陆机和其弟陆云；"两潘"是指潘岳、潘尼；"一左"是指左思。太康诗人中左思的文学成就最高，其名篇是《咏史》八首。

6. 元嘉三大家

南朝宋文帝元嘉年间出现一种诗风——元嘉体，其特点是多描绘自然风景，讲究对偶，代表诗人是颜延之、鲍照和谢灵运，号称"元嘉三大家"。他们的诗歌注重描绘山川景物，讲究辞藻的雕饰和对仗的工整，在元嘉时期风靡一时，故称"元嘉三大家"。三人虽并称，也各有特点。谢灵运擅长写山水诗，以辞藻富赡、善于描写自然景物著称，三人中他的成就最高，被后人视为"山水诗派"

之鼻祖；颜延之的诗歌以侍宴、应制之作居多，风格典雅，语言凝练，却失于雕琢，且用典过多，即使写景之句，也常是"雕缋满眼"；鲍照以乐府诗知名，其诗作反映社会现实的深度远胜于颜、谢二人，其他诗作与颜、谢相近，较重辞藻，并善于以奇险取胜。刘勰的《文心雕龙·明诗》中对"元嘉体"诗歌有过这样的描述："宋初文咏，体有因革，庄老告退，而山水方滋，俪采百字之偶，争价一句之奇。情必极貌以写物，辞必穷力而追新，此近世之所竞也。"

7. 竟陵八友

南朝齐武帝永明年间出现一种新的诗体——永明体。这种诗体严格遵守四声八病之说，强调声韵格律，纠正了晋宋以来文人诗语言过于艰涩的弊病，使诗歌创作转向清新通畅，同时对"近体诗"的形成产生了重大影响。永明体是从"古体诗"到格律严谨的"近体诗"的过渡，所以又称为"新体诗"。

南朝齐竟陵王萧子良门下有八位文学家：沈约、谢朓、王融、萧衍、萧琛、范云、任昉、陆倕，他们都是"永明体"作家，彼此唱和，开创了一股新的文学潮流，文学史上称其为"竟陵八友"。八人中成就最高的是沈约和谢朓。他们所作诗歌平仄协调，音韵铿锵，对仗工整，词采华丽，体裁短小，为格律诗的产生奠定了一定的基础。永明体诗歌虽然在运用声律等技巧上有一定进步，但思想贫乏，内容空洞，形式主义倾向严重。

8. 宫体诗派

"宫体诗派"是南朝梁后期和陈后主时期流行的一个诗歌流派，主要诗人有梁简文帝萧纲和他的文学侍从，以及庾肩吾、徐陵等人。宫体诗产生于宫廷，主要以描写宫廷生活为主，风格浮靡轻艳，注重辞藻、对偶、声律，形式绮丽。

9. 初唐四杰

唐代初年四位文学家王勃、杨炯、卢照邻、骆宾王以诗文齐名，世人称其"王杨卢骆"，也称为"四杰"。他们是初唐文坛新旧过渡时期的人物。他们的诗歌题材较广泛，且初具雄伟气势，在内容、风格等方面较宫体诗有很大突破。五言律诗在他们的带动下发展成熟，为诗歌带来新的风貌。杜甫《戏为六绝句》第二首中写道："王杨卢骆当时体，轻薄为文哂未休。尔曹身与名俱灭，不废江河万古流。"他斥责了那些"轻薄为文"却耻笑"四杰"的人，肯定了"四杰"在诗歌上的成就。

10. 山水田园诗派

此流派代表人物有盛唐的王维、孟浩然、储光羲、常建，中唐的韦应物、柳宗元等。他们继承并发展了陶渊明的田园诗和谢灵运的山水诗，多用五言古体和五言律绝描写田园生活和山水景物。他们的诗歌反映了淡泊闲适的思想，色彩雅淡，意境幽深。他们既能描写雄奇壮阔的景物，又能细致入微地刻画自然事物，还能

够巧妙地捕捉表现生活情趣的种种形象,构成独到的意境。他们把六朝以后的山水田园诗向前推进了一大步。其中,王维的成就最高,他是诗人,又是画家,能以画理通之于诗,诗中有画,画中有诗,于李杜之外,别立一宗,对后世影响很大。

11. 边塞诗派

"边塞诗"始现于汉魏六朝,至隋朝创作数量增多,至初唐,四杰和陈子昂带来进一步发展,至盛唐则全面成熟。此流派代表诗人有高适、岑参、李颀、王昌龄、王之涣、王翰、崔颢等,其中,以高适、岑参成就最高,所以也称"高岑诗派"。他们的诗歌多描写边塞战争和壮阔苍凉的边塞风光,同时也抒写因战争而起的豪情壮志和征人离妇心中所产生的思乡、闺怨等思想感情。他们的诗歌多用七言歌行和五、七言绝句,诗风悲壮,情辞慷慨,格调雄浑,足以表现盛唐气象。名篇有高适的《燕歌行》、岑参的《白雪歌送武判官归京》等。

12. 大历十才子

唐代大历年间的李端、卢纶、吉中孚、韩翃、钱起、司空曙、苗发、崔峒、耿湋、夏侯审等十位诗人合称"大历十才子"。他们大多为权门清客,所作诗歌大多为饮宴点缀、歌颂升平、吟咏山水、送别酬酢,偶尔也有反映仕途失意和战乱宦旅生活的作品,题材风格比较单调。他们都擅长近体格律,善写自然景物及乡情旅思,言辞优美,音律协和。他们的共同特点是偏重诗歌形式技巧,但也有一些较好的诗,如卢纶的《塞下曲》等。

13. 韩孟诗派

"韩孟诗派"崛起于中唐,在当时诗坛有着极大影响。韩愈为领袖,孟郊、李贺、卢仝、马异、刘叉等人为代表诗人。他们主张"不平则鸣""以丑为美",诗歌中表现出重主观心理、尚奇险怪异的创作倾向,形成一种奇崛险峻的诗风。他们在艺术上刻意求奇,标新立异,力矫大历诗风的平庸纤巧。这种对诗歌的新的追求和变化积极推动了盛唐以后诗歌艺术境界的开拓。他们还主张以文为诗,议论人事,如韩愈的《师说》,使诗有散文化的倾向。

14. 元白诗派

"元白诗派"是指在中唐,与韩孟诗派同时稍后的一个诗歌流派。此流派以元稹、白居易为代表,他们重写实,尚通俗,与韩孟诗派的创作道路完全不同。元、白二人发起新乐府运动,强调诗歌的惩恶扬善、补察时政的功能,语言方面则力求通俗易解,因此也有人称其为"新乐府诗派"。

15. 姚贾诗派

"姚贾诗派"是活跃在中晚唐诗坛的诗歌流派,以姚合、贾岛为中心,并集合了中晚唐之际的多位诗人,如朱庆余、马戴、周贺、喻凫、顾非熊、刘得仁、郑巢等。他们多是下层文士,其诗歌多叙写荒凉冷落之景和身世飘零之感,诗

风寂寞寒苦，言语精于雕琢。姚贾诗派是继韩孟、元白两大诗派消歇时出现的重要诗歌流派，对当时社会和后世都有着很大的影响，南宋的"永嘉四灵"和"江湖诗派"都是"姚贾诗派"的追随者。

16. 温李

晚唐时期，诗人温庭筠和李商隐诗歌风格相同，《新唐书·温庭筠传》中谓庭筠"工为辞章，与李商隐皆有名，号温李"。他们的诗歌风格承六朝余习，辞藻艳丽，笔调柔婉，且多为爱情之作。此诗风在晚唐诗坛产生很大影响，并为宋代的婉约词派开了先河。同时期风格相近的除李商隐、温庭筠外，还有段成式，因三人都在家族里排行十六，故并称为"三十六体"。

温李虽并称，但是二人的诗风、成就并不完全一样。《四库全书总目》中载："庭筠多绮罗脂粉之词，而商隐感时伤事，尚颇得风人之旨。"李商隐的诗歌在讽喻时政上超过了温庭筠，但他的诗歌用典过多，词语晦涩又有甚于温庭筠。

17. 西昆诗派

宋初诗坛上，声势最盛的诗歌流派就是西昆诗派。西昆诗派因《西昆酬唱集》而得名，其诗人中成就较高的有杨亿、刘筠、钱惟演。西昆体是晚唐五代诗风的延续，师法李商隐诗歌的雕润密丽，其诗作大多音调铿锵，整饬典丽，但是诗歌的思想内容比较贫乏，与时代、社会没有密切关系，缺乏生活气息，也很少抒写诗人的真情实感。

18. 江西诗派

"江西诗派"是中国文学史上第一个有正式名称的诗文派别。北宋后期，江西诗派的诗歌理论在于"夺胎换骨""点铁成金"，即师承前人之辞，或前人之意；江西诗派的诗人大多崇尚瘦硬奇拗的诗风，追求字字有出处。在创作实践中，该诗派"以故为新"，重要作家的诗作风格迥异，自成一体，成为宋代最有影响的诗歌流派。它的影响遍及整个南宋诗坛，余波一直延及近代的同光体诗人。

19. 永嘉四灵

中国南宋中叶的诗歌流派，代表南宋后期诗歌创作上的一种倾向。永嘉四灵是指当时生长于浙江永嘉的四位诗人：徐照、徐玑、翁卷、赵师秀。他们同出于永嘉学派叶适之门，其字或号中都带有"灵"字，故称永嘉四灵。他们彼此旨趣相投，诗格相类，同样工唐律，作诗以晚唐贾岛、姚合为法，谓之唐体，从而形成中国南宋中叶的诗歌流派，也代表了南宋后期诗歌创作上的一种倾向。

20. 江湖诗派

南宋后期，继永嘉四灵后有一个诗派兴起，即"江湖诗派"。当时，书商陈起刊刻《江湖集》《江湖前集》《江湖后集》《江湖续集》等诗刊，因《江湖集》内诗歌风格气味皆相似，故后人称之为"江湖诗派"。《江湖集》内所录诗人大

部分或为布衣，或为下层官吏，身份卑微，且多以江湖习气标榜。江湖诗人时时抒发欣羡隐逸、鄙弃仕途的情绪，也经常指斥时弊，讥讽朝政，表达不与当朝者为伍的意愿。然而他们与"四灵"一样未摆脱摹拟之风，故而境界不高、气量狭小。此流派诗人中成就较高的是戴复古和刘克庄。

21. 台阁体

明朝永乐至成化年间，文坛上出现一种所谓"台阁体"诗。台阁主要指当时的内阁与翰林院，又称为"馆阁"。台阁体是指以当时馆阁文臣杨士奇、杨荣、杨溥等为代表的一种文学创作风格。它的出现，是诗歌创作的一种倒退，因为它只追求所谓"雍容典雅"，内容大多比较贫乏，多为应制、题赠、酬应而作，题材常是"颂圣德，歌太平"，毫无创新，毫无生气，比宋代的"西昆体"影响更坏。约永乐至成化年间形成的"台阁体"，体现了洪武朝以后一段长时期里上层官僚的精神面貌和审美意趣，并作为典范而广泛地影响文坛。其主要人物是"三杨"：杨士奇、杨荣、杨溥，他们先后都官至大学士，而同时期大多数高级官僚的创作都可以归属这一流派。其形式以诗歌为主，散文也可以包容在内。作为台阁体创始者的杨士奇历任四朝内阁大臣，为太平时期宰相，其平易自然的诗风正适宜奉敕颂圣、歌咏升平之作。因此钱谦益说："江西之派，中降而归东里，步趋台阁，其流也卑冗而不振。"

22. 茶陵诗派

此流派领袖李东阳官居枢位，并主持文坛，门生众多，其诗论诗风堪称一代之盛，成为台阁体向前后七子复古运动之间的过渡。因李东阳为湖南茶陵人，故名。此流派主性情，反摹拟，推崇李杜，不拘一格;并且重视诗歌的声调、节奏、法度、用字，要以不同的风格代替台阁体。成化以后，明王朝的社会弊病日渐严重，台阁体脱离社会现实生活的创作倾向与它的萎弱冗沓、肤浅工巧的文风，越来越不适应文学的发展。为反对台阁体的形式主义文风，李东阳主张学诗应效法唐诗的创作经验，以振兴当时的诗坛。

23. 前七子

兴起于明朝弘治、正德年间的诗歌流派，以李梦阳、何景明为领袖，其余骨干有徐祯卿、康海、王九思、边贡、王廷相，共七人。为区别于嘉靖、隆庆年间出现的李攀龙、王世贞等七子，世称"前七子"。前七子对当时的腐败朝政和庸弱的士气不满，而且强烈反对台阁体诗文，鄙弃自西汉以下的所有散文及自中唐以下的所有诗歌。他们针对当时虚饰、萎弱的文风，提倡复古。他们的主张被当时许多文人接受，逐渐形成了一场影响广泛的文学复古运动。

24. 后七子

活跃于明朝嘉靖、隆庆年间的文学流派。以李攀龙、王世贞为代表，成员

有谢榛、宗臣、梁有誉、徐中行和吴国伦。他们承接前七子的文学思想，强调文必秦汉，诗必盛唐，提倡复古，彼此标榜，但声势更为浩大，世称"后七子"。比起前七子，后七子在学古过程中对法度格调的讲究更强化和具体化。他们把复古运动引到了极端，但摹拟之气甚重，加之才气不足，生活不厚，诗歌中常有重复雷同的现象。

25. 竟陵派

明代后期文学流派，因为主要人物钟惺、谭元春都是竟陵人，故称"竟陵派"。和公安派一样，竟陵派也主张"性灵说"，是明末反对诗文拟古潮流的重要一派。竟陵派基本继承了公安派的文学主张，但又有所不同。他们接受了贾岛、姚合和宋代"晚唐体"的影响，认为"公安"作品俚俗、浮浅，因而倡导一种"幽深孤峭"风格加以匡救，主张文学创作应抒写"性灵"，反对拟古之风。

26. 虞山诗派

明末清初，以常熟虞山命名的东南诗坛重要流派。此流派以钱谦益为首，包括其门生冯舒、冯班、瞿式耜，族孙钱曾、钱陆灿及吴历等。虞山诗派最大的特点是学古而不泥古，积极主张诗歌革新并能取诸家之长而自成风格，对东南诗坛的繁荣做出了一定贡献。

27. 性灵派

"性灵派"主要活跃于清代中叶，以乾嘉时期大诗人袁枚、赵翼、张问陶为主要代表。此三人并称"清代性灵派三大家"。他们在文学创作上主张直抒性情，反对复古、摹拟的风气，强调要直接抒发人的性灵，表现真实情感，在近代和现代文学史上都产生了重大影响。

第二章

诗词格律基础知识

诗词之所以成为诗词，而不是散文，就在于它们在文字形式上有种种不同于散文的规则，而这些规则就叫作格律。格律是诗词的表现形式之一，其中有很多讲究，如韵脚、对仗、变格、对黏、拗救等。它们都是学习诗词格律的基础。

第一节 韵

一、什么是韵

在诗词之中，韵就是韵脚，是诗词格律的基本要素之一。诗人在诗词中用韵，叫作押韵。从《诗经》到后代的诗词，几乎没有不押韵的，即使是民歌也会押韵。

一首诗有没有押韵，一般人都能觉察出来。但是"什么是韵"，说起来就很复杂了。在古代，对"韵"的理解非常复杂，但是现代汉语中出现了拼音和字母，对于韵的概念就比较容易理解了。

古代诗词中所谓"韵"，与现代汉语拼音中的"韵母"大致相同。在现代汉语拼音中，一个汉字一般由声母和韵母两部分构成，如"工"字拼成 gōng，其中 g 是声母，ōng 是韵母。要注意：声母总是在前面，韵母总是在后面。再看"冬" dōng，"同" tóng，"龙" lóng，"综" zōng，"聪" cōng 等字的拼音，会发现它们的韵母都是 ong，所以，将它们称为同韵字。

汉字一字一音，每个音隶属于不同的韵，即现代汉语拼音中所说的韵母。同韵母的字在一首诗词中被用于一部分句子的末尾，就叫"押韵"。这样会使诗歌具备节奏感和音乐感，读起来既顺耳又动听，借以增加诗词的艺术感染力。因押韵的字都在句子的末尾，所以又称为"韵脚"。

还有一点需要特别注意:在现代汉语拼音中,韵母又分为韵头、韵腹和韵尾,a、e、o 前面常会出现 i、u、ü 等介母,共同构成韵母,如 ia、ua、uai、iao、ian、uan、üan、iang、uang、ie、üe、iong、ueng 等。在上述这些韵母中,i、u、ü 就叫作韵头,其余部分叫作韵腹和韵尾。凡韵腹和韵尾相同的,都可视为同韵,所以,eng 和 ing 同韵,ie 和 üe 同韵,en、in、un 同韵。

试看下面的例子:

出郊

王安石

川原一片绿交加(jiā),深树冥冥不见花(huā)。
          △   △

风日有情无处著,初回光景到桑麻(má)。
                      △

江南曲

李益

嫁得瞿塘贾,朝朝误妾期(qī)。
                  △

早知潮有信,嫁与弄潮儿(ér)。
                  △

时代不同,语言有了不同的发展,很多字的读音也有了变化。这就是为什么我们今天读一些古诗的时候,会觉得诗中的韵并不十分谐和。

我们今天读这首《江南曲》会觉得这首诗并没有押韵,因为在现代汉语中"期"和"儿"没有相同的韵母。但是在古代,"儿"的读音类似于今天上海话中的 ní,所以"期"和"儿"有相同的韵母,就是押韵了。

古人作诗都会依照韵书来押韵。几乎每个朝廷都会颁布韵书,即所谓"官韵"。"官韵"所列之韵皆与各代通行口语基本一致,所以各代诗人作诗仿照各代通行的韵书押韵,就会十分便利。

虽然我们现在没有必要完全按照古音去读古诗,或在写作旧体诗时依照旧时韵书来押韵,但是要掌握古代汉语与现代汉语存在区别的这个常识。

作诗押韵的目的是声韵的谐和,当同类的乐音在同一位置上重复时,就会出现一种优美的回环乐感。但是诗中的每一句都押韵,也是不可以的,因为韵脚过于密集,就使全诗显得呆板。

例如:

沈园

陆游

城上斜阳画角哀（āi），沈园非复旧池台（tái）。

△　　　　　　　　　　　　△

伤心桥下春波绿，曾是惊鸿照影来（lái）。

△

这首诗中"哀""台"和"来"三字押韵，它们的韵母都是ɑi。"绿"字不押韵，因为"绿"字拼起来是lǜ，它旳韵母是ü，跟"哀""台""来"不是同韵字。依照诗律，像这样的四句诗，第三句是不必押韵的。

二、诗韵的发展

1. 经王力先生考证，在《诗经》时代，古韵分十一类、二十九部；到了《楚辞》时代，古韵分为三十部。

2. 南朝梁时，沈约、周颙等人发现了汉语的四声，即"平、上、去、入"，并创立"四声八病"之说，六朝以前并无此说法。如今，古四声的"调值"已不可考。现代汉语中普通话的"阴平、阳平、上声、去声"四个声调就是从古代四声演变而来的。

3. 隋朝，陆法言编纂《切韵》一书。全书共五卷，分二百零六韵，以当时的洛阳音为主，酌收古音及其他地方音，为唐、宋韵书的始祖。但原书已佚，具体分韵已不可考。近几十年来，几种唐代写本的韵书陆续被发现。专家考定，《切韵》应分为一百九十三韵。

4. 唐初科举考试，采用律韵，对押韵做出严格规定和限制。由考官命题，出八个韵字，规定八类韵脚，称"八韵律赋"。押韵、词序、平仄均有相关的规定，字数也有限制，不超过四百字。唐代，孙愐编有《唐韵》一书，原书已佚。近年发现残卷，经专家考证，《唐韵》应为《切韵》的"增字加注"之作。

5. 唐初，许敬宗奏议，将《切韵》之中部分邻近的韵部合并，以免分韵太细，产生作诗太过拘束的弊病。

6. 北宋，真宗大中祥符元年（1008），陈彭年、丘雍等人奉旨将隋朝《切韵》扩编为《广韵》，全称《大宋重修广韵》，增至二百零六韵，是历代韵书中分韵最多的一种，收字二万六千余个。此书现有数个不同版本，是现存汉语音韵学著作中时代最早、最具研究中古语言价值的著作。此后出现的韵书在韵目和删改方面，皆以此为基础。

7. 北宋仁宗景祐四年（1037），礼部编《礼部韵略》，共二百零六韵，与《广韵》相同。此韵书完全为科举考试之用。

8. 金宣宗元光二年（1223），负责印书的官员王文郁刊印了《平水新刊礼部韵略》。其韵部合并为一百零六个，与前代韵书相比，大为简便、实用。自此，后代韵书基本以此韵目为标准。因作者为平水人，故此韵书名为"平水"，这也是《平水韵》之称谓的正源。

9. 南宋，理宗淳祐十二年（1252）平水人刘渊以王文郁《平水韵》为原本，刊印了《壬子新刊礼部韵略》。此书将原本中一个韵部进行分韵，共一百零七韵，但原书已佚。

10. 元初，阴时夫编《韵府群玉》；黄公绍、熊忠编《古今韵会举要》，均师法《平水韵》。

11. 元末，泰定元年（1324），周德清编纂《中原音韵》。周德清是元代散曲家、音韵学家，擅长乐府，精于音律，通习北曲。他指出，"世之泥古非今，不达时变者众。呼吸之间，动引《广韵》为证。"《中原音韵》共十九韵部，分平、上、去声。此书为北音韵书的开端，是研究"近代普通话"语音的重要参考资料。

12. 明末清初，《十三辙》出现。它实行"阴阳上去"统押，并不分四声，对韵辙有大刀阔斧的合并，将分韵减少最低，只分"发花、梭波、乜斜、一七、姑苏、怀来、灰堆、遥条、由求、言前、人辰、江阳、中东"十三个名目。《十三辙》主要记录了北方官话地区的语言系统，在北方戏曲、曲艺界中被广泛使用，在民间也有广泛的影响。

13. 清代康熙年间，张玉书等人奉旨编纂《佩文韵府》。书中按《平水韵》一零六韵排列，共收入一万零二百余字，每字有解释、词语、摘句、书例等条目。《佩文韵府》文字浩繁，原书共二百一十二卷，一万八千页，1983年出版的影印本进行缩编后仍有四千七百八十五页。

《佩文韵府》的出现大大巩固了"平水韵"的地位，清代至今的诗人、词人均依照"平水韵"来作诗、填词。

因《佩文韵府》不便携带，时人另编《佩文诗韵》《诗韵珠玑》《诗韵集成》《诗韵合璧》等。这些韵书在分韵、收字上与《佩文韵府》相同，但在所收词语、书例、字数上各有差别，便于购买和携带。

14. 民国末年，"国语推行委员会"编纂《中华新韵》，共分十八韵部。此书将"十三辙"中同韵字过宽的几类，如"波歌""支齐""庚东"等进行了适当分离，从而增加五个韵部。书中对韵目的名称也有所变更，总的和谐度有所提高。在押韵效果上，这可谓是一种合理的改造。因此，《中华新韵》逐渐在全国范围内推广，并为大多数人所接受。

15. 中华人民共和国成立后，新旧诗韵共存、并用，百花齐放。

三、诗韵的标准 :《广韵》音系

《广韵》是中国古代标注汉字读音的书籍，其中保留了很多汉字的古音，是中国古代文化典籍中的重要书籍。

《广韵》，全称《大宋重修广韵》，共五卷，是北宋时代官修的一部韵书，也是第一部官修的韵书。此书是我国历史上完整保存至今并广为流传的一部重要韵书，可谓是宋代以前音韵的集大成者。此书原为增广《切韵》而作，除增字加注外，部目也略有增订。《广韵》是《切韵》最重要的增订本，它使已经亡佚的《切韵》的古音得以完整地保存下来，成为研究中古汉语语音的重要参考资料。

《广韵》是在《切韵》《唐韵》基础上增广而成的。《切韵》由隋朝陆法言编撰，成书于仁寿元年（601）。参与该书编撰的还有刘臻、颜之推、魏渊、卢思道、李若、萧该、辛德源、薛道衡等知名学者和文人。《切韵》原书已佚，据专家考证，全书共一百九十三韵，并按四声分五卷，其中平声分上、下两卷，上、去、入各一卷。平声五十四韵，上声五十一韵，去声五十六韵，入声三十韵，共收一万一千字左右。

唐代，《切韵》发展为《唐韵》，除增字加注外，语音体系基本无变化。《广韵》就是在《切韵》《唐韵》基础上"增广"而成。

《广韵》在体例上也继承《切韵》《唐韵》。全书分二百零六韵，较《切韵》增十三韵，增加的韵没有改变语音体系，只是将某些包含两个韵母的韵析成两韵。

《广韵》共收单字 26194 字，比《切韵》多一倍;注文 191692 字，比《切韵》多若干倍，可见《广韵》注文引证之丰富。

从唐代王仁昫《刊谬补缺切韵》起，到《唐韵》，韵书内容逐渐丰富，注释也逐渐加多，并且引文都附有出处，从此韵书开始具有一般辞书、字典的性质和功用。到《广韵》，这种体制已经成型。

《广韵》可以算是一部按韵编排的同音字典。现存《广韵》版本很多，一般认为清代黎庶昌《古逸丛书》覆宋刊本较好，涵芬楼影印黎氏覆宋刊本也较好。

第二节　平仄

一、四声

四声是中古汉语中关于声调的四种分类，以此来表示音节的高低变化，其中包括平声、上声、去声和入声。去声又称舒声，入声则为促声。辨别四声是辨别平仄的基础。

我们在这里说的四声指的是古代汉语的四种声调。要想了解四声，必须先知道声调是怎样构成的，所以要先从声调谈起。

声调是汉语及其他少数语言才有的特点。汉语的声调就是指语音的高低、升降、长短。以现代普通话为例，普通话中共有四个声调：阴平声是一个高平调，阳平声是一个中升调，上声是一个低升调（有时是低平调），去声是一个高降调。其中所谓"平"即不升不降，所谓"中"即不高不低。

古代汉语中所分的四个声调，和现代汉语普通话的声调有些许不同。古代的四声是：

平声，是一个平调，到后代分化为阴平和阳平。

上声，是一个升调，到后代有一部分变为去声。

去声，是一个降调，到后代仍为去声。

入声，是一个短促的调子。在现代汉语普通话中入声字已经消失，多变入去声等其他声调中。如今江浙、福建、广东、广西、江西等地的方言中还保存着入声。

古代四声的高低升降到底是怎样的，现在已不能准确形容了。根据古代文献中的记载，我们大致知道平声应该是一个平调，上声应该是一个升调，去声应该是一个降调，入声应该是一个短调。《康熙字典》中载有一首明朝释真空《玉钥匙歌诀·分四声法》：

> 平声平道莫低昂，
> 上声高呼猛烈强，
> 去声分明哀远道，
> 入声短促急收藏。

虽然这种叙述不够科学，却可以让我们从中窥见古代四声基本形态之一二。

四声和韵的关系非常密切。在韵书中，不同声调的字不能算同韵。在诗词中，不同声调的字一般也不能够押韵。

汉语拼音四声		古代汉语四声	
阴平声	普通话一声	平声	包括阴平声和阳平声
阳平声	普通话二声	上声	同汉语拼音上声，少数按现在读去声
上声	普通话三声	去声	同汉语拼音去声，少数按现在读上声
去声	普通话四声	入声	读音短促，普通话中已不存在，方言中仍有

汉语拼音	阴平声	阳平声	上声	去声
ya	鸦	牙	雅	亚
po	波	婆	叵	破
qi	期	奇	起	气
fei	飞	肥	斐	费
xie	些	偕	写	卸
fu	敷	服	府	付
chou	抽	绸	丑	臭
shi	诗	时	史	世
yu	迂	鱼	雨	裕
fen	芬	焚	粉	奋
ke	科	壳	可	课
cai	猜	才	采	菜
yao	邀	摇	舀	要
fan	番	凡	返	范
chang	昌	长	厂	唱
cheng	撑	成	逞	秤
tong	通	同	统	痛

　　韵书中通常会清楚地写明什么字归什么声调。即使是保存着入声的汉语方言里，某字属某声也是相当清楚的，但是我们要特别注意一字多义、多音的情况。有时候，一个字会有两种或两种以上不同的意义，意义不同，词性也会不同，同时也就有了两种读音。例如"为"字，当表示"因为""为了"等意义时，就读去声。

　　在古代汉语里，这种情况很多，下面举一些类似的例子：

　　骑：平声，动词，骑马；去声，名词，骑兵。

　　思：平声，动词，思念；去声，名词，思想，情怀。

　　誉：平声，动词，称赞；去声，名词，名誉。

　　污：平声，形容词，污秽；去声，动词，弄脏。

数：上声，动词，计算；去声，名词，数目，命运；入声（读朔），形容词，频繁。

教：去声，名词，教化，教育；平声，动词，使，让。

令：去声，名词，命令；平声，动词，使，让。

禁：去声，名词，禁令，宫禁；平声，动词，堪，经得起。

杀：入声，及物动词，杀戮；去声（读晒），不及物动词，衰落。

有些字本来是读平声的，后来变为去声，但是意义词性都不变，如"望""叹""看"等字。在唐诗中，"望"和"叹"就有读去声的了，而"看"字总是读去声。

还有一些比较复杂的情况：如"过"字，用作动词时，有平、去两种读音；用作名词，意为"过失"时，就只有去声一种读音了。

二、平仄

四声是辨别平仄的基础，知道了什么是四声，平仄就容易理解了。

平仄是诗词格律的一个基本术语：诗人们把四声分为平仄两大类，平就是平声，仄就是上去入三声。仄，按字义解释，就是不平的意思。

从元朝周德清时起，平分为阳平、阴平，上声、去声归为仄。依照明朝释真空的《玉钥匙歌诀》的说法，平声是平调，上声是升调，去声是降调，入声是短调。

可见，区别平仄的要诀是"不平就是仄"。

给平仄分类是依据什么呢？因为平声没有升降，较长的，而其他三声是有升降的（入声也可能是微升或微降），较短的，这样，它们就形成了两大类型。如果让这两类声调在诗词中交错着，那就自然能使声调多样化，而不至于显得单调。古人所谓"声调铿锵"，虽然有许多讲究，但是平仄谐和是其中的一个极其重要的因素。

在诗词中，平仄的交错方式可以简单概括为两句话：第一，在本句"平仄"是相互交替的；第二，在对句"平仄"是相互对立的。

这种平仄的规则在律诗中表现得特别明显。例如杜甫《阁夜》诗中颔联两句：

五更鼓角声悲壮，
三峡星河影动摇。

这两句诗的平仄是：

平平 | 仄仄 | 平平 | 仄，

仄仄 | 平平 | 仄仄 | 平。

在这两句诗中，每两个字一个节奏。平起句中"平平"后面跟着"仄仄"，"仄仄"后面跟着"平平"，最后一字又是"仄"；而仄起句中"仄仄"后面跟着"平平"，"平平"后面跟着"仄仄"，最后一字又是"平"。这就是平仄交替。

第三节　对仗

诗词中的对仗，又叫作对偶，就是把同类的概念或者对立的概念并列起来，如"攀龙附凤"，"攀龙"与"附凤"形成对偶。对偶可以句中自对，又可以两句相对，"攀龙附凤"是句中自对，"物华天宝，人杰地灵"则是两句相对。

一般来说，对偶指的是两句相对，其中，上句叫出句，下句叫对句。

对偶的一般规则是名词对名词，动词对动词，形容词对形容词，副词对副词。以"物华天宝，人杰地灵"为例，"物""天""人""地"都是名词，相对；"华""宝""杰""灵"都是形容词，也相对。

在对偶中，同类词相对被认为是工整对偶，简称"工对"。仍以"物华天宝，人杰地灵"为例，"物"与"人""天"与"地"都是专有名词，所以是工对。

对偶是一种修辞手法，它能让句子有一种整齐的美感。汉语特别适宜于对偶，因为汉语中单音词较多。即使是复音词，其中的词素也有一定的独立性，很容易形成对偶。

在中国古代的散文和诗中都有对偶的出现，如，《易经·乾文言》中"同声相应，同气相求"，《诗经·小雅·采薇》中的"昔我往矣，杨柳依依。今我来思，雨雪霏霏"，这些都是适应修辞需要的对仗。在律诗中，对仗有更为严格的规则，简单地说，就是：

第一，出句与对句的平仄相对；

第二，出句与对句的字不能重复。

对联是从律诗演化出来的，所以也要符合上面的两个规则。例如下面这副对联：

处处红花红处处，

重重绿树绿重重。

这里上联和下联的字不相重复，它们的平仄也是相对的：

仄仄平平平仄仄，
平平仄仄仄平平。

　　就修辞方面来说，这副对联对得很工整，其中"处处"与"重重"相对；"红"与"绿"相对，都是形容词对形容词；"花"与"树"相对，都是名词对名词。

第二卷

诗律

　　诗律是诗歌发展的产物。诗歌属于韵文，在诗歌发展的最初阶段，一般是依据语音的自然节奏和口语的韵律而形成某种音乐性效果。当诗歌发展到高级阶段时，人们总结了语音与诗歌形成的关系，并将两者相结合，从而形成了格律。我们称这种诗歌为古典格律诗体。

第一章

诗的种类

关于诗的种类划分，可谓众说纷纭。清代蘅塘退士所编《唐诗三百首》中将诗分为古诗、律诗、绝句三类，三类中均附有乐府一类，又各分为五言、七言。这是一种常见的划分方法。还有一种常见的划分方法是将诗直接分为近体诗和古体诗两大类。

从格律上来分，诗可分为古体诗和近体诗。古体诗又称为古风、古诗，通常分为五古、七古、杂言。杂言诗一般不另立一类，通常归入七古。近体诗又称为今体诗、格律诗，包括绝句、律诗、排律。

从每句字数上来分，诗可分为四言诗、五言诗、六言诗、七言诗等。唐代以后，诗歌以五言、七言为主，诗集也只分为五言、七言两类。

我们这里将诗分为古体诗、近体诗和变体诗三类，下面将这三种分类与其他分类法相互参照，加以论述。

第一节　古体诗

古体诗是一种与近体诗相对而言的诗体。在近体诗形成以前，除楚辞外，其余各种诗歌体裁都称为古诗，但不可称为"古风"，只有"歌""行""吟"三种体裁的诗歌可以称为"古风"。

在唐代人眼中，从《诗经》到南北朝庾信所著的《庾子山集》《哀江南赋》，这期间出现的诗歌都算古体诗。这只是一个时间的划分，而没有一个固定的标准——何谓古体诗。不过，长久以来，诗人写作古体诗时，有一点是一致的：不受近体诗格律的限制和束缚。

古体诗格律自由，不拘对仗、平仄，押韵较宽，且篇幅长短不限。从诗句的字数看，可将古体诗分为四言诗、五言诗、七言诗和杂言诗。四言是四个字一句，

五言是五个字一句，七言是七个字一句。五言古体诗简称五古；七言古体诗简称七古；三五七言兼用者，一般也算七古。唐代以后，四言诗很少出现。

杂言诗是古体诗独有的诗歌形式，其诗句长短不齐，有一字到十字以上不等，一般为三、四、五、七言相杂，而以七言为主，故人们习惯将杂言诗归入七古一类。《诗经》和汉乐府民歌中杂言诗较多。

唐宋时期的杂言诗形式多样：有七言中杂三言的，如张耒的《牧牛儿》；有七言中杂五言的，如李白的《行路难》；有七言中杂二、三、四、五言至十言以上的，如杜甫的《茅屋为秋风所破歌》；有七言中杂三、五言的，如李白的《将进酒》；有以四、六、八言为主，杂以五、七言的，如李白的《蜀道难》。

古体诗押韵较宽，可以押平声韵，也可以押仄声韵。仄声韵分为上声韵、去声韵、入声韵。一般来说，不同声调不能押韵。古体诗可以一韵独用，也可通用两个以上的韵，要注意的是只有邻韵才能通用。

第二节　近体诗

唐代以后按照格律写出来的诗歌都被称为近体诗，又称今体诗或格律诗。近体诗与古体诗不同，它讲究平仄、对仗和叶韵，而"近体"之名正是为了与古体诗相区分而立。近体诗包括绝句、律诗和排律三种。以律诗的格律为基准，其中绝句的格律是半首律诗，而排律则是律诗的延长。

近体诗以律诗为代表。律诗格律严谨，故称为律诗，它有以下四个特点：一、通常每首限定八句，五律共四十字，七律共五十六字；二、只能押平声韵；三、每句的平仄都有相关规定；四、每篇必须有对仗，对仗的位置也有相应的规定。

绝句只有四句，比律诗的字数少一半。五言绝句只有二十字，七言绝句只有二十八字。绝句实际上可以分为古绝、律绝两类。

排律又称长律，全诗十句及以上，一般是五言的，也有七言的。这种长律除尾联（或除了首尾两联）外，一律用对仗，所以又叫排律。有些排律往往在题目上标明韵数，如杜甫《风疾舟中伏枕书怀三十六韵奉呈湖南亲友》，就是三百六十字；白居易《代书诗一百韵寄微之》，就是一千字。

第三节　变体诗

变体诗是指不合格律的诗，又称为"拗体诗"，如十七字诗、间韵诗、通篇押韵的诗等，由唐代章碣首创。变体诗虽不常见，却能够给人以一种特殊的美感。

句句都押韵的变体诗中有一种平仄两韵诗，一首诗间隔着押两个韵，单句押仄韵，双句押平韵。如章碣《变体诗》：

东南路尽吴江畔，正是穷愁暮雨天。

鸥鹭不嫌斜两岸，波涛欺得逆风船。

偶逢岛寺停帆看，深羡渔翁下钓眠。

今古若论英达算，鸱夷高兴固无边。

在律诗中，通常只需偶句押韵，但是章碣所创的变体诗，则要求偶句、单句平仄声各自为韵。从上面所举的诗例中，可以看到，全诗仄、平两韵相间，单句韵脚"畔、岸、看、算"属"十五翰"仄韵，双句韵脚"天、船、眠、边"属"一先"平韵。

章碣创"变体诗"后，一时众多诗人竞相效仿，但是这种诗体并没有展现很强的生命力。现在看来，也许是因为韵脚太过密集，因为如韵脚过于密集，诗歌就会显得呆板、单调，缺少韵律美。

律诗的诗韵

诗歌自然要求押韵，古今中外概莫能外，不同的是对押韵限制的多少，这也是诗歌同其他文学体裁的最大区别。

押韵是为了增强诗歌的音乐性和节奏感。近体诗为了使声调和谐、便于记忆，十分讲究押韵。唐代以后的诗人，通常使用官方颁布的专门指导押韵的书，如《唐韵》《广韵》《礼部韵略》《佩文诗韵》《诗韵集成》《诗韵合璧》等，以南宋王文郁撰的《新刊韵略》最为流行，即世人所谓"平水韵"。

但是，我们不能为迁就押韵而破坏诗句的自然美和协调性，在日常作诗中偶尔有一两句出韵也是被允许的。

第一节　平水韵

《平水韵》依据唐人用韵情况，把汉字划分成一百零六个韵部（其书今佚），每个韵部包含若干字，作律绝、律诗时用韵，其韵脚的字必须出自同一韵部，不能错用。隋朝陆法言的《切韵》分为二百零六韵，过于细，唐代规定相近的韵可以合用，所以《唐韵》实际简化版为一百九十三韵。

南宋原籍山西平水人刘渊，在著《壬子新刊礼部韵略》时将同用的韵合并，成一百零七韵。同期山西平水官员金人王文郁著《平水新刊礼部韵略》为一百零六韵。清代康熙年间编的《佩文韵府》把《平水韵》并为一百零六个韵部，上平声十五部，如一东、二冬、三江、四支等；下平声十五部，如一先、二萧、三肴、四豪等；上声二十九部，如一董、二肿、三讲、四纸等；去声三十部，如一送、二宋、三绛、四寘等；入声十七部，如一屋、二沃、三觉、四质等。这就是后来广为流传的平水韵。

平水韵虽然是南宋时才出现的，但它是从《切韵》《唐韵》简化而来的，所以真实地反映了唐宋时代人们作诗用韵的实际发音状况。

第二节 押韵规则

律诗对押韵有较为严格的规则,简述如下:

1. 偶句押韵

律诗要求二、四、六、八句押韵,绝句要求二、四句押韵。无论律诗还是绝句,首句可以押韵,也可以不押韵。例如:

寄扬州韩绰判官

杜牧

青山隐隐水迢迢,秋尽江南草未凋。

二十四桥明月夜,玉人何处教吹箫。

这首诗是第一、二、四句押韵。

又如:

诏问山中何所有赋诗以答

陶弘景

山中何所有,岭上多白云。

只可自怡悦,不堪持寄君。

这首诗首句并不入韵,二、四句押韵。一般来说,五言诗首句不入韵较为常见,七言诗大多首句入韵。

2. 只押平声韵

近体诗只能押平声韵,这几乎是诗词格律中的一条铁律。其实,对于近体诗的体例来说,如果韵脚押仄声字读起来会感觉非常拗口,所以古人都能够自觉地遵守这一规则。

3. 一韵到底,中间不能换韵

古风,即古体诗,允许中途换韵,但近体诗不允许这样。在近体诗中,中途不能换韵。

4. 忌重韵

在近体诗中,不允许重韵,即不允许同一个韵字在一首诗的韵脚里重复出现,此乃诗家大忌。

5. 避免同义字相押

在近体诗中,不允许同义字押韵,如一首诗中同时使用"花""葩","芳""香"等押韵,是不可以的。

6.避免出韵

出韵也叫落韵、窜韵、走韵，是指在律诗偶句韵脚上不用本韵之字，而用邻韵或它韵中的字，出韵与格律诗一韵到底的要求不合，是诗家之大忌。古人写诗多依官韵，在官韵中被分别列入不同的韵部之中的韵，如果在同一首诗中相押，即为出韵。

从格律上看，诗一旦出韵，无论诗韵怎样高超，都是不合格的。要检验诗是否出韵，要参照与其同时的韵字归部情况。

第三节　首句用邻韵、出韵

邻韵是指韵音相近的韵，因在韵书排列上相邻，故称"邻韵"。值得注意的是，只有韵音相近的韵部才叫邻韵，并非排列相邻就为邻韵。如"江""阳"互为邻韵，但位置排列上却相差甚远。

所谓"邻韵"，除"江"与"阳"、"佳"与"麻"、"蒸"与"侵"为罕见的特例以外，通常总依诗韵的次序，以排列相近而音又相似的韵认为邻韵。所谓"相近"，不因上平声和下平声的界限而有所间隔。

标准的格律诗，一般都要求一首诗只能押一个韵，这种严格要求有时会给诗的创作带来一些不便。于是唐代中期以后出现了一点松绑的现象，引入了"邻韵"概念，即分属不同韵部的字，如果读音近似，就称为"邻韵"，如"声"和"音"，就是互为邻韵。这一时期还出现了"轳卢格"和"进退格"（含"葫芦格"）两种特殊的用韵方式，不过未被正格推广，人们将其视为"变体"，应用并不普遍。

宋代，出现"衬韵"。衬韵又称"探头韵""借韵""孤雁出群"，即律诗第一句若用韵，就用邻韵，以衬托后面的本韵。这种使用邻韵的方式仅限于第一句，被当时的大多数诗人接受并风行一时，成为一种正格。

近代，鲁迅等诗人将邻韵的使用扩大到全诗各句，不再限于首句。王力先生在《诗词格律》中也对这种广泛使用邻韵的方式给予了认可。其中写道："今天我们如果也写律诗，就不必拘泥于古人的诗韵。不但首句用邻韵，就是其他的韵脚用邻韵，只要朗诵起来谐和，都是可以的。"其实，在古人诗中也不难找到邻韵通押的情况。袁枚在《随园诗话》中指出刘长卿、杜甫、李商隐等人的诗作中不乏邻韵通押的情况，且"唐人不以为嫌也"。

语言是不断向前发展的，我们也应该与时俱进，有所创新，以使古老的诗歌在今天仍能焕发出新的生命。若一味食古不化，原地踏步，最终只会自绝于现实，走入诗歌创作的死胡司，这对近体诗的发展是极为有害的。

第四节　现代人用韵的困难与解决办法

现代人写诗，在用韵的问题上，常会遇到两个比较大的困难。

1. 分韵太细，不易分辨

在《平水韵》中，平声部里有一东、二冬、八庚、九青、十蒸等五个韵目相近。在现代汉语普通话里，这五个韵目里的字可以通押。但是在写格律诗时，这五个韵目里的字却不能通押。

如白居易《赋得古原草送别》："离离原上草，一岁一枯荣。野火烧不尽，春风吹又生。远芳侵古道，晴翠接荒城。又送王孙去，萋萋满别情。"其中四个韵脚"荣、生、城、情"都属于"八庚韵"。如果把"春风吹又生"改为"春风吹又青"，这样行不行呢？从诗韵来看，自然是不行的。姑且不说意思怎么样，单就用韵来讲，"青"字不属于"八庚韵"，而属于"九青韵"，改为"青"字就出韵了。现代口语中明明可以押韵的字，诗韵里却并非都可以押韵，这是一件非常别扭的事，对现代人写诗也是一个困难。

2. 有些字的平仄与现代普通话不同

现代普通话中一些平声字，在诗韵中读入声。入声的发音短促、急收，在平仄格式中属于仄声。如"文章憎命达，魑魅喜人过"（杜甫《天末怀李白》），其中"达"字读入声，"过"字读平声。若按普通话的读音，这两个字的平仄就不对了。

对不熟悉诗韵的初学者来说，需常备两个工具：一是诗韵的常用字表。表中按《平水韵》对字的分类，列明每个常用字属于何声何韵，一般写诗差不多就够用了。二是诗韵字典。在其中可以用字典式的检索方法查到更多的字，了解其属于何声何韵。

初学者在使用这两个工具时，还有一些诀窍。在写一首诗之前，可以先确定用什么韵。若先有了一联或一句，自己觉得不错，打算以之为基础，就可以查一下这句的韵脚属于哪个部，然后就从这个韵目中找出若干个可用的字。这些字会为你在接下来的写作中带来启发和引导。这个诀窍用顺了，就会觉得诗韵不仅不是束缚，反而是一种帮助。

现如今，有人主张放宽诗歌的韵脚，写诗时可以同时参考词韵，这样就大大减轻了因《平水韵》分部过细而造成的写作困难，这一主张已被诗界大多数人所接受。这里说的"词韵"，主要是指《词林正韵》。

律诗的平仄

　　平仄是律诗中最基础的部分，律诗中的平仄规则一直应用到后代的词曲中。关于律诗的平仄有这样一个口诀："一三五不论，二四六分明。"这句口诀简单明了，但是不够全面，很容易让人在实际操作中产生误解，但是对于初学律诗的人来说还是有一定指导意义的。

　　本章详尽介绍五言律诗、七言律诗的平仄规则，并附上相应的例诗，每句诗下方以"平仄"标出本句诗平仄的详细位置和变化。为帮助大家理解，还将诗中涉及的入声字以及与现代汉语读音不统一的特殊字列出，附于诗后。

第一节　五律的平仄

一、学诗门径

　　《红楼梦》中有一章写了香菱学诗的一些趣事，不仅展示了香菱的聪慧，也道出了学诗的门径。

　　且说香菱见过众人之后，吃过晚饭，宝钗等都往贾母处去了，自己便往潇湘馆中来。此时黛玉已好了大半，见香菱也进园来住，自是欢喜。香菱因笑道："我这一进来了，也得了空儿，好歹教给我作诗，就是我的造化了！"

　　黛玉笑道："既要作诗，你就拜我作师。我虽不通，大略也还教得起你。"

　　香菱笑道："果然这样，我就拜你作师。你可不许腻烦的。"

　　黛玉道："什么难事，也值得去学！不过是起承转合，当中承转是两副对子，平声对仄声，虚的对实的，实的对虚的，若是果有了奇句，连平仄虚实不对都使得的。"

　　香菱笑道："怪道我常弄一本旧诗偷空儿看一两首，又有对的极工的，又有

不对的，又听见说'一三五不论，二四六分明'。看古人的诗上亦有顺的，亦有二四六上错了的，所以天天疑惑。如今听你一说，原来这些格调规矩竟是末事，只要词句新奇为上。"

黛玉道："正是这个道理，词句究竟还是末事，第一立意要紧。若意趣真了，连词句不用修饰，自是好的，这叫作'不以词害意'。"

香菱笑道："我只爱陆放翁的诗'重帘不卷留香久，古砚微凹聚墨多'，说的真有趣！"

黛玉道："断不可看这样的诗。你们因不知诗，所以见了这浅近的就爱，一入了这个格局，再学不出来的。你只听我说，你若真心要学，我这里有《王摩诘全集》。你且把他的五言律读一百首，细心揣摩透熟了，然后再读一二百首老杜的七言律，次再李青莲的七言绝句读一二百首。肚子里先有了这三个人作了底子，然后再把陶渊明、应场、谢、阮、庾、鲍等人的一看。你又是一个极聪敏伶俐的人，不用一年的工夫，不愁不是诗翁了！"

初学诗，当先学五律，次学七律，再学七绝，这是学诗的不二法门。因此，我们在这里也先从五律讲起。掌握了五律的平仄，再根据"一句之中，平仄相间"的原则，只需要在每个句型前加上相应的两个平仄就是七律的平仄。

二、五言律诗

五言律诗共有四个句型，具体如下：

〇仄平平仄

平平仄仄平

〇平平仄仄

〇仄仄平平

（出现〇表示此处可平可仄，下同。）

上面四个句型进行一些变化，就变成了五言律诗的四种平仄格式。具体如下：

1. 首句仄起仄收式

即第一句第二字为仄声，第一句最后一字为仄声，又称为"不入韵仄起式"。五言律诗以这种首句不入韵的仄起仄收式为正格，最为常见。

〇仄平平仄，平平仄仄平。
　　　　　　　　　△

〇平平仄仄，〇仄仄平平。
　　　　　　　　　△

○仄平平仄，平平仄仄平。
　　　　　　　　　　△

○平平仄仄，○仄仄平平。
　　　　　　　　　　△

（字下加△，表示押韵的韵脚，下同。）

春　望

杜甫

国破山河在，城春草木深。
○仄平平仄，平平仄仄平。

感时花溅泪，恨别鸟惊心。
○平平仄仄，○仄仄平平。

烽火连三月，家书抵万金。
○仄平平仄，平平仄仄平。

白头搔更短，浑欲不胜簪。
○平平仄仄，○仄仄平平。

　　在这首诗中，首句第二个字是"破"，为仄声，因此是仄起；首句最后一个字是"在"，为仄声，因此是仄收。仄收的句式是不入韵的，此类的五律称为"首句不入韵的仄起式"。

　　特别要注意："国""木""别""月""白""欲""不"等字都是入声字，为仄声。在现代汉语中读去声的"胜"在此处读平声。

2. 首句仄起平收式

○仄仄平平，平平仄仄平。
　　　　　　△

○平平仄仄，○仄仄平平。
　　　　　　　　　　△

○仄平平仄，平平仄仄平。
　　　　　　　　　　△

○平平仄仄，○仄仄平平。
　　　　　　　　　　△

月夜忆舍弟

杜甫

戍鼓断人行，边秋一雁声。
○仄仄平平，平平仄仄平。

露从今夜白，月是故乡明。

〇平平仄仄，〇仄仄平平。

有弟皆分散，无家问死生。

〇仄平平仄，平平仄仄平。

寄书长不达，况乃未休兵。

〇平平仄仄，〇仄仄平平。

此类句式为仄起平收式，首句需入韵，故被称为"首句入韵的仄起式"。特别要注意的是：本诗中"白""达"均为入声字，为仄声。

终南山

王维

太乙近天都，连山到海隅。

〇仄仄平平，平平仄仄平。

白云回望合，青霭入看无。

〇平平仄仄，〇仄仄平平。

分野中峰变，阴晴众壑殊。

〇仄平平仄，平平仄仄平。

欲投人处宿，隔水问樵夫。

〇平平仄仄，〇仄仄平平。

本诗中的"到""合""隔"在平水韵中为仄声；"分""看"在平水韵中为平声。

3. 首句平起仄收式

〇平平仄仄，〇仄仄平平。

△

〇仄平平仄，平平仄仄平。

△

〇平平仄仄，〇仄仄平平。

△

〇仄平平仄，平平仄仄平。

△

裴迪书斋望月

钱起

夜来诗酒兴，月满谢公楼。

〇平平仄仄，〇仄仄平平。

影闭重门静，寒生独树秋。

〇仄平平仄，平平仄仄平。

鹊惊随叶散，萤远入烟流。

〇平平仄仄，〇仄仄平平。

今夕遥天末，清光几处愁。

〇仄平平仄，平平仄仄平。

　　本诗中"独""鹊""夕"为入声字，在平水韵中为仄声；其中"重"在此处为平声。

4. 首句平起平收式

平平仄仄平，〇仄仄平平。
　　　　　　　　　　△

〇仄平平仄，平平仄仄平。
　　　　　　　　　　△

〇平平仄仄，〇仄仄平平。
　　　　　　　　　　△

〇仄平平仄，平平仄仄平。
　　　　　　　　　　△

风雨

李商隐

凄凉宝剑篇，羁泊欲穷年。

平平仄仄平，〇仄仄平平。

黄叶仍风雨，青楼自管弦。

〇仄平平仄，平平仄仄平。

新知遭薄俗，旧好隔良缘。

〇平平仄仄，〇仄仄平平。

心断新丰酒，销愁斗几千。

〇仄平平仄，平平仄仄平。

　　"首句平起平收式"首句需入韵。本诗中，"隔"为入声字，故为仄声。

　　以上是五律的四种格式，在实际运用中，第一式和第三式最常见，第四式次之，第二式较少。为了方便大家学习，以上举例所选诗歌都是没有变通之处的正格；又因入声字现已不为人们所熟悉，故在诗后阐述中将入声字注明，以便大家看清诗句中的平仄分布。下节所讲七律也依此惯例，不再赘述。

第二节　七律的平仄

　　七言律诗的平仄格式是在五言律诗的平仄格式基础上形成的，所以只需在五律的每句前面加上相应的平仄即可。加入平仄时需要遵循"一句之中，平仄相间"的原则，首先看每一句型的前两字是平声还是仄声，如果是"平平"，则在前面加入"仄仄"；如果是"仄仄"，则在前面加"平平"，只要记住"平上加仄、仄上加平"，就非常容易掌握。

　　因此，七律也有相应的四个句型，具体如下：

平平○仄平平仄

仄仄平平仄仄平

仄仄○平平仄仄

平平○仄仄平平

　　此四个句型进行相应变化，就形成了七言律诗的四种平仄格式。其具体的格式如下：

1. 首句仄起平收式

○仄平平仄仄平，○平○仄仄平平。
　　　　　　　　　　　　　　△

○平○仄平平仄，○仄平平仄仄平。
　　　　　　　　　　　　　　△

○仄○平平仄仄，○平○仄仄平平。
　　　　　　　　　　　　　　△

○平○仄平平仄，○仄平平仄仄平。
　　　　　　　　　　　　　　△

书愤

陆游

早岁那知世事艰，中原北望气如山。
○仄平平仄仄平，○平○仄仄平平。

楼船夜雪瓜洲渡，铁马秋风大散关。
○平○仄平平仄，○仄平平仄仄平。

塞上长城空自许，镜中衰鬓已先斑。
○仄○平平仄仄，○平○仄仄平平。

出师一表真名世，千载谁堪伯仲间。
○平○仄平平仄，○仄平平仄仄平。

与五言律诗不同的是，七言律诗以首句入韵为正格。本诗中，"那"字入"五歌韵"，为平声。

秋兴八首（其四）

杜甫

闻道长安似弈棋，百年世事不胜悲。
〇仄平平仄仄平，〇平〇仄仄平平。

王侯第宅皆新主，文武衣冠异昔时。
〇平〇仄平平仄，〇仄平平仄仄平。

直北关山金鼓震，征西车马羽书驰。
〇仄〇平平仄仄，〇平〇仄仄平平。

鱼龙寂寞秋江冷，故国平居有所思。
〇平〇仄平平仄，〇仄平平仄仄平。

在本诗中，"不""直""国"为入声字，为仄声；"胜"为平声。

2. 首句仄起仄收式

〇仄〇平平仄仄，〇平〇仄仄平平。
　　　　　　　　　　　　　△

〇平〇仄平平仄，〇仄平平仄仄平。
　　　　　　　　　　　　　△

〇仄〇平平仄仄，〇平〇仄仄平平。
　　　　　　　　　　　　　△

〇平〇仄平平仄，〇仄平平仄仄平。
　　　　　　　　　　　　　△

咏怀古迹五首（其五）

杜甫

诸葛大名垂宇宙，宗臣遗像肃清高。
〇仄〇平平仄仄，〇平〇仄仄平平。

三分割据纡筹策，万古云霄一羽毛。
〇平〇仄平平仄，〇仄平平仄仄平。

伯仲之间见伊吕，指挥若定失萧曹。
〇仄〇平平仄仄，〇平〇仄仄平平。

运移汉祚终难复，志决身歼军务劳。
〇平〇仄平平仄，〇仄平平仄仄平。

慈恩寺偶题
郑谷

往事悠悠添浩叹，劳生扰扰竟何能。
○仄○平平仄仄，○平○仄仄平平。

故山岁晚不归去，高塔晴来独自登。
○平○仄仄平仄，○仄平平仄仄平。

林下听经秋苑鹿，江边扫叶夕阳僧。
○仄○平平仄仄，○平○仄仄平平。

吟余却起双峰念，曾看庵西瀑布冰。
○平○仄平平仄，○仄平平仄仄平。

以上两首例诗中存在多音字处，需要根据词意判断平仄。

3. 首句平起仄收式

○平○仄平平仄，○仄平平仄仄平。
　　　　　　　　　　　△

○仄○平平仄仄，○平○仄仄平平。
　　　　　　　　　　　△

○平○仄仄平仄，○仄平平仄仄平。
　　　　　　　　　　　△

○仄○平平仄仄，○平○仄仄平平。
　　　　　　　　　　　△

酬乐天扬州初逢席上见赠
刘禹锡

巴山楚水凄凉地，二十三年弃置身。
○平○仄平平仄，○平平仄仄平平。

怀旧空吟闻笛赋，到乡翻似烂柯人。
○仄○平平仄仄，○平○仄仄平平。

沉舟侧畔千帆过，病树前头万木春。
○平○仄平平仄，○仄平平仄仄平。

今日听君歌一曲，暂凭杯酒长精神。
○仄○平平仄仄，○平○仄仄平平。

客至
杜甫

舍南舍北皆春水，但见群鸥日日来。
○平○仄平平仄，○仄平平仄仄平。

花径不曾缘客扫，蓬门今始为君开。
〇仄〇平平仄仄，〇平〇仄仄平平。

盘飧市远无兼味，樽酒家贫只旧醅。
〇平〇仄平平仄，〇仄平平仄仄平。

肯与邻翁相对饮，隔篱呼取尽余杯。
〇仄〇平平仄仄，〇平〇仄仄平平。

4. 首句平起平收式

〇平〇仄仄平平，〇仄平平仄仄平。
　　　　△　　　　　　　　　　△

〇仄〇平平仄仄，〇平〇仄仄平平。
　　　　　　　　　　　　　　　　△

〇平〇仄平平仄，〇仄平平仄仄平。
　　　　　　　　　　　　　　　　△

〇仄〇平平仄仄，〇平〇仄仄平平。
　　　　　　　　　　　　　　　　△

望蓟门

祖咏

燕台一去客心惊，笳鼓喧喧汉将营。
〇平〇仄仄平平，〇仄平平仄仄平。

万里寒光生积雪，三边曙色动危旌。
〇仄〇平平仄仄，〇平〇仄仄平平。

沙场烽火连胡月，海畔云山拥蓟城。
〇平〇仄平平仄，〇仄平平仄仄平。

少小虽非投笔吏，论功还欲请长缨。
〇仄〇平平仄仄，〇平〇仄仄平平。

在本诗中，"积"为入声字，为仄声；"场"入平水韵"七阳韵"，为平声；"拥"入平水韵"二肿韵"，为仄声。

使次安陆寄友人

刘长卿

新年草色远萋萋，久客将归失路蹊。
〇平〇仄仄平平，〇仄平平仄仄平。

暮雨不知滇口处，春风只到穆陵西。
〇仄〇平平仄仄，〇平〇仄仄平平。

孤城尽日空花落，三户无人自鸟啼。

〇平〇仄平平仄，〇仄平平仄仄平。

君在江南相忆否，门前五柳几枝低。

〇仄〇平平仄仄，〇平〇仄仄平平。

在本诗中，"失""不"是入声字，为仄声。

在七言律诗的这四种格式中，以第一式和第四式最为常见，其中第二式最为少见。

第三节　律诗的粘对

格律诗讲究粘对，有"对句相对，邻句相粘"之说。近体诗的句子是以两句为一个单位的，每两句（一和二、三和四，依次类推）为一联，同一联的上下句称为对句，上联的下句和下联的上句称为邻句。

"粘"和"对"是不同含义的两个规则。一首诗中的诗句不合乎"粘"的规则叫"失粘"，诗句不合乎"对"的规则叫"失对"。失粘和失对都是格律诗的大忌，应该避免。

粘，就是相同的意思。格律诗的粘，也就是平声粘平声、仄声粘仄声。诗律中有这样的要求：绝句的第三句和第二句，律诗的第三句和第二句、第五句和第四句、第七句和第六句，在除句末外的节奏落脚点上，字音的平仄要基本相同。

对，就是相对、不同的意思。格律诗的对，也就是平声对仄声、仄声对平声。诗律要求绝句的第二句和第一句、第四句和第三句，律诗第二句和第一句、第四句和第三句、第六句和第五句、第八句和第七句，在除句末外的节奏落脚点上，字音的平仄要基本相对。

下面以李商隐的《无题》为例，让大家尽快熟悉"粘对"的规则：

相见时难别亦难，——平仄平平仄仄平

东风无力百花残。——平平平仄仄平平

（第二句与第一句的第二、四、六字平仄相对。）

春蚕到死丝方尽，——平平仄仄平平仄

（第三句与第二句的第二、四、六字平仄相粘。）

蜡炬成灰泪始干。——仄仄平平仄仄平

（第四句与第三句的第二、四、六字平仄相对。）

晓镜但愁云鬓改，——仄仄仄平平仄仄

（第五句与第四句的第二、四、六字平仄相粘。）

　　　　　夜吟应觉月光寒。——仄平平仄仄平平

（第六句与第五句的第二、四、六字平仄相对。）

　　　　　蓬山此去无多路，——平平仄仄平平仄

（第七句与第六句的第二、四、六字平仄相粘。）

　　　　　青鸟殷勤为探看。——平仄平平仄仄平

（第八句与第七句的第二、四、六字平仄相对。）

　　粘对的作用在于其能够使全诗的平仄分布和声调更加和谐，更加多样化。如果失粘，前后两联的平仄也会出现雷同的现象；如果失对，上下两句的平仄就会出现雷同的现象。讲究粘对能使诗歌的平仄富于变化，从而在音律上形成回环、优美的节奏。

　　粘对的规则能够帮助我们记忆并掌握格律诗的平仄格式。只要知道第一句的平仄，整首诗的平仄就能轻易推导出来。

　　粘对的规则还能够帮我们了解长律的平仄，因为不管多长的长律都必须依照粘对的规则来安排诗句的平仄。

第四节　律诗的孤平

　　"孤平"，是诗律中的术语，就是除了韵脚外，只有一个平声字（王力说）。孤平是律诗（包括长律、律绝）的大忌，所以诗人们在写律诗的时候，应该注意避免孤平。在词曲中用到同类句子时，也应该注意避免孤平。

　　诗律要求，在五言"平平仄仄平"这个句型中，第一字必须用平声；如果用了仄声字，就是犯了孤平。因为此时除了韵脚之外，就只剩下一个平声字了。七言是五言的扩展，所以在"仄仄平平仄仄平"这个句型中，第三字如果用了仄声，也叫犯孤平。

　　也就是说，除了韵脚之外，只余一个平声，是诗律所不许可的。在律诗的句子中，如果只有一个平声（徐平声韵脚外）前后都是仄声，这就犯了孤平。孤平在格律诗中是犯大忌的，不但在写律诗中需避免，在写词中也需避免，有时甚至在古风中也需避免。

第五节　律诗的拗救

　　为了避免"犯孤平"，可采用两种办法：

　　第一种办法是：在"仄仄平平仄仄平"的句式中，五言第一字和七言第三

字尽量避免使用仄声字。如下例：

次北固山下

王湾

客路青山下，行舟绿水前。

潮平两岸阔，风正一帆悬。

海日生残夜，江春入旧年。

乡书何处达，归雁洛阳边。

这首诗首联第二句"行舟绿水前"第一字"行"字是平声，如此处用仄声字就犯孤平了。颈联的第二句"江"字也是如此。第二种办法是"救孤平"。由于诗句的需要，如果在上例中五言第一字、七言第三字必须使用仄声字时，那就要通过"救"来解决，从而避免犯孤平。我们通常将这种方法称为"拗救"。

什么叫拗救呢？凡是平仄不依常格的句子，都需要拗救。如果一句中，前面一字用"拗"，后面就必须用一个字来救，或者在其对句中救。这里所谓的"救"，就是补偿，即平用仄补，仄用平补。下面为大家介绍几种拗救的方法：

1. 本句自救

在格律诗中有基本句式，即：

仄仄平平仄

平平仄仄平

平平平仄仄

仄仄仄平平

在第二种句式，即"平平仄仄平"句式中，如果第一字用了"仄"声，第三个字必须用一平声字作为补偿，这样就变为"仄平平仄平"，否则就是犯孤平。例如：

秦州杂诗二十首（其十九）

杜甫

凤林戈未息，鱼海路常难。

候火云烽峻，悬军幕井干。

风连西极动，月过北庭寒。

故老思飞将，何时议筑坛。

这首诗的首联第一个字应该是平声字，却用了"凤"这个仄声字，这就是用"拗"。而第三字"戈"本该用仄声字却用了平声字，这就是"救"。这样，这句诗中"戈"字救"凤"字，从而避免了孤平。这就是所谓的"本句自救"，也叫"当句救"。在五言诗中，这种当句救常被称为"一拗三救"。

在七言诗，即"仄仄平平仄仄平"句式中，如第三字用仄声字，那么第五字必须用平声字补救。例如：

插花吟

邵雍

头上花枝照酒卮，酒卮中有好花枝。

身经两世太平日，眼见四朝全盛时。

况复筋骸粗康健，那堪时节正芳菲。

酒涵花影红光溜，争忍花前不醉归。

这首诗颔联第二句中的"四"字应是平声字却用了仄声字，也是用"拗"了。第五字"全"应仄声却用平声字来"救"，用"全"字补偿"四"字，从而避免了孤平，这也是本句救。在七言中，这种方式也叫"三拗五救"。

2. 对句相救

在五言诗"仄仄平平仄"的句式中，和七言诗"平平仄仄平平仄"的句式中，五言第四字、七言第六字若用了仄声字，那么在对句中，五言的第三字、七言的第五字，必须用一个平声字来补偿。这样就变成了：

仄仄平仄仄，
平平平仄平。

平平仄仄平仄仄，
仄仄平平平仄平。

我们把这种形式叫作"对句救"。例如：

留别王侍御维

孟浩然

寂寂竟何待，朝朝空自归。

欲寻芳草去，惜与故人违。

当路谁相假，知音世所稀。

只应守寂寞，还掩故园扉。

这首诗首联第一句第三字应是平声，却用了仄声字"竟"，这是用"拗"。而第二句中第三字该是仄声字却用了平声字"空"，以求补足。以对句的"空"字补偿出句的"竟"字，这就是对句救。再例如七言诗：

夜泊水村

陆游

腰间羽箭久凋零，太息燕然未勒铭。

老子犹堪绝大漠，诸君何至泣新亭。

一身报国有万死，双鬓向人无再青。

记取江湖泊船处，卧闻新雁落寒汀。

这首诗颈联第一句中第五、六字都该是平声字，却用了"有万"两个仄声字，这也是用"拗"。第二句中第五字应是仄声字却用了平声字"无"，以求补足。这样就以"无"字，补救了"有万"两个字。这也是对句救，也被称为"一救二"。

3. 可救可不救

同样在五言诗"仄仄平平仄"、七言诗"平平仄仄平平仄"中，五言诗第三个字、七言诗第五个字，用了仄声字；而五言第四字、七言第六字没用仄声字，这种情况叫"半拗"，属于可救可不救之类。例如：

天末怀李白

杜甫

凉风起天末，君子意如何？

鸿雁几时到？江湖秋水多。

文章憎命达，魑魅喜人过。

应共冤魂语，投诗赠汨罗。

这首诗颔联第一句第三字本该用平声，却用了仄声字"几"，是"半拗"。本来可救可不救的，因为"一、三"不论，但作者还是在第二句中用第三字"秋"字给救了。"秋"救"几"也可算是对句救。又如下面这首七言律诗：

咸阳城东楼

许浑

一上高城万里愁，蒹葭杨柳似汀洲。

溪云初起日沉阁，山雨欲来风满楼。

鸟下绿芜秦苑夕，蝉鸣黄叶汉宫秋。

行人莫问当年事，故国东来渭水流。

这首诗颔联第一句第五字应用平声，却用了仄声字"日"，属"半拗"，本是可救可不救的，但诗人在第二句中用第五字"风"进行了补救；本来第二句第五字当用仄声字却用平声字，而"风"救了"日"字是对句救；在本句中第三字本应是平声字，却用了仄声字"欲"，所以"风"字又救了"欲"字。因此，我们可以看到此诗中既有本句救又有对句救。

4. 特殊的平仄句式

在五言诗"平平平仄仄"、七言诗"仄仄平平平仄仄"句式中，可以将五言

的第三、四两字,七言的第五、六两字的平仄互换位置,即由原来的"平平平仄仄"变为"平平仄平仄","仄仄平平平仄仄"变为"仄仄平平仄平仄",但在这种情况下,五言第一字、七言第三字必须用平声,不再是可平可仄了。

以上这种格式在唐宋诗歌中很常见,算是一种正规的格式。如下例:

郊行即事

程颢

芳草绿野恣行时,春入遥山碧四围。

兴逐乱红穿柳巷,困临流水坐苔矶。

莫辞盏酒十分劝,只恐风花一片飞。

况是清明好天气,不妨游衍莫忘归。

这首诗中第七句"况是清明好天气"用的就是"仄仄平平仄平仄"的格式。在律诗中,这种格式一般都出现在第三句或第七句中,所以这种格式被称为特殊的平仄格式,也可以当正规的格式使用。

第六节 "一三五不论"

关于律诗的平仄,前人曾总结出"一三五不论,二四六分明"的口诀。这个口诀就是说五言句子逢一、三位置上,七言句子逢一、三、五位置上的字,平仄可以不论,而五言句子逢二、四位置上,七言句子逢二、四、六位置上的字,其平仄必须明确、严格,不可含糊。这样,除每句的尾字外,逢单的位置上的字,其平仄就有了一定的变通,这也是格律诗在严格规则之下的一种相对自由。这个口诀对于初学格律的人来说是有一定作用的,因为它简单明了,容易理解和记忆。

但是,"一三五不论,二四六分明"这个口诀并不是放之四海而皆准的真理,它也存在一些问题,容易对初学者造成误导。虽然在一般情况下这个口诀是正确的,但在某些特殊情况下却不一定适当。有时"一、三、五"不能不论,而"二、四、六"也不见得非要"分明"。比如:在五言"平平仄仄平"这个格式中,第一字不能不论;在七言"仄仄平平仄仄平"这个格式中,第三字不能不论,否则就要犯孤平。

在五言"平平仄平仄"这个特定格式中,第一字也不能不论,当然,在古人作品中偶尔也会见到不论的;同理,在七言"仄仄平平仄平仄"这个特定格式中,第三字也不能不论。以上讲的是五言第一字、七言第三字在一定情况下不能不论。至于五言第三字、七言第五字,在一般情况下,更是以"论"为原则了。

再如,对于"平平"脚的句子即"仄仄仄平平"和"平平仄仄仄平平"来说,

前者第三字、后者第五字也不能不论，否则会出现"三平调"，即句子结尾出现三个连续的平声字。"犯三平"与"犯孤平"同是近体诗之大忌，必须避免。

这样看来，七言仄脚的句子可以有三个字不论，平脚的句子只能有两个字不论；五言仄脚的句子可以有两个字不论，平脚的句子只能有一个字不论。"一三五不论"的话并不是完全正确的。

"二四六分明"这句话也是不全面的。五言第二字"分明"是对的,七言第二、四字"分明"也是对的，至于五言第四字、七言第六字，就不一定要"分明"。依特定格式"平平仄平仄"来看，第六字并不一定那么"分明"；又如"仄仄平平仄"这个格式也可以换成"仄仄平仄仄"，只需在对句第三字补偿一个平声就是了。七言由此类推。"二四六分明"这句话也不是完全正确的。

第七节　入声字

入声是古代汉语的一种声调,属仄声。入声是指一个音节以破音 p、t、k 作结，发出短而急促的子音。在现代标准汉语，即普通话中，入声已经不复存在，但是在一些方言以及汉藏语系的其他语言中可以找到入声的踪迹。

在声调中，入声是一个短促的调子。现如今，浙江、江苏、福建、广东、广西、江西等地的方言中都还保存着入声；北方如山西、内蒙古等地的方言中也保存着入声。

在现代汉语普通话中，入声字已经转入一、二、三、四各个声调中。大致说来，现代汉语的第一、二声，相当于古代汉语中的平声；第三、四声相当于古代汉语中的仄声。在第一、二声中杂有不少的入声字，所以现代人写作近体诗的时候，这些入声字仍应当归到仄声里，这样就要求我们能将这部分入声字识别出来。

为了便于记忆和更好地识别出入声字，我们根据李荣先生在《四声答问》中所提出的语音演变大规律，编了一套顺口溜：

①zh、z、g、j 和 b、d，可管阳平二百多。意思是：凡与 b、d、g、j、zh、z 六个声母相拼而成的第二声字，即阳平调的字，都是古入声字。例如：

b：拔茇胈跋魃白百雹薄别蹩伯帛泊柏铂舶箔驳勃渤浡馞脖钹亳博搏餺镈膊礴醭莩（例外：鼻）

d：达鞑怛妲炟笪当靼答得德狄获迪笛籴敌（敵）嫡镝翟靆涤迭昳跌瓞垤咥绖鲞谍堞喋牒碟蝶蹀嶀叠毒独读渎椟犊牍黩髑夺铎掇

g：革合蛤颌阁格骼鬲隔膈葛国掴帼虢馘

j：绝及岌汲级笈急吉佶诘即亟殛疾蒺嫉棘集辑戢脊崤瘠鹡踏藉夹郏荚铗颊蛱恝戛嚼孑节讦劫杰桀傑劼诘洁袺鲒捷婕睫偈碣竭羯截局焗桔橘菊掬鵴了决诀抉玦駃鸠角脚桷珏觉绝倔掘崛厥刷橛蕨蹶獗镢催谲蟜爵嚼矍攫钁

zh：札扎铡闸炸喋择摘宅择翟着折哲蜇晢摺褶谪嘀磔辙奢直值埴植殖职执絷侄（姪）跖踯蹢质摭轴妯舳术（白术）竹竺逐烛蠋躅筑灼酌茁拙卓斫（斲）浊镯浞诼啄琢涿椓濯鷟禚

z：杂凿则责啧帻箦赜迮舴择泽贼鲗足卒崒族镞昨

②d、t、n、l、z、c、s，拼e皆入宜自知。意思是：d、t、n、l、z、c、s等七个声母跟韵母e拼合时，不论普通话读何声调，都是古入声字。例如：

de：得德

te：特忒慝忑

ne：讷

le：乐勒肋泐埒

ze：则择泽责啧帻箦赜笮迮窄舴贼仄昃

ce：侧测厕恻册策

se：色涩瑟塞啬穑濇

③zh、ch、sh、r加上k，拼uo皆入不用说。意思是：k、zh、ch、sh、r五个声母与韵母uo相拼时，不论普通话读何声调，都是古入声字。例如：

kuo：阔括廓鞹扩

zhuo：着酌浊镯琢啄涿濯擢桌卓焯倬踔茁拙斲斫斮鷟捉浞

chuo：绰戳歠啜辍醊惙龊婼

shuo：说勺芍妁朔搠槊箾铄烁硕率蟀数（屡次）

ruo：若鄀箬爇蒻弱

④d、t、n、l、b、p、m，拼ie去爹。意思是：b、p、m、d、t、n、l七个声母跟韵母ie相拼时，无论普通话读何声调，都是古入声字，只有“爹”字例外。例如：

die：碟牒喋堞蹀谍鲽跌迭瓞昳垤耋绖咥叠

tie：帖贴怗铁餮

nie：捏陧涅聂嗫镊蹑臬闑镍蘖孽啮

lie：列冽洌烈裂猎捩劣躐鬣

bie：鳖憋别蹩瘪

pie：撇瞥

mie：灭蔑篾蔑蠛

⑤d、g、h、z、s，与ei拼皆入。意思是：d、g、h、z、s五个声母与韵母ei拼合时，不论普通话读何声调，都是古入声字。例如：

dei：得

gei：给

hei：黑嘿

zei：贼

sei：塞

⑥fa，fo 皆入。意思是：声母 fa，跟韵母 a、o 拼合时，都是古入声字。例如：

fa：发（發）乏伐阀罚法砝发（髮）

fo：佛

⑦üe 韵除去嗟、瘸、靴。意思是：凡读 ue 韵母的字，都是古入声字，只有"嗟"jue、"瘸"que、"靴"xue 等字除外。例如：

jue：决抉诀玦鸠掘桷倔崛角噘撅劂蕨厥橛蹶獗噱臄谲蟩珏孑脚觉爵嚼爝绝蕝戄攫躩屩

nue：虐疟

lue：略掠

que：缺阙却怯榷壳悫确埆鹊雀

xue：薛削穴学雪血谑噱

yue：曰约哕月刖玥钥悦阅钺樾乐岳药耀曜跃（躍）龠瀹爚禴粤

（注："嗟"字，旧读 jue，今读 jie，皆为阴平。）

除上述七句口诀外，还有一种情况：当一字有两个读音，且读音为开尾韵，语音读 i 或 u 韵尾的，也是古入声字。例如：

读音为 e，语音为 ai 的：色册摘宅翟窄择塞

读音为 o，语音为 ai 的：白柏伯麦陌脉

读音为 o，语音为 ao 的：薄剥摸

读音为 uo，语音为 ou 的：肉粥轴舳妯熟

读音为 u，语音为 iu：六陆

读音为 ue，语音为 ao：药疟钥嚼脚角削学

另外，还可以用排除法来排除非入声字，符合以下几种情况的都不是入声字：

①韵尾为鼻音皆非入。凡韵母以鼻音（m、n、ng）为韵尾的，音韵学上称为阳声韵，它们在中古都不是入声字。如：阳光、广场、平安、咸阳、长安等。

②ui、ei 韵皆非入。如：危、畏、微、吹、垂等。

③zi、ci、si 皆非入。如：咨、兹、滋、资、姿、缁、辎、孳，词、雌、辞、祠、慈，丝、私、思、斯、司等。

④除某些韵尾，以 m、n、l、r 为声母的阴、阳、上声字皆非入声。如：妈、麻、马、拿、哪，罗、裸，惹等。

学会识别入声字，有助于对诗词格律的理解。下面为大家列出入声字表。

入声字表
b：八捌，拔跋魃，白，薄雹，逼，荸，瘪鳖憋蹩，别，亳亭勃渤脖钹舶伯铂柏（柏林）泊箔博搏，拨剥；
c：擦，插锸，察，拆，吃，出，戳，撮；
d：答搭，达鞑耷褡妲怛靼，纛，得德，滴，迪的籴镝嫡狄逖荻涤敌笛，跌，谍蝶牒喋蹀碟迭叠垤，督，毒笃独髑读犊黩渎椟，咄掇，度（揣度）铎夺；
e：额；
f：发，罚乏伐筏阀，佛，缚（缚药），服伏袯弗拂福幅蝠；
g：割胳格咯骼阁搁疙鸽革鬲隔槅膈嗝，刮聒，郭，国蝈虢；
h：哈，蛤（蛤蟆），喝，合盒盍曷涸翮核劾鹖纥，黑嘿，忽惚，滑猾，豁，活；
j：疾迹积激击唧缉绩，及汲极级圾急蒺嫉辑集给藉籍脊鲫棘即吉姞殛亟戢，夹浃，铗颊，截桀杰竭碣揭捷睫健洁颉结拮鲒接节疖劫孑，掬鞠，菊桔局跼，绝掘崛倔撅厥橛镢蹶蕨獗决诀抉角（角色）桷觉谲噱攫；
k：嗑瞌颏壳咳，哭窟；
l：拉邋；
p：拍，劈，撇，泼，扑，仆璞瀑；
q：七染漆戚，掐，曲，缺阙；
s：塞，杀刹铩煞，勺芍杓，舌折，失湿虱，十拾石食蚀实什识，叔，孰熟塾赎淑秫，刷，说，俗，缩；
t：踏（踏实）塌遢，踢剔，贴帖，突凸秃，托脱；
w：挖，屋；
x：膝昔惜吸息熄媳析淅晰悉锡夕汐，习席袭隰檄，侠狭峡匣狎辖瞎黠，挟叶（叶韵）胁协歇蝎，薛，学穴削；
y：鸭押，一壹揖，约曰；
z：杂匝砸，凿，则责帻箦泽择，贼，炸铡闸轧扎札，摘，宅翟，着（着急），蛰螫折哲蜇摺辄辙，只（一只）织汁，直值植殖侄执职踯，粥，轴妯，逐烛竹筑竺，卓桌捉拙，琢啄灼酌苗浊斫濯。
（注：本表所收并非全部并入平声的入声字，有些字现在已不常用。）

第八节　学习平仄的捷径

　　平仄是声律基本定式的重要因素，它的作用是使诗歌的声调抑扬顿挫。它有一条基本要点：平仄一定要相间。近体诗的平仄变化很难掌握，靠死记硬背自然是不行的，必须掌握便捷规律。

1. 单句的平仄基本定律

单句的平仄基本定律是近体诗格律的基础，近体诗的格律都是由单句的格律组成的。

单句的平仄基本定律共有四种，为了便于记忆，我们将这四种单句的平仄基本定律分为以下两组：

第一组包括两种定律：

甲：平平仄仄仄平平

乙：仄仄平平平仄仄

这两种单句的基本定律的共同点是起结的平仄相同，中间有三个平仄相反的字。

第二组包括两种定式，这两种单句的基本定律的特点是起结平仄不同，中间四个字平仄交替：

丙：平平仄仄平平仄

丁：仄仄平平仄仄平

近体诗的基本格律都是由上面这四种定式组成，不会出现其他的定式。记忆这四种句式很容易，凡是起结相同的不是甲式就是乙式，凡是起结不同的不是丙式就是丁式。只要把这四种定式背下来，就可以灵活应用。

既然了解了四种单句的平仄基本定律，那么要怎样安排这四种基本定律，才构成一首诗的格律呢？

诗的格律主要有两种排列，一是绝句的排列，二是律诗的排列。不论何种排列，原则都是要看上句找下句，即根据上句起结的平仄来决定下句起结的平仄。看上句起始的平仄，根据"粘对"规律来找出下句起始的平仄；看上句结尾的平仄，根据"押韵规律"找出下句结尾的平仄。当两句诗起结的平仄都确定后，就可以找出单句的基本定式，从而类推出全诗的基本定式。这样，一首绝句的平仄规律就完成了。对于五律、七律，此方法也同样适用。

2. 粘对规律（同反规律）

所谓粘对规律，即同反规律，就是说一首诗中第一句第二字的平仄与第二句第二字的平仄相对（相反）；第二句第二字的平仄与第三句第二字的平仄相粘（相同）；第三句第二字的平仄与第四句第二字的平仄相对。要注意的是，之所以将第二字作为判断的标准，是因为有些情况下首字平仄可以不论。

掌握了粘对规律，无论律诗还是绝句的平仄关系都能够迎刃而解。

律诗的对仗

对仗是诗歌格律的基本特征之一。对仗又称对偶、队仗、排偶。它是把同类或对立概念的词语放在诗句相对应的位置上使之出现相互映衬的状态，使语句更具有韵味和乐感，从而增加诗句的表现力。对仗与汉魏时代的骈偶文句密切相关，可以说是由骈偶发展而成的，对仗本身其实也是一种骈偶。

格律诗对仗的具体要求，首先是上下两句平仄必须相反，其次是要求相对的句子句型应该相同，句法结构要一致，如主谓结构对主谓结构，动宾结构对动宾结构，偏正结构对偏正结构，述补结构对补结构等。当然，也有的对仗的句式结构不一定完全相同，但要求字面要基本相对。再次，要求词语所属的词类（词性）相一致，如名词对名词，动词对动词，形容词对形容词等；词语的"词汇意义"也要相同。若同是名词，它们所属的词义范围要相同，如天文、地理、宫室、服饰、器物、动物、植物、人体、行为、动作等同一意义范围内的词方可对仗。

第一节　对仗的分类

对仗又称对偶，由骈偶文发展而来，在格律诗中占有重要地位。对仗是把同类或对立概念的词语放在相对应的位置上使之出现相互映衬的状态，使语句更具韵味，增加词语表现力。因其两两相对，整齐如公府仪仗，故又称队仗。

对仗主要包括词语的互为对仗和句式的互为对仗两个方面。对仗的运用有宽有严，因而出现各种不同类型，有工对、邻对、宽对、借对、流水对、扇面对等；在内容上有言对、事对、正对、反对等名目；按作者命意的正反分为正对和反对；按语句组合的状况，分为双名对、隔句对，当句对和流水对；从用词的角度看，又有借对和连珠对。

格律诗对仗的具体内容，首先是上下两句平仄必须相反，其次是要求相对的句子句型应该相同，句法结构要一致，如主谓结构对主谓结构，偏正结构对偏正结构，述补结构对述补结构等。有的对仗的句式结构不一定相同，但要求字面要相对。

词的分类是对仗的基础。古代诗人在应用对仗时，所分的词类与现代汉语语法所分的词类大同小异。词大约可以分为以下九类：名词、形容词、数词（数目词）、颜色词、方位词、动词、代词、副词、虚词。

在对仗中，应该特别注意以下几点：

一、数目词要跟数目词相对，"孤""半"等字也算数目词一类。

二、颜色词跟颜色词相对。

三、方位自成一类，主要是"东""西""南""北""上""下"等。这三类词很少跟别的词相对。

四、干支词自成一类，如甲乙、子丑等。

五、不及物动词可以与形容词相对。

六、联绵词只能跟联绵词相对。联绵词可分为名词联绵词（鸳鸯、鹦鹉等）、形容词联绵词（逶迤、磅礴等）、动词联绵词（踌躇、踊跃等）。不同词性联绵词一般不能形成对仗。

七、专有名词通常只能与专有名词相对。最好是同类名词相对，即人名对人名，地名对地名，国名对国名，朝代名对朝代名。

下面，我们来详细讲讲对仗的各个类型。

1. 工对

工对是诗律术语，也是近诗体对仗中的一种。工对即工整的对仗。简单说来，凡同类词相对，即为工对。严格说来，凡词类相同，平仄相反，或同义又不重复，在词语意义或语法结构上都对得非常工整的，就是工对。如"两个黄鹂鸣翠柳，一行白鹭上青天。窗含西岭千秋雪，门泊东吴万里船。"（杜甫《绝句》）这是一首对仗相当工整的绝句。诗中的"两个"对"一行"（数量结构对数量结构）；"黄鹂"对"白鹭"（禽类名词相对）；"翠"对"青"（颜色名词相对）；"千"对"万"（数词相对），都是同类词为对。

以下几种情况也算工对：

1. 有些词虽不同类，但是两种事物经常并提，如天地、诗酒、花鸟、人物、兵马、金玉、金石等，它们经常在上下句中相对，也算工对。

2. 句中同类字与下句异类相对的，也叫工对，如"国破山河在，城春草木深。"（杜甫《春望》）此句中的"山河"与"草木"相对。

3. 反义词相为对仗的应算工对。如"晓战随金鼓，宵眠抱玉鞍。"（李白《塞下曲》）此句中的"晓"和"宵"就是反义词相对的例子。

在学习对仗时，还要特别注意"合掌对"的问题。出句和对句讲的是同一个意思，叫合掌，或合盘，是诗病的一种，为诗家大忌。正所谓"反对为优，正对为劣"，同义词相对似工而实拙。

为加强读者对合掌的认识，现特将《楹联报》王妄君戏拟《合掌对两串》转录如下：

其一

瞧对看，听对闻，上路对启程。后娘对继母，亡父对先君。醪五两，酒半斤，扫墓对上坟。乞援双瞎子，求助二盲人。岳父有因才枉驾，丈人无故不光临。十分容颜，五分造化五分打扮；两倾姿色，一半生就一半妆成。

其二

行对走，跑对奔，早晚对晨昏。侏儒对矮子，傻子对愚人。观浪起，看波兴，闭户对关门。神州千载秀，赤县万年春。国士无双双国士，忠臣不二二忠臣。大德似天高，天高加一丈；恩深如地厚，地厚减千分。

2. 宽对

宽对与工对是相对的概念。与工对不同，宽对是一种不太工整的对仗。一般来说，只要句型相同、词性相同或相近，即可构成对仗，这样的对仗就是"宽对"。宽对的要求没有那么严格，只要名词对名词、形容词对形容词即可。宽对更宽一些就是半对不对，如"明月清风非俗物，轻裘肥马谢儿曹。"（黄庭坚《答龙门秀才见寄》）这便是宽对的典型代表。

3. 邻对

在对仗中，用词义的门类比较接近的词互为对仗，便叫"邻对"。所谓词义门类相近或相邻，就像"天文类"与"时令类"相对；"地理类"与"宫室类"相对；"器物类"与"服饰类"相对；"植物类"与"动物类"相对；"方位"与"数量"相对。如"鹊辞穿线月，花入曝衣楼。"（李贺《七夕》）上句的"鹊"对下句的"花"，就是动物对植物，属于邻对。

有时，不相邻的两类事物的字词也可以互为对仗，只要运用得当，也可以构成邻对。

4. 自对

一句之中某些词语自成对偶，叫作自对。自对是对仗中的一种，也称"当句对""边对"，一句中可以一至多字自对；一联内可以一至多次自对。上下联中分别自行对仗，又在全联中相互两两对仗。李商隐诗中多各自为对，如《当句有对》"密迩平阳接上兰，秦楼鸳瓦汉宫盘。池光不定花光乱，日气初涵露气干。但觉游蜂饶舞蝶，岂知孤凤忆离鸾。三星自转三山远，紫府程遥碧落宽。"第二句"秦楼"对"汉宫""瓦"对"盘"；第五句"游蜂"对"舞蝶"；第六句"孤

凤"对"离鸾";第七句"三星"对"三山"等都是"当句对"的例子。

5. 借对

借对又被称为假对，是近体诗中一种特殊的对仗方式。有些词会有两种以上的意义，诗人在诗中使用一个词的一种意义，同时又借用这个词的其他意义来与另一个词相对。诗人正是通过借义或借音等手段来使对仗工整。

（1）所谓借义是利用词的多义性，通过一个词的某一种意义与相应的词构成对仗，但诗里所用的并不是这个词的这一种意义，而是另一种意义。如"三顾频烦天下计，两朝开济老臣心。"（杜甫《蜀相》）其中"朝"对"顾"用的是"朝"的别义来相对，"下"对"臣"用的是"下"的别义来相对，而不是用它们在句中的意思。

（2）所谓借音是指利用字词之间的同音关系，以甲词（字）来表乙词（字）。例如对句用了甲字，对句本来应当使用与甲字意义相类似的乙字，但用乙字在句中的意义上又不合适，于是就选用一个与甲字同音而又字义相关的丙字来结成对仗。如"西山白雪三城戍，南浦清江万里桥。"（杜甫《野望》）其中"白"对"清"，则是借用"清"的同音字"青"，而构成了颜色对。这样的借对，也属工对。这种谐音的借对多见于颜色对。如"马骄珠汗落，胡舞白蹄斜。"（杜甫《秦州杂诗》）此句以"珠"谐音"朱"，与"白"相对。

6. 扇面对

扇面对又称扇对，是近体诗对仗的一种格式，即隔句相对，如第一句对第三句，第二句对第四句。一首诗中，前联与后联形成对仗，且各联中的出句和对句本身并不构成对仗，便是扇面对。就诗方面说，如"缥缈巫山女，归来七八年。殷勤湘水曲，留在十三弦。苦调吟还出，深情咽不传。万重云水思，今夜月明前。"（白居易《夜闻筝中弹潇湘送神曲感旧》）这里的第一、三句为对，第二、四句为对。

7. 错综对

在近体诗对仗中，错综对较为特殊，它不拘字词的特定位置。错综对中相对的词语往往处于错综交叉的位置，又称"交错对""交互对""交股对""磋对""犄角对"。如"裙拖六幅湘江水，鬓耸巫山一段云。"（李群玉《杜丞相惊筵中赠美人》）其中"六幅"与"一段"结成对仗，"湘江"与"巫山"结成对仗，但这两对相对的词语位置并不相同，这就是所谓的"错综对"。

8. 流水对

流水对是近体诗中对仗的一种，是指出句与对句在意义上和语法结构上不是相对，而是上下相承，两句不能相互脱离，更不能颠倒，在语言结构上有一定的前后秩序。如"唯将终夜长开眼，报答平生未展眉"。（元稹《遣悲怀三首》

（其三））

　　再看这两句"行到水穷处，坐看云起时。"（王维《终南别业》）这两句之间有前后相承接的关系，必须是先到水穷之处，然后才能坐下来，看云起云落。这两句的先后次序不能倒置，下句承接上句，两者构成一个顺承复句，而这两句使用的词语却构成对仗。这种对仗有如流水从上游流到下游，故称之为"流水对"。

　　在律诗对联中流水对最受人欣赏，艺术性较高。一首诗中有了一联流水对，就显得灵动。古有云："古人律诗中之流水对，常为难得之佳联，即因其一气呵成，畅而不隔，如行云流水，妙韵天成也。"

第二节　对仗的要求

　　对仗中的"仗"字，来自仪仗中的"仗"字。仪仗通常是两两相对，排列整齐；与此相应，诗词中所用对仗，也要求两两相对，排列整齐。

　　近体诗产生以前，诗中的对仗只是一种修辞上的需要，并没有硬性的规定。近体诗的对仗不仅是修辞上的需要，而且是格律上的规定。词也是根据格律规定而用对仗的。

　　诗词对仗有两个基本要求，一是两句相对时，相对的字词词性要相同或相近；二是两句相对时，句子的组成结构要相同或相近。

　　两句相对是对仗的一般形式，是指两个相连的句子形成对仗。如：

正月十五夜

苏味道

火树银花合，星桥铁锁开。

暗尘随马去，明月逐人来。

游伎皆秾李，行歌尽落梅。

金吾不禁夜，玉漏莫相催。

　　这首诗的首联是相连的两个句子，又是形成对仗的两个句子。在这两个句子中，"火树"对"星桥"，"银花"对"铁锁"，"合"对"开"。下面颔联和颈联也是对仗句。

　　律诗中相连的两句往往形成对仗，但不是所有相连的句子都要求对仗。如上面诗中第七、八句，虽相连却不对仗。

　　下面，为大家详细介绍对仗的两个基本要求：

1. 两句相对时，相对的字词词性要相同或相近

词性是划分词类的根据。古代汉语中的词类划分与现代汉语语法中的词类

划分基本一致，大致可以分为十三类。同类的字词词性相同，邻类的字词词性相近，都可用于对仗。

（1）名词类：如"日""月""山""川""宫""室""笔""墨""诗""书""身""心""花""鸟"等。用名词写就的佳句如"乱花渐欲迷人眼，浅草才能没马蹄。"（白居易《钱塘湖春行》）其中"花"对"草"，"人"对"马"，"眼"对"蹄"，就是典型的名词类词语用作对仗的例子。名词分类多而细，较为复杂，后面有详细讲解，此处不赘述。

（2）专有名词类：表示人名、地名的专有名词，自成一类。用人名、地名形成对仗，如"公卿有党排宗泽，帷幄无人用岳飞。"（陆游《夜读揽辔录》）其中"宗泽"对"岳飞"，就是人名对人名；"欲渡黄河冰塞川，将登太行雪满山。"（李白《行路难》）其中"黄河"对"太行"，就是河山名对河山名。这些都是专有名词用作对仗的典型例子。

（3）方位词类：表示方位的一些字词，自成一类。如"东""西""南""北""前""后""左""右""高""低""上""下""中""外"等。如，"七八个星天外，两三点雨山前。"（辛弃疾《西江月》）其中"外"对"前"，就是方位词用作对仗。

（4）数词类：表示数目的一些字词，自成一类。如"一""二""五""十""百""千""万""双""两""孤""半""独""众"等。佳句如"功盖三分国，名成八阵图。"（杜甫《八阵图》）其中"三"对"八"，就是数词对数词的例子。

（5）代名词类：如"吾""余""汝""尔""他""谁""君""子"等。佳句如"满地芦花和我老，旧家燕子傍谁飞？"（文天祥《金陵驿》）其中"我"对"谁"，就是代名词用作对仗。

（6）形容词类：如"轻""重""疏""密""明""暗""美""丑""贫""富"等。佳句如"草枯鹰眼疾，雪尽马蹄轻。"（王维《观猎》）其中"疾"对"轻"，就是形容词用作对仗。注意，此处的"疾"是敏锐的意思，用作形容词。

（7）颜色词类：表示颜色的字词自成一类，如"红""赤""朱""丹""白""绛""素""黑""玄""青""苍""翠""绿""黄""金""银""玉""粉"等。佳句如"一水护田将绿绕，两山排闼送青来。"（王安石《书湖阴先生壁》）其中"绿"对"青"，就是颜色词用作对仗的例子。

（8）动词类：如"看""读""耕""织""爱""恨""行""归""飞""鸣"等。佳句如"读书成底事，报国是何人？"（郑思肖《德佑二年岁旦》）其中"读"对"报"，就是动词用作对仗的例子。

（9）副词类：副词是从虚词类分出的，自成一类词。如"将""已""忽""渐"

"皆""俱""频""屡""只""但""又""复""更""都""不"等都属于副词一类。佳句如"野火烧不尽，春风吹又生。"（白居易《赋得古原草送别》）其中"不"对"又"，就是副词用作对仗的例子。

（10）虚词类：虚词主要包括连词、介词，如"与""同""而""则""于""为"等都属于虚词一类。如"渐与骨肉远，转于童仆亲。"（崔涂《除夜有作》）其中"与"对"于"，就是介词对介词。

（11）连用词类：连用词是指经常连在一起用的两个字，分同义和反义两种。同义的连用词，如"骨肉""宾客""兵马""渔樵""星斗""风尘""少壮""老病""战伐""干戈"等。反义连用词有"天地""古今""前后""远近""表里""沉浮""兴亡""有无""往来""纵横"等。佳句如"纵横一川水，高下数家村。"（王安石《即事》）其中"纵横"对"高下"，就是反义的连用词相对。

同义连用词和反义连用词，也可形成对仗。如"山河破碎风飘絮，身世浮沉雨打萍。"（文天祥《过零丁洋》）其中"破碎"对"浮沉"，就是同义连用词对反义连用词，也是工对。

（12）联绵词类：联绵词与连用词不同，连用词实际上是两个单音词运用，而联绵词是指两个音节连缀成义而不能拆开的词。按类型分，联绵词分为双声词、叠韵词和非双声叠韵词三种。按词性分，联绵词可分为以下几种：名词性联绵词，如"苜蓿""葡萄""芙蓉""鹦鹉""鸳鸯""蟋蟀""霹雳"等。如"惊风乱飐芙蓉水，密雨斜侵薜荔墙。"（柳宗元《登柳州城楼》）其中"芙蓉"对"薜荔"，就是名词性联绵词用作对仗的例子。形容词性联绵词，有"磅礴""依稀""峥嵘"等，佳句如"但愿暂成人缱绻，不妨常任月朦胧。"（朱淑真《元夜》）动词性联绵词，有"踌躇""匍匐""徘徊"等，佳句如"田园寥落干戈后，骨肉流离道路中。"（白居易《自河南经乱关内阻饥兄弟离散各在一处因望月有感聊书所怀寄上浮梁大兄於潜七兄乌江十五兄兼示符离及下邽弟妹》）其中"寥落"和"流离"，就是动词性联绵词用作对仗的例子。一般来说，名词性联绵词、形容词性联绵词、动词性联绵词，各自相对。

（13）重叠词类：如"悠悠""幽幽""萧萧""凄凄""萋萋""滚滚""茫茫""密密""历历""沥沥""粒粒""年年"等。佳句如"晴川历历汉阳树，芳草萋萋鹦鹉洲。"（崔颢《黄鹤楼》）其中"历历"对"萋萋"，就是重叠词类用作对仗的例子。

以上十三类是近体诗中常见的用于对仗的词类，但没有包括所有用于对仗的词类。此外，还有量词类等，如"欲穷千里目，更上一层楼。"（王之涣《登鹳雀楼》）其中"千里"与"一层"相对，"里"和"层"属于量词相对。

在上述十三类中，名词类所属字词最多，最为复杂，故将名词划分为若干

小类。

（1）天文类：如"天""日""月""星""风""云""雨""雪""气""烟""阴""阳""雷""露"等。

（2）时令类：如"年""月""日""时""春""夏""秋""冬""昼""夜""朝""夕""晓""宵"等。

（3）干支类：自成一类，一般不与别类相对。如"甲""乙""丙""丁""子""丑""寅""卯"等。

（4）地理类：如"地""路""山""川""江""河""湖""海""峰""岭""浪""涛""国""城""京""郊""村""田""家"等。

（5）宫室类：如"宫""室""房""屋""楼""台""亭""阁""门""窗""阶""壁""府""库"等。

（6）器物类：如"车""舟""床""席""干""戈""旗""鼓""灯""镜""杯""盘""刀""剑"等。

（7）衣饰类：如"衣""裙""巾""布""帛""冠""簪""钗""盔""甲"等。

（8）饮食类：如"酒""茶""饭""饼""药""丹""蜜""餐""粮""油"等。

（9）形体类：如"身""首""手""足""心""胸""耳""目""音""容""声""色""蹄""爪""角""羽""魂""魄"等。

（10）人伦类：如"父""母""兄""弟""子""女""姑""舅""君""臣""将""相""农""渔""士""兵"等。

（11）人事类：如"道""德""情""志""才""力""功""名""恩""怨""歌""舞"等。

（12）文事类：包括文具和文学。如"诗""书""章""句""文""字""图""典""籍""笔""墨""纸""砚""琴""棋"等。

（13）动物类：如"鸟""兽""虫""鱼""鸿""雀""犬""虎""蝶""蝉""虾""蟹"等。

（14）植物类：如"草""木""花""果""禾""麦""杨""柳""菊""荷""枝""叶""絮"等。

一般说来，要求严格的对仗应该是同类字词相对。如形容词类对形容词类，颜色词类对颜色词类，动词类对动词类，副词类对副词类等。而名词类相对，必须是同一小类相对，才算是工对。如天文类对天文类，人事类对人事类等。

如"柳条绿日君相忆，梨叶红时我始知。"（白居易《渭村酬李十二见寄》）其中"柳"对"梨"，"条"对"叶"，是植物类相对；"绿"对"红"是颜色词类相对；"日"对"时"是时令类相对；"君"对"我"是代名词类相对；"相"对"始"是副词类相对；"忆"对"知"，是动词类相对，这就是工对的例子。

放宽点，也可邻类字词相对，这种对仗称为邻对。如名词类中的天文类对地理类，器物类对衣饰类，等等。再放宽点，相对两句中的字词，有的相对，有的不甚相对，这种对仗称为宽对。

2. 两句相对时，句子的组成结构要相同或相近

在两句相对时，除了要求词性相同或相近，还要求两句的句子组成结构相同或相近。工对的两句，句子组成结构也应是相同的。如"疏影横斜水清浅，暗香浮动月黄昏。"（林逋《山园小梅》）这两句的句子组成结构是相同的，其中"疏"对"暗"是定语对定语，"影"对"香"是主语对主语，"横斜"对"浮动"是谓语对谓语，"水清浅"对"月黄昏"是补语对补语。这两个句子中又存在着省略和倒装，"水清浅"和"月黄昏"原应是"在清浅的水面上"和"在黄昏的月色中"。

在严格的工对中，不仅句子成分相同，而且各句子成分的所处位置也相同。当然，这仅是句子组成结构相同的一个例子。句子组成结构是多种多样的，两句相同或相近的例子是不胜枚举的。

关于对仗的两条基本要求，以第一条为主。常见的对仗中，一般多注意词性的相同或相近，而不太在意句子的组成结构是否相同或相近。

第三节　对仗的规则

所谓律诗的对仗是针对近体诗中一联的出句与对句而言。在律诗的四联中，通常只要求颔联和颈联对仗，对首联和尾联则没有这种要求。

一、对仗的基本规则

1. 字数相等，平仄相反

"字数相等，平仄相反"是格律诗固有的特点。格律诗中一联诗句的字数必须相等，出句与对句都要相对，且平仄相反。所谓平仄相反，亦仅指不失对而言，主要指偶序位上的字和尾字平仄对应相反。如杜甫《秋兴》中颔联：

> 江间波浪兼天涌，塞上风云接地阴。
> 平平仄仄平平仄，仄仄平平仄仄平。

这两句诗中"江间"与"塞上"相对，"波浪"与"风云"相对，"兼天涌"与"接地阴"相对，这两句的平仄也完全相反，是工对。

2. 语义相对，词性相合

"语义相对，词性相合"是对仗的词性特征，是近体诗对仗的根本特征。语义相对是指句中所用词语的字义要相互对应；词性相合是指对应词语的词性协

调一致。如南宋叶采《暮春即事》:

> 双双瓦雀行书案,点点杨花入砚池。
>
> 闲坐小窗读周易,不知春去几多时。

这首诗中首联对仗,"双双"和"点点"相对,均为量词重叠词;"瓦雀"和"杨花"相对,均为名词;"行"和"入"相对,均为动词;"书案"和"砚池"相对,均为名词。

对仗的诗联又叫作对偶句,亦称为对联,凡是满足以上两条要求的一联诗句皆谓之对仗句。为训练儿童应对,掌握声韵格律,明清以来,才学之士编写了很多关于声韵和格律的启蒙读物,如《训蒙骈句》《声律启蒙》《笠翁对韵》等。其中,清代康熙年间车万育编写的《声律启蒙》独具一格,经久不衰。全书分为上下卷,按韵分编,包罗天文、地理、花木、鸟兽、人物、器物等的虚实应对。从单字对到双字对,三字对、五字对、七字对到十一字对,声韵协调,朗朗上口。兹将"一东"韵部的开头一段摘录如下:

> 云对雨,雪对风,晚照对晴空。来鸿对去燕,宿鸟对鸣虫。三尺剑,六钧弓,岭北对江东。人间清暑殿,天上广寒宫。两岸晓烟杨柳绿,一园春雨杏花红。两鬓风霜,途次早行之客;一蓑烟雨,溪边晚钓之翁。
>
> 沿对革,异对同,白叟对黄童。江风对海雾,牧子对渔翁。颜巷陋,阮途穷,冀北对辽东。池中濯足水,门外打头风。梁帝讲经同泰寺,汉皇置酒未央宫。尘虑萦心,懒抚七弦绿绮;霜华满鬓,羞看百炼青铜。
>
> 贫对富,塞对通,野叟对溪童。鬓皤对眉绿,齿皓对唇红。天浩浩,日融融,佩剑对弯弓。半溪流水绿,千树落花红。野渡燕穿杨柳雨,芳池鱼戏芰荷风。女子眉纤,额下现一弯新月;男儿气壮,胸中吐万丈长虹。

二、对仗在诗中的位置

一般来说,近体诗只要求颔联和颈联对仗,对首联和尾联则没有对仗的要求。如李白《送友人入蜀》:

> 见说蚕丛路,崎岖不易行。
>
> 山从人面起,云傍马头生。
>
> 芳树笼秦栈,春流绕蜀城。
>
> 升沉应已定,不必问君平。

再如欧阳修《戏答元珍》:

> 春风疑不到天涯,二月山城未见花。

残雪压枝犹有橘，冻雷惊笋欲抽芽。

夜闻归雁生乡思，病入新年感物华。

曾是洛阳花下客，野芳虽晚不须嗟。

以上两首诗的对仗皆为正格，是严格遵守格律诗规则要求的。不过，很多诗人写诗并不囿于上述的规则，在其他联中也常会出现对仗句。大致有以下几种情况：

1. 律诗中多于两联的对仗

虽然规定颔联、颈联必须对仗，也不是说首联和尾联就完全不能对仗。实际上，只要能做到，全诗四联都对仗或其中三联对仗也是可以的。

如杜甫《老病》，四联全对仗：

老病巫山里，稽留楚客中。

药残他日里，花发去年丛。

夜足沾沙雨，春多逆水风。

合分双赐笔，犹作一飘蓬。

再如杜甫《恨别》，前三联对仗：

洛城一别四千里，胡骑长驱五六年。

草木变衰行剑外，兵戈阻绝老江边。

思家步月清宵立，忆弟看云白日眠。

问道河阳近乘胜，司徒急为破幽燕。

杜甫的《悲秋》，首句不对仗，后三联对仗：

凉风动万里，群盗尚纵横。

家远传书日，秋来为客情。

愁窥高鸟过，老逐众人行。

始欲投三峡，何由见两京。

2. 诗中只一联对仗，或虽两联对仗却并非在颔联、颈联

有些诗人并不看重诗中对仗与否，有些诗歌只有一联对仗，有些虽两联对仗，却并非均在颔联和颈联。如李白《与贾至舍人于龙兴寺剪落梧桐枝望澹湖》，仅颈联对仗：

剪落青梧枝，澹湖坐可窥。

雨洗秋山净，林光澹碧滋。

水闲明镜转，云绕画屏移。

千古风流事，名贤共此时。

像上述这种只在颈联对仗的诗，被称为"蜂腰体"，谓其腰细，"若已断而复续也"。又如孟浩然的《与诸子登岘山》诗，也是"蜂腰体"的代表作：

> 人事有代谢，往来成古今。
> 江山留胜迹，我辈复登临。
> 水落鱼梁浅，天寒梦泽深。
> 羊公碑尚在，读罢泪沾襟。

再如王勃《送杜少府之任蜀州》，全诗虽有两联对仗，却不全在颔联、颈联，而是一对在首联，一对在颈联。此种对仗类型的诗歌被人称为"偷春格"，本应在颔联的对仗提前，置于首联，"如梅花偷春色而先开也"。全诗如下：

> 城阙辅三秦，风烟望五津。
> 与君离别意，同是宦游人。
> 海内存知己，天涯若比邻。
> 无为在歧路，儿女共沾巾。

李白的《送友人》诗，亦为"偷春格"的代表：

> 青山横北郭，白水绕东城。
> 此地一为别，孤蓬万里征。
> 浮云游子意，落日故人情。
> 挥手自兹去，萧萧班马鸣。

3. 绝句中的对仗

一般来说，绝句不要求对仗，但愿意用对仗亦可。绝句用对仗有以下几种情况：

（1）全诗两联均用对仗。如王之涣《登鹳雀楼》一诗：

> 白日依山尽，黄河入海流。
> 欲穷千里目，更上一层楼。

又如杜甫《绝句漫兴九首》（其七）：

> 糁径杨花铺白毡，点溪荷叶叠青钱。
> 笋根稚子无人见，沙上凫雏傍母眠。

（2）首联，即一二句对仗。如张栻《立春偶成》一诗：

> 律回岁晚冰霜少，春到人间草木知。
> 便觉眼前生意满，东风吹水绿参差。

再如夏竦《廷试》诗：

殿上衮衣明日月，砚中旗影动龙蛇。

纵横礼乐三千字，独对丹墀日未斜。

又如高蟾《下第后上永崇高侍郎》一诗：

天上碧桃和露种，日边红杏倚云栽。

芙蓉生在秋江上，不向东风怨未开。

（3）尾联，即三四句对仗。例如杜甫的《绝句漫兴九首》（其五）：

肠断春江欲尽头，杖藜徐步立芳洲。

颠狂柳絮随风去，轻薄桃花逐水流。

再如苏轼《春宵》：

春宵一刻值千金，花有清香月有阴。

歌管楼台声细细，秋千院落夜沉沉。

又如南宋僧人志南《绝句》一诗：

古木阴口系短篷，杖藜扶我过桥东。

沾衣欲湿杏花雨，吹面不寒杨柳风。

除律诗与绝句要求对仗外，排律也要求对仗。在排律中，除了首联和尾联外，中间各联都要求对仗。

第四节　对仗的避忌

诗以精练为宗旨，对于对仗句来说，精练尤其重要，从而形成了一些避忌。避忌就是在作诗中不允许出现的情形。对仗的避忌主要有两个方面：一是避同字，二是避合掌。

诗歌是用最短小的句子表达最丰富的内容，这就要求诗中尽量不要出现相同的字，相同的字容易造成词语的冗余和诗意的平淡。如王维《既蒙宥罪旋复拜官伏感圣恩窃书鄙意兼奉简新除使君等诸公》：

忽蒙汉诏还冠冕，始觉殷王解网罗。

日比皇明犹自暗，天齐圣寿未云多。

花迎喜气皆知笑，鸟识欢心亦解歌。

闻道百城新佩印，还来双阙共鸣珂。

诗中出现了两个"还"字和两个"解"字，这在诗词格律中是一种不好的

现象。出现同字在对仗中是大忌，除诗人为了某种特殊的修辞需要而特意为之，否则是不允许的。常建这首《听琴秋夜赠寇尊师》中出现的同字，显然是他特意为之的：

> 琴当秋夜听，况是洞中人。
> 一指指应法，一声声爽神。
> 寒虫临砌默，清吹袅灯频。
> 何必钟期耳，高闲自可亲。

在对仗中还应当尽量避免同义词相对。如"河"对"川"，"红"对"赤"，"兵"对"卒"，否则便是病对。如"外地见花终寂寞，异乡闻乐更凄凉"（韦庄《思归》），其中，"外地"与"异乡"是同义词，"寂寞"与"凄凉"是近义词。此对实乃句义重复，为对仗一大忌讳，即"合掌"。

合掌是指对仗的两句诗表达同一个意思。一首诗中，如果出句与对句所用的词基本同义或完全同义，那么上下句的意思就会重复，这就好像两只手掌合在一起，所以称这样的对仗为"合掌"。这种现象在唐代近体诗中会偶尔见到，宋代以后对合掌的限制更严，基本上不再出现。如"水流心不竞，云在意俱迟"（杜甫《江亭》），其中"心不竞"与"意俱迟"是一个意思，就是犯了"合掌"之病。又如"唐昌玉蕊会，崇敬牡丹期"（白居易《代书诗一百韵寄微之》），其中"玉蕊会"与"牡丹期"也是合掌，因为"玉蕊"是"牡丹"的别称，"会"与"期"的意思也相同。

此外，上下两联对仗结构完全相同，即上一联与下一联对仗方式完全一致，也是应当避免的，这种情况容易使全诗显得呆板。

第五章

绝句

　　绝句最初被称为"联句"，《文心雕龙·明诗》记载"联句共韵，则柏梁余制"。绝句起源于两汉，成形于魏晋南北朝，兴盛于唐代，通常都是四句一首。唐宋两代，绝句风靡于世，创作之繁荣，可谓空前绝后，名章佳句更如群芳争艳，美不胜收。对于"绝句"的称谓，历来有两种不同的说法：第一种说法认为，"绝句"又叫"绝诗"。按照《诗法源流》的解释，绝句是"截句"的意思，就是从律诗中截取四句，或截取首尾二联，或截取前二联或后二联，或截取中间二联（首尾、前二、后二、中二）。清代赵执信在《声调谱》中指出："两句为联，四句为绝，始于六朝，元非近体，后人误以绝句为截律诗，故致多此一问。"由此可见，"绝句"乃"截句"的说法，是一种形式主义的臆断，并不足取。

　　第二种说法认为，"绝句"从"五言短古，七言短歌"变化而来，唐人赋予它以声律，使它定型，就成了绝句。绝句每首四句，通常有五言、七言两种，简称五绝、七绝，也偶有六绝。

　　按照格律，绝句分为律绝和古绝。律绝出现在律诗兴起以后，古绝出现的年代比较久远，早在律诗出现之前就有诗人创作古绝，南朝陈代徐陵主编《玉台新咏》就有"古绝句"之称。古绝虽然押韵，但平仄相对自由。

　　唐以后，有些诗人为免受格律约束，会创作古绝。所以，在律诗、律绝盛行以后，古绝句仍然被沿用发展下来。按照每句的字数，绝句可分为五言绝句、六言绝句和七言绝句，其中以五、七言绝句居多，六言绝句很少。古绝句五言特多，而七言古绝相对就很少了。

　　五言绝句首句以不入韵为常见，七言绝句首句以入韵为常见；五言绝句以仄起为常见，七言绝句以平起为常见。晚唐以后，绝句的首句用邻韵是被容许的。

第一节　五言绝句

五言绝句是绝句的一种，就是指五言四句而又合乎律诗规范的小诗，属于近体诗范畴，有仄起、平起二格。此体源于汉代乐府小诗，深受六朝民歌影响。到了唐代，五言绝句与近体律诗如孪生姐妹，并蒂双花，以其崭新的异彩出现在诗坛上。五言绝句仅二十字，便能展现出一幅幅清新的画图，传达一种种真切的意境。因小见大，以少总多，在短章中包含着丰富的内容，是其最大特色。代表作品有王维的《鸟鸣涧》、李白的《独坐敬亭山》、杜甫的《八阵图》、刘长卿的《送灵澈上人》等。

一、诗体简介

五言四句而又合乎律诗规范的小诗，被称为五言绝句，简称五绝。

从北周诗人庾信的一首题为《绝句》的五言诗来看，五言绝句并不是唐代诗人创造的，其文体形式至少在南北朝末期就已经形成了。"客游经岁月，羁旅故情多。近学衡阳雁，秋分俱渡河。"这是庾信的《和侃法师三绝》之一。此诗平仄粘缀，完全符合唐人格律，第二、四句尾是平声韵，第一、三句尾都用仄声字，而且诗题已称为"绝"。但从总体上来说，在唐以前如此工整的五言绝句并不多，直到初唐以后，产生了近体诗，五言绝句才逐步地得以完善和定型，而此前的五言诗便通称为"五言古诗"或"五古"。

由于受字数的限制，较之其他体制的诗歌，五言绝句在创作时对语言和表现手法有很高要求，因此创作难度也更大。张谦宜曾以"短而味长，入妙尤难"八字概括五绝。

五言绝句是盛唐诗歌中最为璀璨的明珠，是唐诗中的精华。五绝在初唐时起点较高，像"初唐四杰"、宋之问等都有佳作传世，特别是王勃的五绝，以其清新优柔而被沈德潜誉为"正声之始"。盛唐时，孟浩然、储光羲、祖咏等一大批诗人对五绝作了进一步推动和完善，王维、李白更是把五绝的创作推向了极致，使五绝的发展达到了巅峰。

二、诗体格律

盛唐以前，五言绝句不但不论对仗，而且平仄也不讲究。盛唐之后，五言绝句多严格遵守格律诗之规定，虽然其中也有极少数诗人按古诗的做法写成"古体诗"，但盛唐五言绝句已经是格律上接近完美的近体诗。其主要表现在三个方面：

1.句数固定。全诗四句，每句五字，共二十字。

2.押韵严格。诗歌都是押韵的，有的句句押，有的隔句押，在隔句押韵上和古体诗没有本质区别，五言绝句的押韵严格表现在一般只押平声韵且不能出韵。也就是说，五言绝句不可押仄韵且韵脚必须用同一韵中的字，不得用邻韵的字。

3.讲究平仄。在"平平—仄仄、仄仄—平平"的基础上加一个音节形成"平平—仄仄—平、仄仄—平平—仄、平平—平—仄仄、仄仄—仄—平平"四种基本句式。

4.关于对仗问题。绝句通常也要求对仗，但要求不如律诗那样严格。律诗一般要求颔联和颈联对仗，对于首联和尾联是否对仗不做明确要求；在绝句中，一二句对仗时，三四句就不要求对仗，如沈如筠《闺怨》；三四句对仗时，一二句就不要求对仗，如孟浩然《宿建德江》;有时全诗不用对仗也是可以的,如王维《相思》。

三、平仄句型

基本句型：

> 甲：仄仄平平仄
>
> 乙：平平平仄仄
>
> 丙：平平仄仄平
>
> 丁：仄仄仄平平

1.甲型起句式

> ○仄平平仄，平平仄仄平。
>
> ○平平仄仄，○仄仄平平。

如李白《忆东山二首》（其一）：

> 不向东山久，蔷薇几度花。
>
> 白云还自散，明月落谁家。

2.乙型起句式

> ○平平仄仄，○仄仄平平。
>
> ○仄平平仄，平平仄仄平。

如李端《听筝》：

> 鸣筝金粟柱，素手玉房前。
>
> 欲得周郎顾，时时误拂弦。

3.丙型起句式

> 平平仄仄平，○仄仄平平。
>
> ○仄平平仄，平平仄仄平。

如王涯《闺人赠远五首》（其一）：

> 花明绮陌春，柳拂御沟新。

为报辽阳客，流芳不待人。

4. 丁型起句式

○仄仄平平，平平仄仄平。
○平平仄仄，○仄仄平平。

如卢纶《塞下曲》：

月黑雁飞高，单于夜遁逃。
欲将轻骑逐，大雪满弓刀。

第二节　七言绝句

每句七个字的绝句就是七言绝句。七言绝句是唐代诗歌中最具代表性的诗歌体裁之一。七绝在唐代近三百年的演进过程中，逐渐定型，作品数量不断增多，质量不断提高，内容不断丰富，风格不断趋向多样化。

唐代七绝诗坛中名家璨若群星，佳作层出不穷，留下了无数的千古绝唱，为后世的诗人树立了光辉的艺术典范，提供了无尽的艺术营养，从根本上决定了后世七绝理论批评与创作实践的走向。不论从哪方面，唐代七绝都堪称唐代诗歌史乃至整个中国诗歌史上的第一重镇。

唐代的七绝诗人用这种仅有二十八个字的短小诗体描绘山川大漠，揭露社会现实，抨击朝政黑暗，书写友谊爱情，排遣离愁别绪，展现了自然风光、社会政治、风俗习惯、士人心态等多方面的图景，其题材涉及范围之广、开掘程度之深，在七绝发展史上是空前的。诗人运用七绝一体，通过山水、田园、边塞、战乱、怀古、咏史、离别、思乡、闺怨、衮艳、悼亡以及四时、宫怨、游仙等多种题材充分表达了自己的喜怒哀乐。

作为一种成熟的诗歌体裁，唐代七言绝句具有言微旨远、含蓄蕴藉、婉转悠扬、情韵兼胜的艺术特征。

一、七绝格律分类

七绝格律分两大类，共四种句式：

1. 正格平起式两种：平起平收，首句押韵；平起仄收，首句不押韵。
2. 偏格仄起式两种：仄起平收，首句押韵；仄起仄收，首句不押韵。

二、四种基本句式

1. 首句平起入韵式

○平○仄仄平平，

○仄平平仄仄平。
○仄○平平仄仄，
○平○仄仄平平。

2. 首句平起不入韵式

○平○仄平平仄，
○仄平平仄仄平。
○仄○平平仄仄，
○平○仄仄平平。

3. 首句仄起入韵式

○仄平平○仄平，
○平○仄仄平平。
○平○仄平平仄，
○仄平平仄仄平。

4. 首句仄起不入韵式

○仄○平平仄仄，
○平○仄仄平平。
○平○仄平平仄，
○仄平平仄仄平。

三、基本句式举例

1. 首句平起不入韵式

○平○仄平平仄，
○仄平平仄仄平。
○仄○平平仄仄，
○平○仄仄平平。

如白居易《忆江柳》：

> 曾栽杨柳江南岸，一别江南两度春。
> 遥忆青青江岸上，不知攀折是何人。

2. 首句仄起不入韵式

○仄○平平仄仄，
○平○仄仄平平。
○平○仄平平仄，
○仄平平仄仄平。

如苏轼《赠刘景文》：

> 荷尽已无擎雨盖，菊残犹有傲霜枝。
> 一年好景君须记，最是橙黄橘绿时。

又如王维《九月九日忆山东兄弟》：

> 独在异乡为异客，每逢佳节倍思亲。
> 遥知兄弟登高处，遍插茱萸少一人。

3. 首句仄起入韵式

> ○仄平平○仄平，
> ○平○仄仄平平。
> ○平○仄平平仄，
> ○仄平平仄仄平。

如李商隐《夜雨寄北》：

> 君问归期未有期，巴山夜雨涨秋池。
> 何当共剪西窗烛，却话巴山夜雨时。

又如杜牧《山行》：

> 远上寒山石径斜，白云生处有人家。
> 停车坐爱枫林晚，霜叶红于二月花。

4. 首句平起入韵式

> ○平○仄仄平平，
> ○仄平平仄仄平。
> ○仄○平平仄仄，
> ○平○仄仄平平。

如李白《早发白帝城》：

> 朝辞白帝彩云间，千里江陵一日还。
> 两岸猿声啼不住，轻舟已过万重山。

又如王昌龄《出塞》：

> 秦时明月汉时关，万里长征人未还。
> 但使龙城飞将在，不教胡马度阴山。

第三节 古绝

古绝是古体诗歌的一种，与律绝相对应，不受律诗格律的束缚。古绝分为五言古绝和七言古绝。凡符合以下两种情况之一的，都可视为古绝：

第一，用仄韵；

第二，不用律句的平仄，有时不粘、不对。

当然，有些古绝是两种情况兼备。如果不用律句，只能算是古绝。五言古绝比较常见，七言古绝比较少见。古绝和律绝的界限其实并不十分清楚，在律诗兴起以后，即使写古绝，也不可能完全不受律诗的影响。

一、五言古绝

一般来说，律诗用平声韵，因此律绝也用平声韵。如果用了仄声韵，那就可以认为是古绝。例如：

悯农

李绅

其一

春种一粒粟，秋收万颗子。

四海无闲田，农夫犹饿死。

其二

锄禾日当午，汗滴禾下土。

谁知盘中餐，粒粒皆辛苦！

江上渔者

范仲淹

江上往来人，但爱鲈鱼美。

君看一叶舟，出没风波里。

从以上三首绝句中可以看出，古绝是可以不依律句的平仄的。李绅《悯农》（其一）中第一句连用三个仄声，而《悯农》（其二）中第三句连用五个平声。范仲淹的《江上渔者》用了四个律句，但是首联平仄不对，尾联出句不粘，都是不合律诗规则的。

即使用了平声韵，如果不用律句，也只能算是古绝。如：

静夜思

李白

床前明月光，疑是地上霜。

举头望明月，低头思故乡。

诗中第二句平仄为"平仄仄仄平"，不合律句；第三句不粘，第四句不对，所以只能算是古绝。

二、七言古绝

五言古绝比较常见，七言古绝比较少见。现在试举杜甫的两首七言古绝为例：

三绝句

杜甫

其二

二十一家同入蜀，惟残一人出骆谷。

自说二女啮臂时，回头却向秦云哭。

其三

殿前兵马虽骁雄，纵暴略与羌浑同。

闻道杀人汉水上，妇女多在官军中。

第一首第二句平仄为"平平仄平仄仄仄"，第三句平仄为"仄仄仄仄仄仄平"，均不合律句。全诗尾联与首联不粘，还用了仄声韵。第二首第二句平仄为"仄仄仄仄平平平"，第四句平仄为"仄仄平仄平平平"，都不合律句。

前面说过，古绝和律绝的界限不是十分清楚，这里将其分为两类，是要说明绝句既不可以完全归入古体诗，也不可以完全归入近体诗。

古体诗

古体诗是与近体诗相对的诗体。在近体诗形成之前，除楚辞外各种诗歌体裁均被视为古体诗。古体诗格律自由，不拘对仗平仄，押韵较宽，篇幅不限，句子有四言、五言、六言、七言和杂言等。

四言诗属于古体诗一类，在近体诗中已经不存在了。《诗经》中收集的上古诗歌以四言诗为主。两汉魏晋时期仍有不少人写四言诗，代表作有曹操《观沧海》、陶渊明《停云》等。

现存古体诗，以五言和七言居多，简称五古、七古。五古最早产生于汉代，代表作为《古诗十九首》。从南北朝起，到唐代及其以后的古体诗中五言占大多数。七古可能早于五古，却不常见。到唐代，七古开始大量出现，后来人们习惯把杂言诗也归入七古一类。

第一节　古体诗的韵

古体诗也是要押韵的，但与近体诗不同，古体诗用韵较宽，既可以押平声韵，也可以押仄声韵，一韵独用或通用两个以上的韵也是可行的。不过，在通用两个韵时要注意，只能是邻韵才可以通用。

一般来说，平上去三声可分为以下十五类：

第一类：平声东冬，上声董肿，去声送宋。

第二类：平声江阳，上声讲养，去声绛漾。

第三类：平声支微齐，上声纸尾荠，去声寘未霁。

第四类：平声鱼虞，上声语麌，去声御遇。

第五类：平声佳灰，上声蟹贿，去声泰卦队。

第六类：平声真文及元半，上声轸吻及阮半，去声震问及愿半。

第七类：平声寒删先及元半，上声旱潸铣及阮半，去声翰谏霰及愿半。

第八类：平声萧肴豪，上声筱巧皓，去声啸效号。

第九类：平声歌，上声哿，去声个。

第十类：平声麻，上声马，去声祃。

第十一类：平声庚青，上声梗迥，去声敬径。

第十二类：平声蒸。

第十三类：平声尤，上声有，去声宥。

第十四类：平声侵，上声寝，去声沁。

第十五类：平声覃盐咸，上声感俭豏，去声勘艳陷。

入声可分为以下八类：

第一类：屋沃。

第二类：觉药。

第三类：质物及月半。

第四类：曷黠屑及月半。

第五类：陌锡。

第六类：职。

第七类：缉。

第八类：合叶洽。

（注意：在上述二十三大类之外，有七个韵是独用的，分别是：歌、麻、蒸、尤、侵、职、缉。）

李白、白居易都致力于古体诗歌的创作，现录入两首为例：

古风

李白

其十九

西上莲花山，迢迢见明星。素手把芙蓉，虚步蹑太清。

霓裳曳广带，飘拂升天行。邀我登云台，高揖卫叔卿。

恍恍与之去，驾鸿凌紫冥。俯视洛阳川，茫茫走胡兵。

流血涂野草，豺狼尽冠缨。

本诗中，"清""行""卿""兵""缨"押庚韵；"星""冥"押青韵。

伤宅

白居易

谁家起甲第，朱门大道边？丰屋中栉比，高墙外回环。

累累六七堂，栋宇相连延。一堂费百万，郁郁起青烟。

> 洞房温且清，寒暑不能干。高堂虚且迥，坐卧见南山。
> 绕廊紫藤架，夹砌红药栏。攀枝摘樱桃，带花移牡丹。
> 主人此中坐，十载为大官。厨有臭败肉，库有贯朽钱。
> 谁能将我语，问尔骨肉间：岂无穷贱者？忍不救饥寒？
> 如何奉一身，直欲保千年？不见马家宅，今作奉诚园。

本诗中，"边""延""烟""钱""年"押先韵；"园"押元韵；"干""栏""丹""官""寒"押寒韵；"环""山""间"押删韵。

从上述诗歌中可以看出，古体诗虽然可以通押，但诗人不一定每次都用通韵。特别需要注意：上声和去声有时可以通押，但是平仄不能通韵，入声字则不能与其他各声通押。

再看陆游《醉歌》一诗：

> 读书三万卷，仕宦皆束阁；学剑四十年，虏血未染锷。
> 不得为长虹，万丈扫寥廓；又不为疾风，六月送飞雹。
> 战马死槽枥，公卿守和约。穷边指淮淝，异域视京雒。
> 於乎此何心？有酒吾忍酌？平生为衣食，敛版靴两脚。
> 心虽了是非，口不给唯诺。如今老且病，鬓秃牙齿落。
> 仰天少吐气，饿死实差乐！壮心埋不朽，千载犹可作！

全诗中，除"雹"字押觉韵外，一律都用药韵。觉和药是邻韵，本来可以跟药韵相通的。

古体诗的用韵因时代而不同。因为随着时代变化，语音也发生了一定变化，古体诗的押韵也就不那么严格了。到中晚唐时，古体诗用韵已经宽松许多。到了宋代，古体诗的用韵就更宽了。

第二节 古体诗的声

古体诗中，对四声没有严格要求，对平仄也没有任何规定。唐代以前，诗歌没有关于平仄的明确规则。唐宋以后，古体诗的平仄也是完全自由的，很多诗人在写作古体诗时，刻意避免律句，想尽可能地将古体诗与律诗区别开来，以显风格高古。

让诗作呈现高古风格的具体做法是多用拗句，从两个方面来看古体诗中的拗句：

1. 看句尾三字。常见拗句有以下四种三字尾：

甲：平平平。此句式被称为"三平调"，是古体诗最明显的特点之一，如"胡

马依北风,越鸟巢南枝。"(《古诗十九首·行行重行行》)此诗中,第二句句尾"巢南枝"三字皆为平声。

乙：平仄平。

丙：仄仄仄。

丁：仄平仄。

2.看全句平仄。拗句的平仄是相因的,而不是交替的。或二、四字都仄;或二、四字都平。七字句中，四、六字都仄或都平。

试以岑参《白雪歌送武判官归京》为例：

> 北风卷地白草折，胡天八月即飞雪。
>
> 忽如一夜春风来，千树万树梨花开。
>
> 散入珠帘湿罗幕，狐裘不暖锦衾薄。
>
> 将军角弓不得控，都护铁衣冷难着。
>
> 瀚海阑干百丈冰，愁云惨淡万里凝。
>
> 中军置酒饮归客，胡琴琵琶与羌笛。
>
> 纷纷暮雪下辕门，风掣红旗冻不翻。
>
> 轮台东门送君去，去时雪满天山路。
>
> 山回路转不见君，雪上空留马行处。

这首诗中,"胡天八月即飞雪""忽如一夜春风来""狐裘不暖锦衾薄"三句均是"三平调"。其中"北风卷地白草折""千树万树梨花开""散入珠帘湿罗幕""将军角弓不得控""都护铁衣冷难着"五句平仄相因。而"千树万树梨花开"一句符合上述两种情况。

虽然古体诗对四声没有严格的要求,但是优秀的古体诗非刻意为之,也能够自然而然地符合汉语声调的节律之美。以写作古体诗为名,违背汉语声调的节律之美,或刻意与律诗形式相区别,都是不足取的。

第三节　古体诗的粘

律诗有粘对的要求,古体诗是不讲粘对的。不拘粘对是古体诗的特点之一。如：

饮酒（其五）

陶渊明

> 结庐在人境，而无车马喧。
>
> 问君何能尔，心远地自偏。

采菊东篱下，悠然见南山。

山气日夕佳，飞鸟相与还。

此中有真意，欲辨已忘言。

陶渊明这首诗中，明显看出"失粘"的痕迹。这也是唐代以前诗人所作的诗歌，唐代以后的诗人在写作古体诗的时候，也常常不拘粘对。如高适的《封丘作》：

我本渔樵孟诸野，一生自是悠悠者。

乍可狂歌草泽中，宁堪作吏风尘下？

只言小邑无所为，公门百事皆有期。

拜迎官长心欲碎，鞭挞黎庶令人悲。

归来向家问妻子，举家尽笑今如此。

生事应须南亩田，世情付与东流水。

梦想旧山安在哉，为衔君命且迟回。

乃知梅福徒为尔，转忆陶潜归去来。

诗中第三句与第二句的二、四、六字的平仄完全相反，古体诗既然对平仄没有任何要求，自然也就不拘粘对。

第四节 古体诗的对仗

古体诗中的对仗也是极端自由的。在古体诗中，全诗可以不使用对仗，如杜甫的《岁晏行》。此诗为七言古诗，全诗分五层，共十八句，却没有一处对仗。

岁晏行

杜甫

岁云暮矣多北风，潇湘洞庭白雪中。

渔父天寒网罟冻，莫徭射雁鸣桑弓。

去年米贵阙军食，今年米贱大伤农。

高马达官厌酒肉，此辈杼轴茅茨空。

楚人重鱼不重鸟，汝休枉杀南飞鸿。

况闻处处鬻男女，割慈忍爱还租庸。

往日用钱捉私铸，今许铅锡和青铜。

刻泥为之最易得，好恶不合长相蒙。

万国城头吹画角，此曲哀怨何时终？

有些诗中用了对仗也是出于修辞上的需要，而不是格律上的要求。如岑参的《白雪歌送武判官归京》，全诗只有"瀚海阑干百丈冰，愁云惨淡万里凝""将军角弓不得控，都护铁衣冷难着"两处对仗，而且都是宽对。

古体诗中的对仗与近体诗中的对仗有三点不同之处：

1. 近体诗中，同字不能相对；古体诗中，同字可以相对。如"老翁踰墙走，老妇出门看。"（杜甫《石壕吏》）

2. 近体诗中，对仗要求平仄相对；古体诗中则没有这项要求。如"攀枝摘樱桃，带花移牡丹。"（白居易《伤宅》）

3. 近体诗中对仗求其工，古体诗中对仗求其拙。所谓"拙"与高古有着微妙的关系。对于今人来说，无须刻意求拙，纯朴自然，不受束缚自能作成好诗。

第五节 五言古诗

五言古诗形成于汉、魏时期，除每句五个字不变外，不限长短，不讲平仄，用韵自由，没有一定的格律。因与汉代乐府歌辞和唐代近体律诗、绝句皆有区别，故后世称之为五言古诗，简称"五古"。其中汉代无名氏的《古诗十九首》是五言古诗的杰出代表之一。

唐代律诗出现后，仍有很多诗人创作五言古诗。唐代的五言古诗具有鲜明的时代特色，不因袭摹拟。初唐，陈子昂、张九龄等人力追建安风骨，开启了一代有思想、有个性、有艺术特色的诗风。盛唐，李白、杜甫、王维、孟浩然都是创作五古的名家，他们或抒发性灵，寄托规讽；或缘事而发，忧国伤时；风格或沉郁顿挫，或清新婉约。中唐，韦应物、柳宗元等人也留下不少启迪后人的瑰丽诗篇。如：

古诗十九首之冉冉孤生竹

无名氏

冉冉孤生竹，结根泰山阿。

与君为新婚，菟丝附女萝。

菟丝生有时，夫妇会有宜。

千里远结婚，悠悠隔山陂。

思君令人老，轩车来何迟！

伤彼蕙兰花，含英扬光辉。

过时而不采，将随秋草萎。

君亮执高节，贱妾亦何为！

古诗十九首之明月何皎皎

无名氏

明月何皎皎，照我罗床纬帏。
忧愁不能寐，揽衣起徘徊。
客行虽云乐，不如早旋归。
出户独彷徨，愁思当告谁！
引领还入房，泪下沾裳衣。

登池上楼

谢灵运

潜虬媚幽姿，飞鸿响远音。
薄霄愧云浮，栖川怍渊沉。
进德智所拙，退耕力不任。
徇禄反穷海，卧疴对空林。
衾枕昧节候，褰开暂窥临。
倾耳聆波澜，举目眺岖嵚。
初景革绪风，新阳改故阴。
池塘生春草，园柳变鸣禽。
祁祁伤豳歌，萋萋感楚吟。
索居易永久，离群难处心。
持操岂独古，无闷征在今。

春思

李白

燕草如碧丝，秦桑低绿枝。
当君怀归日，是妾断肠时。
春风不相识，何事入罗帏？

橡媪叹

皮日休

秋深橡子熟，散落榛芜冈。
伛伛黄发媪，拾之践晨霜。
移时始盈掬，尽日方满筐。
几曝复几蒸，用作三冬粮。
山前有熟稻，紫穗袭人香。
细获又精舂，粒粒如玉珰。

持之纳于官，私室无仓箱。

如何一石余，只作五斗量！

狡吏不畏刑，贪官不避赃。

农时作私债，农毕归官仓。

自冬及于春，橡实诳饥肠。

吾闻田成子，诈仁犹自王。

吁嗟逢橡媪，不觉泪沾裳。

第六节　七言古诗

在古代诗歌中，七言古诗的形式最活泼，体裁最多样，句法和韵脚的处理最灵活自由，抒情叙事最富有表现力。七言古诗篇幅较长，每句七字或以七字句为主，代表作有曹丕的《燕歌行》、鲍照的《拟行路难》、杜甫的《观公孙大娘弟子舞剑器行并序》等。

七言古诗简称"七古"，是七言古诗和七言歌行的统称。古体诗中所谓七言，并不是说全诗每一句都必须是七个字，只要诗中大多数句子是七言，就能算作七言古诗。

如李白的《蜀道难》开篇有"噫吁嚱"三言，有"危乎高哉"四言，后面又有"蚕丛及鱼凫，开国何茫然"五言，"上有六龙回日之高标，下有冲波逆折之回川"九言，但这首诗仍算作七言歌行，而不是杂言诗。

七言古诗和七言歌行还是有区别的。首先，二者渊源不同。七言歌行源于古乐府，汉魏乐府中的《长歌行》《短歌行》《燕歌行》《齐歌行》《艳歌行》《怨歌行》《伤歌行》《悲歌行》《鞠歌行》《棹歌行》可视为唐代歌行之祖。而七古则是七律产生之后别立的诗体。

其次，二者体式特征不同。七言古诗句脚多用三平调、句中不避孤平；七言歌行初期在体式格调上与七古相似，因歌行要适宜歌唱而着意追求声韵和谐，渐渐出现律化的现象。

最后，二者文学风貌不同，七言古诗端正浑厚、庄重典雅，七言歌行则宛转流动、纵横多姿。

在诗歌创作中，常会见到以七古笔法写歌行、以歌行笔法写七古，但仍不难分辨出二者之间的差异。像杜甫的《寄韩谏议注》、卢仝的《月蚀诗》、韩愈《谒衡岳庙遂宿岳寺题门楼》等诗只能算是七言古诗；王维《桃源行》、李白《梦游天姥吟留别》、白居易《长恨歌》、韦庄《秦妇吟》依然是七言歌行。

在七言古诗的发展进程中，李白功不可没。李白的七古有丰富的社会内容

和巨大的思想容量，在反映生活的深度与广度方面，都达到了前所未有的高度；在艺术上，具有句式多变和韵律结构多变两个突出特点，从而把七古的艺术表现力推到了前所未有的高度。

在李白的七古中，浪漫主义精神得到了最充分的表现，浪漫主义艺术特征得到了最充分的发挥。如：

远别离

李白

远别离，古有皇英之二女，乃在洞庭之南，潇湘之浦。海水直下万里深，谁人不言此离苦？日惨惨兮云冥冥，猩猩啼烟兮鬼啸雨。我纵言之将何补？皇穹窃恐不照余之忠诚，雷凭凭兮欲吼怒。尧舜当之亦禅禹。君失臣兮龙为鱼，权归臣兮鼠变虎。或言尧幽囚，舜野死。九疑联绵皆相似，重瞳孤坟竟何是？帝子泣兮绿云间，随风波兮去无还。恸哭兮远望，见苍梧之深山。苍梧山崩湘水绝，竹上之泪乃可灭。

梦游天姥吟留别

李白

海客谈瀛洲，烟涛微茫信难求。越人语天姥，云霓明灭或可睹。天姥连天向天横，势拔五岳掩赤城。天台四万八千丈，对此欲倒东南倾。我欲因之梦吴越，一夜飞度镜湖月。湖月照我影，送我至剡溪。谢公宿处今尚在，渌水荡漾清猿啼。脚著谢公屐，身登青云梯。半壁见海日，空中闻天鸡。千岩万转路不定，迷花倚石忽已暝。熊咆龙吟殷岩泉，栗深林兮惊层巅。云青青兮欲雨，水澹澹兮生烟。列缺霹雳，丘峦崩摧。洞天石扉，訇然中开。青冥浩荡不见底，日月照耀金银台。霓为衣兮风为马，云之君兮纷纷而来下。虎鼓瑟兮鸾回车，仙之人兮列如麻。忽魂悸以魄动，恍惊起而长嗟。惟觉时之枕席，失向来之烟霞。世间行乐亦如此，古来万事东流水。别君去兮何时还？且放白鹿青崖间，须行即骑访名山。安能摧眉折腰事权贵，使我不得开心颜！

将进酒

李白

君不见，黄河之水天上来，奔流到海不复回。君不见，高堂明镜悲白发，朝如青丝暮成雪。人生得意须尽欢，莫使金樽空对月。天生我材必有用，千金散尽还复来。烹羊宰牛且为乐，会须一饮三百杯。岑夫子，丹丘生，将进酒，杯莫停。与君歌一曲，请君为我侧耳听。钟鼓馔玉不足贵，但愿长醉不愿醒。古来圣贤皆寂寞，惟有饮者留其名。陈王昔时宴平乐，斗酒十千恣欢谑。主人

何为言少钱，径须沽取对君酌。五花马，千金裘，呼儿将出换美酒，与尔同销万古愁。

兵车行

杜甫

车辚辚，马萧萧，行人弓箭各在腰。耶娘妻子走相送，尘埃不见咸阳桥。牵衣顿足拦道哭，哭声直上干云霄。道傍过者问行人，行人但云点行频。或从十五北防河，便至四十西营田。去时里正与裹头，归来头白还戍边。边庭流血成海水，武皇开边意未已。君不闻汉家山东二百州，千村万落生荆杞。纵有健妇把锄犁，禾生陇亩无东西。况复秦兵耐苦战，被驱不异犬与鸡。长者虽有问，役夫敢申恨？且如今年冬，未休关西卒。县官急索租，租税从何出？信知生男恶，反是生女好。生女犹得嫁比邻，生男埋没随百草。君不见青海头，古来白骨无人收。新鬼烦冤旧鬼哭，天阴雨湿声啾啾。

第七节　乐府诗

自秦代始，朝廷专门设立配置乐曲、训练乐工和采集民歌的机构，即乐府。西汉武帝时期，乐府的职能得到进一步强化，除了组织文人创作朝廷所用的歌诗外，还广泛搜集各地民间歌谣，使其得以流传下来。此时诗人创作的乐府歌诗不但在享宴所用，还在祭天时演唱，乐府的地位明显提高。成帝末年，乐府增至八百余人，规模空前庞大。

东汉时期，管理音乐的机关分属两个系统，一个是太乐署，一个是黄门鼓吹署。

在东汉，由承华令掌管的黄门鼓吹署为天子享宴群臣提供歌诗，实际上发挥着西汉乐府的作用。东汉的乐府诗歌主要是由黄门鼓吹署搜集、演唱，因此得以保存。

乐府机关采制的诗歌在汉代称作"歌诗"，到魏晋时始称"乐府"或"汉乐府"。此时乐府不仅仅是官府机构，还是一种诗歌体裁，后世诗人仿照这种形式作的诗，亦称"乐府诗"。

一、两汉乐府诗概览

汉乐府是继《诗经》之后的一次古代民歌大汇集，并开创了诗歌现实主义的新风。

汉乐府由杂言渐趋向五言，采用叙事写法，刻画人物细致入微，创造人物性格鲜明，故事情节较为完整，而且能突出思想内涵，着重描绘典型细节，是

中国诗史五言诗体发展的一个重要阶段，可与《诗经》《楚辞》鼎足而立。

宋人郭茂倩编《乐府诗集》，收罗两汉至五代的乐府歌诗。全书共一百卷，分郊庙歌辞、燕射歌辞、鼓吹由辞、横吹曲辞、相和歌辞、清商曲辞、舞曲歌辞、琴曲歌辞、杂曲歌辞、近代曲辞、杂歌谣辞、新乐府辞等十二类。现存汉乐府民歌四十余篇。

乐府诗多反映底层人民日常生活，句式以杂言和五言为主，感情大胆直露，语言清新活泼，长于叙事铺陈，为中国古代叙事诗的发展奠定了基础。同时也道出了那个时代的苦与乐、爱与恨，以及对于生与死的人生态度。

相和歌辞中的《东门行》《妇病行》《孤儿行》表现了平民百姓的生活疾苦，是来自社会最底层的呻吟呼号，而且诗人对下层贫民的不幸遭遇寄予深切同情和强烈愤慨。

《鸡鸣》《相逢行》《长安有狭斜行》三诗展示了与《东门行》等诗完全不同的景象。这三首诗对富贵之家气象的展现，对中国古代文学创作具有示范性，后来许多同类作品都以此作为蓝本。

爱情婚姻题材作品在两汉乐府诗中占有较大比重，这些诗篇大多来自民间，或是出自下层诗人之手，因此在表达爱与恨时，都大胆泼辣，毫不掩饰。

如无名氏所作的《上邪》：

上邪！我欲与君相知，长命无绝衰。山无陵，江水为竭，冬雷震震，夏雨雪，天地合，乃敢与君绝！

这首诗是女子的自誓之词，她指天为誓，表明要与意中人结为终身伴侣，然后举五种反常的自然现象来表白自己对爱情的坚贞。诗歌借由这五种反常的自然现象增强抒情的力度，用语奇警，气势豪放，被誉为"短章中的神品"。

二、两汉乐府诗的特点

汉乐府"缘事而发"，叙事性是它最大的艺术特色。《诗经》中某些带有叙事成分的作品是通过主人公的倾诉来表达的，如《国风》中的《氓》《谷风》，仍缺乏完整的人物、情节，以及中心事件的描绘；汉乐府民歌中出现了第三者叙述故事的作品，其中有一定性格的人物形象和相对完整的故事情节，如《陌上桑》《孔雀东南飞》。

汉乐府民歌的故事性、戏剧性大大加强，标志着叙事诗进入一个新的发展阶段。

汉乐府民歌高度的艺术性主要表现在：

1. 善于通过语言和行动表现人物性格

汉乐府中有些诗歌采用对话形式来表现人物性格，如《陌上桑》中罗敷和使君的对话，《东门行》中妻子和丈夫的对话；有些采用独白形式，以第一人称口吻直接向读者倾诉，如《孤儿行》《白头吟》《上邪》等。同时，还注意对人物行动和细节的刻画，如《艳歌行》：

翩翩堂前燕，冬藏夏来见；兄弟两三人，流宕在他县。故衣谁当补，新衣谁当绽？赖得贤主人，览取为吾绲。夫婿从门来，斜柯西北眄。"语卿且勿眄，水清石自见。"石见何累累，远行不如归。

诗中描写"夫婿"进门后，看到妻子给流浪汉缝补衣服时，用了一句"斜柯西北眄"，让读者眼前立刻呈现出丈夫倚着门框，斜着眼睛，内心充满猜疑的形象，十分生动。

2. 语言朴素自然，情感丰富

汉乐府民歌的语言多口语，其中饱含丰富的感情，具有强烈的感染力。汉乐府民歌所叙之事大都是下层民众之事，诗人往往就是诗中的主人公；有一些诗人和他所描写的人物有着共同的命运和生活体验，所以叙事和抒情便很自然地融合在一起。如《孤儿行》：

孤儿生，孤儿遇生，命独当苦！父母在时，乘坚车，驾驷马。父母已去，兄嫂令我行贾。南到九江，东到齐与鲁。腊月来归，不敢自言苦。头多虮虱，面目多尘。大兄言"办饭"！大嫂言"视马"！上高堂，行取殿下堂。孤儿泪下如雨。使我朝行汲，暮得水来归。手为错，足下无菲。怆怆履霜，中多蒺藜。拔断蒺藜肠肉中，怆欲悲。泪下渫渫，清涕累累。冬无复襦，夏无单衣。居生不乐，不如早去，下从地下黄泉！春气动，草萌芽。三月蚕桑，六月收瓜。将是瓜车，来到还家。瓜车反覆，助我者少，啖瓜者多。"愿还我蒂，兄与嫂严，独且急归，当兴校计。"乱曰：里中一何谣谣，愿欲寄尺书，将与地下父母：兄嫂难与久居！

这首《孤儿行》并没有对孤儿的痛苦做任何空洞的呼喊，而是着重于对孤儿生活现状的具体描绘，是一个很大的特点，也更能引起他人内心的哀痛和震荡。

3. 形式自由多样

汉乐府民歌没有固定的章法、句法，形式上长短随意，整散不拘，少数作品沿用《诗经》的四言体，如《公无渡河》《善哉行》等。

此时，汉乐府民歌中出现了新的形式，主要有两种：一种是杂言体。《诗经》中已出现杂言诗，但数量较少，变化也不大。汉乐府民歌中杂言体有了较大发展，

一篇之中,由一二字到八九字乃至十字的句式都有,如《孤儿行》中"不如早去,下从地下黄泉"便是十字成句。另一种是五言体。汉代以前,还没有完整的五言诗,五言诗可谓是汉乐府的独创,并出现了《陌上桑》这样完美的长篇五言诗。但是从现存《薤露》《蒿里》两篇来看,汉乐府民歌中应该也有完整的七言诗。

4.浪漫主义色彩浓厚

汉乐府民歌多数是现实主义诗篇,但有些作品具有不同程度的浪漫主义色彩,如《上邪》那种山洪暴发般的激情和高度夸张,便是典型的浪漫主义表现手法。

特别值得注意的是《陌上桑》:

> 日出东南隅,照我秦氏楼。秦氏有好女,自名为罗敷。罗敷善蚕桑,采桑城南隅;青丝为笼系,桂枝为笼钩。头上倭堕髻,耳中明月珠;缃绮为下裙,紫绮为上襦。行者见罗敷,下担捋髭须;少年见罗敷,脱帽著帩头。耕者忘其犁,锄者忘其锄;来归相怨怒,但坐观罗敷。使君从南来,五马立踟蹰。使君遣吏往,问是谁家姝?"秦氏有好女,自名为罗敷。""罗敷年几何?""二十尚不足,十五颇有余。"使君谢罗敷:"宁可共载不?"罗敷前致辞:"使君一何愚!使君自有妇,罗敷自有夫。东方千余骑,夫婿居上头。何用识夫婿?白马从骊驹;青丝系马尾,黄金络马头;腰中鹿卢剑,可值千万余。十五府小吏,二十朝大夫,三十侍中郎,四十专城居。为人洁白皙,鬑鬑颇有须;盈盈公府步,冉冉府中趋。坐中数千人,皆言夫婿殊。"

这首诗从精神到表现手法结合了现实主义和浪漫主义两种因素。诗中主人公秦罗敷是来自生活的现实人物,又是蔑视权贵、不惧强暴的理想代表,在她身上体现了底层民众的美好愿望和高贵品质。现实主义和浪漫主义有机结合,以及对现实主义的精确描绘和对浪漫主义的夸张虚构这两种艺术方法相互渗透,从而塑造出罗敷这一卓越形象。而且这种结合是自发的、自然而然的,这是一种值得我们借鉴的创作经验。

两汉乐府诗在表现人世间的苦与乐、两性关系的爱与恨时,受《诗经》影响较深,有国风、小雅的余韵;而在抒发乐生恶死愿望时,主要是继承楚文化的传统,受《庄》《骚》影响较大。

三、经典作品欣赏

十五从军征

十五从军征,八十始得归。道逢乡里人,家中有阿谁?遥看是君家,松柏冢累累。兔从狗窦入,雉从梁上飞。中庭生旅谷,井上生旅葵。舂谷持作饭,采葵持作羹。羹饭一时熟,不知贻阿谁。出门东向望,泪落沾我衣。

战城南

战城南，死郭北，野死不葬乌可食。为我谓乌："且为客豪，野死谅不葬，腐肉安能去子逃？"水深激激，蒲苇冥冥。枭骑战斗死，驽马裴回鸣。梁筑室，何以南，何以北，禾黍不获君何食？愿为忠臣安可得？思子良臣，良臣诚可思：朝行出攻，暮不夜归。

妇病行

妇病连年累岁，传呼丈人前一言。当言未及得言，不知泪下一何翩翩。"属累君两三孤子，莫我儿饥且寒，有过慎莫笪笞，行当折摇，思复念之。"乱曰：抱时无衣，襦复无里。闭门塞牖，舍孤儿到市。道逢亲交，泣坐不能起。从乞求与孤儿买饵，对交啼泣，泪不可止。"我欲不伤悲不能已！"探怀中钱持授交。入门见孤儿，啼索其母抱。徘徊空舍中，"行复尔耳，弃置勿复道。"

饮马长城窟行

青青河畔草，绵绵思远道。远道不可思，宿昔梦见之。梦见在我傍，忽觉在他乡。他乡各异县，辗转不相见。枯桑知天风，海水知天寒。入门各自媚，谁肯相为言。客从远方来，遗我双鲤鱼。呼儿烹鲤鱼，中有尺素书。长跪读素书，书中竟何如？上言加餐饭，下言长相忆。

有所思

有所思，乃在大海南。何用问遗君，双珠玳瑁簪，用玉绍缭之。闻君有他心，拉杂摧烧之。摧烧之，当风扬其灰。从今以往，勿复相思！相思与君绝，鸡鸣狗吠，兄嫂当知之。妃呼豨！秋风肃肃晨风飔，东方须臾高知之。

上山采蘼芜

上山采蘼芜，下山逢故夫。长跪问故夫："新人复何如？""新人虽言好，未若故人姝。颜色类相似，手爪不相如。""新人从门入，故人从阁去。""新人工织缣，故人工织素。织缣日一匹，织素五丈余，将缣来比素，新人不如故。"

长歌行

青青园中葵，朝露待日晞。阳春布德泽，万物生光辉。常恐秋节至，焜黄华叶衰。百川东到海，何时复西归？少壮不努力，老大徒伤悲！

江南

江南可采莲，莲叶何田田。鱼戏莲叶间，鱼戏莲叶东，鱼戏莲叶西，鱼戏莲叶南，鱼戏莲叶北。

木兰诗

唧唧复唧唧，木兰当户织。不闻机杼声，惟闻女叹息。问女何所思，问女何所忆。女亦无所思，女亦无所忆。昨夜见军帖，可汗大点兵，军书十二卷，卷卷有爷名。阿爷无大儿，木兰无长兄，愿为市鞍马，从此替爷征。东市买骏马，西市买鞍鞯，南市买辔头，北市买长鞭。旦辞爷娘去，暮宿黄河边，不闻爷娘唤女声，但闻黄河流水鸣溅溅。旦辞黄河去，暮至黑山头，不闻爷娘唤女声，但闻燕山胡骑鸣啾啾。万里赴戎机，关山度若飞。朔气传金柝，寒光照铁衣。将军百战死，壮士十年归。归来见天子，天子坐明堂。策勋十二转，赏赐百千强。可汗问所欲，木兰不用尚书郎；愿驰千里足，送儿还故乡。爷娘闻女来，出郭相扶将；阿姊闻妹来，当户理红妆；小弟闻姊来，磨刀霍霍向猪羊。开我东阁门，坐我西阁床，脱我战时袍，著我旧时裳，当窗理云鬓，对镜帖花黄。出门看伙伴，伙伴皆惊惶：同行十二年，不知木兰是女郎。雄兔脚扑朔，雌兔眼迷离；双兔傍地走，安能辨我是雄雌！

第八节　歌行体

歌行体，又称乐府歌行体，为南朝鲍照所独创。起初，歌行体摹拟两汉乐府，并自创格调，多为七言，也有五言、杂言，可兼用长短句，形式自由、灵活，富于变化，可用于歌唱。

如李颀的《古从军行》：

> 白日登山望烽火，黄昏饮马傍交河。
> 行人刁斗风沙暗，公主琵琶幽怨多。
> 野云万里无城郭，雨雪纷纷连大漠。
> 胡雁哀鸣夜夜飞，胡儿眼泪双双落。
> 闻道玉门犹被遮，应将性命逐轻车。
> 年年战骨埋荒外，空见蒲桃入汉家。

歌行体的特点主要有以下几个方面：

1.篇幅可长可短。岑参的《轮台歌奉送封大夫出师西征》共十八句，杜甫的《茅屋为秋风所破歌》二十四句，白居易的《长恨歌》多达一百二十句。

2.表达方式类似于古乐府的叙事方法，把刻画人物、记录言谈、发表议论、抒发感慨融为一体，内容充实而生动。如杜甫的《兵车行》，诗中既有"行人"出征时的记叙，又有"道旁过者"与"行人"的问答，也有"信知生男恶，反是生女好"的感叹，读后催人肝肠，令人唏嘘不已。

3.声律、韵脚比较自由，平仄不拘，中途可以换韵。歌行体诗歌冲破了格

律诗的束缚，因为它要"放情长言"，因而句子也多，再要一韵到底，平仄讲究就很困难了。例如杜甫的《茅屋为秋风所破歌》，全诗不过二十四句，却换了好几个韵脚。可见歌行体的形式比较自由，韵脚的设置主要由内容决定。

4. 句式灵活，多为七言，有些以七言为主，穿插三、五、九言。如杜甫的《茅屋为秋风所破歌》基本上是以七言为主，间以二言——"呜呼"，也有九言——"何时眼前突兀见此屋，吾庐独破受冻死亦足"。

5. 诗人常以"歌""行"或"歌行"来命名。如白居易的《长恨歌》、王维的《洛阳女儿行》、白居易的《长恨歌》、杜甫的《兵车行》、高适的《燕歌行》、陈子龙的《易水歌》，等等。

第九节　柏梁体

柏梁体又称"柏梁台体""柏梁台诗"，这种诗每句七言，都押平声韵，全篇不换韵，是七言诗的先河。相传汉武帝建筑柏梁台，与群臣联句赋诗，句句用韵，故将这种诗称为"柏梁体"。

鲍照以前的七言诗都是句句用韵的，古代另有一种隔句用韵的七言诗。由于柏梁体用韵过密，等到南北朝以后，七言诗就变成隔句用韵了，句句用韵的七言诗变成了特殊的诗体——柏梁体。唐代以后，古风格局越发松散，用韵排句不如从前讲究，一句一韵更为少见。

曹丕的《燕歌行》是柏梁体的一个典型例子：

燕歌行

曹丕

秋风萧瑟天气凉，草木摇落露为霜，群燕辞归雁南翔。
念君客游思断肠，慊慊思归恋故乡，何为淹留寄他方？
贱妾茕茕守空房，忧来思君不敢忘，不觉泪下沾衣裳。
援琴鸣弦发清商，短歌微吟不能长。明月皎皎照我床，
星汉西流夜未央。牵牛织女遥相望，尔独何辜限河梁。

第十节　楚辞体

战国中晚期，位于长江流域的楚地诗人吸收南方民歌的精华，继承《诗经》的铺陈辞藻、咏物的风格，融合上古神话传说，创造出一种新诗体，后人称之为楚辞体，又名"骚体"。

　　它结构宏伟，句式新颖灵活，打破了《诗经》四字一句的死板格式，而且更富有个性、激情和想象力。代表作家是屈原、宋玉，代表作品有屈原《离骚》《九歌》《九章》等。

　　可以说，楚辞的出现打破了《诗经》之后沉寂了三百年的诗坛，它以一种奇诡的异彩开创了中国文学史的一个辉煌时代。

　　楚辞运用楚地的文学样式、方言声韵，叙写楚地风土物产等，具有浓厚的地方色彩，富含抒情成分和浪漫气息，而形式上的活泼多样使楚辞更适宜于抒写复杂的社会生活和表达诗人丰富的思想感情。

　　楚辞的语句特征明显，采取三言至八言参差不齐的句式，每句三个节拍；篇幅、字句较长，可根据需要而任意扩充；形式也较自由，并多用"兮"字以助语势；句中常有虚词，可算作句中字数，也可以不算。下面选取屈原《九歌》中两首为例：

湘君

　　君不行兮夷犹，蹇谁留兮中洲。美要眇兮宜修，沛吾乘兮桂舟。令沅湘兮无波，使江水兮安流。望夫君兮未来，吹参差兮谁思。驾飞龙兮北征，邅吾道兮洞庭。薜荔柏兮蕙绸，荪桡兮兰旌。望涔阳兮极浦，横大江兮扬灵。扬灵兮未极，女婵媛兮为余太息。横流涕兮潺湲，隐思君兮陫侧。桂棹兮兰枻，斲冰兮积雪。采薜荔兮水中，搴芙蓉兮木末。心不同兮媒劳，恩不甚兮轻绝。石濑兮浅浅，飞龙兮翩翩。交不忠兮怨长，期不信兮告余以不闲。鼂骋骛兮江皋，夕弭节兮北渚。鸟次兮屋上，水周兮堂下。捐余玦兮江中，遗余佩兮醴浦。采芳洲兮杜若，将以遗兮下女。时不可兮再得，聊逍遥兮容与。

湘夫人

　　帝子降兮北渚，目眇眇兮愁予。嫋嫋兮秋风，洞庭波兮木叶下。登白薠兮骋望，与佳期兮夕张。鸟何萃兮蘋中，罾何为兮木上？沅有芷兮澧有兰，思公子兮未敢言。荒忽兮远望，观流水兮潺湲。麋何食兮庭中，蛟何为兮水裔。朝驰余马兮江皋，夕济兮西澨。闻佳人兮召予，将腾驾兮偕逝。筑室兮水中，葺之兮荷盖。荪壁兮紫坛，播芳椒兮成堂。桂栋兮兰橑，辛夷楣兮药房。罔薜荔兮为帷，擗蕙櫋兮既张。白玉兮为镇，疏石兰兮为芳。芷茸兮荷屋，缭之兮杜衡。合百草兮实庭，建芳馨兮庑门。九嶷缤兮并迎，灵之来兮如云。捐余袂兮江中，遗余褋兮醴浦。搴汀洲兮杜若，将以遗兮远者。时不可兮骤得，聊逍遥兮容与！

　　从上述楚辞作品中可以看出，与《诗经》相比，楚辞的篇章、体制都较庞大，更显其宏伟繁复，而诗中绮丽的语言和浓厚的巫文化色彩，充满着浪漫的气息。

中国文学史上，"风骚"并举。"风"就是十五国风，代表作为《诗经》；"骚"就是《离骚》，代表作为《楚辞》，二者是中国文学史上现实主义与浪漫主义创作的两大重要流派。由此可见，楚辞在中国文学史上的地位。

第七章

诗书

诗歌可谓是中国文学史上一场华美的盛宴，而因其而生的诗集、诗选、诗话，更为整个文学史增色不少。这些关于"诗"的"书"为诗歌的保存和整理、为后世的创作和赏析留下了不可多得的宝贵财富。

第一节　诗集

自《诗经》问世以来，两千多年间，不断有诗集流传后世。《楚辞》《玉台新咏》《乐府诗集》《全唐诗》《李太白文集》《白氏长庆集》《杜少陵集》《全宋诗》《剑南诗稿》《新乐府》《李义山诗集》《东坡七集》《王右丞集》《饮水诗集》《明诗纪事》《清诗汇》，等等，可谓层出不穷。现将部分诗集简介如下：

一、《诗经》

《诗经》收录了周初至春秋中叶约五百年间的诗歌，约在公元前六世纪编订成书。《诗经》是我国第一部诗歌总集，共三百零五篇，另有六篇笙诗，有目无辞。《诗经》多以四言为主，兼有杂言。《诗经》全面记录了周代的社会生活，真实反映了奴隶社会从盛到衰的全貌。

先秦时期，称《诗经》为《诗》或"诗三百"。从西汉起，儒家尊《诗经》为经典，始称《诗经》，并沿用至今。汉代，鲁、齐、韩三家以今文解说《诗经》，被设为官学，史称"三家诗"。同时鲁人毛亨、赵人毛苌以古文注释《诗经》，在民间广泛流传，并盛行于世，称"毛诗"，就是我们今天看到的《诗经》。《诗经》中诗歌的作者大部分都已无法考证，诗歌内容所涉及的区域主要在黄河流域。

《诗经》中诗歌的分类，有"四始六义"之说。"四始"是指《风》《大雅》《小雅》《颂》的四篇列首位的诗。"六义"是指"风、雅、颂、赋、比、兴"。按照音乐的不同，《诗经》可分为"风、雅、颂"三义；按照表现手法的不同，可分

为"赋、比、兴"三义。

《诗经》的收集和编选，历代说法众多，主要有"王官采诗""公卿献诗""孔子删诗"三种：

1. 王官采诗说。周代时，朝廷派出使者在农忙时期到全国各地采集民谣，由史官汇集整理后给天子看，目的是了解民情。《孔丛子·巡狩篇》载："古者天子命史采歌谣，以观民风。"

2. 公卿献诗说。《国语·周语》载："天子听政，使公卿至于列士献诗，瞽献曲……师箴，瞍赋，矇诵。"周代时，天子为了"考其俗尚之美恶"，便下令诸侯献诗，以此"知其政治之得失"。

3. 孔子删诗说。传说，原有诗三千篇，孔子按照礼义的标准选出其中三百篇，编辑整理出《诗》。《史记·孔子世家》载："古者诗三千余篇，及至孔子，去其重，取可施于礼义……三百五篇。"古今众多学者，如唐代孔颖达，宋代朱熹，清代朱彝尊、魏源等，均对此说持怀疑态度。

现在通常认为，《诗经》是各诸侯国协助朝廷采集，由史官和乐师编纂整理而成，孔子也参与整理的过程。

《诗经》是中国文学的主要源头之一，开创了中国诗歌现实主义流派的先河，奠定了我国诗歌的优良传统，其中关注现实的热情、强烈的政治和道德意识、积极的人生态度直接影响了后世诗人的创作。

二、《楚辞》

楚辞又叫"楚词"，是战国时期楚国诗人屈原创造的一种诗体，与《诗经》共同构成中国文学的源头。楚辞运用楚地的文学样式、方言声韵，叙写楚地山川人物、历史风情，具有浓厚的地方特色。

西汉末年，刘向把屈原、宋玉等人的作品编纂成集，名为《楚辞》。《楚辞》是我国第一部浪漫主义诗歌总集，也是继《诗经》之后，对我国文学具有深远影响的一部诗歌总集。

《楚辞》中收录的主要是屈原的作品，共二十五篇作品归到屈原名下：《离骚》《天问》《远游》《卜居》《渔父》及《九歌》（十一篇）和《九章》（九篇）。此外，还收入了宋玉的《九辩》《招魂》，景差的《大招》，贾谊的《惜誓》，淮南小山的《招隐士》，东方朔的《七谏》，严忌的《哀时命》，王褒的《九怀》，以及刘向自己的《九叹》等作品，这些作品大都承袭屈赋的形式。

刘向所编辑的《楚辞》共十六卷，现如今已经失佚。东汉时期，王逸重新编纂《楚辞》。他在刘向《楚辞》的基础上，加入自己所作的《九思》，成十七篇，并为全书作注，成《楚辞章句》，是《楚辞》最早的完整注本。

三、《玉台新咏》

《玉台新咏》收录上至西汉、下迄南朝梁代的诗歌，收诗七百六十九篇，计有五言诗八卷，歌行一卷，五言四句诗一卷，共为十卷。除第九卷中的《越人歌》相传作于春秋战国之间外，其余都是自汉迄梁的作品。《玉台新咏》是继《诗经》《楚辞》之后中国古代第三部诗歌总集，通常认为是南朝徐陵在梁中叶时所编。

《玉台新咏序》说，本书编纂宗旨是"选录艳歌"，即主要收录男女闺情之作，入选各篇皆语言明白，如汉时童谣歌、晋惠帝时童谣等，凡深奥典重者一概弃之不录。

《玉台新咏》较重视民间文学，如《孔雀东南飞》首见于此书。同时，《玉台新咏》也较重视五言四句的短歌句，收录达一卷之多，这对唐代五言绝句的发展起到一定的推动作用。

《玉台新咏》并不像《文选》那样不录在世人物之作，它选录了梁中叶以后不少诗人的作品，如沈约的《八咏》一类杂言诗。这些诗作比"永明体"更讲究声律和对仗，可以更清晰地看到"近体诗"萌芽与成长的过程。

《玉台新咏》中虽有一些格调不高的艳诗，但也有不少表现真挚爱情和妇女痛苦等社会现实的作品，如《上山采蘼芜》《陌上桑》《羽林郎》等。其中收录的《孔雀东南飞》详尽地描写了一个封建家庭悲剧的全部过程，这样的诗歌不在少数，也可见《玉台新咏》中也并非全都是艳诗。

四、《乐府诗集》

《乐府诗集》为宋代郭茂倩所编，辑录从汉魏到唐五代的乐府歌辞兼及先秦至唐末的歌谣，共五千余首。全书一百卷，分十二大类，各类有总序，每曲有题解。《乐府诗集》搜集广泛，是一部完备的总括我国古代乐府歌辞的诗歌总集，因考据精博而为学术界所重视。

《乐府诗集》分为十二大类，分别是：郊庙歌辞、燕射歌辞、鼓吹曲辞、横吹曲辞、相和歌辞、清商曲辞、舞曲歌辞、琴曲歌辞、杂曲歌辞、近代曲辞、杂歌谣辞、新乐府辞。某些大类下又分若干小类，如《横吹曲辞》又分汉横吹曲、梁鼓角横吹曲等类；相和歌辞又分为相和六引、相和曲、吟叹曲、平调曲、清调曲、瑟调曲、楚调曲和大曲等类；清商曲辞中又分为吴声歌与西曲歌等类。

《乐府诗集》的编排体例是把每一种曲调的"古辞"或较早出现的诗列于前，后人拟作列于后，例如，"相和歌辞"中录有《薤露》和《蒿里》二曲"古辞"，而《宋书·乐志》中仅载曹操的拟作。虽然曹操的拟作从思想内容到艺术技巧都高于"古辞"，却不足以说明这种曲调的来源及其本意。又如，书中把陆机的求仙诗《东武吟行》和鲍照的《代东武吟》编排在一起，以便说明同一曲调可

以谱写成内容完全不同的各种诗歌。

《乐府诗集》以音乐曲调分类著录诗歌，对各类乐曲的起源、性质及演唱时所使用的乐器等都做了较详细的介绍和说明。还有一个特殊的贡献是对一些古辞已亡佚却仍有影响的乐曲作了说明，如"杂曲歌辞"中的《行路难》。郭茂倩在《行路难》的说明中引证了《陈武别传》，指出这个曲调在魏晋以前，就在北方牧民中流行，说明它早在汉代可能已经产生，并非鲍照的拟作为最早。而且，书中的说明征引了许多业已散佚的著作，如刘宋张永的《元嘉正声伎录》、南齐王僧虔的《伎录》、陈释智匠的《古今乐录》等书，使许多珍贵的史料得以保存。

不过，《乐府诗集》也存在较多的缺点。清代纪昀在《四库全书总目》中指出郭茂倩将某些文人诗列入乐府题目有失恰当。此外，《乐府诗集》重在曲调，所录歌辞往往与对曲调的叙述不太一致，如"近代曲辞"中的《水调歌》，编者认为是隋炀帝游江都时制，而书中所录"唐曲"却并未注明作者。

五、《全唐诗》

《全唐诗》是我国最大的诗歌集，由1705年康熙授意江宁织造曹寅主持编修唐代诗歌而成。曹寅邀请了彭定求、沈立曾、杨中讷等十人参与编书。次年十月，全书编辑完工。

《全唐诗》全书共九百卷，目录十二卷，共收录唐、五代诗四万多首，诗人二千余人。全书的编排体例是这样的：帝王后妃的作品编在最前面，其次是乐章、乐府，接着是唐代诗人的作品。诗人按时代先后排列，并附作者小传。最后是唐、五代的词。

在中国，还没有一部集子像《全唐诗》这样辑录如此多的诗歌和作者。但是由于内容浩繁，编纂时间比较仓促，书中误收、漏收、重复，以及张冠李戴、次序混乱、考证粗疏等问题较多。尽管存在不少欠缺，《全唐诗》还是一部比较完整的唐诗总集，并且较全面地反映了唐代诗歌的繁荣景象。

第二节　诗选

选集是指选录一人或多人作品而成的集子，常见的"文选""诗选"都在此类，与"总集"相对。从古至今，诗歌选集可谓汗牛充栋，主要分为三大类：一类是从个人诗作中选录的集子，如清代陈文述《颐道堂诗选》；一类是从多人诗作中选录的集子，如宋代王安石《唐百家诗选》、清代陈吁《宋十五家诗选》等；一类是别集性质的选本，如近代冯至所编《杜甫诗选》、当代周汝昌所编《范成大诗选》等。在传世的诗歌选集中，以《唐诗三百首》最为著名，影响也最为深远。

《唐诗三百首》的编选者是蘅塘退士，原名孙洙，是清代乾隆年间人。《唐诗三百首》选诗范围相当广泛，收录了七十七家诗，共三百一十一首，其中杜甫诗有三十八首、王维诗二十九首、李白诗二十七首、李商隐诗二十二首。

众所周知，唐代诗歌在我国诗歌史上最为辉煌灿烂。据记载，活跃在唐代诗坛上的诗人就有两千多位，传下来的诗篇多达五万首。为了方便阅读，历朝历代都有很多人编辑唐诗选集，关于唐诗的选集更是多不胜数。著名的有唐代元结编的《箧中集》、殷璠编的《河岳英灵集》；宋代王安石编的《唐百家诗选》；金代元好问编的《唐诗鼓吹》；元代方回编的《瀛奎律髓》；明代的《唐诗品汇》；清代沈德潜编的《唐诗别裁》，等等。但是在关于诗歌的选集中，流传最广、影响最大的还要数《唐诗三百首》。

第三节　诗话

诗话就是评论诗歌、诗人、流派及记录诗人逸事、掌故的著作，是中国古代独特的论诗文体。狭义的诗话是指诗歌的话本，即关于诗歌的故事、随笔体，如欧阳修的《六一诗话》；广义的诗话是指诗歌的评论样式，崛起于北宋，是中国古代诗歌体制特别是唐代律诗高度发展的产物，改变了中国古代文学批评原有的格局。

诗话，是中国古代诗歌理论批评的一种形式。诗话的萌芽很早，像《西京杂记》中司马相如论作赋、扬雄评司马相如赋；《世说新语》的《文学》《排调》篇中谢安摘评《诗经》佳句，曹丕令曹植赋诗，阮孚赞郭璞诗，袁羊调刘恢诗；《南齐书·文学传论》中对于王粲、曹植、鲍照等一系列作家作品的评论；《颜氏家训》的《勉学》《文章》篇中关于时人诗句的评论和考释，都可以看作诗话的雏形。钟嵘的《诗品》，过去有人看作最早的一部"诗话"著作，清人何文焕编印《历代诗话》即以此书冠首，清章学诚《文史通义·诗话》也说："诗话之源，本于钟嵘《诗品》。"唐人大量的论诗诗，如杜甫的《戏为六绝句》《偶题》，李白、韩愈、白居易等的论诗诗等，则是以诗论诗的一种形式。唐代出现的《诗式》《诗格》一类著作等，更进一步接近了后世所说的诗话。

作为评论诗歌、诗人、诗派及记录诗人故事的著作，诗话正式出现在宋代，写作诗话之风始于宋代欧阳修的《六一诗话》。在这以后，诗话成为评论诗人诗作、发表诗歌理论批评意见的一种广泛流行的形式。据郭绍虞《宋诗话考》所载，现存完整的宋人诗话有四十二种；部分流传下来，或本无其书而由他人纂辑而成的有四十六种；已佚或尚有佚文而未及辑者有五十种，合计一百三十八种。明、清两代，诗话作者也很多，著作颇丰。在《历代诗话》《历代诗话续编》《清诗话》等著作中都辑集了历代重要诗话。

　　宋代诗话有这样一个发展过程：早期诗话以记事为主，但不同于一般的记事笔记，所记都是诗人和诗作的琐事轶闻，正如欧阳修在《六一诗话》自序中说："居士退居汝阴，而集以资闲谈也。"可见其宗旨在于集琐事，资闲谈。渐渐地，诗话的范围不断扩大，除记事外，增加了考订辨证、谈论句法一类的内容，正如南宋初许顗在《彦周诗话》自序中说："诗话者，辨句法，备古今，纪盛德，录异事，正讹误也。"这就是对当时诗话内容的概括。诗话进一步发展，越来越多地谈论有关诗歌创作和诗歌理论问题，加强了它的理论批评性质。这方面成就较高的有张戒的《岁寒堂诗话》、姜夔的《白石道人诗说》、严羽的《沧浪诗话》等。其中严羽的《沧浪诗话》影响最为深远，它不仅对当时江西诗派"以文字为诗，以才学为诗，以议论为诗"的流弊进行了尖锐的批判，而且提出了作者对于诗歌创作的比较完整、系统的纲领性意见，其中如"别材"说、"别趣"说、"兴趣"说、"妙悟"说等，都有很高的理论价值。

　　宋代以后，诗话有了很大发展。金元两代，除元好问《论诗绝句》外，较有价值的是王若虚的《滹南诗话》。明代诗话中，李东阳的《怀麓堂诗话》、谢榛的《四溟诗话》、王世贞的《艺苑卮言》、王世懋的《艺圃撷余》、胡应麟的《诗薮》等，都有一些较好的见解，在不同程度上对诗歌创作产生过影响。

　　明清时期，有不少人对宋代诗话持否定态度，认为诗话兴而诗衰，像袁枚甚至认为宋代诗话简直不足挂齿，曾题诗"我读宋诗话，呕吐盈中肠。附会韩与杜，琐屑为夸张。"(《题宋人诗话》)实际上，这是一种不公正的说法。宋代诗话中记述的"点铁成金""夺胎换骨""以禅喻诗"等说法，以及其他方面的琐细杂事固然意义不大，但它保留和记录了那个时代关于诗歌创作问题的许多史料，其中也不乏理论批评方面的精辟见解，还是应予以肯定的。

　　诗话发展到清代，在理论批评方面取得了令人瞩目的成就。首先是王夫之的《姜斋诗话》对于诗的情与景互生互藏的辩证关系，对于诗的"体物""会景"与生活积累的关系，对于诗的"意"和"势"的关系及"咫尺写万里"的特点，等等，都有精湛的论述和独到的见解。叶燮的《原诗》，不仅具有严整的理论体系，对诗歌与时代发展的关系、诗歌本身的发展规律、作家所必需的"才、胆、识、力"诸条件也都有系统、精辟的论述。王士祯的《带经堂诗话》反映了他的神韵说主张，但理论价值远不及《姜斋诗话》。袁枚的《随园诗话》卷帙浩繁，代表着明代公安派的性灵说在清代的余响。其中对沈德潜强调封建纲常的格调说大加讥贬，具有一定的反封建礼教的意义。它还强调诗歌创作要出自真感情，有不少可取的见解。其他如赵翼的《瓯北诗话》、潘德舆的《养一斋诗话》等，也具有一定的理论价值。近代林昌彝的《射鹰楼诗话》反映了反帝爱国的时代精神，梁启超的《饮冰室诗话》大力鼓吹"诗界革命"并保留了许多关于"诗界革命"的史料，都曾起到过积极的历史作用。

第三卷

词律

　　词最初称为"曲词"或"曲子词"，是配合音乐演唱的。词和乐府诗属于同一类的文学体裁，同样是配乐演唱，也同样来自民间。后来词也跟乐府一样逐渐与音乐分离，且深受律诗的影响，成为诗的别体，所以有人把词称为"诗余"。

词的起源与特点

清代刘体仁在《七颂堂词绎》中说："词有与古诗同义者，'潇潇雨歇'，《易水》之歌也。'同是天涯'，《麦薪》之诗也……词有与古诗同妙者，如'问甚时同赋，三十六陂秋色'，即灞岸之兴也。'关河冷落，残照当楼'，即敕勒之歌也……"

词与诗有相似处，却也大异其趣。在一片灿烂辉煌的诗的百花园中，词并不鲜艳，但它毫不气馁，上承于诗，下沿于曲，虽晚于诗出现近一千年，却积极吸取各种养分，在花前月下中日益滋养成熟，至宋代终于成为可以与诗分庭抗礼的一朵奇葩，和诗同为中国重要的文学体裁，在中国文学史上扮演着极其重要的作用。

第一节　词的起源

关于词的起源，大致可从三个角度入手：诗与词的关系、词的长短句式之渊源、音乐与词的关系。近人吴梅在《词话丛编序》中说："倚声之学，源于隋之燕乐。三唐导其流，五季扬其波，至宋大盛。"这段话既阐述了词的起源，又概括了词的发展，比较全面、科学，深受学界认可，本书亦采用此说法。

词，兴起于民间。《旧唐书》记载："自开元以来，歌者杂用胡夷里巷之曲。"所谓"胡夷里巷之曲"就是西域的"胡乐"，特别是龟兹乐。这些音乐大量传入中原，与汉族音乐融合，从而被改编为一种新的音乐——燕乐。

当时，都市里有很多以演唱为生的优伶乐师，他们为使唱词与音乐节拍配合，创作改编了一些曲词。这些曲词长短不一，也就是词的雏形，也叫"曲子词"。这些曲子词侧重于言情，其情辞浅近通俗，题材、意境都有自己的特点。

后来，燕乐继续发展，并形成一个规定，即须严格按照乐曲的要求来创作歌辞，包括依乐章结构分片、依曲拍为句、依乐声高下用字，等等。而这些歌

辞的文字部分逐渐形成一种依乐谱填词歌唱、字数固定、格律化的长短句。中唐以后，这种形式被众多文人青睐，用其进行创作。文人的加入使这种新的文学形式开始广泛流传，最终成为现如今通称的"词"。

从敦煌曲子词中可以看出民间词比文人词要早几十年。《敦煌曲子词集》收录的一百六十多首作品，大多是从盛唐到唐末五代的民间歌曲。这些歌辞有短有长，都是配合音乐演出要求而变化其形式，说明词的源头之一应该是燕乐歌辞。

这并不是词的唯一源头，词的另一个源头应该是诗歌。本章引言中我们已经提到，诗和词在某些方面是类似的，带有一定的传承关系。在唐代，某些乐曲的曲拍声调和诗是很相近的，只是以诗入曲有诸多不变，如破句、重叠等，需要做一些改动才能让文字和曲拍相合。正是这样导致了文人按曲拍作词，促成了词的形成。

第二节　词的分类

词的分类有好几种方法，大体有以下四种：

1. 按照字数分，可分为小令、中调和长调。

词的字数在五十八言以内的为小令；五十九言到九十言的，为中调；九十一言以上的为长调。最短的词是《十六字令》，仅仅十六个字。如"天！休使圆蟾照客眠。人何在？桂影自婵娟。"（蔡伸《苍梧谣》）全词短小却含义尽在言外。最长的词是《莺啼序》，又名《丰乐楼》，有二百四十字。

2. 按照阕分，可分为单调、双调、三叠、四叠。

一首词，如果只有一段，称为单调；两段称双调；三段为三叠；四段称为四叠。一段，即为一片或一阕。"片"即"遍"，指乐曲奏过一遍。如"帘不卷，人难见。缥缈歌声，暗随香转。记与三五少年，在杭州，曾听得几遍。"（王质《红窗怨》）其中"几遍"，就是几曲。一首词的两段分别称上、下阕。词虽分片，仍属一首。故上、下阕的关系，须有分有合，有断有续，有承有起，句式也有同有异，而于过片（或换头）处尤见作者的匠心和功力。单调的词一般是小令；双调的词有的是小令，有的则是中调或者长调；三叠、四叠的词比较少见。

3. 按照音乐性质分，可分为令、引、慢、三台、序子、法曲、大曲、缠令、诸宫调等九种。

这种分法基于词是用来配乐的分法。例如，缠令是北宋时的一种成套歌曲形式，由相互关联的若干曲调前加引子，后加尾声组成。如金代董解元《西厢记》中有《醉落魄缠令》《点绛唇缠令》等。

4. 按照拍节分，可分为令、引、近、慢。

宋人谈词，一般分为大词或小词。小词即小令，大词即慢词。引、近在明代被归为中调。小令的拍节较短，如《如梦令》《调笑令》等；引是以小令微而引长之的，如《太常引》《阳关引》等；近，以音调相近，从而引长的，如《祝英台近》《好事近》等；慢，引而愈长的，如《声声慢》《长亭怨慢》等。在填词上，这几类的平均字数及体制的复杂程度，是根据"令—引—近—慢"的顺序逐渐增加的。

第三节　词的特点

清人刘熙载在《艺概》中说："词即曲之词，曲则词之曲。"这句话可谓将词的特点概括精到。作为一种抒情体，词是配合音乐歌唱的。它的格律和形式上的特点，都是由音乐的要求而规定的。

词主要有以下几个特点：

1. 每首词都有一个调名。如《破阵子》《水调歌头》《忆江南》等，称为词调。词调数量虽有八百多个，经常用的不过一百个，最常见的只有三十到五十个，后面我们将详细讲解。

词有数段。一般一首词大都分为数段，以两段的最多，一段即为一片。一片即是音乐已经唱完了一遍，每首词分成数片，就是由几段音乐合成完整的一曲。

2. 押韵的位置不统一，各个词调都有它一定的格式。诗基本上是偶句押韵的，词的韵位则是依据曲度，即音乐上停顿决定的，因此并不拘泥于固定的位置。不同的词牌，其押韵位置是不同的。

3. 句式长短不一。诗也有长短句，但以五言、七言为基本句式，不允许一首诗里同时有长短句。词则大量地使用长短句，这也是为了更能切合乐调的曲度。从一字句到十字句皆有，其中使用频率最高的为四、五、六、七字句。词的长短句是为了适合音乐节奏的，也是为了可以表达更加复杂的情感，既可以慷慨激昂，也可以委婉动听。

4. 字声配合严密。词的字声组织变化很多，有些词调还须分辨四声和阴阳。作词要审音用字，以文字的声调来配合乐谱的声调，以求协律好听。

明代徐师曾《文章辨体序说》中说："词有定调，调有定句，句有定字，字有定声。"这四句话可算是上面所论述的四方面特点的最好总结。

第四节　词的名称

词有很多别称，但是那些称谓名异实同，旨在表明词的某种性质。词，最初称为"曲词"或"曲子词"，又称长短句、诗余。由于词和音乐有密切的关系，词在宋代又有"乐府""乐章""歌曲""小歌曲""倚声"等别名。

为了梳理词的别称，特将各类典籍中对"词"的称呼罗列如下：

曲子——唐五代《云谣集杂曲子》

曲子词——唐五代《敦煌曲子词》

歌曲——宋代姜夔的词集《白石道人歌曲》

琴趣——宋代欧阳修《醉翁琴趣外篇》、黄庭坚《山谷琴趣外篇》

歌词——宋代鲖阳居士《复雅歌词》

笛谱——宋代周密《蘋洲渔笛谱》

乐章——宋代柳永《乐章集》

乐府——宋代苏轼《东坡乐府》、康与之《顺庵乐府》

寓声乐府——宋代贺铸《东山寓声乐府》

近体乐府——宋代欧阳修《欧阳文忠公近体乐府》

诗余——宋代林淳《定斋诗余》、廖行之《省斋诗余》

长短句——宋代秦观《淮海居士长短句》、辛弃疾《稼轩长短句》

除上述别名外，词还有大曲、余音、别调、渔谱、渔笛谱、渔唱、樵歌、痴语、语业、倚声等名称，从这些名称上大体可以看出词的来源。

第五节　词的一些术语

无论创作词还是欣赏词，都需要了解一些关于词的常用术语。下面为大家介绍一些关于词的常用术语，多来自清代舒梦兰《白香词谱》。

〔词牌〕填词用的格式。后面还有详说，这里不再累述。

〔叶〕凡词谱中注有"叶"字者，即与上句所押之韵，同属一部。

〔韵〕凡词谱中注有"韵"字者，即每阕词中，起首押韵之处，如《感皇恩》第二句之"数声钟定"，"定"字即起韵也。

〔句〕凡词谱中注有"句"字者，即不押韵之句。

〔豆〕凡词谱中注有"豆"字者，即一个字为句的顿逗处，通常又叫一字逗。

〔换〕凡词谱中注有换平者，必其上句皆押仄韵，至此则换平韵。或上句皆押平韵，至此另换一平韵，亦称换平。凡词谱中注有换仄者，必其上句皆押平韵，至此则换仄韵。或上句皆押平韵，至此另换一平韵，亦称换仄，即换平韵之后，又换仄韵。与上文之仄韵不同一部者，谓之"三换仄"。同属一部者，称为"叶仄"。即换仄韵之后，又换平韵者，亦同此例。

〔叠〕叠字的意义是重复，故词家一般都以一首词的下阕为叠。凡词谱中注有叠字者，有四处区别：一、叠句，如《如梦令》，如李清照《如梦令》中的"争渡，争渡"。二、叠字，如《忆秦娥》上下阕第三句起三字皆叠用第二句之尾三

字。三、倒叠字，如《调笑令》，下阕起首例叠上阕最末二字，且二字倒转。四、叠韵，如《长相思》，起二句"君泪盈，妾泪盈"，二句韵同。

[阕]一首词称为一阕，这是词所特有的单位名词。

[变]每一支歌曲，从头到尾演奏一次，接下去便另奏一曲，这叫作一变。

"变"字用到唐代，简化了一下，借用"徧"字，或作"遍"字。词的上下可称为上下遍，或上下阕，或上下段。在南宋，"遍"字又省作"片"字。词一般分上下两阕，即上阕和下阕。

[拍]韩愈给拍板下定义，称之为乐句。

[么]一首词的下遍。

[结拍]词的结尾处，谓之结拍。但结拍并非结句，又称"歇拍"。

[换头]词从单遍发展为两遍，凡是下遍开始处的句式与上遍开始处不同的，就叫作换头，又称"过腔""过片""过变""过处""过拍"。

[重头]一首令词，上下叠句法完全相同的，称为"重头"，"重头"只有小令才有。

[双曳头]三叠以上的词，第二叠与第一叠句式、平仄完全相同，形式上好似第三叠的双头，故名之曰双曳头。

[转调]一个曲子，原来属于某一宫调，音乐家把它翻入另一个宫调，节奏既变，歌词亦变，便出现带"转调"二字的词调名。

[词序]"词序"其实就是词题。如果用一段比较长的文字来说明作词缘起，并略为说明词意，就称为词序。

[促拍]所谓"促拍"，就是乐曲节奏的改变，不过从歌词的字句之间是看不出来的。

[填词]先有乐曲，然后依这个乐曲的声调配上歌词，即"填词"。宋元以来，一般人则通称"填词"，也叫"倚歌""倚声"。

[填腔]宋人为歌词作曲，称为"填腔"。

[偷声]一首词的曲调虽有定格，但在歌唱之时，还可以对音节韵度略有增减，减叫作"偷声"，与移宫转调有关，也称"减字"。

[添字]一首词的曲调虽有定格，但在歌唱之时，还可以对音节韵度略有增减，增叫作"添字"，与移宫转调有关，也称"摊破"。

[大拍]宋人以音繁词多的曲调为大拍。

[近拍]以旧曲翻成新调，亦可以称为近拍。

[令]唐代人称小曲为小令。

[中腔]所谓"中腔"，是指中序的一遍。

[慢]歌声延长，唱得迟缓。

〔引〕宋人取唐五代小令，曼衍其声，别成新腔，名之曰引。

〔犯〕犯调的本义是宫调相犯。

〔大曲〕大曲以许多曲子连续歌奏，少也有十多遍，多的可以有几十遍。

〔摘遍〕从大曲中摘取其一遍来谱词演唱，称为摘遍。

〔序〕大曲的第一部分是序曲。序曲有散序、中序，中序又称为拍序。

〔歌头〕大曲歌遍之第一遍，谓之歌头。

〔曲破〕大曲中序，即排遍，之后为入破。

〔自度曲〕通晓音律的词人，自写歌词，又能自己谱写新的曲调，这叫作"自度曲"，也称为"自制曲""自度腔"。

〔自过腔〕所谓"过腔"者，是从此一腔调过入另一腔调。所谓"过腔"，仅是音律上的改变，并不影响歌词句格。

〔领字〕于词意转折处，使上下句意结合，起过度或联系作用的字。

〔词题〕宋以后，词的内容、意境和题材都繁复了。有时光看词的文句，还不知道为何而作，于是作者有必要为其加一个题目。

第二章

词调

　　词调即词的乐谱，由于在古代词依音乐而唱，所以词调与音律紧密相连，本身就已经带有了种种乐曲情绪的限制。因此，填词应该仔细分析前人的词调，这样才能正确分析出该词调所表达的某种情感，不至于因为选错调而表错情、达错意。例如，在恭贺他人新婚时，不能用《贺新郎》这个调子，因为《贺新郎》的调子是慷慨激昂的，与新婚宴尔的浓情蜜意毫不相干。

　　词调的构成包括五个方面：一是调名，也就是词牌；二是分片，上下两片；三是句数和字数，多采用长短句，也有五言、六言、七言的整齐句式；四是韵的位置和押韵方式，有的中间要换韵；五是字的声调，主要以平仄为主。词既然是配乐的歌词，和音乐有密切关系，那我们就应该懂得音乐的基本知识，以便我们能更好地理解词的格律。

第一节　词调与宫调的关系

　　什么是宫调？为什么填词需要了解宫调？宫调与词牌有着怎样关系？在介绍宫调前，我们先简单了解一下中国古代音乐的历史。

　　先秦古乐是庙堂之乐，为雅乐。当时宫廷的乐舞作品大多属于宏伟而复杂的巨作。从《诗经》保存的郊庙祭祀诗歌中可以看出，当时的歌曲创作充满丰富多样的思想感情，而且音乐风格和曲式结构富于变化。

　　汉魏六朝的音乐称"清乐"，乐府诗就是配合清乐的歌词。而六朝的吴歌、西曲称"清商乐"，曾流行于江南一带。

　　隋朝时，燕乐繁盛。燕乐是为满足统治阶级享乐需要而汇集于宫廷的俗乐的总称，包括各种声乐、器乐、舞蹈乃至散乐百戏之类的体裁和样式，其主体是歌舞音乐。

唐代音乐发达。唐曲分大曲、次曲、小曲。大曲结构复杂、遍数繁多，多至数十遍，盛于宫廷。小曲则单谱单唱，多在民间流行。唐代出现了著名的太常曲和教坊曲，后者对词调起源意义重大。

太常为政府官署，主郊庙；教坊即教习音乐歌舞技艺之所，是宫廷乐团，主宴享。唐玄宗好俗乐，为不受太常礼乐制度的限制，将俗乐引入宫廷，另设内外教坊。内教坊在蓬莱宫侧；外教坊又分两所，右为光宅坊，左为长乐坊，右善歌，左善舞。

开元、天宝年间的教坊曲，总共有三百二十四首。其中杂曲二百七十八首，大曲四十六首，曲名载于崔令钦《教坊记》中。有七十九曲演变为唐五代词调，如《清平乐》《浣溪沙》《西江月》等。另有四十余曲在宋代转为词调，如《雨霖铃》《留客住》《梁州令》等。还有二百多曲没有被用作词调，说明曲调转为词调也是有条件的。新曲越多，曲调越流行，就越需要为它们配上合乎时尚的曲辞。中晚唐时期，不断地以新歌辞替换旧曲章，成为当时流行的做法。

宫调是唐宋以来对乐曲调名、音阶和调式的通称。历代均依十二律高下的次序定七声，为乐律之本。其中十二律是指黄钟、大吕、太簇、夹钟、姑洗、仲吕、蕤宾、林钟、夷则、南吕、无射、应钟。七声是指宫、商、角、徵、羽、变宫、变徵。以七声配十二律，可得十二宫、七十二调，共为八十四宫调。以宫声为主的调式称"宫"，以其他各声为主的调式称"调"。最早以琵琶为准来定调，琵琶只有四弦，无徵音，且每根弦只能奏出七律，所以最多就只有二十八调，分别为：

宫七调——黄钟宫、大吕宫、夹钟宫、中吕宫、林钟宫、夷则宫、无射宫

商七调——无射商、黄钟商、大吕商、夹钟商、中吕商、林钟商、夷则商

角七调——无射闰、黄钟闰、大吕闰、夹钟闰、中吕闰、林钟闰、夷则闰

羽七调——夹钟羽、中吕羽、林钟羽、夷则羽、无射羽、黄钟羽、大吕羽

（注：这些名字都是正名，此外还有俗名。）

古人一般不会将八十四宫调全拿来使用，常用的有五宫和四调，合称九宫调。其中五宫包括仙吕、南吕、中吕、黄钟、正宫；四调包括大石、双调、商调、越调。这九个宫调音色不同，各擅风情。其中仙吕宫清新绵邈，南吕宫感叹伤悲，中吕宫高下顿挫，黄钟宫富景缠绵，正宫惆怅雄壮，大石调风流蕴藉，双调矫健激扬，商调凄怆怨慕，越调清越怆凉。

词调必须依宫调来定律。一个词调通常入一个相应的宫调，也有一个词调入几个宫调的特殊情况，或者转调的情况。词调的声情由所属宫调决定。

例如《好事近》，又名《钓船笛》，四十五字，前后片各两仄韵，以入声韵为宜，两结句皆上一、下四句法。如：

好事近·江上探春回

郑獬

江上探春回，正值早梅时节。两行小槽双凤，按凉州初彻。
〇仄仄平平，〇仄仄平平仄。〇仄仄平平仄，仄〇平平仄。
　　　　　　　　　　　　　△　　　　　　　　　　　△

谢娘扶下绣鞍来，红靴踏残雪。归去不须银烛，有山头明月。
〇平〇仄仄平平，〇〇仄平平仄。〇仄仄平平仄，仄〇平平仄。
　　　　　　　　　　　　　△　　　　　　　　　　　△

　　古人听着词调的音乐旋律来填入文字，这种听曲填词的办法，自然容易导致"一调数体"的现象。这是因为在同一个曲子下，只要唱起来谐和，适当变化句式是完全可以的，甚至某些字句的伸缩也完全不影响演唱的效果。这也就解释了为什么同一词牌除了有个别平仄不同的变化外，还经常会有不同的字数变化的原因。由于曲调发生了很大改变，再加上有些词人根本就不懂音乐，也导致了一些调名虽相同，但是体例句式却相差很大的词调出现。而后人由于听不到词调的旋律，就按照前人的词作逐字对照，制成词谱，成为和音乐完全脱离的文学形式。标明词调的名称，仅仅说明采用了哪一种特定的句式和格律而已。

　　作为记谱符号的"燕乐"年久失传，再标明宫调已显得不太必要。当然，不知道宫调并不代表我们就不能了解词调的声情。因为词调从宫调而定律，只要我们仔细分析前人的词调，一般都能正确分析出该词调适于表达的某种情感，自然就不会出现类似把本是清新的《好事近》填入战乱纷飞之中的事情。具体的词调声情，我们在后面将详细说明，在此不再累述。当然如果我们能够了解一些宫调的基本知识，更有利于我们按内容需要选择词牌。

第二节　词调的来源

　　词调是经过唐宋时期音乐家制曲、乐工演奏、词人填词、歌妓传唱、社会大众的接受与选择，不断修改而形成的传统乐曲。每个词调都有自己独特的历史、富于个性的声情以及声韵格律的规定。这些词调经过许多文人倚声填词而摸索出成功的创作经验，求得声韵与音律的和谐，逐渐地建立了规范。乐曲流变日繁，词调也日新日富。《宋史·乐志》说北宋时，"其急、慢诸曲几千数"。

　　词调的来源甚多，情况复杂，也由此保存了其独特的文化色彩。词调有来自民间的，来自唐教坊、宋大晟府等官方音乐机构的，有词人自度的，等等。具体说明如下：

1. 来自民间

同前代乐府一样，唐宋词也有不少来自民间。民间曲是对民歌经过选择、加工后定型下来的，它比一般民歌运用得更广泛。例如，唐代曲子很多就是来源于民歌。据任二北先生的《教坊记笺订》记载，《竹枝》原是川湘民歌，唐代刘禹锡《竹枝词序》说："余来建平（今重庆巫山），里中儿联歌《竹枝》，吹短笛击鼓以赴节。歌者扬袂睢舞，以曲多为贤。聆其音，中黄钟之羽，卒章激讦如吴声。"又如《麦秀两歧》，《太平广记·王氏见闻录》中记载，"长吹《麦秀两歧》于殿前，施芟麦之具，引数十辈贫儿褴褛衣裳，携男抱女，挈筐笼而拾麦，仍合声唱，其词凄楚，及其贫苦之意。"

宋代民间曲子虽然不如唐代，但是也十分旺盛，《宋史·乐志》言北宋时"民间作新声者甚众"，如《孤雁儿》《韵令》，等等。柳永《乐章集》中的新调有些就是市井曲子，描写的是市民的情感，使用的是俚语俗语。

2. 来自边地、外域

唐代，大量的西域音乐传入中原，这些音乐被称为胡部。唐人南卓《羯鼓录》载一百三十一曲，其中十之六七为外来曲名。教坊曲中也有胡部曲，有些被用作词调的仍用胡名。如《婆罗门》原是古印度乐曲，据传唐代著名法曲《霓裳羽衣舞》就是根据《婆罗门》加工而成的。

《苏幕遮》本是龟兹乐，《赞浦子》是吐蕃音乐。词调中带"胡"字的往往都是胡部乐，如《胡捣练》《胡渭州》等。

唐五代亦有以边地为名的曲调，《新唐书·五行志》载："天宝后……乐曲，多以边地为名，如《伊州》《甘州》《凉州》等。"宋代洪迈《容斋随笔》中载："今乐府所传大曲，皆出于唐，而以州名者五：伊、凉、熙、石、渭也。"这些都是唐代的西北边州，位于西域音乐传入的通道。因此这些边曲或为胡乐，或有胡乐成分。教坊曲中如《酒泉子》《遐方怨》《忆汉月》《怨胡天》《归国遥》《定西番》等，都是边地曲调。

南疆的曲调则称为蛮曲，著名的《菩萨蛮》就是开元、天宝年间从云南传入的缅甸乐曲。唐宣宗大中年间，女蛮国派遣使者进贡，她们身上披挂着珠宝，头上戴着金冠，梳着高高的发髻，号称菩萨蛮队。当时教坊就因此制成《菩萨蛮曲》，于是《菩萨蛮》就成了词牌名。后人又名为《重叠金》《花间意》《子夜歌》《巫山一片云》等。

宋代外来音乐不如唐代，但也时有流行。宋代曾敏行《独醒杂志》卷五："先君尝言，宣和间客京师时，街巷鄙人多歌蕃曲，名曰《异国朝》《四国朝》《六国朝》《蛮牌序》《蓬蓬花》等，其言至俚，一时士大夫亦皆歌之。"其中《六国朝》后用作词调。其他如《饮马歌》《番枪子》，应当也是女真曲。

3. 教坊、大晟府等乐府机构的创作

唐代和宋代都有教坊。唐教坊除了采民间与外域之风外，还有部分是教坊创制以供奉宫廷的，如《荔枝香》。《新唐书·礼乐志》说唐玄宗"幸骊山，杨贵妃生日，命小部张乐长生殿，因奏新曲，未有名，会南方进荔枝，因名曰'荔枝香'"。

北宋教坊又细分为大曲、法曲、龟兹、鼓笛四部。徽宗崇宁四年，制《大晟乐》，设置大晟府。这是一个位于教坊之上的音乐机关，由它定乐律、制乐谱，交教坊按习，并颁行天下。大晟府创调甚多。

例如，《渔歌子》一调，又名《渔父》《渔父乐》，原为唐代教坊曲，后来用作词调名。《新唐书·张志和传》中记载，张志和居江湖，自称烟波钓徒，尝作《渔歌子》一词，用来表述渔家之事。由此可见，此调与渔家有关，也多用来描写江湖，声情明快自然。

4. 乐工歌妓的创作

词调还有一些来乐工歌妓的创作，他们作为专业的音乐人士，往往比一般词人更懂得乐理、乐律。

例如，《雨霖铃》就是唐代乐工张徽所制。张徽是天宝年间著名演奏家，善吹觱篥。段安节《乐府杂录》载："《雨霖铃》者，因唐明皇驾回至骆谷，闻雨淋銮铃，因令张野狐撰为曲名。"话说杨贵妃死后，唐玄宗日夜思念。在进入四川时，遇雨不停，又过栈道，最险处索上挂有铃铛。人走时手扶索，铃声前后相应。玄宗因悼念贵妃有感而发，触景生情，写了一首乐曲《雨霖铃》寄托思念。当时乐工张徽在他身边，玄宗就将《雨霖铃》曲让他练习。回长安后，玄宗常叫张徽演奏此曲，听后想起往事，常凄然泪下。《碧鸡漫志》卷五认为"今双调《雨霖铃慢》，颇极哀怨，真本曲遗声"。

又如，北宋越调《解愁》，为国工花日新所制。陈慥为苏轼《无愁可解》词序说："国工花日新作越调《解愁》，洛阳刘几伯寿闻而悦之，戏作俚语之词，天下传咏，以为几于达者。"

由歌妓制调的，如《喝驮子》《洞彻志》等。《碧鸡漫志》卷五引《洞微志》说："此曲单州营妓教头葛大姊所撰新声。梁祖（朱温）作四镇时，驻兵鱼台，值十月二十一生日，大姊献之，梁祖令李振填词，付后骑唱之，以押马队。"李珣《琼瑶集》有《凤台》一曲，注云："俗谓之《喝驮子》。"

乐工歌妓所制的词曲便于歌唱，故传唱一时，在民间的影响甚至超过了官方机构的作品。因此《乐府指迷》说当时"秦楼楚馆所歌之词，多是教坊乐工所作，只缘音律不差，故多唱之"。

5. 摘自大曲、法曲

大曲是唐代新形成的一种集器乐、舞蹈、歌曲于一体的大型歌舞表演形式，其中主要以中原传统乐器演奏、风格较清雅的作品又称法曲。其结构分为散序、中序、拍序或歌头，破或舞遍三部分，艺术水平较高，在历史上颇负盛名。唐代大曲数目繁多，来源广泛，流传下来的就有六七十个，其中著名的有《霓裳羽衣》《雨霖铃》《凉州》等。

词调中"摘遍"之类，即是从大曲、法曲中摘取其优美而又可独立的一遍单谱单唱。宋代沈括《梦溪笔谈·乐律一》："所谓大遍者……凡数十解，每解有数叠者，裁截用之，则谓之摘遍。"王国维《宋元戏曲考·宋之乐曲》："大曲遍数，往往至于数十，唯宋人多裁截用之。即其所用者，亦以声与乐为主，而不以词为主，故多用声无词者。"其中举摘自唐宋大曲的词调，可考的近三十调，如《梁州令》出于大曲《凉州》，《伊州令》出于大曲《伊州》，《水调歌头》出于大曲《新水调》，《齐天乐》出于大曲《齐天乐》，《法曲献仙音》《法曲第二》《霓裳中序第一》出于法曲《霓裳羽衣舞》等。

例如，《薄媚摘遍》亦如此。"按，《薄媚》大曲凡十遍，此盖摘其入破之一遍也。"此调为双调九十二字，前段十一句三仄韵、一叶韵，后段十句四仄韵、一叶韵。

桂香消，梧影溇，黄菊迷深院。倚西风，看落日。长江东去如练。
仄平平　平仄仄　平仄平平仄　仄平平　平仄仄　平平平仄平仄
先生底事，有赋飘然。刚道为田园。独醒何为，持杯自劝未能免。
平平仄仄　仄仄平平　平仄平平仄　仄仄平平　平平仄仄平仄
休把茱萸吟玩。但管年年健。千古事，几凭栏。吾生早，九十强半。
平仄平平平仄　仄仄平平仄　平仄仄　仄平平　平平仄仄平仄
欢娱终日，富贵何时，一笑醉乡宽。倒载归来，回廊月满。
平平平仄　仄仄平平　仄仄仄平平　仄仄平平　平平仄仄

此词仄韵中入平韵，亦是本部三声叶，与大曲《薄媚》入破第一词大同小异。

6. 词人自度曲

在唐宋诗词作家中，如柳永、姜夔、周邦彦等，是懂音乐的。他们既能作词，又可以作曲制谱；既是词作家，又是音乐家。他们制作的曲子，当时被称为"自度曲"。自度者，能制其音调也。度曲就是制曲、作曲。清代徐釚《词苑丛谈·体制·白石词》："夔喜自度曲，吹洞箫，小红辄歌而和之。"

自度曲作词调有三类：

1. 先制腔，后实词。如姜夔《惜红衣》词序："丁未之夏，予游千岩，数往

来红香中，自度此曲，以无射宫歌之。"又如吴文英《玉京谣》词序："陈仲文自号藏一，盖取坡诗中'万人如海一身藏'语，为度夷则商犯无射宫腔，制此赠之。"这些都是先制曲调，后依调填词。

2. 先撰词，后谱曲。如姜夔《长亭怨慢》词序："余颇喜自制曲，初率意为长短句，然后协以律，故前后阕多不同。"又如《鱼游春水》，《苕溪渔隐丛话·后集》卷三九引《复斋漫录》："政和中，一中贵人使越州回，得词于古碑阴，无名无谱，不知何人作也。录以进，御命大晟府填腔，因词中语，赐名《鱼游春水》。"

3. 稍改旧谱，另立新名。如周密《采绿吟》词序中说："甲子夏，霞翁（杨缵）会吟社诸友，逃暑于西湖之环碧，琴尊笔研，短葛练巾，放舟于荷深柳密间。舞影歌尘，远谢耳目。酒酣，采莲叶，探题赋词。余得《塞垣春》，翁为翻谱数字，短箫按之，音极谐婉，因易今名云。"由此可知，《采绿吟》本依《塞垣春》调，杨缵为改谱数字，以咏荷叶，遂易名《采绿吟》，也属于自度曲。

例如，《满江红》本为北宋早期词人柳永创制。其名根据唐代诗人白居易《忆江南》而命，白词中有"日出江花红胜火"一句，描绘太阳照耀江水，浪花鲜红似火的奇丽景象。《满江红》当是江南这种美丽奇特景象的概括，具有诗情画意。他共作了四首词，其中一首俗词是以代言体摹拟市井女子语气，表现离情别绪引起的内心矛盾，当是创调之作。

有些自度曲会注明这个曲子的宫调，或者在词序中说明，如柳永的《乐章集》按照宫调编辑，姜夔的自度曲都有小序。但若其他词集中有未说明的自度曲，后世读者就无法知道了。

此外，还有来自琴曲的，如苏轼《醉琴操》《瑶池燕》；有来自佛曲、道曲的，如陈与义《法驾导引》，不过为数不多。词调中还有转调、偷声、摊破诸体，是对原曲调移调变奏而成，只是正调的衍生，而不是另创的新曲，因此也不计入内。

第三节　调名与题名

词调的名称就是词牌，也称为词格。有时候，几个格式合用一个词调，因为它们是同一个格式的若干变体，例如《忆江南》有单调双调两体。单调二十七字，五句双平韵；双调五十四字，即单调重复一遍，宋人多用双调。有时候，同一个格式却有好几种别名。例如，同样是《忆江南》，又称为《望江南》《安阳好》《梦游仙》《遂宁好》《江南春》《江南柳》《逍遥令》，等等，这也只是各家叫法不同已而。之所以称为"牌"，由演唱时要挂牌的做法而来。

作为词的格式名称，词调不仅表示名字，里面还包含着深刻的内涵。为方便填词，人们常把词调收录成册。古代著名的词谱有《钦定词谱》《白香词谱》

《诗韵新编》等。有了这些词谱,大大提高了人们的填词效率。关于词牌的来源,大约有下面以下几种情况:

1. 来源于乐曲的名称。例如,《渔歌子》本为渔人歌之题;《巫山一段云》本为写巫山神女故事之歌题;《竹枝词》即来源于巴楚民歌《竹枝曲》(或《竹枝歌》),而《风入松》《蝶恋花》等,都是属于这一类的,即来自民间的曲调。

2. 摘取一首词中的几个字作词牌。例如《忆秦娥》,因为依照这个格式写出的最初一首词开头两句是"箫声咽,秦娥梦断秦楼月",所以词牌就叫《忆秦娥》,又叫《秦楼月》。《闲中好》,调见唐代段成式的《酉阳杂俎》,因段中有"闲中好"三个字而得名。《如梦令》原名《忆仙姿》,改名《如梦令》,这是因为后唐庄宗李存勖所写的《忆仙姿》中有"如梦,如梦,残月落花烟重"等句。《念奴娇》又叫《大江东去》,这是由于苏轼有一首《念奴娇》,第一句是"大江东去"。《晴偏好》,是由于宋代李霜崖词中有"波光潋滟晴偏好"之句。

3. 本来就是题目。《舞马词》说的是舞马,《欸乃曲》咏的是泛舟,《浪淘沙》写的是浪淘沙,《抛球乐》歌的是抛绣球,《踏歌词》说的是舞蹈,《渔歌子》唱的是打鱼,《更漏子》咏的是夜。这种情况是最普遍的。凡是词牌下面注明"本意"的,就是说词牌同时也是词题,不另有题目。

4. 取最初所赋的对象。如《临江仙》,刚开始是写水媛江妃;《天仙子》,初咏天台仙子;《河渎神》,初说祠庙;《小重山》,刚开始写的是宫词;《思越人》则说的是西施。

5. 采用人名或地名。如《念奴娇》,由唐代天宝年间宫廷歌女念奴而得名;《祝英台近》,由梁祝故事中主人公之一而得名;《沁园春》,由东汉沁水公主而得名。

6. 按字数多少。如《十六字令》《百字令》等。

实际上,绝大多数的词都不是用"本意"的。因此,除词调之外还有词题,也就是题名。一般是在词调下面用较小的字注出词题。在这种情况下,词题和词调不发生任何关系。一首《思越人》可以完全不写西施,一首《渔歌子》也可能不提打鱼。这样,词调只不过是词谱的代号罢了。

只是,词必须有词调,就如写诗必须有题目一样。填词选择词调,因为词调首先规定了基本的感情。一首词可以没有标题,因为标题可以用首句来做,但是却不能没有词调。用首句作为题名的词不在少数,如蒋捷的《一剪梅·舟过吴江》等。即使如苏轼的《念奴娇·赤壁怀古》这样有完整词调、标题的作品,有些书中亦把它标成《念奴娇·大江东去》。

可见,词调(词牌、调名)比题名更为重要。当然,也常常出现调同名异或者调异名同的情况。有些词调调名不同而实为一调,例如上一节所说的《忆江南》;有些词调虽为同一调名,却或为小令,或为慢曲,或为摊破、偷声,往

往篇幅长短不一。例如《西江月》共五十字，《西江月慢》共一百零三字等。还有如两调的别名相同，或者一调的别名却是另一调的本名等情况，不一而论。在后面的分析中，如果有特殊的情况，我们再进行说明。

第四节　词调的分类

词调大都由曲调转化而来，因此，词调的类别也依曲调的类别划分，即词调的分类关键在音乐而不是文辞。词调历来大概有两种分法，第一种按乐器有异，分为法曲、大曲、慢曲三种；第二种按均拍不同，分为法曲、大曲、慢曲、引、近、缠令、诸宫调、序子、三台九类。有人可能会提问，为什么这两种分类方法中，会出现相同的种类？

首先，我们先了解一下，历史上对于曲调的分法大致有哪些。《唐六典》分唐燕乐乐曲为大曲、次曲和小曲三类。唐代崔令钦《教坊记》的曲名表有"曲名"与"大曲名"，也就是大曲与杂曲两类。《宋史·乐志》分为大曲、曲破、琵琶独弹曲破、小曲以及因旧曲造新声者五类。宋代戴埴《鼠璞》则分为大曲、小曲两类。宋代张炎在《词源·音谱》中，分为法曲、大曲、慢曲三类。《词源·拍眼》篇又分为法曲、大曲、慢曲、引、近、缠令、诸宫调、序子、三台九类。

这些分类所取角度不同，但也有可归并处。法曲与大曲体制相同，而曲破原为大曲的组成部分，因此二者可以归并为大曲一类。慢曲与引、近通称"小唱"，可以归入小曲或杂曲一类。缠令、诸宫调、序子等则为金元曲体，且极少转为词调。与唐宋词密切相关的，主要仍是大曲与杂曲两类。大曲以外的单支曲，统称为曲子或杂曲子，又被称为"小唱""清音""细乐"。《词源·音谱》："惟慢曲、引、近则不同，名曰小唱。"这些小唱因音乐和体段不同，分令、引、近、慢诸体。《碧鸡漫志》卷三："凡大曲，就本宫调制引、序、慢、近、令，盖度曲者常态。"这些诸体都是大曲中某些乐段的名称，一套大曲往往兼备众体。当然，我们要清楚地认识到，这些区别在于音乐而非文辞。

通过以上分析，大家可能对这几个类别有点熟悉了。的确，在前面词的分类中，我们也提到过类似的名称。其实，词调作为词的一部分，其分法自然与词有重叠处。不过，这里的令并不是前面我们说的，明清时期依据字数划分的小令。它仅是一种词调类别，无特定字数限制，如《六幺令》九十六字，《胜州令》二百一十五字。下面我们来详细分析大曲、法曲、曲破、令、引、近、慢诸体，因为它们与词调的关系更加密切。

一、大曲

关于大曲，我们在前面已经作了简要的说明。现在详细给大家说说，大曲

究竟为何物。其实，大曲说白了，就是大型歌舞曲，有点类似于现今的《云南印象》之类的歌舞曲。中国历史上最早的大曲是汉代相和大曲，其渊源与商周以来的大型乐舞有关。

大曲在唐代达到了鼎盛，不仅数量多，而且艺术水平高。唐宋时代的大曲由同一宫调的若干曲子组成。一套大曲往往多至十余段甚至三十余段，体制宏大，结构复杂。《梦溪笔谈》卷五："元稹《连昌宫词》有'逡巡大遍《凉州》彻'。所谓大遍者，有序、引、歌、㿇、嗺、哨、催、攧、衮、破、行、中腔、踏歌之类，凡数十解。"《碧鸡漫志》卷三："凡大曲有散序、靸、排遍、攧、正攧、入破、虚催、实催、衮遍、歇拍、杀衮，始成一曲，谓之大遍。而《凉州》排遍，予曾见一本，有二十四段。"可见当时大曲的体制如何恢宏。

唐时大曲，《教坊记》曲名表列四十六曲。其中好多是唐代诗人一再吟咏的歌舞名曲，如《六幺》《凉州》《薄媚》《伊州》《甘州》《霓裳》《雨霖铃》《柘枝》《回波乐》等。宋代大曲，《宋史·乐志》谓"宋初置教坊，所奏凡十八调，四十大曲"。一套大曲，开头部分是器乐曲，中间和末段有些是舞曲；配合歌词，作为歌曲的仅是大曲中的一部分。

从前面词调的来源分析中，我们得知，很多词调来源于大曲。有的来自大曲的开头，有的来自中间，也有的截自尾部，既然如此，那么词调按音乐分，有大曲一类也是理所当然的了。

二、法曲

法曲又名法乐，最开始见于东晋《法显传》，因用于佛教法会，融合佛门、道门曲而得名，故称法曲或法乐。由于它的曲调和所用乐器方面接近汉族的清乐系统，比较优雅一些，因此也称为清雅大曲。法曲属于大曲的一部分，尽管在音乐上存在差别，但体制结构还是大致相同的。唐代白居易在《江南遇天宝乐叟》诗中提道："能弹琵琶和法曲，多在华清随至尊。"可见法曲当时主要流行于皇室。

唐代法曲也有歌词，但传世的很少。欧阳修在《六一诗话》中说："《霓裳》曲，今教坊尚能作其声，其舞则废而不传矣。人间又有《望瀛洲》《献仙音》二曲，云此其遗声也。"

三、曲破

曲破是大曲入破后的部分。它将一部大曲破开，用其中的一遍演为歌舞，大都是大曲中最为紧张精彩的部分，因此通常将曲破独弹独奏。后《宋史·乐志》将曲破与琵琶独弹曲破单独列为一类，从大曲中分出。以这种曲破入词，就同普通曲子无异，也可以归入杂曲小唱一类。

将曲破这个精彩的部分摘出来单独演奏，谓之"摘遍"。前面我们已经对此进行了解释，此处不再多说。宋代赵以夫有《薄媚摘遍》、晏几道有《泛清波摘遍》、周邦彦有《熙州摘遍》等。这些用作词调的摘遍虽因大曲解体消亡了，但因其为独立的曲子，故仍为后人所知。

四、令

令又称小令、歌令、令曲、令章。将词曲称为令，可能是出于唐代宴席间所行的酒令，是唐代酒宴之中演唱的歌辞韵语。既然是为了助兴，那么这些词必然艳丽婉约，且文人们为了各显才能，自然不甘于囿于旧有的规定，不断创新，也促进了令的发展。令一般短小精悍，节奏较快，且无须每句都押韵。其中有些属于急曲子，与节奏散缓的慢曲子不同。令的盛行在五代时期，发展在北宋，之后其创作也越来越被人尊崇。

清人毛先舒将五十八字以内的词调称为小令，是属于后人的做法。其实，令词虽大都出于时调小曲，但也有部分出于大曲。如《婆罗门令》出于《婆罗门》，《甘州令》出于大曲《甘州》，等等。出于大曲的令词，不少调长字多，与普通小令是有区别的。如柳永《甘州令》七十八字、《婆罗门令》八十六字、欧阳修《梁州令》一百零五字、《六幺令》九十四字、《采莲令》九十一字，等等。这些令词就字数而言，几乎都可归之长调。但它们仍是令词而非慢曲，就在于其节奏欢快。当然，也有的令词另有同名慢曲，如柳永《浪淘沙令》，另有《浪淘沙慢》等。这些令曲与同名慢曲相比显然字少调短，不过也有例外，如《高丽史·乐志》所载的《献天寿慢》与《献天寿令》相比，即是令词长于慢曲。

令作为词曲重要的种类，也经过了历史的陶冶，有其自身独特的发展历程。初期的令词由于其精炼含蓄的形式特征，颇得大家的喜爱。唐五代和宋初时期为令词发展的第一阶段，主要代表有林逋、晏殊等。这一时期的令词作者，大多咏物酬唱，伤离念远。到了北宋中期，令词开始从芜鄙之气向文雅化、精致化的方向发展，在用词上多采用日常用语，更加注重音乐声律，代表词人有晏几道、欧阳修、李清照等。此后，令词经过了主题、表达方式多样化的提高阶段。在题材上，令词除了引进"颂圣"之类颇具时代感的题材外，还对传统的艳情题材进行了改造，力求表达含蓄深刻。

五、引

引、近介于令、慢之间，常常被理解为中等篇幅的词调，本是古代乐曲的一种名称。宋人创作手法中有摊破唐五代小令的，蔓延其声，制成新曲，谓之"引"。引体字数不多，篇幅短小，句式方整，主要从琴曲、大曲、摊破和导引曲中来。但引体绝大多数来自大曲，如《柘枝引》《婆罗门引》《望云涯引》《石

州引》等。

以引命名是引体的典型代表，调名明确标有引的词调约有四十个，最短的为南宋陈与义的《法驾导引》，三十字；其次为北宋苏轼的《华清引》，四十五字。最长的为南宋杨万里的《归去来兮引》，三百九十九字；创作最多的引体词调为北宋范祖禹的《导引》，共九十七首，存词调三十六个。

引体受令的风格影响颇深，发展到南宋，词调篇幅普遍变长，也更适合抒发词人的内心胸怀。

六、近

近，又称近拍，与令、引、慢的区别在于音乐体制与节奏的不同。王易《词曲史》中说："谓近于入破，将起拍也。故凡近词皆句短韵密而音长。"近，是慢曲以后，入破之前，在由慢渐快部分所用的曲调。其句短，韵密，音长，调慢，比慢曲短，节奏或用散板，或用加增板或不加增板的一板三眼。由此可见，近介于慢曲之后，令调之前，其节奏和风格也介于慢曲和令曲之间。

近词词调共存二十多个，宋代共存以近为名的词四百多首。其中最短的为《好事近》，双调四十五字；最长的为袁去华《剑器近》，双调九十六字。近与引两类曲调，由于其长短、字数大都介于令与慢词之间，后来被视为中调。其实引与近在大曲中出于不同的乐段，而且节拍也有区别，所以在宋代时将二者加以分开，不容相混。

七、慢

慢体的兴起，可溯源到唐代。王灼《碧鸡漫志》卷五中认为，唐中就开始有了慢曲子。慢，是慢曲子的简称，与急曲子相对而言。大曲中的慢曲子，又称为"慢遍"。大曲的中序部分各遍叠大都是慢曲。慢曲从产生到发展成熟，经历了漫长的过程。现存最早的唐代曲谱《敦煌琵琶谱》中，表明慢曲子的有七调，例如《又慢曲子西江月》《慢曲子心事子》等。

《词谱》卷一〇中说："盖调长拍缓，即古曼声之意也。"歌声延长，自然就唱得迟缓了。宋代是慢曲创作的高峰阶段。由于这种题材更能适合人们对生活的唱诵、情感的抒发，因此创作较多。慢词一般分为两片，甚至三叠、四叠更为复杂的结构，由于其旋律增多且延长，为了与之配合，故字数也长短不一，多寡不等。

虽然慢词一般字多调长，但不能反过来说凡长调都是慢曲，急曲子中调长字多的也不少，同时有些短调也可能是慢曲。例如，《太平年慢》双片四十五字，论字数应属于小令，但论曲拍则是慢曲。

由此可见，词调种类与古时乐曲密切相关，不但以各种形式出自大曲，其

至有些令、引、近、慢也出自同一大曲。

第五节　词调的变格

　　词调的变格是指有些词调由旧曲变调改奏而来，属于本调的异体变格，就是说将令、引、近、慢等本调改变宫调、旋律及节奏，从而推出一些新调或变体。它们同本调有着渊源关系，但又自成一体，各有风度声响。

　　创词牌变体体的，大抵是会谱曲的词人。这些变体或词调中的转调、犯调、偷声、添字、减字、摊破等调，就是采用变调变奏的方法而产生的。不少词调有着不止一种异体变格，而拥有变体最多的当数《洞仙歌》，多达四十体。而《满江红》一调十四体，本是押仄声韵，如岳飞《满江红》，九十三字押仄声韵。到了柳永这里，因嫌它只押仄声韵太别拗，又自创了押平声韵的《满江红》，这就成就了押平押仄两大类《满江红》。再后来，又有人写出了《满江红》变格体。除九十三字的，还有九十一字、九十七字的。又如以《木兰花令》为本调，由它衍生的，就有《转调木兰花》《偷声木兰花》《减字木兰花》《摊破木兰花》四调。

　　变体的存在是词的创作要求决定的。后人在填词的过程中，觉得前调别扭，若依原来样板的平仄填，不符合自己的要求，有点削足适履，于是就自己稍加修改。由于变体与本调相差不大，又没有办法自成一体，故用变体称之。下面我们来详细了解一下这些变体的种类。

一、转调

　　转调又称转声，也叫移调、过腔、㕮指，本是属于音乐上的一个名词。从音乐上说，转调就是脱离原来的调性进入另一种调性。转调可以丰富乐曲的表现力，后借用到词调中，也为词调的丰富做出了贡献。

　　词调中的转调，一般有三种：

　　1.转换宫调，但不变动字句。如《满庭芳》有平韵、仄韵二体，平韵正体为双调九十五字，上下阕各四平韵，或上阕四平韵，下阕五平韵。仄韵体又名《转调满庭芳》，出自《乐府雅词》，双调九十六字，上下阕各四仄韵，南北曲均有。南曲入中吕宫引子，字句格律与词牌平韵体同；又入大石调正曲，字句格律与词牌异。北曲入中吕调只曲，字句格律与词牌平韵体上阕略异。

　　《满庭芳》格律：

　　〇仄平平，〇平〇仄，仄〇平仄平平。仄平平仄，平仄仄平平。
　　〇仄平平仄仄，〇〇仄、〇仄平平。平平仄、〇平〇仄，〇仄仄平平。
　　平平。平仄仄，平平仄仄，〇仄平平。仄平仄平平，〇仄平平。

○仄○平仄仄，○○仄、○仄平平。平平仄、○平○仄，○仄仄平平。

《转调满庭芳》格律：

○仄平平，○平○仄，仄○○仄平仄。○平平仄，○仄仄平仄。
○仄○平仄仄，平○仄、○仄平仄。平平仄、平平平仄，○仄仄平仄。
平平。○仄仄，○平○仄，○仄平仄。仄○平○仄，○仄平仄。
○仄○平○仄，○○仄、○仄平仄。○平仄、○平平仄，○仄仄平仄。

2. 转换宫调，同时变动字句。如张先《转调虞美人》、黄庭坚《转调丑奴儿》、徐伸《转调二郎神》、曹勋《转调选冠子》等，字句都对本调有所变动。我们以《虞美人》为例来说明此种情况。《虞美人》格律，一为五十六字，上下两片为两仄韵，两平韵。另一个为五十八字，上下阕各两仄韵，三平韵。

《虞美人》格律：

○平○仄平平仄，○仄平平仄。
○平○仄仄平平，○仄○平平仄仄平平。
○平○仄平平仄，○仄平平仄。
○平○仄仄平平，○仄○平平仄仄平平。

《转调虞美人》格律：

仄平仄仄平平仄，仄仄平平仄。
仄平平仄仄平平，仄平平仄仄平平，仄平平。
仄平仄仄平平仄，仄仄平平仄。
仄平平仄仄平平，仄平平仄仄平平，仄平平。

3. 转换宫调，字句不变而叶（xié）韵变动。如《贺圣朝》本调为仄韵，《花草萃编》引无名氏《转调贺圣朝》为平韵。

《贺圣朝》格律：

○平○仄平平仄，平平○仄。○平仄仄，仄平平仄，平平平仄。
○平○仄，○平仄仄，仄平平仄。仄平平仄，○平○仄，○○平仄。

《转调贺圣朝》格律：

○平○仄平平仄，平平○平。○平仄仄，仄平平仄，平平平平。
○平○仄，○平仄仄，仄平平平。仄平平仄，○平○仄，○○平平。

有人可能要问了，第三种转调和第一种转调有什么区别呢？我们需从叶韵

讲起。所谓"叶韵"，也叫协韵。有些韵字如果读本音，就会与同诗其他韵脚不和，这样就需要改变其读音，以便协调声韵。第三种叶韵变动，自然与第一种不一样了。

宋词运用转调，对后世的南北曲也有影响。《钦定词谱》对陈亮《转调踏莎行》调注云："宋人精于音律，凡遇旧腔，往往随心增损，自成新声。如元人度曲，或借宋人词调偷声添字，名为过曲者，其源实出于此。"由此可见一斑。

二、犯调

犯调与转调一样，也是属于音乐的名词，当然也是移宫换羽的方式之一。二者区别在于转调是整个曲子由一个宫调转换到另一个宫调，而犯调则是一个曲子内有两次以上的转调。犯，是侵犯。犯调即犯入他调，突破原曲牌的结构规律，吸收新的音乐格式，即一曲中用两个以上的宫调。

古人作曲之所以用犯调，是为了取其声韵的变化，给人以清新美听的感受。明朝蒋克谦《琴书大全·曲调上》中说："一曲中间，必有忽焉转易其音调者，盖取其声韵之变，最为奇妙。"陈旸《乐书》云："明皇时，乐人孙处秀善吹笛，好作犯声，时人以为新意而效之，因有犯调。"这里的犯声即犯调。《词源》卷上《律吕四犯》举犯调有宫犯商、商犯羽、羽犯角、角归本宫四类。

南宋时代还流行以集曲的方式合成新调，这属于词调相犯。词调相犯则不过利用原有旧调，将其中的乐段、字句组合成曲。

词中犯调有两种形式：

1. 宫调相犯。宫调相犯是运用变调变奏的方法创制新调，即取各宫调的声律合成一曲，使宫商相犯以增加乐曲的变化，有三犯、四犯、八犯之称。但限于"住字"（全曲末一字，或称"杀声"）相同的调子方可互犯。例如吴文英在《玉京瑶》自序中说："夷者商犯无射宫调。"可知，此调犯了无射宫，属于宫、商相犯。又如周邦彦的《瑞龙吟》，本为正品调（即中吕羽），犯了大石调（即黄钟商），属于商、羽相犯。

2. 句法相犯，也叫词调相犯，是指集合各调中的句法而另成一调，类似南曲中的"集曲"。宋代陈旸《乐书·八音·手笛》云："昔宗同善吹以为新引；唐云朝霞善吹以为新声；孙处秀善吹而作犯调。"词调相犯比宫调相犯更为自由。词调相犯的，多数可从调名上看出，例如陆游《江月晃重山》，前两句用《西江月》，后两句用《小重山》，以两调合成一片。有些犯调则由作者自己注明，如卢祖皋《锦园春三犯》，自注由《解连环》《醉蓬莱》《雪狮儿》三曲合成。

例如，吴文英《暗香疏影》，是以姜夔《暗香》上阕、《疏影》下阕合成一调。

《暗香》格律：

> 仄平仄仄，仄仄平仄仄，平平平仄。
> 仄仄仄平，仄仄平平仄平仄。
> 平仄平平仄仄，平仄仄、平平平仄。
> 仄仄仄、仄仄平平，平仄仄平仄。
>
> 平仄，仄仄仄。
> 仄仄仄仄平，仄仄平仄。
> 仄平仄仄，平仄平平仄平仄。
> 平仄平平仄仄，平仄仄、平平平仄。
> 仄仄仄、平仄仄，仄平仄仄。

《疏影》格律：

> 平平仄仄。
> 仄仄平仄仄，平仄平仄。
> 仄仄平平，平仄平平，平平仄仄平仄。
> 平平仄仄平平仄，仄仄仄、平平平仄。
> 仄仄平、仄仄平平，仄仄仄平平仄。
>
> 平平平平仄仄，仄平仄仄仄，平平平仄。
> 仄仄平平，仄仄平平，仄平仄平仄仄。
> 平平仄仄平平仄，仄仄仄、仄平平仄。
> 仄仄平、平仄平平，仄仄仄平平仄。

《暗香疏影》格律：

> 仄平仄仄，仄仄平仄仄，平平平仄。
> 仄仄仄平，仄仄平平仄平仄。
> 平仄平平仄仄，平仄仄、平平平仄。
> 仄仄仄、仄仄平平，平仄仄平仄。
>
> 平仄平平仄仄，仄平仄仄仄，平平平仄。
> 仄仄平平，仄仄平平，仄平仄平仄仄。
> 平平仄仄平平仄，仄仄仄、仄平平仄。
> 仄仄平、平仄平平，仄仄仄平平仄。

三、偷声

偷声，也叫"减字"，顾名思义，就是指对本调在音乐上节短乐句或简化节奏，

在歌辞上减少字句，从而推出新调。从音乐的角度来讲，减叫作偷声。从歌词的角度来讲，减叫作减字。歌词字数减少，唱的时候也就少唱几声，所以减字必偷声。乐曲缩短，歌词却未必相应减少，故偷声未必定需减字。例如，贺铸有《减字浣溪沙》十五首，调名减字，文辞却一字不减，与七言六句的《浣溪沙》本调字句全同，这里所减的即在声而非字了。

但一般说来，减省节奏，自然需要相应地减省文字。张先《偷声木兰花》《减字木兰花》就属既偷声又减字句。

《木兰花》，也即《玉楼春》格律：

○平○仄平平仄，○仄○平平仄仄。
○平○仄仄平平，○仄○平平仄仄。
○平○仄仄平平，○仄○平平仄仄。
○平○仄仄平平，○仄○平平仄仄。

《减字木兰花》格律：上下阕一、三句各减去三字。

○平○仄，○仄○平平仄仄。
○仄平平，○仄平平○仄平。
○平○仄，○仄○平平仄仄。
○仄平平，○仄平平仄平。

《偷声木兰花》格律：前后段第三句，减去三字，另偷平声，故云偷声。

○平○仄平平仄，○仄○平平仄仄。
○仄平平，○仄平平○仄平。
○平○仄平平仄，○仄○平平仄仄。
○仄平平，○仄平平○仄平。

四、添声

与偷声减字相反，添声就是对本调在音乐上添入乐句或加繁节奏，在歌辞上增多字句，从而推出新调，又名添字、摊声、摊破。如南唐李璟的《摊破浣溪沙》（即《南唐浣溪沙》），宋毛滂称《摊声浣溪沙》，辛弃疾称《添字浣溪沙》。

添声也有两种方法。一种是于片末或句末插入或增添一个短乐句，这是唐代歌曲中和声的遗法。如赵长卿的《摊破丑奴儿》，上下阕末都增加"也罗，真个是，可人香"三句。

《丑奴儿》格律：

○平○仄平平仄，○仄平平。

　　○仄平平，○仄平平○仄平。

　　○平○仄平平仄，○仄平平。

　　○仄平平，○仄平平○仄平。

李清照《添字丑奴儿》格律：

　　○平○仄平平仄，○仄平平。

　　○仄平平，○仄平平、○仄仄平平。

　　○平○仄平平，○仄平平。

　　○仄平平、○仄○平、○仄仄平平。

　　另一种方法是在增入音节、字数后改组乐句。如李清照的《添字采桑子》、贺铸的《摊破木兰花》、程垓的《摊破南乡子》、蔡柟的《摊破诉衷情》等。

　　但也有添声而不添字、不改组句法的。如苏轼《湖山信是东南美》一词，宋傅干注《东坡词》引杨绘《时贤本事曲子集》，谓此词"寄《摊破虞美人》"，字句与《虞美人》全同，不过这种情况甚为罕见。（详见《唐宋词通论》）

　　添声中还有一种比较特殊的增字，叫"衬字"。它的特殊性在于，衬字是作者按照意愿加的，位置也是随机的，如吴文英《唐多令》中的"纵芭蕉，不雨也飕飕"，其中"也"即为衬字。但词中不允许有太多的衬字，一般只有一个，这就比诗自由。而与元曲中大量使用衬字的情况比起来，词又相当严格。

五、叠韵

　　叠韵亦作"迭韵"，也是词调增多异体变格的常用方法，即将本调再重叠一遍，由小令叠为长调。叠韵并不改变乐律与腔调，这一点与转调、偷声、犯调、添声等不同。清代袁枚《随园诗话》卷一云："余作诗，雅不喜叠韵、和韵及用古人韵。"清代沈涛的《瑟榭丛谈》云："余复叠韵酬之。"例如晁补之叠用《梁州令》，另名《梁州令叠韵》；周邦彦叠用王铣《忆故人》，另名《烛影摇红》；贺铸叠用《梅花引》，另名《小梅花》等。

　　从平仄格式本身来看，叠韵之后并没有对本调做出任何改变，只是把本调重叠。有很多最初为单调的词牌都被后来人叠为双调，甚至本来就是双调的词牌，也是可以被叠用的。但是在很多情况下，后来者在叠用过程中，往往会对本调的平仄句读做细微的改变，例如柳永叠用毛文锡《接贤宾》，另名《集贤宾》。叠韵比较好理解，这里不再举例证明。

六、改韵

　　改韵主要有两类。一类是本调没有定格，可以随意押平仄。李清照在《词论》中说："近世所谓《声声慢》《雨中花》，既押平声，又押入声。《玉楼春》平声，

又押上、去声,又押入声。"可知此类词调随意性大。这类词调,尚有《忆秦娥》《柳梢青》《多丽》《雨霖铃》《霜天晓角》等。另一类则是原有定格,后来为了谐合声律而改动旧韵的。如《满江红》,本押入声韵,姜夔认为不协律,另创平韵《满江红》。

第六节　选择词调的方法

作词填曲要先选词调,只有选择恰当的词调,才能依据正确的声情填词抒情。每一个词调都有它自己的适用范围,现存的词调有一千多种,虽然常用的词调只有一百多种,但即便是从这一百多种中选择出与作者抒发内容相符合的词调,也是不容易的。

词既然源于"燕乐",一个个词牌就是一首首旋律,我们要根据旋律的特点来组织文字,达到音意和谐。反过来就是说写什么样的词要选什么样的调,不明乐理,填出来的词往往就走了韵味,甚至填出来成了笑话。

一、按律制谱

正所谓"前人按律以制调,后人按调以填词",因此,填词首先要按律制谱。当然,懂音乐的词人毕竟是少数,制谱工作也并不是每个词人都能做到的。但是,为了说明选调的过程,以及填词的基本步骤,这里还是将制谱过程写出,以便读者了解。

1. 音谱

音谱即曲谱、歌谱,也就是以乐音符号记录曲调,相当于我们现在的乐谱。它是乐师伶工依乐律而制的声乐谱。现存最早的唐乐曲谱是二十世纪初在敦煌莫高窟藏经洞发现的一卷唐曲谱抄本。而现在保存最完整的音谱,只有姜白石的《白石道人歌曲》。其中有十七首歌曲不但声词俱全,而且有令曲、慢词,声词相配的方式亦比较复杂,是研究词乐的重要艺术文献。

2. 词谱

其实,唐时的"乐章文谱"有谱有词,即便是宋词也是有谱有词的。只是到了后来,词谱逐渐代替音谱,填词也逐渐不再根据音谱了。这主要是由于大多数词人未必能够尽谙乐律,按照音谱填词难度较大。宋之后,音谱失传,所谓按谱填词,也就成了历史。

二、选择词调

刨除制谱这个需要音乐专业人士做的工作,选调就成了作词的第一步了。宋人杨瓒在《作词五要》中就说:"第一要择腔。"宋人张炎《词源》卷下"制曲"

条也说："作慢词看是甚题目，选择曲名，然后命意。"可见，他们都把选择词调视为作词的第一步。那么，为什么要选调呢？选调究竟选的是什么？如何选调？接下来我们一一分析。

1. 选调的原因

选调，也就是择调，又叫择腔、择曲，或称选声。宋代沈括在《梦溪笔谈》中说："哀声而歌乐词，乐声而歌怨词，故语虽切，而不能感动人情，由声与意不相谐故也。"

可见，填词选调不对，发挥情感的作用将大打折扣。明末清初《九宫谱定总论》说："凡声情既以宫分，而一宫又有悲欢、文武、缓急、闲闹，各异其致。如燕饮、陈述、道路、军马、酸凄、调笑，往往有专曲。"再加上大多数词调都只适用于一定的范围，考虑调情的悲喜，调声是否好听，就成了选调的主要目的。如《满江红》《念奴娇》适合填一些调子较高、感情激烈、声情俱烈的内容，因此在用韵上也以入声字为主；《小重山》《一剪梅》适合填写一些调子低沉、感情细腻、凄清孤寂的内容，因此大多选用平韵。

有的词调就像它的调名一样，所咏内容还有专属。择调不当，或声情乖戾，或影响美听，或不合曲名与传统作法，都将妨碍内容与形式的完美结合。前面已经详细罗列了各个宫调的声情，这里再作一次说明，以便读者诵记。

仙吕宫清新绵邈；南吕宫感叹伤悲；中吕宫高下顿挫；黄钟宫富贵缠绵；正宫惆怅雄壮；大石调风流蕴藉；双调矫健激扬；商调凄怆怨慕；越调清越怆凉。

2. 选调的方法

词作为一种配合音乐的文学，其词调的区别首先在于音的区别。词调中有的雄壮，有的哀怨，有的高昂，有的低抑，有悲喜、刚柔、急慢等区别。燕南芝庵《唱论》"凡唱所忌"条说："男不唱艳词，女不唱雄曲。"这"艳词"和"雄曲"就是声情的区别。因此，选调首先要选声情。

（1）选声情

唐人白居易在《问杨琼》诗中这样写道："古人唱歌兼唱情，今人唱歌唯唱声。欲说向君君不会，试将此语问杨琼。"可见唱歌最重要的是唱情，这就要求调的声情与词的文情彼此谐和，融为一体。在这里，我们先将声情简单分为"雄壮"和"绮丽"两种，也就是"雄曲"和"艳曲"两类，以便读者领悟。当然，写壮词不能用艳歌，写艳情难以用雄曲。

唐李峤《春日侍宴幸芙蓉园应制》诗："飞花随蝶舞，艳曲伴莺娇。"可见艳曲多写儿女情长，风格多香艳绮丽，缠绵悱恻却也真挚婉转。词调中可列为艳曲的很多，最典型的代表就是《花间集》，其中有相当一部分为艳曲。我们以《眼儿媚》为例，具体来看看艳词的声情。

《眼儿媚》又名《秋波媚》，双调四十八字，前片三平韵，后片两平韵。其格律为：

平仄平平仄平平，〇仄仄平平。

〇平〇仄，〇平〇仄，〇仄平平。

〇平〇仄平平仄，〇仄仄平平。

〇平〇仄，〇平〇仄，〇仄平平。

看看各位词人用《眼儿媚》调创作的作品：

杨柳丝丝弄轻柔，烟缕织成愁。海棠未雨，梨花先雪，一半春休。
而今往事难重省，归梦绕秦楼。相思只在：丁香枝上，豆蔻梢头。

（王雱）

酣酣日脚紫烟浮，妍暖破轻裘。困人天色，醉人花气，午梦扶头。
春慵恰似春塘水，一片縠纹愁。溶溶泄泄，东风无力，欲皱还休。

（范成大）

迟迟春日弄轻柔，花径暗香流。清明过了，不堪回首，云锁朱楼。
午窗睡起莺声巧，何处唤春愁？绿杨影里，海棠亭畔，红杏梢头。

（朱淑真）

萧萧江上荻花秋，做弄许多愁。半竿落日，两行新雁，一叶扁舟。
惜分长怕君先去，直待醉时休。今宵眼底，明朝心上，后日眉头。

（贺铸）

楼上黄昏杏花寒，斜月小栏干。一双燕子，两行征雁，画角声残。
绮窗人在东风里，洒泪对春闲。也应似旧，盈盈秋水，淡淡春山。

（阮阅）

萋萋芳草小楼西，云压雁声低。两行疏柳，一丝残照，万点鸦栖。
春山碧树秋重绿，人在武陵溪。无情明月，有情归梦，同到幽闺。

（刘基）

从上面几位词人的词作来看，多婉转惆怅，或悲秋，或伤春，或怜情。这些词的内容与《眼儿媚》的调情融合无间。

当然，词调中堪称雄曲的也不少，著名的就有《破阵子》《六州歌头》等。《六州歌头》原为鼓吹曲，也是军乐。程大昌《演繁录》卷十六云："《六州歌头》，本鼓吹曲也。近世好事者倚其声为吊古词，如'秦亡草昧，刘项吞并'者是也。音调悲壮，又以古兴亡事实之，闻其歌使人怅慨，良不与艳词同科，诚可喜也。"后来贺铸、刘过等词人也喜用《六州歌头》，以悲壮的音调、慷慨雄伟的歌词来抒发情感。

不过，唐宋词调并不能简单地分为艳歌与雄曲两部分，有相当多的词调既不能归之为艳歌，也不能归为雄曲。这里参考夏承焘先生《唐宋词欣赏》，将平时常用词调的声情简单梳理如下：

《竹枝》	其声怨咽	《水调歌头》	高亢悠扬
《水龙吟》	清彻嘹亮	《念奴娇》	奔放豪迈
《贺新郎》	音韵洪畅	《雨中花》	悲壮激烈
《沁园春》	声韵清美	《霜天晓角》	声调凄婉
《苏武令》	声韵凄楚	《雨霖铃》	极为哀怨
《小重山》	婉转绸绎	《兰陵王》	激越慷慨
《梦行云》	抑扬可喜	《扑蝴蝶》	腔调婉美
《采绿吟》	音极谐婉	《解语花》	音韵婉丽
《暗香》《疏影》	音节谐婉	《花犯》	低吟浅唱

当然，词调在声情上的差异，以及各家词风的不同，选声情也是大为悬殊的。婉约派常用《诉衷情》《蝶恋花》《临江仙》《雨霖铃》之类婉转缠绵、凄咽清怨之调；豪放派词常用《满江红》《念奴娇》《水调歌头》《贺新郎》之类激越奔放、慷慨悲凉之调。也有些词人用同一词调，写了内容与感情彼此不同的词，却也能声情符合，原因就在于我们前面所谓的词调变格。进行变奏处理，可以扩大词调的适用范围，让词人能更好地发挥。

（2）选曲名

选曲名是因为有的词调按其制调造曲的本意及习惯用法，有着一定的对象和范围，用调时不能违背。例如《贺新郎》并非用来恭贺新婚的，如果选用声调伤感悲愤的《贺新郎》来写一些喜悦欢快的感情，效果肯定没有《长寿仙》之类的妙。罗列如下：

A.用于侍神，如《竹枝》《满江红》等。

B.用于应制，如《醉蓬莱》《黄河清》《舜韶新》《并蒂芙蓉》《寿星明》等。

C. 用于咏物，如《黄莺儿》《汉宫春》《荷花媚》《春草碧》《暗香》《疏影》《惜红衣》《双双燕》等。

D. 用于节序，如《鹊桥仙》《人月圆》《龙山会》《水调歌头》等。

E. 用于祝寿，如《长寿仙》《大椿》《庆寿光》等。

F. 用于悼亡，如《寿楼春》《千秋岁》等。

G. 用于酒词，如《抛球乐》《上行杯》《摘得新》《三台》《劝金船》《金蕉叶》《荷叶杯》等。

H. 用于佛曲、道曲，如《梁州》《太常饮》《柳含烟》《渔父》《拨棹子》《渔家傲》《千秋岁》等。

但是，宋代以后，那些跟词相配的乐谱逐渐亡佚，后人作词，就不能再按谱填词，而是按唐宋人的词来填词。也就是说把词作为跟音乐完全脱离的一种旧体格律诗看待，把词诗律化了。因此，今天来讲词的格律，只能跟讲诗律一样，从字数、句式、平仄、用韵、对仗等方面来讲，而与词的乐谱无涉了。绝大多数的词的内容，到了后来，都不是原来词调所表示的原意了，除了一些特别严格的词调，一个词调可以表示任何的意义。为了表明自己的意图，有些词家在一首词的调名下，另写题目或写一小序。如《念奴娇》词牌，本意是写唐代著名歌女念奴的，苏轼在词牌下面写明"赤壁怀古"，即可说明所咏之物。也有词人在词题下或在正文之后注明"调寄×××"，即写明所使用的词牌名称，以此说明这首词的内容是按照某一词调的格律填写的。

（3）如何选调

根据夏承焘先生《唐宋词欣赏》所载，选择词牌有三种方法：

A. 从声、韵方面探索，包括字声平拗和韵脚疏密等。

一般来说，入声韵较为激烈，而上去声韵比较柔和。如果是表达强烈的情感，在选择词调上应挑选那些入声韵的词牌；相反，如果是表达一些温婉柔和的情感，则最好选择上声韵。例如，《贺新郎》这首词牌常常分为上去声韵和入声韵。一般来说，用入声韵部者较激壮，用上去声韵者较凄郁。

按照传统的说法，平声是平调，上声是升调，去声是降调，入声是短调。明朝释真空的《玉钥匙歌诀》曰："平声平道莫低昂，上声高呼猛烈强，去声分明哀远道，入声短促急收藏。"可见字声对于情感的抒发是有一定影响的。对此我们在后面还有详细的说明，这里不再多说。

韵脚是听觉上句子的终点。韵脚频繁则情感激越，韵脚越疏，感觉句子越长，节奏感越差。"因为韵疏，势不能不急促，使人们不嫌其疏。"这个我们在后面将详细讲解，此亦不再累述。

B. 从形式结构方面探索，包括分片的比勘和章句的安排。

所谓词的结构形式，大抵有以下几个方面。首先是字数考虑。一般来说，字句短、字数变化大，则情感激烈，反之则柔缓。如《六州歌头》以三字句为主，句短势急；而《浣溪沙》从律诗演化而来，七字句整齐划一，腔调舒缓稳健。又如《菩萨蛮》总体上阕句长，下阕句短，而上阕内句子亦由长转短，故声情由缓而急，结句需有力方收煞得住。

其次，从分片上看，大多数词调是分为两片、三片甚至四片的，这个我们在前面也有说明。在填词的时候，人们要思考好自己选择的词调，同样是表示感情强烈的单片《十六字令》和双片《破阵子》，不同的片数，情感的抒发自然也不一样。因此，宜用令的就不取长调，宜作长调的则不取令。

C. 根据前人作品，看哪个词牌写哪种感情最多、最好。

对初学者来说，这种方法是最实际的，而且便于更快地掌握。正所谓"熟读唐诗三百首，不会吟诗也会吟"。在揣摩其他作者用此词牌创作的过程中，不仅仅增加对于这个词牌的了解，更能增强自己的感知能力。如填《声声慢》者，大多婉约缠绵；而《满江红》作品，大都豪壮激越。

《诗序》中说："在心为志，发言为诗，情动于中而形于言。言之不足，故嗟叹之；嗟叹之不足，故永歌之；永歌之不足，不知手之舞之，足之蹈之也。"可见，个人情感的抒发不能受形式的束缚。而词牌作为一种格式，是一种形式而不是内容，形式总是要为内容服务的，因此，我们也不能对词牌的选择墨守成规。《礼记·乐记》中有"诗言其志，歌咏其声，舞动其容。三者本于心，然后乐器从之"。故"有心则有诗，有诗则有歌，有歌则有声律，有声律则有乐歌"。就连宋代王灼的专论词牌选择的《碧鸡漫志》，也有"古人初不定声律，因所感发为歌，而声律从之"之说。可见，表达真切的思想感情比形式的选择要重要得多。当然，如果能做到形式与内容的完美结合，那么填出的词定为精彩之作。

关于词人自度曲，姜白石因其擅长音乐而谱曲甚多，其词坛逸事也常成文坛佳话。今录其一，以飨诸位。

南宋光宗绍熙二年冬，一个大雪纷飞的下午，苏州石湖，范成大正靠在床上小憩，忽听门外有人高呼："范公，想煞我也，快开门！"范成大心里嘀咕："这冰天雪地的，会是谁来呢？"

来人正是姜夔，姜白石。姜夔远道而来，进门时满身雪花，手冻得通红。范成大见状，十分感动姜夔不辞艰辛，雪中相访。当晚两人饮酒叙旧，谈诗论词，夜半方寝。

第二天早晨，雪仍在疏疏密密地下着，碎琼乱玉，一片银装世界。范成大说："白石贤弟，我这宅园南边有一座梅园，景致十分优雅，你我一起去踏雪赏梅可好？"姜夔欣然答应。

两人来到梅园，只见一株株梅树蓓蕾初绽，幽香缕缕，银装玉砌，晶莹夺目。此情此景，令姜夔词兴大发，佳词丽句脱口而出，即景赋《玉梅令》词一首，借咏梅表达对范成大盛情款待的感谢和敬意。

疏疏雪片，散入溪南苑，春寒锁，旧家亭馆。有玉梅几树，背立怨东风，高花未吐，暗香已远。

公来领略，梅花能劝，花长好，愿公更健。便揉春为酒，剪雪作新诗，拼一日，绕花千转。

"白石贤弟出语不凡，平易中见机巧，清淡中出醇厚，初读新鲜，再读有味。"范成大称赞说。

"范公过奖，晚生惭愧，不过是一些陈言熟语，岂值范公厚爱？"

"贤弟，难得今天好雪佳梅，你擅填词，精音律，喜谱曲，就再为老夫填首新词，作支新曲如何？"

姜夔沉吟一会儿，说："范公之命自当遵从，只是率尔成章，恐有负公望，乞容晚辈明日交卷吧！"

晚上，范成大的石湖宅院一片静谧，人们都早早安歇了。姜夔站在窗前毫无睡意，他望着外面夜幕中的冰雪世界，只见清冷的月光把屋宇、树木、大地勾出了淡淡的影子，微风摇曳梅枝，悄悄送来阵阵冷香。

姜夔心里一惊，思绪蓦然展开，挥毫写下了盛名词坛、被后世公认为姜词代表作的两首咏梅词《暗香》和《疏影》。

暗香
旧时月色，算几番照我，梅边吹笛？唤起玉人，不管清寒与攀摘。何逊而今渐老，都忘却，春风词笔，但怪得，竹外疏花，香冷入瑶席。

江国，正寂寂。叹寄与路遥，夜雪初积，翠尊易泣，红萼无言耿相忆。长忆曾携手处，千树压，西湖寒碧，又片片吹尽也，几时见得？

疏影
苔枝缀玉，有翠禽小小，枝上同宿。客里相逢，篱角黄昏，无言自倚修竹。昭君不惯胡沙远，但暗忆江南江北。想佩环，月夜归来，化作此花幽独。

犹记深宫旧事，那人正睡里，飞近蛾绿。莫似春风，不管盈盈，早与安排金屋。还教一片随波去，又却怨玉龙哀曲。等恁时，重觅幽香，已入小窗横幅。

南宋末年著名词人张炎对这两首词推崇备至，他在《词源》中说："词之咏梅，唯姜白石《暗香》和《疏影》二曲，前无古人，后无来者，自立新意，真成绝唱。"

却说姜夔作完两首词后兴致仍浓，于是又拿出玉箫，一边吹奏，一边为新

词谱曲，写下了《仙吕宫》。哀婉深切的箫声飘荡开来，姜夔完全沉浸在自己创造的音乐世界中了……

第二天一早，范成大读了姜夔的两首新词和乐曲，赞不绝口。他立即叫来家中一位名叫小红的歌姬出来演唱，姜夔一时兴起，便在一旁吹箫伴奏。范成大微闭双眼，入神聆听，如痴如醉，情不自禁地随腔打着拍子。

"妙、妙、妙！"乐曲刚终，范成大就喝起彩来，"此曲只应天上有，人间能得几回闻。杜甫在《赠花卿》里咏的这两句诗，老夫今日得以亲自体验也！有如此耳福，幸哉！幸哉！"

"范公谬赞，主要是小红姑娘唱得好，若非她那动人歌喉，拙词必将大大减色矣！"姜夔一边说，一边深情地看着小红，眼神里流露出明显的爱慕之意。

小红闻言，脸上早升起两片红晕。她向姜夔投去深深一瞥，只见眼前这位文士三十多岁，眉清目秀，气宇轩昂，顿生倾慕之心，张口说道："奴婢有幸，蒙先生错爱，感激不尽！先生不仅词写得绝佳，而且曲配得恰到好处。《仙吕宫》声情清新，缠绵邈远，正好把梅花暗香疏影的风采表现得淋漓尽致。词情和曲调有如鬼斧神工，裁云缝月，天然妙合，精彩绝伦。奴婢依谱演唱，只怕不能尽传先生词意，望先生海涵，多予赐教！"

姜夔没想到小红对他的词意和曲调理解得如此深切，又闻小红这一番话说得雅致清新，极有内涵，忙对范成大说："范公真是文澜学海，连家中歌姬都这般通晓诗词，妙善音律。能与这样的佳人为伴，真是生平一大快事。"

范成大生性慷慨，在一边见两人彼此钟情，当下便顺水推舟，笑着对姜夔说："老夫见你俩，一个精工词曲，一个妙善吟唱，恰似高山流水，情胜知己，难得相遇，就让小红跟贤弟去吧！"

范成大一语，只说得小红脸颊绯红，羞涩地低下了头。姜夔忙拱手施礼，向范成大表示感谢。

词谱

　　词在悠久灿烂的中华文化中，是一朵艳丽盛开的文学奇葩。词谱作为"鲜花"经久不乱的传世基因，其作用是不可磨灭的，且时间越久，价值就越明显。说得通俗一点，所谓词谱，就是摆出一件样品，让大家照样去填。

　　每一个词牌的格式，叫作词谱。这只是狭义上的词谱。广义上的词谱，除了包括词牌的格式，还包括由这些格式集合，经过分类编排的书籍。这些书作为填词者的依据，主要是介绍填词的各种规则，如字句定额、声韵安排、词调来源等。

　　但是，填词不一定要按照词谱来填，还可以按照音谱来填。宋代的不少音谱就是有谱有词的，谱用来记录音乐，词用来作为示例，唐宋时代作词基本是依靠音谱。后来词乐失传，词谱大行其道。

第一节　词谱的作用

　　《四库全书总目提要·〈宋名家词〉提要》云："金元以后，院本杂剧盛，而歌词之法失传。然音节婉转，较诗易于言情，故好之者终不绝也。于是音律之事变为吟咏之事，词遂为文章之一种。"由此可见，词谱的出现是词乐失落之后的必然结果，对中国词学发展产生了相当大的影响。

　　首先，词谱的出现让词得以延续。叶恭绰说："清词能上接两宋，实因具有下列两种优点：一、托体尊；二、审律严……词本合乐，到南宋后期词的乐谱即渐渐失传了。自元迄明，词家都不讲究了。清顺治和康熙两朝词，不合律的也很多，直到万树、戈载编著《词律》《词韵》，归纳各词家作品，定出一个标准来，于是填词的人始兢兢于守律。所以清词词家很少有不合律的，不但讲究平仄，即四声阴阳亦不容混淆，这也是清词的独优之点。"此话虽然有不合历史

之处，但也确实道出了词谱的重要性。可见，词得以延续，实在是因为词谱的出现，让后人能在失去音乐的情况下，仍然能根据格式而流传下来。

其次，作词者可依据词谱的要求填词，有章可循，不仅降低了作词者的门槛，而且在客观上还造就了词的繁荣。词谱的出现，让后人在不了解当时音乐的情况下，也能依据一定的格式填词。后来的词谱书籍更是分类详细，不但介绍了词的一般格式，还加入了词调等填词必需的情感因素，让后来者能倚声填词，创作出既合规范又大异其趣的优秀作品来。

第三，虽然词谱的出现，在一定程度上是音乐失落的必然结果，但没有音乐的干扰，作词者仅仅就文字形式上着力，客观上提升了词文体的表现力。四库馆臣给《类编草堂诗余》分调做法予以恰当评价："填词家终不废其名，则亦倚声之格律。"这充分肯定了以调式类编本的历史功绩。

词谱的出现，将作词格律化，这对词的发展既是机会，又是危机。机会在于词的创作所遵循的规则门槛降低，大量有心为词之人均可以通过遵循词谱填词表达其意中之事，客观上造就了词学的繁荣。危机在于有可能带来词本身特征的消失，取消词存在的合理性。

第二节　词谱的创制

词谱是在词选编辑整理的基础上逐渐出现的。我们以时间为顺序，给词谱绘制一个成型的过程。

一、唐宋时代的音乐谱

周维培先生认为："从文献上看，宋代词谱主要为音乐谱。"音谱就是音乐谱或者歌谱，是以乐音符号记录的。按理说，每个词调都应该有音谱，只是后来音谱消失了。《乐章文谱》说："乐者，声诗也；章明其情，而诗言其志。文谱，乐句也，文以形声，而句以局言。"这种"乐章文谱"可以说就是最早的有谱有词的歌曲谱，这样的歌曲谱自然也能为后人所遵照填词了。宋仁宗时期的《韶乐集》、徽宗时期的《宴乐新书》、嘉泰间的《曲谱》等都是有名的音乐谱。可惜这些音乐谱现在也只是留下名字而已，都已亡佚了。

现存最早的唐代词谱为敦煌出土的一本唐曲谱抄本，记录了急、慢曲子共二十五首。现存宋代曲谱属于官谱的有王骥德的《曲律》等，属于词人自度曲的有姜夔的《白石道人歌曲》等。宋代时候的曲谱已经开始在一定范围内使用了。北宋吕谓老《倾杯令》中说："筝按教坊新谱，楼外月生春浦。"可见这些音谱并非仅仅存在于音乐行业，并且到了后来，曲谱开始在列肆（相当于我们现在的市场）中买卖，流传就更加广泛了。但是宋人填词，刚开始往往是单曲，

后来有人喜欢这谱，又给写了词，然后才慢慢发展成为词调，格式才慢慢固定下来的。

二、明清时代的词谱

唐宋时期的音谱都是有谱有词的，谱用来协律，词用来制词。按谱填词，首先按的应该是音乐。但是并不是每个人都能像姜夔、周邦彦等一样精通音乐，作词难免舍音谱而取词谱了。到了明清时代，音谱都散失了，只有文字的词谱出现。

音谱消失的原因，除了有些词人不懂得音乐之外，还有一个重要的原因就是乐曲变动了。随着时间的推移，按照音谱填词的人就更少了。到了后来，音谱完全消失，就只剩下词谱了。

清代康熙年间的《词谱序》中说："词之有图谱，犹诗之有体格也……夫词寄于调，字之多寡有定数，句之长短有定式，韵之平仄有定声，秒忽无差，始能谐合。否则，音节乖舛，体制混淆，此图谱之所以不可略也。"可见，明清的词谱以《词律》《词谱》最为完备。

词谱的编辑整理有两大体例，其一是以事类编词，形成分类本；其二是以调类编词，形成分调本。以事类编多适用于歌者，如清代宋翔凤在其《乐府余论》中道："《草堂诗余》一集，盖为征歌而设，故别题春景、夏景等名，随时节即景歌以娱客，题吉席、庆寿更是此意。"近人龙榆生更直截了当地说道："吾人但以为当日之类编歌本可也。"所以，分调本只能是在音乐化时代已远逝，词已成为"吟咏之事"之后的产物。

"按谱填词，自道其意中事"，分调本的出现是在填词者对音乐不熟悉的情况下出现的，并且由于这部分人占了填词者的大部，在其影响下，后来词谱的编辑都采用分调编排的形式。后来这种体制成了规范，对后代产生了深刻的影响。

《四库全书总目提要》卷一九九《类编草堂诗余四卷提要》云："词家小令、中调、长调之分，自此书始。后来词谱，依其字数以为定式，未免稍拘，故为万树《词律》所讥。然填词家终不废其名，则亦倚声之格律也。"四库馆臣谈到词谱制作原理的时候提到重要的一点，即"裒合众体，勒为一编"。其意是通过对大量唐宋词样本的平仄、句读以及声韵等进行分析，从中抽取一套规则。通过对明清词谱的考察，人们能发现它们一以贯之地遵循着同样的制作原理。

第三节　词谱举例

陈继儒认为"词如夜光明月，图谱如翡翠百宝盘，珠玑陆离流走，而终不能跳掷于宝盘外"，他将词与词谱的关系比喻为夜光明珠和百宝盘的关系，可谓非常贴切。现行四大通用词谱，为《万树词律》《钦定词谱》《白香词谱》《龙榆

生词谱》。其中龙榆生词谱中词牌的来历演变及特定句法字声，可为谱词补充参照，这里就不再多叙。

一、《白香词谱》

《白香词谱》为嘉庆年间舒梦兰编修，最早刊印于乾隆三十一年，选辑自唐代李白至清初黄之隽五十九家著名词人各种词牌的代表作共一百首，收一百个词调，每牌只列一体。

《白香词谱》多选常用词牌。许多初学者喜其简便，因为很实用，既可当词谱又可作词选读。《白香词谱》所选的词都是比较著名的或者艺术性较高的，好些是历久传诵不衰的名作。它兼收并蓄，不主一家，既收婉约，也收豪放，是一本不可多得的好选本，也是一本较佳的词学入门读物。《白香词谱》所选词包括小令、中调和长调，每调还详细列注平仄韵读。谱以词长短为序编次，字数从少到多。词旁用黑白圈标注平仄，并有表示句读的符号。每首词调下，还加了简明题目。

《荣宝斋画谱题词》中道："画谱的刊行，我们拍掌欢迎。近代作画的不读芥子园画谱是例外，好像作诗词的不读《唐诗三百首》和《白香词谱》是例外一样。"《白香词谱》虽然短小精炼、易懂易看，然而排序杂乱，例词多重复取于一人。一个词调中需要辨别四声的，平仄不能乱用的地方，《白香词谱》并没有标明出来。因此，此书只可为初学者提供参考。

二、《万树词律》

《万树词律》，也叫《词律》，由清代词人万树编辑而成。万树，字花农，又字红友，号山翁，江苏宜兴人。他是清初著名文学家、戏曲作家、词学格律家，生卒年不详，主要生活在康熙时期。《宜兴县志》记载，万树一生著有《词律》二十卷、《香胆词》二帙、二十余种传奇和杂剧及《璇玑碎锦》等。

万树才情卓绝，在多方面取得非凡的成就，尤其对词律进行了长期的潜心研究。康熙七年在京都时，万树曾将《词律》初步构想与陈维崧讨论，并得到支持。后于康熙十六年开始撰著，康熙二十六年方成书于岭南。《词律》是万树据自己所见古人词分类考订，在纠正《啸馀谱》错讹的基础上编写的。此书共二十卷，收集词牌八百七十五余调，一共一千六百七十五体。

在《词律》之前，淮扬张綖作有《诗余图谱》，后经钱塘谢天瑞加以增广，吴江徐师曾去图而著谱，新安程明善又合为一部，刊入《啸馀谱》中，但仍有不少讹误。清初赖以邠作《填词图谱》，此书仿《诗余图谱》，谱依《啸馀谱》，考稽既疏，谬误仍多。万树的《词律》对词体格律进行了系统整理，校订平仄音韵，句法异同，确定规格，虽偶见疏漏，但在当时足称精严详备。在康熙《钦

定词谱》问世前,《词律》是所收词体最多、考订最详的一部词谱。

清康熙年间陈廷敬、王奕清等奉旨编写《钦定词谱》,基本以万树《词律》为基础。

三、《钦定词谱》

《钦定词谱》乃陈廷敬、王奕清等奉康熙命编写,以万树《词律》为基础,纠正错漏,并予以增订,共四十卷,八百二十六词牌,两千三百零六体。《四库全书总目》誉之为"分刌节度,穷极窈眇,倚声家可永守法程"。

《钦定词谱》谈到词谱制作原理的时候提到重要的一点,即"裒合众体,勒为一编",其意指通过对大量唐宋词样本的平仄、句读以及声韵等进行分析,从中抽象一套规则。《钦定词谱》在平仄的标注上,按照"每调一词旁列一图,以虚实朱圈分别平仄,平用虚圈,仄用实圈,字本平而可仄者上虚下实,字本仄而可平者,上实下虚"的方式。

但是《钦定词谱》也有错误之处,唐、宋、金、元人词中不少调体亦遭遗漏。虽然《词谱》仍未包括现存全部词调,但在未有更完备的词谱之前,它算是最善本。

我们知道,词在经过了数百年的锤炼和升华之后,已经达到完美的境地,形成一门特殊的艺术。它既然能流传下来,自然有它自己的规律;既有规律,必然它的束缚也就很大。然而也就因为这些规律,所以它是独特的、经典的,也是韵味无穷的。这些规律都是一代又一代的文人学者们总结出来的结晶。也正因为有了这些规律,今天的人才能更好地了解它,学习它。现代人写词,如果只片面地认为这些规律是束缚,而去随意地改变它,那必定会丢失了它原来的韵味。这样说,并不是我们就必须按照它的规则和要求一成不变地承袭,但至少我们应该了解它的这些规律,就算是创新也不能完全改变了它的原貌。如果彻底地抛弃了这些格律平仄,那还能称其为词吗?

诗词应以意境为先,但不赞成以"意境为先"为借口,恣意冲破诗词格律。其实,词之初本来是没有词谱的,所谓词谱,不过是一个词调,作词的人多了,代代延续下来,也就成了固定的模式,成了词谱。只要平仄相间,韵脚相符,字数相同,抑扬顿挫,朗朗上口,情真意切,人人都能读得懂,且有浓厚的时代气息,就应该认作是一首好词。我们不应过多挑剔,求全责备。利用古老的诗词体裁,充以新的时事新闻,就赋予了它新的生命力,旧瓶装新酒,也未必不是一件好事。

第四章

词韵

"填词之大要有二,一曰律,一曰韵,律不协则声音之道乖,韵不审则宫调之理失,二者并行不悖。韵虽较为浅近,而实最多舛误。此无他,恃才者不屑拘泥自守,而谫陋之士往往取前人之稍滥者,利其疏漏,苟且附和,借以自文其流荡无节,将何底止?"道光时代的戈载在《词林正韵》中如是说,可见韵在填词中的重要性。

所谓韵,指的是词中的韵脚或押韵的字。古人所说的"韵"就是现在的"韵母"(只不过古代韵母的多少和现代不同)。词中的韵脚和诗不一样,古诗可能不是最后一个字押韵,如《诗经》中不少句子的韵脚就不在最后一字,但词的韵脚一般都是最后一个字。

通常来说,填词只要能充分考虑到词的用韵、平仄和对仗,就基本能写出一首满足要求的词来。关于词的平仄和对仗,接下来我们再一起探究。那是不是说前面我们学习的内容就是浪费时间呢?当然不是!前面我们了解了词的基本常识,包括词的特点、起源、词调以及词谱,等等,让我们对词有了一个大概的认识,这对于我们接下来学习如何填词是相当有用的,因为知其然,还要知其所以然嘛!

第一节 词韵是诗韵的合并

作诗、填词都离不开用韵。诗有诗韵,词有词韵。词韵不同于诗韵,但又与诗韵密不可分。词韵宽、诗韵窄。所谓"平仄从严,用韵放宽",说的就是在填词上,用韵是比较宽泛的。宽是指填词时,既可用本韵,也可兼用邻韵。例如一东和二冬(指平水韵中的上声部),因两者是邻韵,在作词时就可以互押,但作诗却不能如此。在一首诗里,第一个用韵句的韵脚是一东,另一个用韵句就不能用二冬了!全诗的韵脚应属同一韵目。这就是诗韵窄的原因,也是词和

诗在韵上的区别之一。

虽然词韵与诗韵不完全一样，但词韵却是从诗韵而来，或者说，词韵是诗韵的合并。因为词刚兴起时，填词是没有词韵的。词一般出自歌女之口，容易偏向随便，词韵多押现实的口语。甚至李渔曾说，词要有意求俗。这样近于下层、村野，表现在押韵上就多不细致，限制较宽。正因为如此，分歧也较多。有时不免这一首如此押，那一首如彼押。没有官定的韵书，实例又不能"车同轨、书同文"，有什么办法排比个"词韵"？

词韵虽然是从诗韵演绎来的，但从诗韵演绎到词韵是一个漫长的过程，是制韵学者根据唐、五代、宋词的用韵情况总结出来的。在清以前少有专门的韵书，且质量不是很高。宋人的《菉斐轩词韵》、清初李渔的《词韵》，其后还有比较通行的吴烺等著的《学宋斋词韵》等，都瑕瑜互见不足为训。清初沈谦研究了宋词的用韵情况，编成《词韵略》一书，后来道光时代的戈载在沈谦的基础上又编成《词林正韵》。

"因思古无词韵，古人之词即词韵也。古人用韵，非必尽归画一，而名手佳篇，不一而足，总以彼此相符，灼然无弊者，即可援为准的焉。于是取古人之词，博考互证，细加辨晰，觉其所用之韵或分或合，或通或否，畛域所判，了如指掌。又复广稽韵书，裁酌繁简，求协古音，妄成独断。凡三阅寒暑而卒事，名曰《词林正韵》。非敢正古人之讹，实欲正今人之谬，庶几韵正而律亦可正耳。"此段摘自《词林正韵·发凡》。

可见，词韵的制定一是取大家之作，二是存大同而舍小异，这样定下来的词韵自然与诗韵不同。诗韵来于官定，因而作诗时韵的对错是绝对的；词韵来于推定，因而作词时韵的对错只是大致如此。

王力曾说："关于词韵，并没有任何正式的规定。戈载的《词林正韵》把平上去三声分为十四部，入声分为五部，共十九部，据说是取古代著名词人的词参酌而定的。从前遵用的人颇多。其实这十九部不过是把诗韵大致合并，和上章所述古体诗的宽韵差不多……"其所编制的《诗词格律》改掉了《词林正韵》的缺陷，是填词者应该参看的一本书。

填词时如何用韵呢？选定词牌后，先分析哪些地方押韵。因为词在哪一句押韵，由词调来规定：有每句都押韵的，如《蝶恋花》等；也有两句押韵的，如《卜算子》等；还有三句押韵的，如《念奴娇》等。甚至个别的词调还有四句、五句、六句押韵的，如《六州歌头》，就是六句一押韵。

然后，填词人可按词谱填好第一句。如该句用韵，就查出该韵脚所属的韵部。如词牌属一韵到底的，其他各用韵句的韵脚就在该部选用，但要分清是平韵还是仄韵；如属平仄韵兼有的词，平韵与仄韵无须同韵部，但平韵段内及仄韵段

内须各自同韵部，即平仄韵必须相协。

由于古代的声调和普通话有区别，再加上方言的使用，因此在我们现在读来是仄声的字，在古代可能是平声；现在读来是平声的字，在古代可能是仄声。这一点要请读者注意。

第二节 一韵到底

前面我们提到了"一韵到底"等专用名词，可能大家有点陌生，下面我们来一一解释。

所谓"一韵到底，当中不换韵"，就是说词中每一句的最后一个字全用相同的韵母，中间任何一句都不另用其他韵母。一韵到底的主要意思是强调中途不许换韵，一韵到底的用韵要在一个韵部内。有人将其理解为一个韵字只能用一次，这是不对的。只要使用的韵在一个韵部内，都符合一韵到底的规定。

如下例：

渔家傲
范仲淹

塞下秋来风景异，衡阳雁去无留意。四面边声连角起，千嶂里，长烟落日孤城闭。

浊酒一杯家万里，燕然未勒归无计。羌管悠悠霜满地，人不寐，将军白发征夫泪。

每一句的最后一字，韵母全都是 i，读来朗朗上口。这就是一韵到底，当中不换韵。当然这一韵到底，押的韵有的是平韵，如《沁园春》，双调一百十四字，前阕四平韵，后阕五平韵，一韵到底；有的用平、仄韵都可，如《念奴娇》，《词谱》以苏轼"凭空跳远"词为平仄体正格。一百字，前片四十九字；后片五十一字，各十句四仄韵。另有平韵格，以陈允平词为正体，用者较少。两者皆一韵到底。有的词调则规定宜用仄韵，如《蝶恋花》，双调六十字，前后段各五句，四仄韵，一韵到底。有的则规定宜用入声韵，如《满江红》，双调九十三字，用入声韵，一韵到底。

由于现代汉语中没有入声，那么词牌中很多用入声的是不是就不能填了？龙榆生先生在《唐宋词格律》中指出，《满江红》"一般例用入声韵"。"一般例用"和"宜用"都是留有余地的说法。据统计，《唐宋词鉴赏辞典》中共选收《满江红》三十四首，其中用入声韵的二十九首，用上去声韵的四首，用平声韵的一首。可见用入声韵为大多数，但并非全部。

同是《满江红》词牌，同样用入声韵，岳飞写出了"怒发冲冠"的壮烈，而周邦彦却写出了"昼日移阴"的细腻。上述词牌并非只有用入声韵才能写出

豪放、雄亢的气势来，用上去声韵同样可以写出来。例如戴复古的《满江红·赤壁怀古》，《词典》评其为"风格豪放、劲健"。由此可见，词的豪放也罢，婉约也罢，并不决定于声韵，而是由作者的思想境界、艺术功力、生活经验所决定的。

对于《满江红》这样的词牌，古人尚且不拘泥于入声韵，今人更没有必要把入声韵当成"定式"。而且，现在入声字已分别读作平声、上声、去声。如果今人作诗填词仍然使用古入声，可能往往出现音韵不谐的问题。鉴于此，我们完全可以使用普通话声韵作诗填词。古人用上去声韵甚至平声韵可以写出各种风格的《满江红》，今人也是可以做到的。

第三节　一首多韵

一首多韵，顾名思义，就是一首词中运用了多个声韵。比较常见的是用两仄韵、两平韵。

如李白的《菩萨蛮》：

平林漠漠烟如织，寒山一带伤心碧。暝色入高楼，有人楼上愁。

玉阶空伫立，宿鸟归飞急。何处是归程？长亭更短亭。

第一句"织"是仄韵，韵母为 i；第二句叶仄韵；第三句换平韵，韵母为 ou；第四句叶平韵；第五句再换仄韵，韵母为 i；第六句叶仄韵；第七句换平韵，第八句叶平韵。这首词运用的就是两仄韵两平韵，且平仄递转。

一首词用韵最多的要算《离别难》，如薛昭蕴这首：

宝马晓鞴雕鞍，罗帷乍别情难。那堪春景媚，送君千万里。半妆珠翠落，露华寒。红蜡烛，青丝曲，偏能钩引泪阑干。

良夜促，香尘绿，魂欲迷，檀眉半敛愁低。未别心先咽，欲语情难说。出芳草，路东西。摇袖立，春风急，樱花杨柳雨凄凄。

"鞍""难""寒""干"为一韵；"媚""里"为一韵；"烛""曲"为一韵；"促""绿"为一韵；"迷""低""西""凄"为一韵；"别""咽""说"为一韵；"立""急"为一韵，共七部韵，交互错杂，最为复杂少见。

初学填词者，万不可涉入此类词牌，只因初学者填词规律还未掌握，贸然涉入，很可能养成无规矩的习惯。押韵较多看起来似乎好填，受的约束不多，但实际上这样的词最难填。所谓从心所欲而不逾矩，只有掌握了基本的规则，方能在规则中游刃有余，自由发挥。

这里涉及平仄韵互换的问题。所谓平仄韵互换，有三种情况。

1. 平韵与入韵互换。平、入两韵本可相通，所以可以互改。如李清照《词论》

说：“近世所谓《声声慢》《雨中花》《喜迁莺》，既押平声韵，又押入声韵。《玉楼春》本押平声韵，又押上、去声，又押入声。”这些是平声改入韵的。

此外又有入韵改平韵的，如前面提到的《满江红》本押入韵，姜夔始改押平韵。他在《满江红》词序说：“《满江红》旧调用仄韵，多不协律。如末句云‘无心扑’三字（出自周邦彦《满江红》），歌者将‘心’字融入去声，方谐音律。予以平韵为之，末句云‘闻佩环’，则协律矣。”

2. 平韵与上、去韵互换。改平韵为上、去韵的，如五代毛熙震有平韵《何满子》，北宋毛滂则改为上、去韵。又如辛弃疾《醉太平》，赵彦端《沙塞子》，杨无咎《人月圆》，晁补之《少年游》，宋祁、杜安世《浪淘沙》，曹勋《金盏倒垂莲》，陈允平《昼锦堂》等，都是把原调的平韵改用上、去韵。

改上、去韵为平韵的，如陈允平《永遇乐》自注：“旧上声韵，今移入平声。”又《绛都春》自注：“旧上声韵，今改入平音。”此外如吴文英有平韵《如梦令》《借黄花慢》，陈允平有平韵《祝英台近》，晁补之有平韵《尉迟杯》，赵彦端有平韵《五彩结同心》，这些词调本来都是押上、去韵的。

3. 入韵改上、去韵。改入韵为上、去韵的，在宋词中甚少。如《霜天晓角》，本协入声，辛弃疾、葛长庚、赵师侠三人却填作上、去声。姜夔《疏影》本协入声，彭元逊改名《解佩环》，则改协上、去韵。不过这些都是前人偶误，不是通例。

王国维《人间词话》说：“稼轩《贺新郎》词：‘柳暗凌波路，送春归、猛风暴雨，一番新绿。’又《定风波》词：‘从此酒酣明月夜，耳热。’‘绿’‘热’二字皆作上、去用，与韩玉《贺新郎·咏水仙》以‘玉’‘曲’叶‘注’‘女’，《卜算子》以‘夜’‘谢’叶‘节’‘月’，已开北曲四声通押之祖。”词中四声通押，敦煌曲中已有。《云谣集》中有《渔歌子》（“洞房深”）一首，全首都是上、去韵，只有第三句“寞”字入声；又《喜秋天》（“芳林玉露催”）一首，全部是入声韵，只有末句“土”字上声。这二首可说是词中四声通押最早之例。但词中四声通押最多见的，是金、元人的词。

第四节　一韵为主，间叶他韵

所谓“主韵”，是指一首词某一片的首句韵脚字之韵，或某次换韵之首个韵脚字之韵。所谓“宾韵”，是相对主韵而言的。所谓“一韵为主，间押他韵”，指的是在一首词中，主要押一个韵，其间偶尔押其他韵。其中为主的那个韵叫主韵，间叶的那个韵叫宾韵。

例如李煜的《相见欢》：

无言独上西楼，月如钩。寂寞梧桐深院锁清秋。

剪不断，理还乱，是离愁。别是一般滋味在心头。

这首词属于一韵到底，以平韵"楼""钩""秋""愁""头"五韵为主，押ou韵，其中间入仄韵"断""乱"二韵，韵母为"an"，二者即不属于同一韵部。"楼"是主平韵，"钩""秋""愁""头"是与"楼"同部之叶平韵；"断"是仄韵，"乱"是与"断"同部之叶仄韵。

又如苏轼的《定风波》：

莫听穿林打叶声，何妨吟啸且徐行。竹杖芒鞋轻胜马，谁怕？一蓑烟雨任平生。

料峭春风吹酒醒，微冷，山头斜照却相迎。回首向来萧瑟处，归去，也无风雨也无晴。

此词即以平韵"声""行""生""迎""晴"五韵为主，间入"马""怕"二仄韵，"醒""冷"二仄韵，"处""去"二仄韵为宾。

第五节　叠韵

我们之所以将叠韵单列为一节，是因为这部分很重要。在词的押韵规则中，叠韵是不容忽视的部分。这节所说的叠韵，我们权且简单理解为所押的两个韵是同一个字。

如白居易的《长相思》：

汴水流，泗水流，流到瓜洲古渡头。吴山点点愁。

思悠悠，恨悠悠，恨到归时方始休，月明人倚楼。

其间的两个"流"字、两个"悠"字，都属于叠韵。

词本来是用来唱的，叠韵的使用可以让词音韵和谐。但有的词调根本不需要叠韵，后来词人填词时有意使用叠韵。

反过来，有些词调本来要求叠韵，却被词人改为不叠韵，如李白的《忆秦娥》：

箫声咽，秦娥梦断秦楼月。秦楼月，年年柳色，霸陵伤别。

乐游原上清秋节，咸阳古道音尘绝。音尘绝，西风残照，汉家陵阙。

上下阕的二三句叠韵"秦娥梦断秦楼月，秦楼月""咸阳古道音尘绝，音尘绝"；而晁补之所作的《忆秦娥》却是"高堂照碧临烟水，清秋至""乍寒犹有重阳味，应相记"，这就是该叠韵的不叠韵。

第六节 句中韵

句中韵是相对于句尾韵而言的，虽然位置不同，但都是为了起到前后呼应，让词更加和谐的作用。句中韵能增加声音的美感，有时更能在音韵的变化中展现出错综婉转之美。然而，由于词的句中韵并不像句尾韵那样明显，常常为人所忽视。较早谈到词的句中韵的，是宋末的沈义父，其在《乐府指迷》中说："词多有句中韵，人多不晓。不惟读之可听，而歌时最要叶韵应拍，不可以为闲字而不押。如《木兰花》云：'倾城。尽寻胜去。''城'字是韵。又如《满庭芳》过处'年年，如杜燕'，'年'字是韵，不可不察也。其他皆可类晓。"清人沈雄等也曾探讨过这一问题，可惜都很简略。

词的句中韵分为句内叠韵、一句多韵、二字独韵和句中藏韵等几种类型。

1. 句内叠韵

叠韵，原本是汉语音韵学中的一个术语，它是指两个韵腹和韵尾相同的字所组成的词。例如"荒唐""螳螂""徘徊"等就是叠韵的词。诗中叠韵往往与取声相对，由两同韵母字构成。但词中叠韵既有双叠，也有三叠，甚至更多字叠的情形。叠韵既可以与尾韵同，也可以与尾韵异。与尾韵相同为一句多韵，后面我们将详细说明。这里，我们主要来探讨一下与尾韵不同的情况。

句中叠韵通过韵母的连续重复增加词的音乐性，显现出一种整齐和变化的美，能给人一种奇特新颖的感觉。但在一首词中，句中叠韵似不宜大量使用，否则容易呆板。

例如，吴文英《探芳新》：

九街头，正软尘润酥，雪销残溜。禊赏祇园，花艳云阴笼昼。层梯峭空麝散，拥凌波、萦翠袖。叹年端、连环转，烂漫游人如绣。

肠断回廊伫久。便写意溅波，传愁魇岫。渐没飘鸿，空惹闲情春瘦。椒杯香乾醉醒，怕西窗、人散后。暮寒深，迟回处、自攀庭柳。

其中"叹年端，连环转，烂漫游人如绣"一句中，"叹""年""端""连""环""转""烂""漫"均为同部韵字。这首词八字连叠，在词中属于特例，初学者万不可为叠韵而叠韵，否则会适得其反。

2. 一句多韵

一句多韵是指一句中有多字和句尾韵的韵母相同。例如，周邦彦《满庭芳》：

风老莺雏，雨肥梅子，午阴嘉树清圆。地卑山近，衣润费炉烟。人静乌鸢自乐，小桥外、新绿溅溅。凭栏久，黄芦苦竹，拟泛九江船。

年年，如社燕，飘流瀚海，来寄修椽。且莫思身外，长近尊前。憔悴江南倦客，不堪听、急管繁弦。歌筵畔，先安簟枕，容我醉时眠。

词中"歌筵畔，先安簟枕，容我醉时眠"中的"筵""畔""先""安"四字叠韵，押 an 韵，而尾韵也正是"an"。

3. 二字独韵

所谓二字独韵，是指二字独立为一个乐句、押一韵，其与句内叠韵和一句多韵比较起来在节拍上有明显的停顿。并且，二字独韵多为词体的一种定格，是词人填词时必须遵守的。

如柳永《木兰花慢》：

倚危楼伫立，乍萧索、晚晴初。渐素景衰残，风砧韵响，霜树红疏。云衢。见新雁过，奈佳人自别阻音书。空遣悲秋念远，寸肠万恨萦纡。

皇都，暗想欢游，成往事、动欷歔。念对酒当歌，低帏并枕，翻恁轻孤。归途。纵凝望处，但斜阳暮霭满平芜。赢得无言悄悄，凭阑尽日踟蹰。

上下阕的第六至八句："云衢。见新雁过，奈佳人自别阻音书"，"归途。纵凝望处，但斜阳暮霭满平芜"，其中的"云衢""归途"就是二字独韵。

4. 句中藏韵

我们知道，词押韵，有一句一押者，有二句一押者，也有三句一押者。句中藏韵是指在词的三句一韵中，除句尾韵外，前两短句又押别韵的情形。这其中有的被奉为词的一种定格。成定格的，李煜《乌夜啼》可为代表。

林花谢了春红，太匆匆，无奈朝来寒雨晚来风。
胭脂泪，相留醉，几时重，自是人生长恨水长东。

全篇押平声"东"韵，在"胭脂泪，相留醉，几时重"句中，"泪""醉"押去声韵。后来，不少词人填此调时，即于下阕句中藏两仄韵。

词的平仄

前面一章里面，我们简单分析了平仄与四声的关系，因为四声和韵的关系很密切。这一章，我们来详细讲讲词的平仄问题。

词在押韵上比近体诗要宽得多，但在平仄上却与近体诗一样讲究，甚至在一些地方比近体诗还要严格。李清照《词论》对词提出很严格的要求："盖诗文分平侧，而歌词分五音，又分五声，又分六律，又分清、浊、轻、重。"倚声填词，因此每个字都须按照曲拍的谱填写，在审音协律方面有比律诗要求更加严密之处，这使词的语言音调显得特别精美。而康熙在《词谱序》中也说："词寄于调，字之多寡有定数，句之长短有定式，韵之平仄有定声，杪忽无差，始能谐合。"

第一节　三字句

三字句其实就是七言律句或五言律句的三字尾，有"平仄仄""仄平平""仄仄平""平平仄""平平平""仄仄仄""平仄平""仄平仄"八种句法。普通句法有"平平仄""平仄仄""仄平平""仄仄平"。常见拗句有"仄仄仄""仄平仄"，少见拗句有"平仄平""平平平"。常见拗句和少见拗句又称为特殊句法。

三字句的普通句法词中常见。特别句法中的"仄仄仄""仄平仄"词中也不少见。拗句"仄平仄"往往可以替换"平〇仄"。"仄仄仄"往往可以用"仄平仄""平仄仄"等变通。

三字句分连用和不连用两种。

1. 连用的三字句

连用的三字句大多是连用两个，其中后一个总是入韵的，前一个入韵与不入韵均可，依词牌而定。连用两个的三字句如果对偶，其平仄一般是相对的。例如：

收锦字,下鸳机。净拂床砧夜捣衣。(贺铸《捣练子》)
平仄仄,仄平平

碧云天,黄叶地,秋色连波,波上寒烟翠。(范仲淹《苏幕遮》)
仄平平,平仄仄

如果是平列的,则两句的平仄往往一致。例如:

吴山青,越山青。两岸青山相送迎。(林逋《长相思》)
仄仄平,仄仄平

小轩窗,正梳妆,相顾无言,惟有泪千行。(苏轼《江城子》)
仄平平,仄平平

重帘挂,微灯下。背兰同说春风话。(吕渭老《惜分钗》)
平平仄,平平仄

三个、四个三字句组合。常见的有:

胡未灭,鬓先秋,泪空流。(陆游《诉衷情》)
平仄仄,仄平平,仄平平

2. 不连用的三字句

这种三字句总是与其他句子配合使用,要么在前,要么在后。但无论在前或在后,在意义和句法上三字句都是相对独立的。单用的三字句在前的有入韵与不入韵两式,入韵的,一般本词都押仄声韵。但无论入韵还是不入韵,在前的三字句末一字以仄声最为普遍,前二字则"平平""仄仄""仄平""平仄"均有,视具体词牌而定。例如:

江南好,风景旧曾谙。(白居易《忆江南》)
平平仄

柳阴直,烟里丝丝弄碧。(周邦彦《兰陵王》)
仄平仄

君记取,向中州羞乐,塞地无欢。(刘克庄《沁园春》)
平仄仄

这次第,怎一个愁字了得。(李清照《声声慢》)
仄仄仄

怅秋风、连营画角,故宫离黍。(张元幹《贺新郎》)
仄平平

三字句出现在所配合的句子之后,则都是入韵的,本词押韵也不限于仄声

韵。如果押仄声韵，在平仄上以"平平仄""仄平仄"为多见，"平仄仄"和"仄仄仄"比较少见。例如：

骤卷风埃，半掩长蛾翠妩。散红缕。（吴文英《扫地游》）
　　　　　　　　　　　　　　仄平仄

旧欢才展，又被新愁分了。未成云雨梦，巫山晓。（赵企《感皇恩》）
　　　　　　　　　　　　　　　　　　　平平仄

念月榭携手，露桥闻笛。沉思前事，似梦里，泪暗滴。（周邦彦《兰陵王》）
　　　　　　　　　　　　　　　　　仄仄仄

如果押平声韵，以"仄平平"式最为多见。例如：

无言独上西楼，月如钩。（李煜《相见欢》）
　　　　　　　　　　　仄平平

小雨一番寒，倚阑干。（万俟咏《昭君怨》）
　　　　　　　　　仄平平

月明风露娟娟，人未眠。（苏轼《醉翁操》）
　　　　　　　　　　平仄平

在某些词调中的某些三字句中，平仄可以互换。第一、第二字互换的多些，第三字少些。如《水调歌头》换头处，第一个三字句每个字都可平仄互换。第二个三字句，第一、二两字可以互换，第三字必为仄。第三个三字句，则必须是仄平平。

第二节　四字句

在词中，四字句最为常见，节奏上一般都是二二节拍，一三节拍的罕见，三一节拍的几乎没有。四字句有"平平仄仄""仄仄平平""平仄仄平""仄平平仄""平平平仄""仄仄仄平""平仄平平""仄平仄仄""平仄平仄""仄仄平仄""平仄平仄""仄平仄平"十二种句法。虽然四字句句法最多，但普通句法只有前两种，后十种都是特别句法。四字句的普通句法，其实就是七言律诗中的前四句。"平平仄仄"式允许有"平平平仄""仄平仄仄"等变体；"仄仄平平"式允许有"平仄平平""平仄平仄""仄仄仄平"等变体。

普通句法包括"平平仄仄""仄仄平平"以及它们的变体。例子很多，我们就不再举例了。

特殊句法包括以下几种。平仄仄平：《一丛花》上下阕倒数第三句。仄仄仄平：《沁园春》第三句。平仄平仄：《永遇乐》第三句。平平仄平：《太常引》上下阕

末句。仄平仄平：《沁园春》第三句。仄仄平仄：《雨霖铃》第三句。平仄仄仄：《沁园春》第一句。其他"仄仄仄仄""平平平平""仄平平平"三种句式，则非常罕见。史达祖《寿楼春》中就有"平平平平""仄平平平"两种。

四字句也分单用和连用两种，连用的可以两句连用、三句连用，甚至四句连用。

一、单用的四字句

单用的四字句一般都是不能独立的，须与其他句子配合使用。不管是在前面还是后面，单句使用的四字句都是可以入韵也可以不入韵的。

例如：

叹门外楼头，悲恨相续。（王安石《桂枝香》）

仄平仄平平，平仄平仄

长亭道，一般芳草，只有归时好。（曾允元《点绛唇》）

平平仄，仄平平仄，仄仄平平仄

倾城，尽寻胜去，骤雕鞍绀幰出郊坰。（柳永《木兰花慢》）

平平，仄平仄仄，仄平平仄仄仄平平。

二、连用的四字句

1. 两个四字句连用

两个四字句连用的有平列、对偶两式，如果是平列的，则两句的平仄格式一般都是相同的。例如：

情深意真，眉长鬓青。（刘过《四字令》）

平平仄平，平平仄平

如果是对偶的，则两句的平仄格式一般都是相对的。例如：

乱石穿空，惊涛拍岸。（苏轼《念奴娇》）

仄仄平平，平平仄仄

风老莺雏，雨肥梅子。（周邦彦《满庭芳》）

平仄平平，仄平平仄

非干病酒，不是悲秋。（李清照《凤凰台上忆吹箫》）

平平仄仄，仄仄平平

但有时如果这两句不是独立的，也可以与平列的一样，两句的平仄是一致的。例如：

纤云弄巧，飞星传恨，银汉迢迢暗度。（秦观《鹊桥仙》）

平平仄仄，平平仄仄

一川烟草，满城飞絮，梅子黄时雨。（贺铸《青玉案》）

仄平平仄，仄平平仄

2. 三个四字句连用

三个四字句相连时，在平仄上有一个特点，就是喜欢将其中的一句或两句用拗句，如"平平平仄""仄仄仄平""仄仄平仄"等。例如：

寒蝉凄切，对长亭晚，骤雨初歇。（柳永《雨霖铃》）

平平平仄，仄平平仄，仄仄平仄

至今商女，时时犹唱，后庭遗曲。（王安石《桂枝香》）

仄平平仄，平平平仄，仄平平仄

拟歌先敛，欲笑还颦，最断人肠。（欧阳修《诉衷情》）

仄平平仄，仄仄平平，仄仄平平

应念潇湘，岸遥人静，水多菰米。（苏轼《水龙吟》）

平仄平平，仄平平仄，仄〇平仄

3. 四个四字句连用

四字句连用一般是由一个字统领。例如：

念累累枯冢，茫茫梦境，王侯蝼蚁，毕竟成尘。（陆游《沁园春》）

仄〇平〇仄，〇平〇仄，〇平〇仄，〇仄平平

背西风，酒旗斜矗。彩舟云淡，星河鹭起，画图难足。（王安石《桂枝香》）

仄平平，〇平〇仄。仄平平仄，〇平〇仄，仄平平仄

其实，后一个例子已经不算是四个四字句连用了，因为第一个四字句是属于前面一个句子的。

此外，四字句的平仄还有两点须注意：一是连用四个仄声字或连用四个平声字，都是极其罕见的。二是"平仄仄仄"和"仄平平平"两式一般是不允许的。

第三节　五字句

五字句同五言律诗差别不大，很多五字句都是从律诗中变化过来的。我们知道，传统诗歌中，以律诗的格律最严，字数、平仄、对偶都按修辞、审美、音韵学原则规定。词的五字句虽和律诗差不多，但要求没有那么严格。

五字句普通句法的平仄和五言律诗是一致的。例如：

平起仄收式——花市光相射（周邦彦《解语花》）

仄起平收式——野水玉鸣渠（辛弃疾《卜算子》）

仄起仄收式——待客携尊俎（周邦彦《锁窗寒》）

平起平收式——低按小秦筝（秦观《满庭芳》）

上述四种格式皆上二下三的普通句法，此外还有上一下四的特别句法——"仄平平仄平""○平仄平仄"，这多属于上一下四的读法。上一下四的五言句首字多用仄声，很少用平声。后四字同四字句，常用律句，少用常见拗句。五字句律句和上一下四句有时可以互换，但是可平可仄字的位置要相应变化。

第四节　六字句

六字句可以看作二字句加四字句或四字句加二字句。六字句也有四种格式，即上述四种格式都是上二下四或上四下二的普通句法，也可以认为是七言律诗中的前六字。

普通格式有：

仄仄平平仄仄——日照恩光万里（毛滂《清平乐》）

平平仄仄平平——衣冠远换裘毡（毛滂《清平乐》）

仄仄平平平仄——莫把阑干频倚（万俟咏《昭君怨》）

特殊格式有：

○仄○平平平——遥想公瑾当年（苏轼《念奴娇》）

○平○仄平仄——一时多少豪杰（苏轼《念奴娇》）

○平○仄仄仄——长记平山堂上（苏轼《水调歌头》）

○平○平○仄——襟袖余香仍在（吴礼之《喜迁莺》）

○仄○平仄平——为唤狂吟老监（周密《一萼红》）

六字句法除上述句法外，还有上三下三和上一下五的两种特别句法。上三下三有张元幹《贺新郎》上阕的"谁伴我，醉中舞"和下阕的"风浩荡，欲轻举"；上一下五有贺铸《青玉案》中的"但目送芳尘去"，不过这种句法词中很少见。

在上面介绍的各式中，第一、第三、第五字原则上都是可平可仄的，其中第一、第三字平仄自由度较大，第五字机动余地要小些。如"六盘山上高峰"（同上），其中的"六"以仄代平，"山"以平代仄，而"高"是平声，因为按词调规定第五字必须是平声。还有些仄脚六字句的第五字按例也要用平声。所以初

学填词用六字句时，对第五字的平仄要慎重，如无把握，最好查查词谱。例如：

春到南楼雪尽，惊动灯期花信……莫把阑干频倚，一望几重烟水。（万俟咏《昭君怨》）

〇仄〇平〇仄，〇仄〇平〇仄　　〇仄〇平〇仄，〇仄〇平〇仄

莺嘴啄花红溜，燕尾点波绿皱……吹彻小梅春透……人与绿杨俱瘦。（秦观《如梦令》）

〇仄〇平平仄，〇仄〇平〇仄　　〇仄仄平平仄　　〇仄仄平平仄

小楼明月调筝……翠销香暖云屏。（刘过《四字令》）

〇平〇仄平平　　〇平〇仄平平

在有些词牌中也有几乎一字不易的。例如：

夜深玉露初零。（秦观《满庭芳》）

仄平仄〇平平

天禄故人年少……事看庾楼人小。（黄庭坚《离亭燕》）

平仄仄平平仄　　平仄仄平平仄

西园夜饮鸣笳。（秦观《望海潮》）

平平仄仄平平

六字句第二、第四字相对于奇数字来说要严格一些，但有时也可以拗，因而形成六字句的很多拗体，有第二第四字平仄相同的，有第四第六字平仄相同的。例如：

如今有谁堪摘。（李清照《声声慢》）

平平仄平平仄

夜永绣阁藏娇。（吴文英《玉漏迟》）

仄仄仄仄平平

无言自倚修竹。（姜夔《疏影》）

平平仄仄平仄

谁复商量管弦。（王建《调笑令》）

平仄平平仄平

整体来说，六字句的平仄不如五字句和七字句的平仄那么严格。

第五节　七字句

七字句是五字句的扩展，所以变化基本相同。普通句法有"〇平〇仄仄平平""〇仄平平〇仄平""〇仄〇平平仄仄""〇平〇仄平平仄"，这里不再举例。

常见拗句有：

〇仄仄平平仄平——人道是，清光更多。（辛弃疾《太常引》）

〇仄〇平仄平仄——还与韶光共憔悴，不堪看。（李璟《浣溪沙》）

〇平〇仄〇仄仄——酒旗戏鼓甚处市？（周邦彦《西河》）

〇仄〇平平平仄——底事昆仑倾砥柱，九地黄流乱注？（张元幹《贺新郎》）

词中五字句和七字句的基本平仄格式与五言、七言近体诗的基本平仄格式一致。五字句和七字句的平仄值得注意的是以下两点：

1. "仄字头"和"平字头"。所谓"仄字头"，就是第一字是仄声，第二字是平声且该仄声字是限定的；"平字头"就是第一字是平声，第二字是仄声字且该平声字是限定的。在五字句中，"仄字头"一般出现在"仄平平平仄""仄平平仄平"和"仄平平仄仄"等格式中。例如：

无端惹起离情，有黄鹂数声。（戴复古《醉太平》）

仄平平仄平

都把一襟芳思，与空阶榆荚。（姜夔《琵琶仙》）

仄平平平仄

满院落花春寂寂，断肠芳草碧。（韦庄《谒金门》）

〇平平仄仄

"平字头"一般出现在"平仄平平仄"中。例如：

窗涵月影，瓦冷霜华，深院重门悄。（秦观《解语花》）

平仄平平仄

在七字句中，"仄字头"一般出现在"仄平平仄平平仄""仄仄平平平仄平""仄平平仄仄平仄""仄仄平平仄平仄""仄仄平平平仄仄"等格式中。例如：

无奈夜长人不寝，数声和月到帘栊。（李煜《捣练子》）

仄平平仄仄平仄

泪湿阑干花著露，愁到眉峰碧聚。（毛滂《惜分飞》）

仄仄平平平仄仄

"平字头"一般出现在"平平平仄仄平平""平平仄仄平平仄"等格式中。例如：

多情自古伤离别。（柳永《雨霖铃》）

平平仄仄平平仄

邻墙桃影伴烟收，些子风情未减。（冯伟寿《春风袅娜》）

平平平仄仄平平

2. "三五限定"。在近体诗中除为避免孤平而对第三、第五字有所限定之外，一般情况下，一三五的平仄是"不论"的，但在词中五字句的第三字和七字句的第五字的平仄一般都是限定的。

例如：

烟柳暗南浦……呜咽梦中语。（辛弃疾《祝英台近》）

〇仄仄平仄　　〇仄仄平仄

画船听雨眠……还乡须断肠。（韦庄《菩萨蛮》）

〇平平仄平　　〇平平仄平

七字句中第五字受到限定。例如：

玉树歌残秋露冷，胭脂井坏寒螀泣。（萨都剌《满江红》）

〇仄〇平平仄仄

碧云冉冉衡皋暮，彩笔新题断肠句。（贺铸《青玉案》）

〇仄平平仄平仄

第六节　八字句

填词的句式，一般到七字句就可以了。至于七字以上的句子，可以采用拆分的办法，将长的句子断开，按照短句子的格律填写即可。但是在断句时，切不可随意断。

八字句多用上三下五，即三字逗加五字律句。这种句式，如果第三字是仄声，第五字往往是平声；第三字是平声，第五字往往是仄声，但也不是绝对的。

例如：

待从头、收拾旧山河。（岳飞《满江红》）

仄平平，平仄仄平平

又岂料，如今余此身。（陆游《沁园春》）

仄平仄，平平平仄平

故将军，饮罢夜归来。（辛弃疾《八声甘州》）
仄平平，平仄仄平平

八字句除了上三下五外，还有上一下七格式，即一字逗与七字句组成的复合句。例如：

对潇潇暮雨洒江天。（柳永《八声甘州》）

其中"对"字便是一字逗。

第七节　九字句

九字句实际上是三字句与六字句、六字句与三字句、四字句与五字句、二字逗与七字句、一字逗与八字句组成的复合句。最常见的格式是"仄仄平平仄仄仄平平"，例如《虞美人》《相见欢》《南歌子》等。

上三下六——浪淘尽，千古风流人物。（苏轼《念奴娇》）
上六下三——故国不堪回首月明中。（李煜《虞美人》）
上四下五——杨柳轻飔直上重霄九。（毛泽东《蝶恋花》）
上二下七——恰似一江春水向东流。（李煜《虞美人》）
上一下八——入寻常巷陌人家相对。（周邦彦《西河》）

第八节　十字句

十字句很罕见，常见词牌中只有《摸鱼儿》，其上下阕各有一个十字句。实际上，这是三字句与七字句的复合句。平仄一般格式是"仄仄仄平平仄仄仄平平"。

例如：

见说道，天涯芳草无归路。（辛弃疾《摸鱼儿》）
君不见，玉环飞燕皆尘土。（辛弃疾《摸鱼儿》）

第九节　十一字句

十一字句是词中最长的句子，也很罕见，在常见的词调中，只有《水调歌头》一调中有此长句。常用上四下七或上六下五，后五字往往是律句。如果是上五下六，则为"平平仄仄平仄，仄仄仄平平"。如果是上四下七，则为"平平仄仄，平仄平仄仄平平"。

例如：

上四下七——不应有恨，何事长向别时圆。（苏轼《水调歌头》）
　　　　　平平仄仄，平仄平仄仄平平
上六下五——不知天上宫阙，今夕是何年。（苏轼《水调歌头》）
　　　　　平平仄仄平仄，仄仄仄平平

第十节　一字句

一字句，就是只有一个字。一字句一般用平声字。一字句有两种情况，一种是词牌规定的一字句，所谓大断。二是本非一字句，作者出于词意需要而造成的一字句，也就是领字。所谓小断，又叫一字逗，这个我们在后面还有详细的介绍。

从格律看，不论是平是仄，一字句都是入韵之字。若不是入韵之字，就不能算作一字句。一字句很罕见，现存的《十六字令》第一句是一字句，是平声入韵的。例如"归。十万人家儿样啼。"（张孝祥《十六字令》）其实，这个一字句是从七律中截出来的。在七律首句平起入韵格里，是"平平仄仄仄平平，仄仄平平仄仄平"，在上句里只截了开头的一个平声字而已，下句还是"仄仄平平仄仄平"。

还有就是比较生僻的词牌《哨偏》换头句，如："噫！归去来兮。我今忘我兼忘世。"（苏轼《归去来辞》）"嘻！物讳穷时。丰狐文豹罪因皮。"（辛弃疾《哨遍·用前韵》）这些一字句都是平声。

此外，《钗头凤》上下阕末句可以视为叠用的三个一字句。如陆游《钗头凤》中的"错！错！错！""莫！莫！莫！"吕渭老《惜分钗》中的"重！重！""忡！忡！"前者仄声，后者平声。除此以外，没有见到一字句。

与一字句差不多的二字句，在词中也比较少见，二字句或用作叠句，或用作各阕的起句。不叠不起的也有，但是很少见。二字句在句法和意义上也是独立的，它的特点是不用则已，用则入韵为常，通常有"平平""仄仄""平仄""仄平"四种形式。在四种句式中"平平""平仄"用得较多，"仄仄""仄平"属于拗句，用的很少。

一、平平

后字入韵而本词押平声韵，一般是"平平"式。
例如《南乡子》：

何处望神州？　　　　　　　　○仄仄平平，

满眼风光北固楼。	○仄平平仄仄平。
千古兴亡多少事？	○仄○平平仄仄，
悠悠，不尽长江滚滚流！	平平，○仄平平仄仄平。
年少万兜鍪，	○仄仄平平，
坐断东南战未休。	○仄平平仄仄平。
天下英雄谁敌手？	○仄○平平仄仄，
曹刘，生子当如孙仲谋！	平平，○仄平平仄仄平。

辛弃疾《南乡子》上阕的"悠悠"和下阕的"曹刘"都是"平平"；秦观《满庭芳》下阕首句"消魂"也是"平平"。

二、平仄

二字句不入韵的以及入韵而韵脚是仄声的，则以"平仄"式为多见。

例如，《如梦令》：

昨夜雨疏风骤，	○仄○平平仄，
浓睡不消残酒。	○仄○平平仄。
试问卷帘人，	○仄仄平平，
却道海棠依旧。	○仄○平平仄。
知否，知否，	平仄，平仄，
应是绿肥红瘦。	○仄○平平仄。

其他诸如戴叔伦《调笑令》中的"边草，边草"、周邦彦《兰陵王》下阕的"凄恻"等都是用的"平仄、平仄"。王建《调笑令》中"团扇，团扇，美人病来遮面"属于入韵，而温庭筠《河传》中"湖上，闲望，雨潇潇，烟浦花桥路遥"则不入韵。

有些词调下阕首句是五字句或六字句，可以拆成2+3或2+4的句式，这时的二字句必须入韵。例如：《沁园春》下阕首句可以变成"平平，○仄平平"。《满庭芳》下阕首句"平平平仄仄"可以变成"平平，平仄仄"等。

个别用仄仄，如姜夔《翠楼吟》"此地，宜有词仙，拥素云黄鹤，与君游戏"。"仄仄"很少见，"仄平"更罕见。

第十一节　一字读

所谓读，也叫"逗"，是词中特有的一种语言单位，指的是在节奏和平仄安排上独立，而在意义和句法上与后面的部分构成一个整体的语词单位。"读"常见的有一字读、二字读、三字读、四字读，此外也有五字读、六字读和七字读。在词谱中一般一字读不标，二字读、三字读称"读"，四字读一般都视为"句"，六字读、七字读都视为"句"。

读的特点：第一，读不是一个单独完整的句子，它和后面的部分应构成一个整体，无论是意义上还是句法上。第二，读一般不入韵。第三，读在节奏和平仄的安排上是相对独立的，所以我们要单独来看它们的平仄格式。

一、一字读

一字读是词的一个很明显的句法特点。一字读又称领字，在词句中起语气停顿、呼领下文的作用。它出现在三字句前、四字句前或者七字句前，构成一三句式或者一七句式。它绝不可以和后边的字构成词组，如"对长亭晚""恰同学少年""正西风落叶下长安"，等等。

了解一字读，才能理解词的平仄或对仗。如知道"望"字是一字读，就理解"长城内外"是四字律句；也能理解"长城内外，惟余莽莽"和"大河上下，顿失滔滔"成为工整的扇面对。一字读如选用得好，可提词的"精、气、神"，故古人填词对此十分细心。一字读常用副词和动词，常作的字有"正、但、待、任、只、漫、纵、又、便、问、想、料、看、望、应、更、似、愿、记、况、恰、甚、惭、奈、叹、尽"等。

一字读绝大多数都是仄声，例如：

渐、霜风凄紧，关河冷落，残照当楼。（柳永《八声甘州》）
定、知我今无魂可销。（史达祖《换巢鸾凤》）
登临送目，正、故国晚秋，天气初肃。（王安石《桂枝香》）
又、何似畦分抱瓮泉。（张炎《瑶台聚八仙》）

作平声的很少见，如：

方、春意无穷，青空千旦；
愁、草树依依，关城初闭。（张先《庆春泽》）

一字读无论是作仄声还是作平声，都是固定的，不可变更。在很多词牌中，

一字读都没有特别的界定，这也是初学者最容易犯错误的地方。因此，查看词谱的时候，要学会分析是不是有一字读。如果遇到以下几个格式，就要考虑此处是不是一字读：

1. 仄声字打头，而且是不可变通的，即没有括弧；

2. 比下句多一个字，去掉这一个字，在平仄上正好与下句对偶；

3. 去掉第一个字，后面的句子是五律或者七律的格律。

总之，当遇到某一句话的头一个字是不可变通的仄声字的时候，就要小心考证，切不可随意按照一般的平仄规则填写。

二、二字读

二字读不常见，其平仄也比较自由，但在具体的词牌中往往被认为是限定的，不可更改。二字读的平仄格式以"平仄""仄仄"式为普通格式，"仄平""平平"式为特殊格式，比较少见。例如：

愁坐、望处金舆渐远。（杜牧《八六子》）
平仄

不记、归时早暮，上马谁扶，醒眠朱阁。（周邦彦《瑞鹤仙》）
仄仄

垂杨岸、何处红亭翠馆？如今、游兴全懒。（张耒《摸鱼儿》）
　　　　　　　　　　　　　　　　平平

三、三字读

三字读比较常见，其平仄也是比较自由的，三字读一般为上三下四、上三下五、上三下六等格式。普通格式有"仄平平""仄仄平""仄仄仄""仄平仄""平仄仄""平平仄"，特殊格式有"平仄平"。需要注意的是，三字读禁止用"平平平"，且三字读在各词牌中也往往同样被看作是限定的。

例如：

夜寂静、寒声碎。（范仲淹《御街行》）
仄仄仄

觑着人、欲下未下。（辛弃疾《采桑子慢》）
仄仄平

故画作、远山长。（欧阳修《诉衷情》）
平仄仄

对满目、乱花狂絮。（柳永《昼夜乐》）
仄平仄

垂杨岸、何处红亭翠馆。(张耒《摸鱼儿》)

平平仄

睹园林、万花如绣。……醉醺醺、尚寻芳酒。(宋祁《锦缠道》)

仄平平　　　　　　　　仄平平

常用的三字读有：莫不是、都应是、又早是、又况是、又何妨、又匆匆、最无端、最难禁、更何堪、更不堪、更那堪、那更知、谁知道、君知否、君不见、君莫问、再休提、到而今、况而今、记当时、忆前番、当此际、问何事、倩何人、似怎般、怎禁得、且消受、都付与、待行到、便有人、拚负却、空负了、要安排、嗟多少等。

四、四字读

四字读的平仄也是很自由的，其基本格式是"平平仄仄""仄仄平平"，也最为常见。其他如"仄平平仄""平平平仄""平仄仄仄""仄仄平仄""平仄仄平""平平仄平""仄仄仄平"等都是前两种基本格式的变式，也都是允许的，但"仄仄仄仄""平平平平"式罕见。

例如：

寂寞梧桐、深院锁清秋。(李煜《相见欢》)

○仄○平

烂嚼红茸、笑向檀郎唾。(李煜《一斛珠》)

○仄平平

忍记那回、玉人娇困，初试单衣。(潘汾《采桑子慢》)

仄仄仄平

对长亭晚，骤雨初歇。(柳永《雨霖铃》)

仄平平仄

西南却羡、投林高鸟。(元好问《玉漏迟》)

平平仄仄

况有一部、随轩脆管繁弦。(晁补之《金盏倒垂莲》)

仄仄仄仄

"读"，除了以上我们介绍的四种之外，还有五字读、六字读甚至七字读。例如：

甚轻轻觑着，神魂迷乱。(秦观《河传》)

仄平平仄仄

谁佩同心双结，倚阑干。(冯延巳《虞美人》)

平仄平平平仄

回首绿波三楚暮、接天流。（李璟《摊破浣溪沙》）

平仄仄平平仄仄

由此我们可知，"读"其实就是词中特有的一种不独立的语言单位，它最短可以是一个字，最长可以是七字，它的平仄是相对独立的，对平仄的要求整体上也是比较自由的。但是词谱往往将二字读、三字读的平仄定为限制性的，初学者在使用时一定要注意。

读，一般的词牌里面都不特别标注，有的词牌里用"、"（顿号）表示，有的词牌里面将句子在此处断开，分成两句。但是初学者往往会在没有标注且没有断开的情况下，使用词语时犯"跨读"的错误。所谓"跨读"，就是在应该"读"的地方，使用了一个两字词，跨在"读"的两边，使本来应该停顿的位置变成连通的了。

第十二节　特定的平仄格式

其实，在前面讨论词的平仄格式时，我们已经提到的特殊句法中就包含了部分特种律句。为了引起大家的重视，我们专门开辟一节，来详细说说这些特定的平仄格式。

所谓特种律句，就是有别于近体诗的律句，主要指的是比较特别的仄脚四字句和六字句。仄脚，指的是最后一个字为仄声的句子。我们知道，近体诗的律句一般是"一三五不论，二四六分明"，也就是说逢单的字平仄可以有条件地变通。而在不少词调中的律句，不仅逢双的字要平仄相间，逢单的字平仄也有一定的规则。这种特殊要求在各式律句中都有，但以仄脚四字句和六字句中最多。

一、仄脚四字律句

仄脚四字律句的普通格式为"平平仄仄"，特种四字律句则是"仄平平仄""平平平仄"，其第一字还可机动，第三字必须为平。

二、仄脚六字律句

仄脚六字律句的普通格式是"仄仄平平仄仄"，特种律句是"仄仄仄平平仄"，第一字、第三字可以机动，第五字必须为平。我们大家比较熟悉的《如梦令》中就有四个仄脚六字句，都是特种律句。

例如：

昨夜雨疏风骤，浓睡不消残酒。

仄仄仄平平仄，仄仄仄平平仄。

试问卷帘人，却道海棠依旧。

仄仄仄平平，仄仄仄平平仄 。

知否，知否？应是绿肥红瘦！

平仄，平仄？仄仄仄平平仄！

这首李清照的《如梦令》，三十三字，四个六字句，几乎全是"仄仄仄平平仄"格式。其他诸如：

沙觜鹭来鸥聚……荒了邵平瓜圃。（晁补之《摸鱼儿》）

凤额绣帘高卷……好梦狂随风絮。（柳永《西江月》）

明月别枝惊鹊……七八个星天外。（辛弃疾《西江月》）

此外，在一些词调中的五字律句的第一、第三字，七字律句的第一、第三、第五字的平仄是固定的。常见的《虞美人》《相见欢》《南乡子》等词调中的九字句，第一、三字平仄可以机动，第五字必平。这里只简单地提一下，不一一列举了。

初学者往往按近体诗对律句的要求来填词，所谓"一三五不论"，而词的某些律句恰恰在一三五字上有定则。要掌握它，一是勤查词谱，二是同一词调的作品多读几首，留意哪些词调中的律句逢单的字平仄总是固定的。当然，知道了词的平仄，然后就去凑字数，这样填词的态度也是不行的。关于如何填词，后面我们还将一一介绍。

第十三节 拗句

拗句就是指格律诗句的格律没有按照常规平仄规律，拗句只会出现在词中的律句结构中。大多数词调都没有拗句。小令中基本上没有拗句，只有少数中调和长调中有拗句。

在前面讲词的平仄格式时，我们提到了普通格式和特殊格式，这特殊格式的律句就是拗句了。

拗句有小拗和大拗之分，小拗通常是指一、三、五部位平仄格式发生变化，大拗是指四、六位置（五言四位，七言六位）平仄发生变化。这些都和律诗中的拗句一样。关于拗句，第一编《律诗的拗救》一节中已经讲得很详细了，这里我们只简单说说词里面的拗句。

我们以《沁园春》为例。前三句是"〇仄平平，仄仄平平，仄仄仄平（韵）。"可见，第一句和第二句都是普通的律句结构，但是第三句却是拗句，而且这个拗句是很固定的，只能这样填。熟悉律句的人可能就觉得很突兀，读起来不舒

服。其实，这正是《沁园春》的佳妙之处。在前两句平铺直叙中突然异军突起，一飞冲天，张大声势，直接引出下面的领字和联对，形成一起一伏、错落有致的局面。这种峰峦骤起的声势，不仅仅可以增加词的分量，而且对于抒发词人激昂的感情很有帮助。

在词中，拗句出现在仄韵格的多于平韵格，各式拗句以四字仄脚句和六字仄脚句较常见。四字句有"平仄平仄"：如《永遇乐》上阕第三句"清景无限"（苏轼），"孙仲谋处"（辛弃疾）。《齐天乐》下阕第三句"相和（读去声）砧杵"（姜夔），"都是秋意"（王沂孙）。

六字句有"仄平平仄平仄"，如：《念奴娇》上下阕的歇拍句"一时多少豪杰"，"一尊还酹江月"（苏轼）。《水调歌头》上阕第三句前六字"不知天上宫阙"（苏轼）。个别词调中也有五字拗句，如《望海潮》上阕第八句，"仄平仄平仄"，"怒涛卷霜雪"（柳永）；或"仄仄平仄仄"，"正絮翻蝶舞"（秦观）。

有的平脚四字句看上去好像是拗句，例如"清光更多"（辛弃疾）一句，就是"平平仄平"。其实这不是拗句，因为这句前面都有三字读："人道是、清光更多"。把七个字连起来，是平仄仄平平仄平，正好是七言准律句。

和单一的拗句相对应的，词中还经常出现拗怒的联对。所谓拗怒的联对，就是平仄基本一致的上下对句，有时候要对仗，有时候不对仗，但除了个别字或者尾字外，其他的平仄都一样。比如《破阵子》上下阕的七言句，以稼轩词为例："八百里分麾下炙，五十弦翻塞外声。"这两句从语意上对仗，从平仄上几乎字字相撞，这种平仄相撞就是拗怒的效果。当然，《破阵子》的气势全在这拗怒联对中呈现，放声吟咏之时，我们仿佛能从平仄的同声碰撞中，感受到鼓荡的激情和沉郁勃发的激烈。

出现了拗句，自然要救，对拗句作适当的补救叫作拗救。拗救就是当本句中该用"平声字"的地方使用"仄声字"而形成"拗"，为了声律和谐，就要在本句或是对句的"适当位置"上把本该用"仄声字"的改用"平声字"。拗救有三种情况：本句自救、对句补救和一拗双救。这在前面的律诗拗救中已经有了详细的讲解，在词里也是一样，这里就不再多说了。

面对拗句的时候，人通常会有一种心理不适的感觉。特别是对近体诗比较熟悉的人，往往对拗句有一种直觉上的敏感。

譬如我们前面提到的《沁园春》第三句，如果换成普通的律句，自然没有办法突出气势，那种一飞冲天的高昂更是只能通过"仄仄仄平仄"的醒目句式来感染人。

对初学者来说，首先还是把辨四声的基础打好，多读作品撷取词调样板，勤查词谱，平仄尽量规范化。正所谓熟能生巧，当自己还走得歪歪扭扭的时候，

最好别急着学跑。

众所周知，格律本来是适应艺术的要求而产生的，目的是使诗词具有可观赏性。

但是，任何规则都有它的灵活性，诗词的格律也不能例外。如果处处拘泥格律，反而损害了词的意境，降低了艺术感。因此，在填词时，要做到以文意为先，格律为次，才能做到得心应手地驱遣格律。正所谓，格律是为我们服务的，我们不能反过来成为格律的奴隶，我们不能让思想内容去迁就格律。

第六章

词的对仗

对仗是一种修辞手法，好的对仗可使诗词在形式上和意义上显得整齐匀称，给人以美感，这是汉语所特有的艺术手段。刘勰在《文心雕龙》中说："造化赋形，支体必双，神理为用，事不孤立。夫心生文辞，运裁百虑，高下相须，自然成对。"这就说明在文学语言中采用对偶，也是合乎规律的。用了对仗，能使语句互相映衬，意义互相补充，具有形式美，并且读起来音响和谐，有回环往复的韵味，因而能增强艺术效果。

但词的对仗又很特殊。沈义父《乐府指迷》指出："遇两句可作对，便须对。"王骥德《曲律》指出："当对不对，谓之草率；不当对而对，谓之矫强。"可见，词是否作对，全在作者应用之妙，它只是技巧，不是格律。词的对仗，可以说是既广泛又灵活。

第一节　工整对仗

从前面的叙述中，我们了解到词的对仗是很自由的。但这并不是说词里面就没有很标准的如律诗般工整的对仗，也叫工对。这里的工对也就是严对，要求严格遵守对仗的"六相"原则，尤其是词类相当、结构相应、节奏相同三个基本原则。

例如，北宋晏几道的《鹧鸪天》：

彩袖殷勤捧玉钟，当年拼却醉颜红。
〇仄平平〇仄平，〇平〇仄仄平平。
舞低杨柳楼心月，歌尽桃花扇底风。
〇平〇仄平平仄，〇仄平平〇仄平。

从别后，忆相逢，几回魂梦与君同。

平仄仄，仄平平，〇平〇仄仄平平。

今宵剩把银釭照，犹恐相逢是梦中！

〇平〇仄平平仄，〇仄平平〇仄平。

这首词的第三、四两句"〇平〇仄平平仄，〇仄平平〇仄平"必须对仗，因为这词调是从律诗脱胎出来的，变动很小，所以这个对仗是工整的。

再如柳永的《西江月》：

凤额绣帘高卷，兽环朱户频摇。

〇仄〇平平仄，〇平〇仄平平。

两竿红日上花梢，春睡厌厌难觉。

〇平〇仄仄平平，〇仄平平〇仄。

好梦狂随飞絮，闲愁浓胜香醪。

〇仄〇平平仄，〇平〇仄平平。

不成雨暮与云朝，又是韶光过了。

〇平〇仄仄平平，〇仄平平〇仄。

这个词调的上、下阕首两句六言固定要用对仗，这首先是因为两句句子的平仄格式都是"〇仄〇平平仄，〇平〇仄平平"，属于平仄相对的律句，从而为对仗提供了形式基础。我们以辛弃疾词集中收的十五首《西江月》来看，其中只有《和赵晋臣敷文赋秋水瀑泉》一首的起首两句为"八万四千偈后，更谁妙语披襟"不用对仗，其余十四首都用了对仗。而且其他作者在上、下阕首两句用对仗的很多，例如：

堂上谋臣尊俎，边头将士干戈……今日楼台鼎鼐，明年带砺山河。（刘过）
明月别枝惊鹊，清风半夜鸣蝉……七八个星天外，两三点雨山前。（辛弃疾）
宝髻松松挽就，铅华淡淡妆成……相见争如不见，有情何似无情。（司马光）
西月淡窥楼角，东风暗落檐牙……幽思屡随芳草，闲愁多似杨花。（史达祖）

我们只是列举了《西江月》词调中对仗的两句，让大家看看前人是如何在词里对仗的。从以上例子可以看出，平仄都对立，对仗也工整。除了上面的例子，工整对仗的词调也比较多。

例如：《渔歌子》中间两个三言句"平平仄，仄平平"，例用对仗，如：

青箬笠，绿蓑衣。（张志和）

烟幂幂，日迟迟。（和凝）

山月照，晓风吹。（管道昇）

> 酒盈杯，书满架。（李珣）
>
> 烟际柳，雨中蒲。（完颜璹）

《阮郎归》换头两个三言句"平仄仄，仄平平"，对仗也很工整：

> 花露重，草烟低。（欧阳修）
>
> 兰佩紫，菊簪黄。（晏几道）
>
> 微雨过，小荷翻。（苏轼）
>
> 春睡觉，晚妆残。（李煜）

《踏莎行》上、下阕开头两个四言句"仄仄平平，平平仄仄"，例用对仗：

> 急雨收春，斜风约水……留恨城隅，关情纸尾。（贺铸）
>
> 芳草平沙，斜阳远树……薄劣东风，天斜落絮。（张耒）
>
> 春色将阑，莺声渐老……密约沉沉，离情杳杳。（寇准）
>
> 候馆梅残，溪桥柳细……寸寸柔肠，盈盈粉泪。（欧阳修）
>
> 细草愁烟，幽花怯露……带缓罗衣，香残蕙炷。（晏殊）
>
> 衾凤犹温，笼鹦尚睡……翠幕成波，新荷贴水。（张先）

《南歌子》（单调）用很工整的五言对仗起"仄仄平平仄，平平仄仄平"，例如：

> 转盼如波眼，娉婷似柳腰。（温庭筠）
>
> 柳色遮楼暗，桐花落砌香。（张泌）
>
> 驿路侵斜月，溪桥度晓霜。（吕本中）

《忆江南》中间两句七言"〇仄〇平平仄仄，〇平〇仄仄平平"，平仄对立，对仗工整：

> 弱柳从风疑举袂，丛兰裛露似沾巾。（刘禹锡）
>
> 桂子冈峦金粟富，芙蓉洲渚彩云闲。（瞿佑）
>
> 山寺月中寻桂子，郡亭枕上看潮头。（白居易）
>
> 帆去帆来天亦老，潮生潮落日还沉。（王琪）
>
> 宝髻玲珑欹玉燕，绣巾柔腻掩香罗。（周邦彦）

其他诸如《南歌子》（双调）上、下阕两个五言起句，《长相思》前后片第一、二两个三言等对仗都比较工整。

我们知道，最初词句本不要求对仗，只是由于词的一些字数相同，词人偶尔用对仗来加强艺术效果，由此逐渐成了严格的规范。

在词里使用对仗比不使用对仗读起来感觉要好，但也并不是说，词里就必须使用对仗。

其实古代就有作家打破这个规范，同样是《西江月》这个词调，如张孝祥所作的头两句："问讯湖边春色，重来又是三年"；过片两句是"世路如今已惯，此心到处悠然"都不是对偶句子。又如词谱虽规定《渔歌子》中间两个三言句例用对仗，但不对仗的也不少。如蒲寿宬作"牢系缆，蓼花湾"；无名氏作"系楫去，本无机"就不是偶句。

明白这个道理，当读到某些词牌的某些句子有的是用对仗，而有的不用对仗时，就不至于认为用对仗则合律，不用对仗即失律。

第二节　一般对仗

我们说一般对仗，是相对于上一节的工整对仗而言的。这些词调里的对仗，平仄没有很严格的要求，平可以对仄，也可以对平，词性也不是那么严格。当然，这个"一般"，我们也称为例用对仗，也就是说这里的对仗要求不严格，小调用得较多，中长调也有一些。

例如，苏轼的《浣溪沙》：

> 蔌蔌衣巾落枣花，村南村北响缲车。
> ○仄○平○仄平，○平○仄仄平平。
> 　　　　　　△　　　　　　　　　△

> 日高人渴漫思茶，敲门试问野人家。
> ○平○仄仄平平，○平○仄仄平平。
> 　　　　　△　　　　　　　　　△

这个词调的前两句是"○仄○平○仄平，○平○仄仄平平。"每一句的最后一字都押平声韵，这就不符合对仗要平仄相对的规则，因此属于一般对仗。再看苏轼的"蔌蔌衣巾"与"村南村北"，虽然都是属于名词，但都不是很工整的对仗，前者属于偏正结构，后者属于并列结构。而"落枣花"与"响缲车"倒是很工整。

其他《浣溪沙》如：

> 宿醉离愁慢髻鬟，六铢衣薄惹轻寒。（韩偓）
> 记得去年寒食日，延秋门外卓金轮。（薛昭蕴）
> 记得西楼凝醉眼，昔年风物似如今。（贺铸）
> 想得故人千里外，醉吟应上谢家楼。（无名氏）

又如：李清照《一剪梅》：

红藕香残玉簟秋。轻解罗裳，独上兰舟。
〇仄平平〇仄平，〇仄平平，〇仄平平。
　　　　　　　　△　　　　　　　　　△

云中谁寄锦书来？雁字回时，月满西楼。
〇平〇仄仄平平？〇仄平平，〇仄平平。
　　　　　　　　　　　　　　　　　△

花自飘零水自流。一种相思，两处闲愁。
〇仄平平〇仄平。〇仄平平，〇仄平平。
　　　　　　　　△　　　　　　　　　△

此情无计可消除，才下眉头，却上心头。
〇平〇仄仄平平，〇仄平平，〇仄平平。
　　　　　　　　　　　　　　　　　△

　　这个词调的四字句一般都用对仗，其平仄为"〇仄平平，〇仄平平"，属于平仄一致。虽平仄一致，在李清照的这首词中，"轻解罗裳，独上兰舟""雁字回时，月满西楼""一种相思，两处闲愁""才下眉头，却上心头"，其词性的对仗倒是很工整。其他《一剪梅》诸如：

不见渔歌，不见樵歌……金也消磨，谷也消磨。
丑也能多，恶也能多……军事如何？民事如何？

（杨金判）

风满前山，雨满前山……花不禁寒，人不禁寒……
离有悲欢，合有悲欢……怕唱阳关，莫唱阳关。

（虞集）

　　这些例子中的对仗，除平仄一致外，在词语的使用上也不是很规范，出现了使用同字对仗，如"见""也""满"等。

　　一般对仗，除了上面例子外，在词谱中是比较多的。例如《水调歌头》下阕第五、六两句"〇仄平平〇仄，〇仄平平〇仄"，多用对仗。如：

我为灵芝仙草，不为朱唇丹脸。（黄庭坚）
赤壁矶头落照，肥水桥边衰草。（张孝祥）
人有悲欢离合，月有阴晴圆缺。（苏轼）
楼外河横斗挂，淮上潮平霜下。（贺铸）

　　《破阵子》上阕首二句"仄仄平平〇仄，〇平〇仄平平"属于工整对仗，但

是三、四句 "〇仄〇平平仄仄，〇仄平平〇仄平" 则属于一般对仗。

如晏殊的《破阵子》：

燕子来时新社，梨花落后清明。——平仄对立，工整对仗
池上碧苔三四点，叶底黄鹂一两声。——平仄不对立，一般对仗

又如辛弃疾的《破阵子·为陈同甫赋壮词以寄》：

醉里挑灯看剑，梦回吹角连营。——平仄对立，工整对仗
八百里分麾下炙，五十弦翻塞外声。——平仄不对立，一般对仗

《风入松》上下阕的最后两句 "〇仄平平平仄，〇平〇仄平平" 属于一般对仗。如：

　　料峭春寒中酒，交加晓梦啼莺。
　　惆怅双鸳不到，幽阶一夜苔生。

（吴文英）

　　红杏香中箫鼓，绿杨影里秋千。
　　明日重扶残醉，来寻陌上花钿。

（俞国宝）

《满江红》上、下阕中两句七言 "〇仄〇平平仄仄，〇平〇仄平平仄" 音节略带拗怒，且拗在句尾。如：

　　三十功名尘与土，八千里路云和月。
　　壮志饥餐胡虏肉，笑谈渴饮匈奴血。

（岳飞）

　　何处征帆木末去，有时野鸟沙边落。
　　岁月无多人易老，乾坤虽大愁难著。

（吴潜）

　　点点不离杨柳外，声声只在芭蕉里。
　　破我一床蝴蝶梦，输他双枕鸳鸯睡。

（无名氏）

　　看水看山身尚健，忧晴忧雨头先白。
　　空有虀如潘骑省，断无面见陶彭泽。

（刘克庄）

《望海潮》上、下阕第四、五两句四言 "平仄仄平，平平仄仄"，多用对仗，如：

烟柳画桥，风帘翠幕。
羌管弄晴，菱歌泛夜。

（柳永）

三馆俊游，百衙高选。
海外九州，邮亭一别。

（赵可）

山倚断霞，江吞绝壁。
六郡少年，三明老将。

（折元礼）

以上这些词调虽然规定了在特定位置要用对仗，但是因为在平仄上，对仗不是很严格，因此很多作者在填词时也并不是都用对仗。要知道，一首词中的对句也不应用得太多，通首对句会显得呆板，毫无意义，总是要骈散结合，声韵谐美，单双参差才好。

词中使用对仗，既可用工对，也可用宽对。某些上、下句字数相等的句子，即使在前人没有用对仗的例子，也允许用对仗。词中的对仗是很灵活自由的，凡可对可不对的属于自由对仗。

第三节　自由对仗

凡是词格所列前后两句字数相等的，都有用对仗的可能，属于可对可不对的范畴。它既可以是工整的对仗，如我们在本章第一节中所讲；也可能只是词义相对而平仄不对等一般对仗，如我们在第二节中所讲。为了给大家一个完整的印象，这里的内容可能和第一节、第二节的内容有所重复。

蔡嵩云《乐府指迷笺释》说："按词之句法，以奇偶相间搭配，而成章法之变。故遇两句可作对，便须对。两结句而在中间，有时不对尚可，如在起头八字，则非对不可。"可见，对仗也是有一定章法的。词中如有字数相同的对句，在二联以上的，无论是四字、五字、七字，或者在前半句，或者在后半句，都需要变换组织，就像律诗中的对句一样。

自由对仗的字数亦多变化，有三字对、四字对、五字对、六字对、七字对等，分别举例于后：

一、三字对

我们以温庭筠的《更漏子》来作为例子，这首词将集中工整对仗、一般对仗以及自由对仗等形式。

柳丝长，春雨细，花外漏声迢递。

仄平平，平仄仄，○仄○平○仄。
　　　　　　　　△　　　　　　　△

惊塞雁，起城乌，画屏金鹧鸪。

○仄仄，仄平平，○平○仄平。
　　　　　　△　　　　　△

香雾薄，透帘幕，惆怅谢家池阁。

平○仄，○平仄，○仄○平○仄。
　　△　　　　△　　　　　　　△

从这个例子中，我们可以看出，第一、二句属于工整对仗。"柳丝长，春雨细"，"仄平平，平仄仄"，无论是词性还是平仄都属于很工整的对仗。"惊塞雁，起城乌"，虽然平仄不对仗，但词性和结构上还是对仗的，属于一般对仗。而"香雾薄，透帘幕"，这两个连续的三字，就不属于对仗了。当然，在温庭筠所填的这首词里属于不对仗的地方，并不代表其他词人也必须在这里使用不对仗，这就是自由对仗的含义。其他三字对，如：

莫淮右，阻江南。　　　　　　　（姜夔《满江红》）
尘满面，鬓如霜……明月夜，短松冈。（苏轼《江城子》）
碧云天，黄叶地……黯乡魂，追旅思。（范仲淹《苏幕遮》）

三字句中，也有很多没有用对仗的。如：

靖康耻，犹未雪；臣子恨，何时灭？（岳飞《满江红》）
人不见，水空流……流不尽，许多愁。（秦观《江城子》）
燎沉香，消溽暑……故乡遥，何日去？（周邦彦《苏幕遮》）

同一词牌，不同作者填词，所使用的对仗也不同，可见自由对仗是不固定的。这个既因词牌而定，又因人而定。在下面的例子中，为了让读者能深刻了解词的对仗，在此就不再列举不对仗的情况了。

二、四字对

汪东《词学通论》云："四字句例，于词中极为紧要，其排偶处，尤须精警动目，不可草草。"四字句对仗，有词义能对而平仄不能对的，即属于一般对仗；也有词义和平仄都能对的，属于工整对仗。在不同词牌不同词人那里，对仗形式的使用也是不固定的。

1. 只是词义相对，而平仄不能相对的，属于一般对仗。如：

夕阳岛外，秋风原上。（柳永《少年游》）

数声鸿雁，两行鸥鹭。（谢逸《青玉案》）

紫箫吟断，素笺恨切。（张辑《桂枝香》）

拒霜争艳，断霞分彩。（贝琼《八六子》）

2. 词性和平仄都能相对的，属于工整对仗。如：

风销焰蜡，露浥红莲。（周邦彦《解语花》）

余香遗粉，剩衾闲枕。（张先《御街行》）

绀玉波宽，碧云亭小。（周密《选冠子》）

心在天山，身老沧洲。（陆游《诉衷情》）

累累枯冢，茫茫梦境。（陆游《沁园春》）

3. 还有一种上四下七句式中，下二字承上四言偶句：

庾信愁多，江淹恨极须赋。（周邦彦《宴清都》）

叶吹暮喧，花露晨晞秋光短。（吴文英《绛都春》）

旧色旧香，闲雨闲云情终浅。（吴文英《绛都春》）

长短对仗最易被人所忽视，如上面例子中的"庾信愁多，江淹恨极"就属于对仗，句式是上四下七句式。

四字句与七字句之上四字作对仗，即"叶吹暮喧"与"花露晨晞"，"旧色旧香"与"闲雨闲云"各成对仗。

三、五字对

五字句对仗，相当于五言律诗中两联，属于工整对仗。如：

画烛寻欢去，嬴马载愁归。（周邦彦《红罗袄》）

雨暗初疑夜，风回忽报晴。（苏轼《南歌子》）

凤髻金泥带，龙纹玉掌梳。（欧阳修《南歌子》）

月上柳梢头，人约黄昏后。（欧阳修《生查子》）

雪洗虏尘静，风约楚云留。（张孝祥《水调歌头》）

一般对仗又分为两种情况，一种是词性相对，只有句末一字平仄不对的。如：

日边清梦断，镜里朱颜改。（秦观《千秋岁》）

歌余尘拂扇，舞罢风掀袂。（谢逸《千秋岁》）

锦书消息断，玉漏花阴改。（孔平仲《千秋岁》）

一种是上下句平仄相粘，两句末字同是仄声字，只是词性相对的。如：

乳燕穿庭户，飞絮沾襟袖。（李之仪《谢池春》）
斗色鲜衣薄，碾玉双蝉小。（张先《谢池春慢》）

四、六字对

词中的六字句对仗比较普遍,有的是词义和平仄都能相对的,属于工整对仗;有的只是词义能对,而上下句是平仄相粘句式,平仄不能相对的,属于一般对仗。

1.属于词义和平仄都能相对类型的,如：

凤额绣帘高卷，兽环朱户频摇。（柳永《西江月》）
夜月一帘幽梦，春风十里柔情。（秦观《八六子》）
芳草洲前道路，夕阳楼上阑干。（陆游《江月晃重山》）
麦陇青摇一望，前山翠失双峰。（赵师侠《朝中措》）
梦后楼台高锁，酒醒帘幕低垂。（晏几道《临江仙》）

2.只有词性相对,平仄不能相对的,如：

云观登临清夏，璧月留连长夜，吟醉送年华。
楼外河横斗挂，淮上潮平霜下，樯影落寒沙。

（贺铸《台城游·水调歌头》）

湖海平生豪气，关塞如今风景，剪烛看吴钩。
赤壁矶头落照，肥水桥边衰草，渺渺唤人愁。

（张孝祥《水调歌头》）

道是花来春未，道是雪来香异。
冷落竹篱茅舍，富贵玉堂琼榭。

（郑域《昭君怨》）

五、七字对

词的七字句对仗相当于七言律诗中的两联句子。对仗一般属于工整对仗。

出句仄脚,对句平脚的对仗,多用于《摊破浣溪沙》《瑞鹧鸪》《望江南》《浣溪沙》《鹧鸪天》《破阵子》等调。如：

舞低杨柳楼心月，歌尽桃花扇底风。（晏几道《鹧鸪天》）
见了又休还似梦，坐来虽近远如天。（欧阳修《瑞鹧鸪》）
陇禽有恨犹能说，江月无情也解圆。（欧阳修《瑞鹧鸪》）
罗袜况兼金菡萏，雪肌仍是玉琅玕。（韩偓《浣溪沙》）
青鸟不传云外信，丁香空结雨中愁。（李璟《摊破浣溪沙》）

细雨梦回鸡塞远，小楼吹彻玉笙寒。（李璟《摊破浣溪沙》）

出句平脚，对句仄脚的对仗，多用于《玉楼春》《木兰花》等调。如：

榴心空叠舞裙红，艾枝应压愁鬟乱。（吴文英《踏莎行》）
楼头残梦五更钟，花底离情三月雨。（晏殊《玉楼春》）
人如风后入江云，情似雨余黏地絮。（周邦彦《玉楼春》）
墙头丹杏雨余花，门外绿杨风后絮。（晏几道《木兰花》）
墙头籁籁暗飞花，山外阴阴初落月。（张先《木兰花》）

三字至七字的对仗句，大多有内在联系，上下对句存在并列、平等关系的，称为并头对；上下对句的意义不能独立，两者之间存在语法联系的称为流水对，也叫串对。这种对仗难度较大，在词中少见，在诗中出现较多。例如：

今日楼台鼎鼐，明年带砺山河。（刘过《西江月》）
刘阮信非仙洞客，嫦娥终是月中人。（阎选《浣溪沙》）

下句承接上句的，如：

一从归白社，不复到青门。（王维《辋川闲居》）

上、下句间存在转折关系的，成"虽然……但是……""本已……何况……"等句式的，如：

待得一晌闲时，又却三春过了。（曹组《扑蝴蝶》）

上、下句间有条件关系的，如：

唯将终夜长开眼，报答平生未展眉。（元稹《遣悲怀三首》（其三））

流水对在词中出现较少，词中出现更多的是意思上下衔接，但是也不对仗的例子，这也说明了对仗在词中的自由性是比较强的。

第四节　同字对仗

在对仗中还有一种，就是同字对仗。所谓同字对仗，顾名思义，就是对仗中出现了相同的字，这在诗的对仗中是绝对不允许的。但是由于词的对仗比较自由，在用字上也没有那么严格，因此也就允许了。而且同字对仗有时候起到的修饰作用是很明显的。

例如杨金判的《一剪梅》：

> 襄樊四载弄干戈，不见渔歌，不见樵歌。
> 试问如今事若何？金也消磨，谷也消磨。
> 柘枝不用舞婆娑，丑也能多，恶也能多！
> 朱门日日买朱娥。军事如何？民事如何？

这里就用了好几个相同的字来做对仗，"不见渔歌，不见樵歌""金也消磨，谷也消磨""丑也能多，恶也能多""军事如何？民事如何"，这些对仗都属于同字相对，但是我们读起来并没有重复繁多的感觉，反而在这种重复中体会到了征战连连给老百姓带来的苦难。作者的悲愤之情倏然而出，同时也为作者的直率拍案叫绝。

在诗的对仗中，不能同字相对，而对于词来说却可以不拘。

例如白居易《长相思》：

> 汴水流，泗水流，流到瓜洲古渡头。吴山点点愁。
> 思悠悠，恨悠悠，恨到归时方始休。月明人倚楼。

这首词中，"汴水流，泗水流"和"思悠悠，恨悠悠"都属于同字对仗。

再看李清照的《一剪梅》：

> 红藕香残玉簟秋。轻解罗裳，独上兰舟。
> 云中谁寄锦书来？雁字回时，月满西楼。
> 花自飘零水自流。一种相思，两处闲愁。
> 此情无计可消除，才下眉头，却上心头。

在这首词中，"才下眉头，却上心头"二句就是同字对仗的代表。

这些都可以看成是散对。在散对中，同声同字均可以相对，正所谓"工对忌同字，宽对则不避"。

词书

　　词书可有下列几个分类：词谱、词韵、词选、词集、词话以及论乐律的书。词谱和词韵我们在前面已经有了介绍，这一章，我们专门介绍词选、词集和词话。同是将词集合在一起，词选与词集有什么区别呢？词选，有的书上叫"总集"，是将很多人的词选录在一起，例如《花间集》等；词集，有的书上叫"别集"，指选录的是一个人的词，例如《稼轩长短句》等。

第一节　词选

　　唐宋词书中，以词选出现的最早。现有的词选，从最早的《花间集》，一直到我们现在很熟悉的《宋词三百首》，种类繁多，总数也不下数十种。很多作家的词因为载入了词选而流传至今，即便是名家的词，也往往因选入了词选而流传更广，影响更大。

　　选本是中国古代文学批评的重要形式之一，通过对前代或当代作品的选录而提出见解，引领风气。尤其是清代词史，几乎每一个流派的出现，每一种思潮的兴盛，都与一定的词选有关。比如浙西词派之《词综》，常州词派之《词选》，更是声势浩大，影响深远。

　　由于时代的不同，各个朝代在编选词时，选家的动机和标准不同，侧重点也有所不同，因此我们在读词选的时候，一定要注意。

　　唐末宋初的词选，大多作为声情并茂的唱本而出现。如龙榆生所言："宋人编纂词集或选集歌词，皆以便于歌唱为主，乐章流播歌者之口。"例如《花间集》，又叫《家宴集》，可见是为了宴会歌舞时准备的。欧阳修在《花间集序》中就明确指出其主要作用是为了应歌。其他诸如《金奁集》《云谣集》《尊前集》，等等，其编排方式都说明了它们是一些音乐歌曲集。而南宋的《草堂诗余》，虽然按照

春夏秋冬分类，以四时景致、天文、地理、植物等分编，但目的也是为了方便歌者取用，只是开始专注文藻了。

到了宋后期，选本开始为了词而选词，侧重点不再是音乐。但是这个时候又容易受到时代的局限以及选家个人的喜好。例如《乐府雅词》，之所以是"雅"，主要是受到当时柳永等发起的复"雅"运动，因此《乐府雅词》专挑他们所谓的雅词。又如《绝妙好词》，因周密本人比较喜好密丽的文风，因此在选词的时候，姜夔、吴文英的词入选比较多。

清人所选的词，朱彝尊的《词综》要求太宽，其特点为"主调备者，则不计其工拙；取人多者，则不论其雅俗"。张惠言的《词选》要求又太严格，周济的《宋四家词选》选词又太偏，只有《宋词三百首》还比较公允。

词选主要有《花间集》《草堂诗余》《乐府雅词》《阳春白雪》《花庵绝妙词选》《绝妙好词》《词综》《词选》《宋四家词选》《词辩》《宋词三百首》等。限于篇幅原因，我们主要给大家介绍以下几种：

一、《花间集》

《花间集》在宋代被认为是"倚声填词之祖"，它和《草堂诗余》在明朝的时候，同是学词的入门之书。在敦煌本《云谣集杂曲子》发现之前，《花间集》被认为是最早的词选集。

《花间集》为五代西蜀赵崇祚所编，共十卷，每卷五十首，收录了自晚唐至五代的温庭筠、韦庄、皇甫松、牛峤、孙光宪等十八位词家的五百首作品。十八位词人除温庭筠、皇甫松、和凝三位与蜀无涉外，其余十五位皆活跃于五代十国的后蜀。他们是韦庄、薛昭蕴、牛峤、张泌、毛文锡、顾敻、牛希济、欧阳炯、孙光宪、魏承班、鹿虔扆、阎选、尹鹗、毛熙震、李珣。且除了温庭筠、皇甫松、韦庄早亡，薛昭蕴、牛峤、张泌生卒年不详外，其余十二人在编此书时都还活着。

欧阳炯在《花间集序》中说："因集近来诗客曲子词五百首，分为十卷。以炯粗预知音，辱请命题，仍为叙引。昔郢人有歌《阳春》者，号为绝唱，乃命之为《花间集》。"其内容多描绘女性生活和风花雪月的男女恋情，喜好以女子的口吻抒发感情，这样类型的词作约占三分之二，因此总体说来文辞华丽，风格倾向于香软绮靡，被称为艳情之作。

在晚唐五代，由于当时的政治经济环境，使得文人对情、对婉约美喜好的表露更加明显，也就造成了"词为艳科"的结果。

《四库总目》称此书："诗余体变自唐，而盛行于五代，自宋以后，体制益繁，选录益众。而溯源星宿，当以此集为最古。唐末名家词曲，俱赖以仅存。"的确，这十八位词家的作品大多因为《花间集》而得以保存。

虽然以我们现在的眼光来看，《花间集》格调不高，题材狭窄，感慨不深，且对后世词的创作有着深远却不利的影响，但《花间集》在词史上却是一块里程碑。它标志着词体已正式登上文坛，我国第一个词派——花间派正式诞生。它在词调创制、题材运用以及诗词分道上，都起着非常重要的作用。

二、《草堂诗余》

《草堂诗余》是一部由南宋何士信编辑的词选，其中词作以宋词为主，兼收一小部分唐五代词。录词最多的五位词人依次为周邦彦（四十六首）、苏轼（二十二首）、柳永（十七首）、秦观（十六首）、康与之（十一首），而作为雅词代表的姜夔则无一选入。

为什么叫"诗余"？有人认为"诗余"是指"诗人之余事"，即作词要求典雅纯正，避用艳丽的辞藻、婉约的内容、粗俗的格调，运用诗的清空雅正语言及风格，故称词为诗余。

《草堂诗余》前集上卷选词九十九首，下卷九十七首，后集上卷八十五首，下卷八十六首。其中注明"新添"者前集卷上三十一首，卷下二十二首。后集卷上十三首，卷下十一首。注"新增"者，前集卷上二首，卷下二首，后集只卷下有十七首。

全书合计三百六十七首。由此可知，全书分三期编集增添而成。其所录词以传统的婉约词为主，雅俗共赏，并不看重豪放派和清空派词。它分类编次，有笺注，后附词话，并且有浓厚的地域特征即闽派特色。因此，这部词选在清代受到推崇姜夔的浙西词派非难，认为它是不登大雅之堂的俗词选本，从而演变为一桩公案。

不过，《草堂诗余》在明代被广泛接受，其繁盛流行绝非其他词选可以媲美。当时的书商刻者竞相刊刻《草堂诗余》，许多文人才子如杨慎、李攀龙、唐顺之、钱允治等纷纷为其评注、校笺、作序、题跋。明人为《草堂诗余》所作的众多序跋及评点，内容丰富，颇成体系，从这些批评中，我们可以初步了解明人词学批评标准和审美意识。

张师绎在《合刻花间草堂序》中说："天下无无情之人，则无无情之诗。情之所钟，正在吾辈，然非直吾辈也。夫子删诗，裁赢三百，周召二南厥为风始，彼所谓房中之乐，床笫之言耳。推而广之，江滨之游女，陌上之狂童，桑中之私奔，东门之密约，情实为之，圣人宁推波而助之澜？盖直寄焉。以情还情，以旁行之情还正行之情，要其指归，有情吻合于无情，斯已而已矣。"他明确地为宣情正名，可见，明人在论词的时候，非常注重词的抒情性。他们将抒情的优劣作为品评词作高下的重要标准。在杨慎、李攀龙、沈际飞等人的《草堂诗余》评点中，到处可见他们对抒发真情实感的词作的赞赏。

《草堂诗余》里选录的不乏名家，又多录小家；不乏丽句，又间有俗语。其体例独特，雅俗共赏，题材广泛。《草堂诗余》所录的一些俗作，不光小家有之，大家名下亦有之，如周邦彦就有一首《风流子》。但其中入选的被后世奉为经典的名篇也着实不少，如李璟《摊破浣溪沙》（手卷真珠上玉钩）、李清照《如梦令》（昨夜雨疏风骤）、贺铸《青玉案》（凌波不过横塘路）、苏轼《蝶恋花》（花褪残红青杏小）等，数不胜数。它们好懂易诵，声律婉协，情感真挚，语词优美，无不是妙手偶得之作。

三、《乐府雅词》

《乐府雅词》是中国今存最早的一部宋人选编的宋词总集。宋代曾慥辑，分上、中、下三卷，《拾遗》上、下两卷，编定于绍兴十六年（1146 年）。正集共选录词家三十四位，词作七百五十六首，以欧阳修入选词作最多，共七十三首。《拾遗》选录有十六家，共五十家，均是宋人，未选唐、五代词。《乐府雅词》在宋、元、明各代很少流传，目前所见最早的本子是明末清初的旧抄本。《乐府雅词》的目次首为转踏，次为大曲，然后均为雅词。大曲部分为词乐、词体研究保存了重要的历史资料，这是其他词选所不能及的。

《乐府雅词》的编选意图旨在崇雅反俗，编者自序说："予所藏名公长短句，裒合成篇，或后或先，非有诠次，多是一家，难分优劣。涉谐谑则去之，名曰'乐府雅词'。九重传出，以冠于篇首，诸公转踏次之。欧公，一代儒宗，风流自命，词章窈眇，世所矜式。当时小人或作艳曲，谬为公词，今悉删除。凡三十有四家，虽女流亦不废。此外，又有百余阕，平日脍炙人口，咸不知姓名，则类于卷末，以俟询访，标目'拾遗'云。"

南宋以后，主张典雅的词人反对柳永、周邦彦词的"软媚"，故柳永、晏殊、晏几道、秦观等人的词未入选；欧阳修的某些艳词，也被视为"当时小人或作艳曲，谬为公词，今悉删除"。书中不选苏轼词，并非苏轼词不合"雅词"标准，因其另编有《东坡词》《东坡词拾遗》。

四、《花庵词选》

此书由南宋黄升编。今存《花庵词选》共二十卷，由两个部分组成：前一部分称《唐宋诸贤绝妙词选》，共十卷，始于李白，终于北宋王昂，选唐五代北宋时期一百三十四家词，附方外、闺秀各一卷；后一部分称《中兴以来绝妙词选》，亦十卷，始于康与之，终于洪蚄，选宋室南渡以后八十八家，末附黄升本人词三十八首，共七百五十余首。

书中所选各家均系以字号、里贯，每首下亦间附评语。这两部分在南宋以至明代的刻本中大都是分别成书、各自刊行的，可见原系两个独立的本子，并

无统一的名称。

黄升《花庵词选·自序》云："中兴以来，作者继出，及乎近世，人各有词，词各有体，知之而未见，见之而未尽者，不胜算也。"

可知其意是打算继承《花间集》《乐府雅词》之后，将各朝各代的词作汇总起来，形成一编。《花庵词选》所选各家并非"平分秋色"，即每家都录三四首，而是对各个时期的名家、大家不限数量，大胆选录，并且选词题材广泛、风格多样。如《花庵词选》录陆游词二十三首，辛弃疾词四十八首，刘克庄词四十首。

其次，《花庵词选》有自己的合乎历史潮流的词学宗旨，这也是它选词得以存史的重要条件。《花庵词选》去取谨严，词作两宋都选，它虽然尚雅，却并不一概排斥侧艳或近俗之作。正因为如此，很多作品都因为被它选录而存世。而且，黄升对其所选部分词作进行了精当地评论，遂成一家之言，足资参考。

第三，《花庵词选》在编排上有一条明确的时代发展线索贯串其间。其第一部分，前十卷中，第一卷标"唐词"，第二卷以下均标"宋词"，除卷九录方外词人、卷十录女性词人没有遵循惯例外，二至八卷所录北宋词人大都按照年代先后编排；而第二部分，后十卷录入的南宋词人也都是按照时间顺序编排。这显然跟编选者的"选词以存史"的意图分不开。

当然，《花庵词选》也并非篇篇皆善；词论家历来褒贬不一。《四库全书·花庵词选提要》说它："搜罗颇广"；《福建通志》亦云："升本工词，极精于持择"，"去取亦特为谨严"。

五、《绝妙好词》

《绝妙好词》由南宋周密编选，共七卷，收词三百九十首（今残缺施岳的六首），始自张孝祥，终于仇远，共一百三十二家，约成书于元初。除周密本人录二十二首为第一外，以下分别为吴文英十六首，姜夔、李莱老各十三首，李彭老、施岳各十二首（今传本施岳佚六首），王沂孙、史达祖、卢祖皋各十首。他们都是南宋词坛上以婉约词著称的词人。对那些当时不名于世的词人词作，只要词风醇雅，也选取一二首。它是我国最早的断代词选之一，并且具有鲜明的流派特色，在我国文学史上占有重要位置。

《绝妙好词》以姜夔为宗，"醇雅清空"，其选词也以此为最高境界，注重词本身的音节辞藻之美，所以只录清丽婉约、优美精巧的词作。尽管也收录豪放派词人的作品，但皆取其婉约、雅正之作，所选之词皆美轮美奂，绮逸妙曼。周密本人学问渊雅，修养博雅，素有雅志，作词主张"靡丽不失为国风之正，闲雅不失为骚雅之赋"，工雅自然成为他选词的基本标准。对于辛派词人慷慨激昂的豪放词，他认为词风非雅，不予收录。书中还选录了许多不见史传的宋末

词人作品，为研究宋词风格、流派的演变发展提供了参考资料。它的问世反映了当时词坛的风尚与选编者周密的艺术追求。

《绝妙好词》选录标准偏重于格律形式，讲究声韵格律和锻字炼字，重视词的艺术以及词的内在意趣和韵味。编排上以词家为经、以时代先后为顺序，体例严整。

《绝妙好词笺》厉鹗序云："曾端伯《乐府雅词》、黄叔旸《花庵词选》皆让其精粹，盖词家之准的也。"清《四库提要》称周密《绝妙好词》："去取谨严，在曾慥《乐府雅词》、黄升《花庵词选》之上。"而张炎对《绝妙好词》更是称誉颇高，认为"近代词人用功者多，如《阳春白雪》，如《绝妙好词》，亦自可观"。

当然，由于南宋婉约、格律词的创作题材仍过于狭窄，《绝妙好词》除部分作品以外，大量作品只在"莺莺燕燕"的圈子里打转，题材狭小，音律、章法因循守旧，不免落入俗套。

六、《词选》

《词选》是张氏兄弟嘉庆初年在歙县馆于金家授课时所编的词学教材。此书编于嘉庆二年（1797年），共选录了唐五代、宋词四十四家，一百十六首。张惠言有感于浙派词的题材狭窄，内容枯寂，为阐明自己的词学思想，写下了著名的《词选序》。他在《词选序》中论及许多词学理论的问题，被后世尊为常州词派的理论基础。

与以往的词选本相比，《词选》最大的特色是选词标准的思想性要求，即以"意内言外""比兴寄托"为选词标准。正如施蛰存先生所指出的："自《花间集》以来，词之选本多矣，然未有以思想内容为选取标准，更未有以比兴之有无为取舍者，此张氏《词选》之所以为独异也。其书既出，词家耳目为之一新。"《词选》以"比兴寄托"为选编标准，给词坛带来强烈的震撼，对改变词风产生了重要影响，以至于"《词选》出，常州词格为之一变，故嘉庆以后，与雍乾间判若两途也"。常州词派的后继者出于宗派和现实的需要，对《词选》又赋予了更多的内涵和意义。张氏《词选序》的论述被不断引申发挥，《词选》的作用也日益扩大。

但是，张惠言强调的"比兴寄托"在应用上也有片面性，例如在论说温庭筠、韦庄和欧阳修的一些艳词的时候，片面武断地认为他们的词都有政治寄托，就有点失之于偏了。张惠言《词选》辑录虽偏苛严，评词也有穿凿附会和疏于考订的失误，但对历代词人的评论较之浙派词人的论断，显得比较公允恰当。他自己所写的词，笔调较浙派厚重，但也不免有缺乏广泛的社会意义和用意较隐晦的毛病。

张氏《词选》行世后，其外孙董毅复编《续词选》三卷，续选五十二家，词一百二十二首，其中姜夔七首，张炎二十三首。董毅又开始偏重格律形式，

并不符张氏原意。《词选》有清道光重刊本,《续词选》有道光刊本等。

七、《宋词三百首》

《宋词三百首》是最流行的宋词选本,由晚清四大词人之一的朱孝臧(1857～1931年)于1924年编定,共收宋代词人八十八家,词三百首。编者原名祖谋,字古微,号沤尹,又号彊村、上彊村民,浙江归安人。

《宋词三百首》选录标准,以混成为主旨,并求之体格、神致。它重视格律,推崇格律派,其中录取格律派的词达九十多首,如吴文英二十五首,周邦彦二十二首,姜夔十七首,晏几道十五首等,这些都是格律派的主要代表。朱孝臧对词的格律之所以重视,除了他自身精通格律外,也因受到清代主流词学思想的很大影响。

《宋词三百首》选录吴文英词二十五首,可见朱孝臧对吴文英的偏爱。他对苏辛也相当重视,尤其是苏东坡,"兼取东坡以疏济密"。他认为东坡词"一洗绮罗香泽之态,摆脱绸缪宛转之度,使人登高望远,举首高歌,而逸怀浩气,超然乎尘垢之外"。

他曾以"疏密"来描述吴文英、周邦彦和苏轼的区别:"两宋词人,约可分为疏密两派。清真介在疏密之间,与东坡、梦窗,分鼎三足。"他认为,东坡词属于"疏"一派,吴文英词属于"密"一派,对于当时有些人不喜学吴文英词而造成的流弊有扶正作用。

第二节 词集

词集,有的书上叫"别集"。《碧鸡漫志》中所收录的后蜀李珣的《琼瑶集》可能是词人专集第一本。词集的名称不止一种,有"乐章""诗余""长短句""琴趣""雅词""语业",等等。

读词集,一定要注意两点:一是要清楚作者的身世,二是要了解作者的风格流派。前者能帮助我们了解词产生的过程,以及作者的情感历程,后者能让我们清晰脉络,划定一个范围之后再品读。例如,辛弃疾虽官位不小,但是一生郁郁不得志,是一个失意的爱国人士,因此他的词激昂慷慨,与落魄文人柳永完全不同。

历来论词,一般把词分为豪放派与婉约派。婉约派的特点主要是内容侧重儿女风情,结构深细缜密,音律婉转和谐,语言圆润清丽,有一种柔婉之美。如《花间集》和李煜词,以及北宋词家晏殊、欧阳修、柳永、秦观、周邦彦、李清照等,南宋词人姜夔、吴文英、张炎等均为婉约派主要代表。豪放派创作视野广阔,题材广泛,气势雄浑,境界开阔,直抒胸臆,风格豪迈,感情高亢,具有豪放

之美，以苏轼、辛弃疾，还有张元幹、张孝祥、陈亮等为代表。

当然，这只是粗略的分类。有些婉约派的词家也写豪放的词，豪放派的词家也写过柔婉的词，不可一概而论。

词集存世很多，在此只摘选重要的几家，按照时间顺序罗列如下，并作简略介绍。读者若是感兴趣，可参考其他资料。

一、南唐时期

1. 冯延巳《阳春集》

冯延巳（903～960年），又名延嗣，字正中，祖籍彭城，迁居新安，后为广陵（今江苏扬州）人，以文雅称。冯延巳的词集名《阳春录》，有的题作《阳春集》，北宋时就有传本，但宋代的本子早已失传。

作为五代词人中词作流传下来最多的词人，冯延巳词多写离情别恨，感情委婉深沉，语言清新流畅。正如王国维《人间词话》所说："冯正中词虽不失五代风格，而堂庑特大，开北宋一代风气。"陈世修《阳春集序》中说其词"思深词丽，韵逸调新"。

其词虽然仍以相思离别、花柳风情为题材，但不再侧重写女子的容貌服饰，也不拘限于具体的情节，而是着力表现人物的心境意绪，引发多方面的启示与联想。

其题材内容上虽然没有超越"花间词"的相思恨别、伤春悲秋的范围，但词中常感叹人生短暂、生命有限、时光易逝，表现人生短暂的生命忧患意识，成为其词中常见的主题。

在艺术上，冯延巳词也有特色：一是空间境界比较阔大，常以大境界写柔情；二是善于用层层递进的抒情手法，把苦闷相思表现得一层深似一层；三是在情景的配置上，善于用逆向配置法。

2. 李璟、李煜《南唐二主词》

《南唐二主词》，系南唐中主李璟、后主李煜撰。约成书于南宋，后世续有辑补，又有后人编写了各种版本；而目前流行的则为《南唐二主词校订》。

李璟（916～961年），字伯玉，南唐开国主李昪的长子，史称南唐中主、嗣主或元宗。李璟多才艺，好读书，在政治上他虽无可取，文学造诣却很高。不过他流传下来的诗词作品很少，词流传下来的也只有四首：《应天长》《望远行》和《浣溪沙》二首。

李煜（937～978年），字重光，李璟第六子。作为一个文学艺术家，李煜是出色的，其一生的文学创作，诗、词、文俱佳，但最负盛名的是词作，流传下来的共有四十多首。

中主李璟、后主李煜虽为乱世之君，却以杰出的艺术成就享誉文坛，开创

一代词风。他们是中国词史上极少数受到社会各阶层民众普遍喜爱的词人，其词突破五代花间词堆金砌玉的壁垒。李璟多用比兴，情感沉郁，李煜全用赋体，超放自然，丝毫没有情感的做作，亡国后的词作纯从血泪中迸出，绝少雕琢，有很高的审美价值。

《人间词话》如此说："词至李后主而眼界始大，感慨遂深，遂变伶工之词而为士大夫之词。周介存置诸温韦之下，可为颠倒黑白矣。'自是人生长恨水长东''流水落花春去也，天上人间'，《金荃》《浣花》，能有此气象耶？"李煜词写他的家国之慨，把词从风月脂粉、宴饮咏妓的"伶工词"中引到了咏叹人生、感慨家国的境界中来，这是词史上的一大转变。他的开创之功是不可磨灭的。

二、北宋时期

1. 张先《子野词》

张先（990～1078年），字子野，浙江乌程人。他是北宋时期著名的词人，曾任安陆县的知县，因此人称"张安陆"。张先善作慢词，与柳永齐名，造语工巧，曾因三处善用"影"字，世称张三影。康熙时候，文灿《十家名词》，题为《子野词》。

其词内容大多反映士大夫的诗酒生活和男女之情，对都市社会生活也有所反映。其词含蓄工巧，情韵浓郁，词意韵恬淡，意象繁富，内在凝练，于两宋婉约词史上影响巨大。他是使词由小令转向慢词的过渡过程中一个不能忽视的功臣。

清末陈廷焯《词坛丛话》评张子野词："才不大而情有余，别于秦、柳、晏、欧诸家，独开妙境，词坛中不可无此一家。"陈廷焯又在《白雨斋词话》称"张子野词，古今一大转移也。前此则为晏、欧，为温、韦，体段虽具，声色未开。后此则为秦、柳，为苏、辛，为美成、白石，发扬蹈厉，气局一新，而古意渐失。子野适得其中，有含蓄处，亦有发越处。但含蓄不似温、韦，发越亦不似豪苏腻柳。规模虽隘，气格却近古。自子野后一千年来、温、韦之风不作矣。亦令我思子野不置"，恰当地指出了张先在词史上的地位。

2. 晏殊《珠玉词》

晏殊（991～1055年），字同叔，北宋抚州府临川城人，当时著名词人、诗人、散文家。他能诗、善词，文章典丽，书法皆工，而以词最为突出，有"宰相词人"之称。晏殊《珠玉词》收词一百三十六首，深受南唐大词家冯延巳的影响。

晏殊的《珠玉词》大多是在优游富贵的生活中产生的，叶梦得《避暑录话》记载："晏元献喜宾客，未尝一日不宴饮，盘馔皆不预办，客至旋营之。苏丞相颂尝在公幕，见每有佳客必留，但人设一空案一杯。既命酒，果实蔬菜渐至。亦必以歌乐相佐，谈笑杂志。数行之后，案上已灿然矣！稍阑即罢，遣声伎曰：

'汝曹呈艺已毕，吾亦欲呈艺。'乃具笔札相与赋诗，率以为常。"

他的词吸收了南唐花间派和冯延巳的典雅流丽词风，开创北宋婉约词风，被称为"北宋倚声家之初祖"。他的词语言清丽，声调和谐，写景重其精神，赋予自然物生命，形成了自己的特色。

3. 柳永《乐章集》

柳永（约987～约1053年），原名三变，字景庄，后改名永，字耆卿。柳永在家中排行第七，又称柳七，是北宋婉约派最具代表性的人物。他是宋仁宗朝进士，官至屯田员外郎，故世称柳屯田。柳永《乐章集》版本颇多，今易见者为毛晋《宋六十名家词》（毛斧季校）本、吴重熹《山左人词》（缪荃孙本）本、朱孝臧《彊村丛书》本、唐圭璋《全宋词》本。

柳永自称"奉旨填词柳三变"，以毕生精力作词，并以"白衣卿相"自许。其词多描绘城市风光和歌妓生活，尤长于抒写羁旅行役之情，创作慢词独多。其词风婉约，词作多蕴藉动人，铺叙刻画，情景交融，语言通俗，音律谐婉，在当时流传很广，对宋词的发展有一定影响。但有评者认为柳词浅近谐俗，例如李端叔称"耆卿词，铺叙展衍，备足无余。较之花间所集，韵终不胜"，孙敦立称"耆卿词虽极工，然多杂以鄙语"，等等。

4. 欧阳修《六一词》《欧阳文忠公近体乐府》《醉翁琴趣外编》

欧阳修（1007～1072年），字永叔，号醉翁，又号六一居士，吉州吉水人。他创作了很多词，词作有《六一词》《欧阳文忠公近体乐府》《醉翁琴趣外编》。

欧阳修的词内容大都与"花间"相近。刘熙载在《艺概》中说："冯延巳词，晏同叔得其俊，欧阳永叔得其深。"其词内容多属男女爱恋、离情别绪一类题材，充满幽怨与艳色，这同他的诗歌及散文的内容是截然不同的。但其词格调较高，技巧娴熟，不乏艺术珍品。

欧阳修的词较少堆砌绮词丽句的无病呻吟，或不假雕饰，直抒胸臆，或感物而发，含蓄蕴藉，表现出志气自若、放旷达观的抒情个性。冯煦在《宋六十一家词选例言》中说《六一词》"疏隽开子瞻，深婉开少游"，说明了欧阳修的词作在词史上的地位和影响。作者对事物体察入微，看似随意写出，却是无限传神，没有炉火纯青的工夫是不能达到这种艺术境界的。

5. 晏几道《小山词》

晏几道（1038～1110年），字叔原，号小山，晏殊第七子，抚州临川文港沙河人。其性孤傲，晚年家境中落，其词风哀感缠绵、清壮顿挫。一般讲到北宋词人时，称晏殊为大晏，称晏几道为小晏。《雪浪斋日记》云："晏叔原工小词，不愧六朝宫掖体。"

晏几道好藏书，能诗，尤以词著称，主要著作为《小山词》。《全宋词》收其词二百六十首，其中长调三首，其余均为小令。他的词风浓挚深婉，工于言情，

多怀往事，抒写哀愁，情景融合，造语工丽，秀气胜韵。

《中国诗史》认为："讲到晏词的来源，我们自然要推南唐。"晏几道在《小山词序》中也说："考其篇中所记悲欢合离之事，如幻、如电、如昨梦前尘，但能掩卷怃然，感光阴之易迁，叹境缘之无实也。"可见晏几道的词与南唐词有继承关系。但是晏几道的词来于南唐，却高于南唐，"花间词浅，小山词深；花间词矫，小山词真；花间装饰，小山词清丽；花间词如披金戴玉之贵妇，小山词如天生丽质之少女。"

晏几道的小令词在北宋中期发展到一个高峰，使词这种艺术形式堂而皇之地登上大雅之堂，并取得扭转雅歌尽废的历史性作用。

6. 苏轼《东坡词》《东坡乐府》

苏轼（1037～1101年），北宋文学家、书画家，字子瞻，又字和仲，号东坡居士，眉州眉山人。苏轼与父苏洵、弟苏辙合称三苏，与辛弃疾并称苏辛。苏轼的词集有《东坡词》《东坡乐府》。

苏轼开创豪放词一派，对后代颇有影响。其词作现存三百四十多首，冲破了专写男女恋情和离愁别绪的狭窄题材，"以诗为词"，凡是能入诗的题材也都能入词，使词成为一种独立的抒情诗体。他扫除了晚唐五代以来的传统词风，开创了与婉约派并立的豪放派，丰富了词的意境，冲破了诗庄词媚的界限，对词的革新和发展做出了重大贡献。

苏轼词亦庄亦谐，生动有力，风格多样，豪爽旷放者有之，清透淡逸者有之。就风格而言，苏词又能豪放，又能婉约，即苏轼自谓的"刚健含婀娜"。其名作《念奴娇·赤壁怀古》《水调歌头·丙辰中秋》等传诵甚广。刘辰翁在《辛稼轩词序》说："词至东坡，倾荡磊落，如诗，如文，如天地奇观。"

北宋词人，其他诸如秦观《淮海居士长短句》，贺铸《东山词》《贺方回词》，黄庭坚《山谷词》《山谷琴趣外编》，周邦彦《清真集》《片玉集》等词人的词集，我们就不再一一列举了。

三、南宋时期

1. 李清照《漱玉集》

李清照（1084～1155年），今山东省济南章丘人，号易安居士，婉约词派代表。李清照词，人称"易安词""漱玉词"，以其号与集而得名。《易安集》《漱玉集》，宋人早有著录。其词流传至今的，据今人所辑约有四十五首，另存疑十余首。其词作自成一体，人称"易安体"。

李清照早期生活优裕，金兵入据中原，流寓南方，境遇孤苦。因此，她所作的词前期多写其悠闲生活，词风清丽、明快；后期多悲叹身世，情调感伤，充满了凄凉、低沉之音。她在形式上善用白描手法，"用浅俗之语，发清新之意"。

其语言清丽自然,旋律优美,富于感情变化和韵味浓厚的美感。王灼《碧鸡漫志》中说李清照"作长短句,能曲折尽人意,轻巧尖新,姿态百出。闾巷荒淫之语,肆意落笔。自古缙绅之家能文妇女,未见如此无顾藉也",可见李清照词不受前人束缚。

2. 陆游《放翁词》

陆游(1125～1210年),字务观,号放翁,越州山阴人。他创作诗歌很多,今存九千多首,内容极为丰富。其词作量不如诗篇巨大,现存词共有一百三十首,但和诗同样贯穿了气吞残虏的爱国主义精神。

陆游追求各种不同的风格,杨慎谓其词纤丽处似秦观,雄慨处似苏轼。陆游的不少词写得清丽缠绵,酷似花间,如《乌夜啼·金鸭余香尚暖》等;有的闲散淡似朱敦儒,如《好事近·挥袖上西峰》等;有些词常常抒发深沉的人生感受,如《卜算子·驿外断桥边》等,与苏轼比较接近;有的略似柳永声口,如《真珠帘·灯前月下》等。

不过,最能体现陆游艺术特色的,还是他的那些写得慷慨雄浑、荡漾着爱国激情的词作,豪迈感慨一如稼轩的词作,如《汉宫春·羽箭雕弓》《诉衷情·当年万里觅封侯》等作。

陆游注重对典重美、工丽美、音律美的追求,故而他的词作用典丰富、音律谐和,雄慨外别具一种典丽之美,音律亦于和谐中带有拗峭之势。

3. 辛弃疾《稼轩词》《稼轩长短句》

辛弃疾(1140～1207年),原字坦夫,改字幼安,别号稼轩,历城人。辛弃疾在文学上与苏轼齐名,号称"苏辛",与李清照并称"济南二安"。有人这样赞美过他:"稼轩者,人中之杰,词中之龙。"其作品集有《稼轩词》《稼轩长短句》,今人辑有《辛稼轩诗文钞存》。

辛弃疾词多抒写力图恢复国家统一的爱国热情,同时也有不少吟咏祖国河山的作品。这些作品题材广阔又善化用前人典故入词,风格沉雄豪迈,兼有细腻柔媚之处,语言上自由解放,变化无端,其独特的词作风格被称为"稼轩体"。其词热情洋溢,慷慨悲壮,笔力雄厚,艺术风格多样,而以豪放为主。刘辰翁《辛稼轩词序》说:"自辛稼轩前,用一语如此者,必且掩口。及稼轩,横竖烂熳,乃如禅宗棒喝,头头皆是;又如悲笳万鼓,平生不平事并厄酒,但觉宾主酣畅,谈不暇顾。词至此亦足矣。"

刘克庄在《辛稼轩集序》评:"公所作大声鞺鞳,小声铿鍧,横绝六合,扫空万古,自有苍生以来所无。"王士祯也说辛弃疾词"婉约以易安为宗,豪放唯幼安称首"。而同属于豪放雄阔的风格,苏轼词偏于潇洒疏朗、旷达超迈,辛词则给人以慷慨悲歌、激情飞扬之感。

4．姜夔《白石道人歌曲》

姜夔(约 1155～约 1221 年)，字尧章，别号白石道人，饶州鄱阳人。他工诗词、精音乐、善书法、对词的造诣尤深，有诗词、诗论、乐书、字书、杂录等多种著作。今存词八十多首，《白石道人歌曲》中有十七首自度曲，并注有旁谱，是流传至今的唯一完整的南宋乐谱资料。

姜夔词主要为记游、咏物和抒写个人身世、离别相思之作，偶然也流露出对于时事的感慨。他上承周邦彦，下开吴文英、张炎一派，是格律派的代表作家。其词情意真挚，格律严密，风格清幽冷隽，善于提空描写，不染尘埃，意境深幽清空。

姜夔注重练字造句，音律谐和，追求高雅脱俗的艺术境界。《宋词通论》评其为"南宋唯一的开山大师"。王国维《人间词话》说："古今词人格调之高，无如白石，惜不于意境上用力，故觉无言外之味，弦外之响。"

5．元好问《遗山乐府》

元好问（1190～1257 年），字裕之，号遗山，世称遗山先生，山西秀容人。元好问是我国金末元初最有成就的作家和历史学家，文坛盟主，被尊为"北方文雄""一代文宗"，其诗、文、词、曲，各体皆工。元好问诗作成就最高，其词为金代一朝之冠，可与两宋名家媲美。今存词三百七十七首，数量为金词之冠，艺术造诣也雄视一代。其艺术上以苏、辛为典范，兼有豪放、婉约诸种风格，当为金代词坛第一人。

况周颐《蕙风词话》评其词："亦浑雅，亦博大，有骨干，有气象。"元好问词风格气象雄浑苍莽，境界博大壮阔，《木兰花慢·游三台》《水调歌头·赋三门津》等，都是其代表作。

元词中又有摧刚为柔、幽婉深挚之作，如咏赞双蕖和雁丘的两首名作《摸鱼儿》，分别写人与雁的殉情，手法绵密，情致深婉。故宋末张炎在《词源》中称其"深于用事，精于炼句，有风流蕴藉处，不减周、秦"。

南宋其他诸如张孝祥《于湖乐府》《于湖先生长短句》，吴文英《梦窗词》，史达祖《梅溪词》，刘过《龙洲词》，陈亮《龙川词》，张元幹《芦川集》，朱敦儒《樵歌》，周密《蘋洲渔笛谱》《草窗词》，刘克庄《后村别调》《后村长短句》，张炎《玉田集》《山中白云集》，刘辰翁《须溪词》等，限于篇幅原因，就不再一一列举了。

第三节　词话

评论总是要在词日渐成熟之后才能出现。宋代词臻于繁盛，由诗的附属变得蔚为大观，其评论自然也多了起来。阐明词体、词律、词派，探究词性、词旨的各种著作也开始多了起来。词论词话也开始在文学史上占有一席之地，并由此发展成为一门专门的学问。宋代的词话大体分为两种：一种是专门的著作，

如王灼的《碧鸡漫志》等；一种是单独的一篇文章，如词集的序跋、论词的札记等，大都散见在文集或笔记中。

一、词话专著

已成专著的词话，传世的比较多。唐圭章选编的《词话从编》，选择了宋以来的词话六十余种，其中主要的有以下几种：

1.《词源》

张炎（1248～约1317年）的《词源》分为上下两卷，上卷论乐，下卷论词。张炎的《词源》主要是为周、姜一派词学做最后的总结，倡导"雅正"与"清空"之说。张炎积累了丰富的创作经验，又有艺术家的悟性与灵感，故他晚年编写的《词源》体大思精，标志着宋代词论的理论成熟阶段。

《词源》的编排上以"制曲"为首，后跟"句法""字面"，"清空"在"虚字"和"意趣"之间，然后是"用事""咏物""节序"，写情的分别为"赋情""离情"，最后是"令曲"和"杂论"。

"清空"与"古雅"，在张炎的词论中，构成一个以古雅为中心、清空以古雅为目的的关系。关于"雅正"，《词源序》说："古之乐章、乐府、乐歌、乐曲，皆出于雅正。"

这里所说的"雅正"指的是典雅和纯正。典雅，就是文辞要有蕴藉，有典据，而且雅驯不俗；纯正，就内容而言，指内容正当而不淫邪。张炎认为"词欲雅而正，志之所之，一为情所役，则失其雅正之音。耆卿、伯可不必论，虽美成亦有所不免。"他肯定周邦彦词"浑厚和雅，善于融化诗句"，元好问词"深于用典，精于炼句，有风流蕴藉处不减周、秦"。但他不满辛弃疾、陆游的"豪气词，非雅词也"。

关于"清空"，张炎认为"词要清空，不要质实。清空则古雅峭拔，质实则凝涩晦昧。姜白石词如野云孤飞，去留无迹。吴梦窗词如七宝楼台，眩人眼目，碎拆下来，不成片段。此清空质实之说"。夏承焘校注认为"清空与质实相对而言，张炎举出姜夔、吴文英两家词作具体对比。大抵张炎所谓清空的词是要能摄取事物的神理而遗其外貌；质实的词是写得典雅奥博，但过于胶着于所写的对象，显得板滞"。

2.《乐府指迷》

《乐府指迷》为南宋沈义父著。沈义父，字伯时，号时斋，吴江人，生卒年不详。《乐府指迷》仅以一千九百六十六字，却能与王灼《碧鸡漫志》、张炎《词源》等词论专书相提并论，其主要原因在于《乐府指迷》强调的乃是词不同于诗、曲的本色理论。

据书中自述，此书为沈义父对子侄晚辈讲授作词之法而作，共二十九段。

第一段说作词"音律欲其协""下字欲其雅""用字不可太露""发意不可太高"四条准则，也就是"协音、字雅、字隐、意柔"。其余各段则具体讲授作词之法，包括作词起结、字面、炼句、用事、命意、协律，等等，对于词的实际创造非常有用。

同时其推举周邦彦词作为体现雅词特征的形象化样板，力图将词与诗、曲之间的界限做进一步划分，构架词自身鲜明独特的理论体系。自《乐府指迷》问世后，此书为后世论词者称引甚多，影响深远。

3.《艺概》

著者为清代刘熙载（1813～1881年），字伯简，号融斋，晚号寤崖子，江苏兴化人。刘熙载曾官广东提学使，主讲上海龙门书院，于经学、音韵学、算学有较深入的研究，旁及文艺，被称为"东方黑格尔"。

刘熙载的《艺概》是中国近代文学史上一部优秀的理论著作，成书时间在清光绪年间。它是刘熙载平日探究书艺的心得，读文说艺的精华荟萃，言虽简短，每每一语中的。他以高度概括的语言、精辟独到的见解，抓住文学的梗概，对中国古代的文学艺术进行了广泛的评论。由于内容广博慧深，使其成为一部经典之作。

全书共六卷，分为《文概》《诗概》《赋概》《词曲概》《书概》《经义概》，分别论述文、诗、赋、词、书法及八股文等体制流变、性质特征、表现技巧等。

作者自谓谈艺"好言其概"（《自叙》），故以"概"名书。这是刘氏谈艺的宗旨和方法，也是《艺概》一书的特色——广综约取，不芜杂、不琐碎，发微阐妙，不玄虚，不抽象，精简切实。

刘熙载考察创作问题、评价作家作品，往往有精辟独到的见解。《艺概》论文既注重文学本身的特点、艺术规律，同时又强调作品与人品、文学与现实的联系。

他强调文艺作品要反映艺术家的志向、品德和真实的思想感情，主张文学作品要在继承古代优秀传统的基础上，充分发挥独创精神，提倡实事求是、因寄所托的艺术之法。

总之，《艺概》不仅是晚清时代的一部优秀的文艺理论著作，即便是现在，他的很多理论也为我们所用。与梁启超、王国维等人不同，刘熙载不是近代美学思想家，而是中国古典美学的最后一位思想家。

4.《白雨斋词话》

《白雨斋词话》撰者为陈廷焯。陈廷焯（1853～1892年），字亦峰，江苏丹徒人，少好为诗，宗奉杜甫。他在三十岁左右，始专心治词十年。他的词作传世不广，但感情沉厚，不背风骚之旨。

《白雨斋词话》共八卷，六百九十余则，涉猎范围广，篇幅丰富，是近代词话中篇幅较大的一部重要著作。陈廷焯在《词话自序》中称其宗旨是"本诸风骚，正其情性，温厚以为体，沉郁以为用，引以千端，衷诸壹是。非好与古人为难，独成一家言，亦有所大不得已于中，为斯诣绵延一线"，可见他是有意识地针对词坛风尚提出和阐述自成体系的论词主张。

陈廷焯作为常州词派继承者，提出"沉郁"词说，以风骚之旨为作词之本，主张"意在笔先，神余言外"，其论词诸说均是对常州词派张惠言"词有内外意"的发挥。

他主张词作要"温厚和平，沉郁顿挫"，用跌宕回环的语言、反复渲染的方式，来表达深沉真挚的情感，语言要平和，怨而不怒。陈廷焯在序中说："温厚以为体，沉郁以为用"，这是《白雨斋词话》中提出的论词的最高标准和要求。

《白雨斋词话》基本上持常州派主张，但又不拘泥于常州词派创始人张惠言、周济等的意见。他虽然不反对豪放派词，对苏（轼）辛（弃疾）亦有推崇，但过于强调风格沉郁，所以仍以温（庭筠）韦（庄）为宗，故不能认识苏辛词中较直接反映现实的词作的价值。陈廷焯认为民间文学是"山歌樵唱"，"难登大雅之堂"，表现出鄙夷之色。

《白雨斋词话》论词思想是对常州词派理论的继承和进一步系统化的结果，吴梅大师在其《词学通论》中对之推崇倍加，它比同时代的《人间词话》和《惠风词话》条理更清晰，也更符合词产生的氛围。

5.《蕙风词话》

况周颐（1859～1926年）为晚清官员、词人，一生致力于词，凡五十年，尤精于词论。他与王鹏运、朱孝臧、郑文焯合称"清末四大家"，在词坛享有盛誉。况周颐以词学理论的建树为人推重，《蕙风词话》是他许多论词著作中的大作，也是他毕生词学思想的总结，被晚清词学大师朱孝臧誉为"自有词话以来无此有功词学之作"。

《蕙风词话》分为五卷、续编二卷，以论词为主，兼记琐闻，并有考订。该书泛论中国历代词人，列举他们的名篇警句，兼有精确的批评、分析，另外还指点了学填词的方法。他强调常州词派推尊词体的"意内言外"之说，乃"词家之恒言"（《蕙风词话》卷四），指出"意内为先，言外为后，尤毋庸以小疵累大醇"（《蕙风词话》卷一），即词必须注重思想内容，讲究寄托。他提出填词要"重、拙、大、穆"，特别要注意其中的"拙、重、大"作词三要。他论词突出性灵，以为作词应当"有万不得已者在"，即"词心"，"以吾言写吾心，即吾词"，"此万不得已者，由吾心酝酿而出，即吾词之真"。他强调"真字是词骨，情真、景真，所作必佳"。

从传统艺术的理念来看，况周颐在运用这些术语时，主要在阐发传统艺术思想的两种理念：一是传统艺术思想中的"自然"宗旨，二是中国古代的诗教精神。

此外，论词境、词笔、词与诗及曲之区别、词律、学词途径、读词之法、词之代变以及评论历代词人及其名篇警句都剖析入微，往往发前人所未发。

况周颐用他精深的眼光，在提倡词体体性的同时，也把词体的尊贵地位推上了高峰。况周颐这种观照词体生成以及体性的思想，并不是近代文化所宣扬的进化论，与王国维所说的"凡一代有一代之文学"的意思也不尽相同。

蔡嵩云《柯亭词论》称"其《蕙风词话》五卷，论词多具卓识，发前人所未发"，况周颐的《蕙风词话》与王国维的《人间词话》有"双璧"之誉，又与陈廷焯的《白雨斋词话》合称"晚清三大词话"，由此可见《蕙风词话》在文学史中的地位和影响。

6.《人间词话》

王国维（1877～1927年），字静安，晚号观堂，浙江海宁人。他博学通儒，功力深厚，治学范围广泛。《人间词话》二卷，作于1908～1909年，最初发表于《国粹学报》。它是王国维在接受了西洋美学思想之后，以崭新的眼光对中国旧文学所作的评论。在旧日诗词论著中，它称得上一部屈指可数的作品。甚至在以往词论界里，许多人把它奉为圭臬，把它的论点作为词学、美学的根据，影响深远。

《人间词话》妙语连珠，不落窠臼，以体制而言，为传统的词话形式；以内容而言，则兼有西洋哲学、文学思想的内容。它不同于当时其他词话，在于它提出了"境界"说。王国维说："词以境界为最上。有境界则自成高格，自有名句。""有有我之境，有无我之境……无我之境，人惟于静中得之。有我之境，于由动之静时得之。故一优美，一宏壮也。"对于崇尚自然之美的王国维来说，他自然更推崇"无我之境"。

他提出著名的三种境界之说，第一境界为"昨夜西风凋碧树。独上高楼，望尽天涯路。"第二境界为"衣带渐宽终不悔，为伊消得人憔悴。"第三境界为"众里寻他千百度，蓦然回首，那人却在，灯火阑珊处。"这不仅仅适用于诗词的写作，对于做事也一样适用。《人间词话》是王国维的心血之作，薄薄一本小册子，凝聚了王国维毕生的才华和感悟。

《人间词话》观点新颖，立论精辟，理论独创，自成体系，熔中西美学、文艺思想于一炉，突破清代文坛某些学派的门户之见，独树一帜，在中国诗话、词话发展史上都不愧为一部划时代的作品。

7.《词林纪事》

此书为清代张宗橚编辑。张宗橚（1705～1775年），字泳川，号思岩，海盐

人，康熙乾隆间人。他早年受业于许昂霄，许昂霄精于词学，张宗橚受其影响。

此书是张宗橚晚年所辑，三易其稿而后成。全书二十二卷，辑录唐词一卷，五代词一卷，宋词十七卷，金词一卷，元词两卷，共收词人四百二十二家。编排上，大体依词人时代先后排列，条贯清晰。所录词人附有其生平事迹、轶闻，以及有关词人所作词的评论，所录词征引本事，间有考证，搜集资料比较丰富，引用书目达三百九十五种。

书中又多引许昂霄对于词的见解，间附编者按语，亦多精确。所引书皆注明出处，但不尽依原文，多随意增删，致失其本来面目。

二、词话散章

其他还有一些词论散见在词人的文集或笔记中，数量也不少，而且不少出自大家、名家之手，论词精湛深刻，具有很高的理论价值。但是，由于它们零落在各个文集或笔记中，并不是系统的著作，收集起来非常不容易。我们这里选择一些影响较大的给大家简单介绍一下。

1. 苏轼

词在唐末宋初，一直被认为是不登大雅之堂的。到了苏轼，大变词风，不断创新，词坛焕然一新。渐渐的，词才开始与诗同为文坛双璧，从此，论词之风开始兴盛。早期，论词大都出自苏门。

苏轼本人也经常论词，例如《书李后主》两篇、《题张子野诗集后》等。苏轼的艺术思想是整体的，他对诗歌、绘画等的论述都可以用到词上。例如，他批评秦观学柳永浮艳之词，就是为词正言，他的言论对变革词风、改造词体有积极的作用。

2. 晁补之

晁补之的《评本朝乐章》，是李清照的《词论》之前的一篇重要词评。它评论了柳永、欧阳修、苏轼、黄庭坚、秦观、晏殊和张先七家词。文如下：

世言柳耆卿曲俗，非也。如八声甘州云："渐霜风凄紧，关河冷落，残照当楼。"此真唐人语，不减高处矣。欧阳永叔浣溪沙云："堤上游人逐画船，拍堤春水四垂天，绿杨楼外出秋千。"要皆绝妙，然只一"出"字，自是后人道不到处。苏东坡词，人谓多不谐音律，然居士词横放杰出，自是曲子中缚不住者。黄鲁直间作小词，固高妙；然不是当行家语，自是着腔子唱好诗。晏元献不蹈袭人语，而风调闲雅。如"舞低杨柳楼心月，歌尽桃花扇底风"，知此人不住三家村也。张子野与柳耆卿齐名，而时以子野不及耆卿；然子野韵高，是耆卿所乏处。近世以来，作者皆不及秦少游。如"斜阳外，寒鸦万点，流水绕孤村"，虽不识字人，亦知是天生好言语。

3. 李清照

《词论》原非篇名，盖其大约论词，后人乃以之命名。从文中涉及词家的时代和年限来看，其当是李氏早年所作。全文一共不过六百余字，然而尺余篇幅内却历数词的起源、流变、发展、声律特征以及创作要求，首倡词"别是一家"的主张。

不仅如此，易安更悉数网罗了五代至本朝的诸位词家一一点评。李清照指出，词是"歌词"，必须有别于诗；词在协音律，以及思想内容、艺术风格、表现形式等方面，都应保持自己的特色。

《词论》中有三个要点，即词的雅俗问题、词的音律问题、词"别是一家"的解说。"词别是一家"是其最核心的问题。《词论》不但是宋代词坛上的第一篇词论，也是中国历史上第一篇女性所写的文学批评专文。

其他诸如陆游在《跋花间集》中就对花间词人不顾国家安危深表感慨。另外，姜夔为《梅溪词》作的序，杨瓒的"作词五要"，吴文英与沈义父讲论词法，刘克庄的《辛稼轩词序》等，就不再一一列举了。

第四卷

诗词的语法

语法是用词造句所必须遵循的规律。诗词是语言的艺术，在遣词造句时自然也要遵循语法的规律。然而，诗词文体的特殊性，决定了诗词语言的特殊性。诗词在语序、句式、词类、省略等方面都与其他的文体有着显著的区别。因此，我们在学习和欣赏诗词的时候，尤其是在创作诗词的时候，必须注意和掌握这些特点，这对于我们是极其有用的。

第一章

诗词的章法

　　所谓章法，就是篇章结构的方法，也就是谋篇布局的技巧。前呼后应，是一种章法；行云流水，是一种章法；环环相扣，是一种章法；笔断意连，还是一种章法。而且一个作品中间，并不一定就是一种章法，正所谓花开两朵，各表一枝。

　　粗略地说，章法就是珠子和绳子如何贯穿的问题。珠子有大小，线有显隐，关键是提起绳子来，珠子是不是会散落一地。诗词没有章法，就像一张没有层次感的照片或者画，看上去干瘪苍白。而有了章法，则品味丰富，余韵悠长，起伏跌宕，精彩纷呈。

　　下面我们来分别介绍一下诗和词的章法。

第一节　诗的起承转合

　　文章的结构和布局称之为章法。诗词自然也有结构和布局，诗词写作的章法一般称之为"谋篇"，就是"起承转合"。古人论作诗的方法，对"起承转合"是相当讲究的。所谓"起"即开始、开头；"承"，即承接上句继续表述；"转"，即转折、递转，指表述内容的引申或变化；"合"，即整合，要上承总合全篇。章法是有规律的，但也是相对的，不是固定不变的特定模式。

　　在整篇诗词的结构和布局中，开头和结尾尤为重要。

　　1. 古人称诗词的开头为"凤头"，如何开头可以概括为八种常见的形式：

　　一是写景，如张九龄的《望月怀远》："海上生明月，天涯共此时。"

　　二是叙事，如孟浩然的《过故人庄》："故人具鸡黍，邀我至田家。"

　　三是抒情，如李白的《秋浦歌》："白发三千丈，缘愁似个长。"

　　四是议论，如孟浩然的《与诸子登岘山》："人事有代谢，往来成古今。"

五是史实，如刘禹锡的《西塞山怀古》："王濬楼船下益州，金陵王气黯然收。"

六是追忆，如元稹的《遣悲怀三首》（其二）："衣裳已施行看尽，针线犹存未忍开。"

七是发问，如杜甫的《蜀相》："丞相祠堂何处寻，锦官城外柏森森。"

八是比喻，如贺知章的《咏柳》："碧玉妆成一树高，万条垂下绿丝绦。"

2. 再说结尾，古人把好的诗词结尾叫"豹尾"。尾联上下句的关系可以概括为七种形式：

一是问答式，如杜牧的《清明》："借问酒家何处有，牧童遥指杏花村。"

二是对仗式，如杜甫的《绝句》："窗含西岭千秋雪，门泊东吴万里船。"

三是递进式，如李商隐的《无题》："刘郎已恨蓬山远，更隔蓬山一万重。"

四是承述式，如杜牧的《山行》："停车坐爱枫林晚，霜叶红于二月花。"

五是连续式，如欧阳修的《丰乐亭游春》："游人不管春将老，来往亭前踏落花。"

六是对比式，如李白的《赠汪伦》："桃花潭水深千尺，不及汪伦送我情。"

七是设问式，如李商隐的《夜雨寄北》："何当共剪西窗烛，却话巴山夜雨时。"

诗词的篇幅短小，一般要开门见山，直奔主题，才能显得鲜明精练，从容激昂，而且先声夺人才能引人入胜；结尾则要合篇如钟，稳似泰山，发人深省，豪迈有力，画龙点睛，意义深远。开头重要，结尾更重要。开头和结尾是谋篇布局的重要一环，往往是作者的文采和情感的体现。

如，孟浩然《春晓》只有五言四句，其层次便是：

春眠不觉晓——"不觉"而"觉"，"春晓"已临。这是"起"，扣《春晓》诗题。

处处闻啼鸟——承上句"觉"字，引申出"闻"来：好一幕群鸟争鸣的春晓之景！这是"承"。

夜来风雨声——偏偏由"春晓"转向"春夜"；这所闻之"声"也是因"眠"之"不觉"，由"闻"而得来的。这便是"转"。转进一层，宕开一笔，写出新意。

花落知多少——这是"合"，扣合"春晓"诗题，照应第一句句意，使全诗扣合得不露痕迹，浑然一体：微雨过后，群鸟争鸣，春眠醒来，点数落花，别有一番生活情趣。

第二节　词的分阕

词的章法大多取于诗，为配合音乐之需，又有自己的特点。开头、过片、结尾怎么写，可以说是词的章法的核心。刘熙载《艺概·词曲概》中说："词之章法不外相摩相荡，如奇正、空实、工易、宽紧之类是也。"首先，我们来分析

词的上下阕。

一、上下阕

词大多是双调，分两段，即上下阕，共同构成一个完整的篇章。作词，要意在笔先，统筹全局，有层次，有脉络，一气流贯。上下阕相依相成，相激相荡。上阕不要将意思说尽，给下阕留有发展、申述的余地；下阕要对上阕加以扩展、延伸，开拓意境，深化主题。上下阕的情绪、气氛、节奏可以有起伏张弛的变化，但是应属一个基调，上下阕要和谐、统一。

1. 上景下情

即上阕写景或以写景为主，下阕抒情或主要是抒情。这合乎人们触景生情、因景抒情的思维规律和艺术手法，因而在词中最为常见。

例如宋祁《玉楼春》：

东城渐觉风光好，縠皱波纹迎客棹。绿杨烟外晓寒轻，红杏枝头春意闹。
浮生长恨欢娱少，肯爱千金轻一笑。为君持酒劝斜阳，且向花间留晚照。

本词歌咏春天，洋溢着珍惜青春和热爱生活的情感。上阕写初春的风景。起句"东城渐觉风光好"，以叙述的语气缓缓写来，表面上似不经意，但"好"字已压抑不住对春天的赞美之情。

以下三句就是"风光好"的具体发挥与形象写照。下阕再从词人主观情感上对春光美好做进一步的烘托。"浮生长恨欢娱少，肯爱千金轻一笑"二句，是从功名利禄这两个方面来衬托春天的可爱与可贵。

2. 上昔下今或者上今下昔

即上阕写现在或当前的，下阕写以前的或古代的，反之亦然。

例如辛弃疾《鹧鸪天》：

壮岁旌旗拥万夫，锦襜突骑渡江初。燕兵夜娖银胡䩮，汉箭朝飞金仆姑。
追往事，叹今吾，春风不染白髭须。却将万字平戎策，换得东家种树书。

这首词上阕追忆青年时代抗金南归的战斗情景，下阕抒发被闲置至今而报国无门的苦闷。以短短的五十五个字，深刻地概括了一个抗金名将报国无门、壮志难酬的悲惨遭遇。上阕气势恢宏，下阕悲凉如冰，心伤透骨。

又如晏几道《临江仙》：

梦后楼台高锁，酒醒帘幕低垂。去年春恨却来时。落花人独立，微雨燕双飞。
记得小蘋初见，两重心字罗衣。琵琶弦上说相思。当时明月在，曾照彩云归。

词之上阕写"春恨"，写现在独居楼台的孤寂，引起对旧日情人的回忆，描

绘梦后酒醒、落花微雨的情景。下阕写相思，追忆与情人"初见"及"当时"的情景，表现了词人苦恋之情、孤寂之感，这是上今下昔。

3. 上起下续

即上下阕都是写事或景或情，或事、景、情彼此交融。上阕是开端、是基础、是前一阶段的事物，下阕则是承接、是发展、是后一阶段的事物。

例如辛弃疾《西江月·夜行黄沙道中》：

明月别枝惊鹊，清风半夜鸣蝉。稻花香里说丰年，听取蛙声一片。

七八个星天外，两三点雨山前。旧时茅店社林边，路转溪桥忽见。

这首词以时间先后为线索，上阕写夜行之初的见闻，明月、清风、惊鹊、鸣蝉、蛙声等景象；下阕写继续前行的所见，疏星、微雨、社林，就要到达可以歇脚的熟悉的茅店，这些景象构成了一幅恬静优美的农村风景画。

4. 上问下答

即上阕提出疑问，下阕进行回答。

例如黄庭坚《清平乐》：

春归何处？寂寞无行路。若有人知春去处，唤取归来同住。

春无踪迹谁知？除非问取黄鹂。百啭无人能解，因风飞过蔷薇。

此词以喃喃独语的方式，表达一种惜春恋春的真情挚意。自问自答，一往情深，在问答中，波澜回环地画出春的脚步和形神。上阕问春归何处，下阕回答人不知道，全词表现惜春和恋春的情绪。

5. 上幻下真

即上阕是虚幻的，或写梦中，或写未来，或写神怪等虚的事情；下阕则写真实的、现实的事情。

例如刘克庄《沁园春·梦孚若》：

何处相逢？登宝钗楼，访铜雀台。唤厨人斫就，东溟鲸脍；圉人呈罢，西极龙媒。天下英雄，使君与操，余子谁堪共酒杯？车千两，载燕南赵北，剑客奇才。

饮酣画鼓如雷，谁信被晨鸡轻唤回。叹年光过尽，功名未立；书生老去，机会方来。使李将军，遇高皇帝，万户侯何足道哉！披衣起，但凄凉感旧，慷慨生哀。

这首长调是作者追怀亡友孚若之作。上阕写梦中游宴北方，聚集豪杰，好像已收复中原，安定天下，把渴望收复中原的深挚爱国情感通过梦境曲折地反映了出来。

下阕写晨鸡唤回，梦醒后的现实，抒发了作者怀才不遇、壮志未酬的悲愤。词的上下阕形成强烈的对比，从而充分暴露了南宋朝廷埋没人才的现状。

二、起结

沈义父《乐府指迷》中说到词的起结："大抵起句便见所咏之意，不可泛入闲事，方入主意。咏物尤不可泛。过处多是自叙，若才高者方能发起别意。然不可太野，走了原意。结句须要放开，含有余不尽之意，以景结尾最好。"他将词的起结章法概括得很是精到。下面我们来详细说说。

1. 开头

我们常说写文章要讲究"虎头""豹尾"，词的起也同样要先声夺人。陆辅之《词旨》曰："对句好可得，起句好难得，收拾全藉出场。"可见，词人大都重视起句的安排，力求"出场"精彩，引人入胜。

小令篇幅短小，容量有限，往往离首即尾，开头来不得一点闲笔，常直写其人，或直叙其事，或直抒其情，或直写其景。而长调的"起"，或横空出世，或从容闲雅。

其"起"法分为以下几种：

（1）以景起

此种平起的方式最多见。正如清代沈雄《古今词话》所说："起句言景者多，言情者少，叙事者更少。大约质实则苦生涩，清空则流宽易。"

例如晏殊《踏莎行》：

小径红稀，芳郊绿遍。高台树色阴阴见。春风不解禁杨花，濛濛乱扑行人面。翠叶藏莺，朱帘隔燕。炉香静逐游丝转。一场愁梦酒醒时，斜阳却照深深院。

上阕首三句描绘一幅具有典型特征的芳郊春暮图：小路两旁，花儿已经稀疏，只间或看到星星点点的几瓣残红；放眼一望，只见绿色已经漫山遍野；高台附近，树木繁茂成荫，一片幽深。

（2）以情起

开门见山，直抒胸臆，词情笼罩全篇。整首词以抒情为主，情景交融，景语不多，却恰到好处地将情融入其中。精心结撰，情真意切，词以情开篇同样可以做到沉挚感人又绝不生涩。

例如岳飞的《满江红》：

怒发冲冠，凭栏处、潇潇雨歇。抬望眼，仰天长啸，壮怀激烈。三十功名尘与土，八千里路云和月。莫等闲、白了少年头，空悲切。靖康耻，犹未雪。臣子恨，何时灭！驾长车，踏破贺兰山缺。壮志饥餐胡虏肉，笑谈渴饮匈奴血。待从头、收拾旧山河，朝天阙。

开篇以愤怒填膺的肖像描写起笔，响遏行云，振聋发聩。凭栏眺望，指顾山河，胸怀全局，正是英雄本色。仰天长啸，感慨激愤，情绪已升温至高潮。

（3）以事起

先叙事，再就事生发，这种方式远远少于景起句。

如苏轼的《临江仙》：

夜饮东坡醒复醉，归来仿佛三更。家童鼻息已雷鸣。敲门都不应，倚杖听江声。

长恨此身非我有，何时忘却营营？夜阑风静縠纹平。小舟从此逝，江海寄余生。

此词上阕全属叙事，但在描述词人夜饮归来的同时，通过"醒复醉""仿佛""敲门""倚杖听江声"等生动的细节描写，点染出词人潇洒旷放的风神态度。起句尤为洒落，与篇末"小舟从此逝，江海寄余生"的高怀逸兴前后呼应。虽以叙事起，却能予人摇曳生姿的美感，绝无平淡寡味之弊。

（4）以问起

先劈头盖脸地提出一个问题，读者不由一惊，再做出回答。

例如李煜的《虞美人》：

春花秋月何时了，往事知多少。小楼昨夜又东风，故国不堪回首月明中。

雕栏玉砌应犹在，只是朱颜改。问君能有几多愁，恰似一江春水向东流。

此词以问话开始，三春花开，中秋月圆，这美好的情景是何时结束的呢？过往的事，有多少还记忆犹新呢？随后又自问自答，传达出物是人非的无限怅惘。

"起"除了以上几种较为常见的形式外，还有议论、设问、反诘、追忆、交代、比兴，不一而足。

开头的语句形式，根据词调的不同情况和表达需要，可以单起或对起。单起以突兀笼罩为贵，如《满江红》的"怒发冲冠"。对起以从容整练为高，如《高阳台》的"接叶巢莺，平波卷絮"。

2. 结尾

历来词人既注意起句，更重视结句，甚至认为"一篇全在尾句"。刘体仁《七颂堂词绎》云："词起结最难，而结尤难于起，盖不欲转入别调也。"结尾讲究的是意留言外，句绝而意不绝，余味无穷。常见结尾的形式有以下几种：

（1）首尾呼应

刘熙载《词概》中说："收句非绕回即宕开，其妙在言难止，而意无尽。"也就是说，"结"要做到首尾呼应，在情思意脉方面与起句相照应，使词作的章法结构回环往复，意境圆融浑成。

例如司马光《阮郎归》：

渔舟容易入春山，仙家日月闲。绮窗纱幌映朱颜，相逢醉梦间。

松露冷，海霞殷。匆匆整棹还。落花寂寂水潺潺，重寻此路难。

此词起句点出渔舟无意荡入春山仙境，"日月闲"配合"仙家"，流露出岁月悠长的闲静恬适。结尾则以落花寂寂、流水潺潺的景色，衬托重来时仙家难寻、前事无踪的惘然寂寞，一"易"一"难"，首尾对比，构思巧妙，意境极具浩眇淡远之致。

（2）宕开一笔

即词在收束时并不完全顺承前意，而是以引申或拓开的笔法使词意悠远不尽。

例如李清照《念奴娇》：

萧条庭院，又斜风细雨，重门须闭。宠柳娇花寒食近，种种恼人天气。险韵诗成，扶头酒醒，别是闲滋味。征鸿过尽，万千心事难寄。

楼上几日春寒，帘垂四面，玉阑干慵倚。被冷香消新梦觉，不许愁人不起。清露晨流，新桐初引，多少游春意。日高烟敛，更看今日晴未。

词上阕由风雨寒食、重门深锁的凄清之境渐引出词人心事的孤寂与相思难遣。过片承前意，点出独自徘徊小楼的慵倦落寞。结句以"日高烟敛"的初晴景象将此前的阴郁凄苦扫去，"更看"二字微妙蕴藉，以犹疑语气透出些许淡淡的欣悦与期待，使词情显得曲折摇曳。

（3）画龙点睛

所谓"画龙点睛"，亦即沈祥龙《论词随笔》中所谓"醒明本旨"，指一首词在前面蓄足了势，结句方点明题旨，使全章如蛟龙张目，破壁飞起。

例如周邦彦《夜游宫》：

叶下斜阳照水，卷轻浪、沉沉千里。桥上酸风射眸子。立多时，看黄昏，灯火市。

古屋寒窗底，听几片、井桐飞坠。不恋单衾再三起。有谁知，为萧娘，书一纸。

此词为伤离怀旧之作。词的结构采用新巧的"悬念法"，先层层加重读者的疑惑，最后一语道破意蕴，读来跌宕顿挫，波澜起伏，委婉凄绝。结拍三句点醒题旨，使此前种种风物与形象皆有着落，而经过层层烘染才点明的相思之旨也因此更感动人心。

（4）翻进一层

唐宋词的结句还有一种比较常见的手法，即"翻进一层"。在前面层层铺写的基础上，于结尾将题旨深化，升华意境。

例如晏几道《阮郎归》：

旧香残粉似当初，人情恨不如。一春犹有数行书，秋来书更疏。

衾凤冷，枕鸳孤。愁肠待酒舒。梦魂纵有也成虚，那堪和梦无？

此词抒写闺中女子的相思幽怨。最后两句叹息纵使梦中相见，毕竟只是虚幻，难以消解相思之苦，更何况连这梦都不曾有过。"纵有""那堪"连用，语意翻进一层，令人倍加深透地体会到其中包含的无限哀怨感伤，从而深化了词旨。

唐宋词的结句艺术表现方式多姿多彩，显示出词人杰出的才华。词结尾的具体形式有写景、叙事或描状、抒情、比喻、议论、发问、反诘、感叹、对比等，这里就不多说了。

三、过片

词调多为上下两片，双调词下阕开头叫作过片。因为下阕开头首句字数平仄多与上阕首句不同，所以过片又称换头和过变。过片，是词特有的章法，一般在过片处换意，但又不断了上阕的词意。故有张炎《词源》中说："过片不可断了曲意，须要承上接下。"

过片要求过渡自然，衔接紧密，能转出新意。周济《介存斋论词》说过片："或藕断丝连，或异军突起，皆须令读者耳目振动，方成佳制。"这段话对过片做了精彩的描述。过片常见如下情况：

（1）承上启下，笔断意不断。

例如辛弃疾《鹧鸪天》：

壮岁旌旗拥万夫，锦襜突骑渡江初。燕兵夜娖银胡䩡，汉箭朝飞金仆姑。
追往事，叹今吾。春风不染白髭须。却将万字平戎策，换得东家种树书。

上阕词人怀想青年时代率部抗金、南归渡江的战斗场景，下阕慨叹闲居至老、壮志不酬，过片是"追往事，叹今吾"，一属上，一属下。

（2）立即转换新意，另起一端。

例如苏轼《卜算子》：

缺月挂疏桐，漏断人初静。谁见幽人独往来，缥缈孤鸿影。
惊起却回头，有恨无人省。拣尽寒枝不肯栖，寂寞沙洲冷。

这是一首小令，过片在上阕的最后一句。上阕写幽绝的夜境，下阕单咏孤鸿。好像上下阕截然分开了，但"缥缈孤鸿影"将上下两片连接起来了。上阕写幽人，幽人孤独如孤鸿，下阕写孤鸿，孤鸿幽恨如幽人。全词语语双关，词人托物寄寓了自己初贬黄州期间的苦闷和孤高的复杂情怀。

（3）上下相对比，换头是过桥。或一正一反，或一今一昔，或一问一答，而以过片为桥，下阕首紧承上阕尾，使上下阕贯通一气。

例如欧阳修《生查子》：

去年元夜时，花市灯如昼。月上柳梢头，人约黄昏后。

今年元夜时，月与灯依旧。不见去年人，泪满春衫袖。

上阕开端是"去年元夜时"，过片则是"今年元夜时"，前欢愉，后愁苦。上下阕结构相同，换头只是换了一个字，就将昔与今、闹与静、欢与悲、笑与泪处处比照着，充分展示了物是人非之感、旧情不再之痛。

总之，过片必须使意脉贯通，使上下阕两相连属，如藕断丝连。绝句成功，贵在善转；词的优胜，与过片吞吐之妙有很大关系。

诗词的节奏形式

诗词的节奏和语句的结构是有着密切关系的。换句话说，诗词的节奏和语法有着十分密切的关系。

第一节 诗中句子的节奏形式

诗中句子的节奏形式，说的就是律句的节奏。律句的节奏，通常是每两个音节，即两个字，为一个节奏单位。在三字句、五字句和七字句中，则以最后一个字单独成为一个节奏单位。各类句型中的具体节奏形式如下：

1.三字句：

平平—仄

仄仄—平

平仄—仄

仄平—平

2.四字句：

平平—仄仄

仄仄—平平

3.五字句：

仄仄—平平—仄

平平—仄仄—平

平平—平仄—仄

仄仄—仄平—平

4.六字句：

仄仄—平平—仄仄

平平—仄仄—平平

5. 七字句：

平平—仄仄—平平—仄

仄仄—平平—仄仄—平

仄仄—平平—平仄—仄

平平—仄仄—仄平—平

好的节奏就是意义单位与声律单位完美结合在一起。一般来说，意义单位就是一个词、一个词组、一个介词结构或一个句子。声律单位就是节奏。二者常常是一致的，若把诗句按节奏分开，那么每一个双音节奏常常是和一个双音词、一个词组或一个句子相当的。如：

晴川—历历—汉阳—树，芳草—萋萋—鹦鹉—洲。（崔颢《黄鹤楼》）

别来—沧海—事，语罢—暮天—钟。（李益《喜见外弟又言别》）

要特别注意的是，三字句，特别是五言、七言的三字尾，三个音节的结合是比较密切的。有时候，节奏点也是可以移动的。移动以后，就变化为下面的另一种情况：

1. 三字句：

平—平仄

仄—仄平

平—仄仄

仄—平平

2. 五字句：

仄仄—平—平仄

平平—仄—仄平

平平—平—仄仄

仄仄—仄—平平

3. 七字句：

平平—仄仄—平—平仄

仄仄—平平—仄—仄平

仄仄—平平—平—仄仄

平平—仄仄—仄—平平

在现存的诗歌中，有一些诗句是和上述这种节奏相适应的。如：

海月—低—云旆，江霞—入—锦车。（钱起《送屈突司马充安西书记》）

乱花—渐欲—迷—人眼，浅草—才能—没—马蹄。（白居易《钱塘湖春行》）

五字句和七字句还可分为两个较大的节奏单位：五字句分为"二三"，七字句为"四三"，这也是符合大多数情况的。不过，关于节奏单位和语法结构的一致性也不能绝对化，还是存在特殊情况的。如"折腰句"，即语法结构是"三一三"的句子，如"一点烽传散关信，两行雁带杜陵秋"（陆游《秋晚登城北门》），这样的句子如果分为两半，只能分成"三四"，而不能分成"四三"。

又如"山临青塞断，江向白云平。"（王维《送严秀才还蜀》）；"星临万户动，月傍九霄多。"（杜甫《春宿左省》）；"山随平野尽，江入大荒流。"（李白《渡荆门送别》）。其中"临青塞""临万户""随平野""向白云""傍九霄""入大荒"，都是动宾结构作状语用，它们相当于一个介词结构，按"二三"分是不合于语法结构的。

又如"鹤巢松树遍，人访荜门稀。"（王维《山居即事》），按语法结构应该分成"四一"，即"鹤巢松树—遍，人访荜门—稀"；"寻觅诗章在，思量岁月惊。"（元稹《遣行》），按语法结构也应该分成"四一"，即"寻觅诗章—在，思量岁月—惊"。这种结构与诗词节奏三字尾的情况也存在一定的矛盾。

节奏单位和语法结构的一致是常例，不一致的情况则是变例。只要把常例和变例区别，节奏的问题就容易看清了。

第二节　词中句子的节奏形式

词谱中有着大量的律句，这些律句的节奏和诗的节奏一样。但是，词在节奏上还有它自身的特点，那就是那些非律句的节奏。

在词谱中，有些五字句无论按语法结构说或按平仄说，都应该认为是一字句加四字句。特别是后面跟着对仗，四字句的性质更为明显。看陆游《沁园春》上阕中"渐珠帘低卷，筇枝微步，冰开跃鲤，林暖鸣禽"一句，和下阕中"看故人强半，沙堤黄合，鱼悬带玉，貂映蝉金"一句，按四字句，应该是一三不论，即第一字和第三字可平可仄，所以"珠"字平而"故"字仄，"低""强"字皆平。但是，这里不能完全按律诗的五字句来分析，因为词有其自身的节奏特点。所以在分析节奏的时候，对这一种句子应该分析成为"仄—平平—仄仄"，而于具体的词句则分析成为"渐—珠帘—低卷"，"看—故人—强半。"这样，节奏单位和语法结构就完全一致了。

五字句也可以是上三下二，平仄也按三字句加二字句。例如张元幹《石州慢》：

雨急云飞，惊散暮鸦，微弄凉月。谁家疏柳低迷，几点流萤明灭。夜帆风驶，满湖烟水苍茫，菰蒲零乱秋声咽。梦断酒醒时，倚危樯清绝。

心折。长庚光怒，群盗纵横，逆胡猖獗。欲挽天河，一洗中原膏血。两宫何处？塞垣只隔长江，唾壶空击悲歌缺。万里想龙沙，泣孤臣吴越。

这首词中前阕末句"倚危樯清绝"，后阕末句"泣孤臣吴越"，它们的节奏都是"仄平平—平仄"。

四字句也可以是一字句加三字句，例如"念腰间箭，匣中剑，空埃蠹，竟何成！"（张孝祥《六州歌头》）其中的"念腰间箭"就是这种情况。

七字句也可以是上三下四，例如"更能消几番风雨？"（辛弃疾《摸鱼儿》）又如"人道是清光更多。"（辛弃疾《太常引》）

八字句往往是"上三下五"，九字句往往是"上三下六"，或"上四下五"，十一字句往往是"上五下六"，或"上四下七"。我们需注意语法结构和节奏单位的一致性。

词谱是先有句型，后有平仄规则的。例如陆游的《沁园春》：

孤鹤归飞，再过辽天，换尽旧人。念累累枯冢，茫茫梦境，王侯蝼蚁，毕竟成尘。载酒园林，寻花巷陌，当日何曾轻负春。流年改，叹围腰带剩，点鬓霜新。

交亲。散落如云。又岂料、如今余此身。幸眼明身健，茶甘饭软，非惟我老，更有人贫。躲尽危机，消残壮志，短艇湖中闲采莼。吾何恨，有渔翁共醉，溪友为邻。

这首词的末两句是"有渔翁共醉，溪友为邻"，这个句型就是一个一字句加两个四字句，然后规定这两句的节奏是"仄—平平仄仄，仄仄平平"。又如后阕第二句"又岂料如今余此身"，这个句型是上三下五，然后规定它的节奏是"仄仄仄—平平仄仄平"。从这里可以看出，语法结构对词的节奏是起根本决定作用的。

第三章

诗词的语法特点

　　由于文体的不同，诗词的语法和散文的语法并非完全一样的。由于格律诗词的篇幅短小，语言精练，这就使得诗句与现代汉语中一般散文语句在语法结构上具有不同的特点。

　　律诗为字数及平仄规则所制约，要求在语法上比较自由；词既以律句为主，它的语法也和律诗相近。这种语法上的自由，在一定程度上可以增加诗词的艺术效果。它主要表现在词语的省略、错列和名词性语式等方面。

　　修辞手段是修饰语言的技巧，运用得好，能提高语言的表达效果，古代的诗人、词人在写诗填词时，就很注意运用修辞手段。诗词注重精炼，以尽量少的文字表达尽量丰富的内容。

第一节　句子成分的省略

　　古代汉语的句子成分与现代汉语的句子一样，分成六种成分，分别是主语、谓语、宾语、定语、状语、补语。古典诗词的语言，要求以最精炼的词语表达最丰富的内容，该省略的必须省略。因此，在古诗词中句子和句子成分的省略，是非常最普遍的现象。

　　诗词中，常见的句子成分省略，有以下几种情况。

一、省略主语

　　诗词中省略主语的情况是一种普遍现象。也就是说，一般而言，在诗词中我们是很少见到有主语的句子的。所以，省略主语的情况，在诗词中也是比较复杂的，省略的主语是什么，要根据具体情况进行分析，一般有以下几种情况：

1. 若句子的主语是作者本人，一般会省略

例如李清照的《如梦令》：

昨夜雨疏风骤。浓睡不消残酒。试问卷帘人，却道海棠依旧。知否，知否？应是绿肥红瘦！

上述第二、三、五句的主语都是作者，但已经省略了。

2. 句子的主语是作品主人公，一般也省略

例如皇甫冉《春思》前四句：

莺啼燕语报新年，马邑龙堆路几千。
家住层城临汉苑，心随明月到胡天。

诗中"家住层城临汉苑，心随明月到胡天"一句的主语是某一位戍边军人的妻子，也即作品的主人公，所以在此也就省略不提。

3. 后面句子的主语在前面已有所交代，一律省略

例如崔颢《黄鹤楼》的最后两句：

日暮乡关何处是？烟波江上使人愁。

使作者发愁的不是"烟波"，而是不知"乡关何处"。但这个主语在前句已经言明，故此省略。

二、省略谓语

省略谓语在诗词中也是经常的，而且往往具有重大意义，这个后面再讲。省略谓语的情况也相当复杂，主要有三种情况：

1. 直接省略谓语

例如刘禹锡《秋日送客至潜水驿》：

候吏立沙际，田家连竹溪。
枫林社日鼓，茅屋午时鸡。
鹊噪晚禾地，蝶飞秋草畦。
驿楼宫树近，疲马再三嘶。

这首诗中，第三、四句省略了谓语，"鼓"和"鸡"的动作在字面上没有说明，但可体会出来，意思是：为迎社日，枫林里响起了鼓声。中午时分，鸡在茅屋旁边啼叫。

2. 省略谓语，而用副词代替

例如杜甫《客至》：

舍南舍北皆春水，但见群鸥日日来。

> 花径不曾缘客扫，蓬门今始为君开。
> 盘飧市远无兼味，樽酒家贫只旧醅。
> 肯与邻翁相对饮，隔篱呼取尽余杯。

诗中首句"舍南舍北皆春水"，省略了谓语"是"或"有"字，而用副词"皆"代替。

3. 使用无谓语句子

例如杜甫《春日忆李白》：

> 白也诗无敌，飘然思不群。
> 清新庚开府，俊逸鲍参军。
> 渭北春天树，江东日暮云。
> 何时一尊酒，重与细论文。

诗中颔联、颈联都是名词性词组，若依散文的语法看，这四句话是不完整的，但诗人的意思已经完全表达出来了，再增加一些字，反而会让人感到多余。

三、省略宾语

例如王维《相思》：

> 红豆生南国，春来发几枝。
> 愿君多采撷，此物最相思。

诗中第三句"愿君多采撷"后面，省略了宾语"红豆"。

四、省略介词

在古代诗词中，还有一种常见句子成分的省略情况，即省略一种成分的一部分。

例如许浑的《咸阳城东楼》：

> 一上高城万里愁，蒹葭杨柳似汀洲。
> 溪云初起日沉阁，山雨欲来风满楼。
> 鸟下绿芜秦苑夕，蝉鸣黄叶汉宫秋。
> 行人莫问当年事，故国东来渭水流。

诗中"溪云初起日沉阁，山雨欲来风满楼"两句，前句中的"日沉阁"是"日沉在阁后"的省略，介词结构的介词"在"和方位词"后"都被省略了。

五、省略方位词

例如刘方平《春怨》：

> 纱窗日落渐黄昏，金屋无人见泪痕。
> 寂寞空庭春欲晚，梨花满地不开门。

诗中第二句，应该是"金屋（里）无人见泪痕"，省略了方位词"里"。

在古代诗词中，很注意前后句的关系，省略的字词或在前句出现，或在后句出现。前者情况的省略，为承前省；后者情况的省略，为探后省。

1. 承前省的，如"离离原上草，一岁一枯荣。野火烧不尽，春风吹又生。"（白居易《赋得古原草送别》）其中"烧不尽"的宾语"草"，"吹"的宾语、"又生"的主语"草"，都承前省略掉了。

2. 探后省的，如《诗经·七月》："七月在野，八月在宇，九月在户，十月蟋蟀入我床下。""七月""八月""九月"的后面，都省略了"蟋蟀"。

在诗词中，句子成分省略的情况各种各样，例如省略定语、中心语、省略连词、省略地名和人名等，这里就不一一阐述。应当指出，所谓省略句，只是从语法上去分析诗歌的。

诗的语言本来就像一幅幅画面，很难机械地从语法结构上去理解它。诗的语言要比散文的语言精练得多，写诗不能仅仅拘泥于常规句式。

应当指出，所谓省略句，只是后人从语法上去分析的，并非作者有意识造成的。从语法结构上分析，诗词的语言短小精练，但不能机械地仅从语法结构上去理解诗的语言。

第二节　名词性词组组成句子

诗词是最精练的语言，要在短短的几十个字中，表现出尺幅千里的画面，所以有许多句子的结构非压缩不可，因此就会出现不完全句。所谓不完全句，一般指没有谓语或谓语不全的句子。最明显的不完全句是所谓名词句。

诗词句之中，完全由名词或名词性短语组成的句子，句中没有作为谓语的动词或形容词，我们将这种句子叫作"名词性语式"。它是由于句子中省略了某些成分或几个句子紧缩而成的古体诗中的特殊语式。它所隐寓的意思，可从题意、词序或上下句之间含蓄地表达出来。

从语法结构上看，它有以下两种情况：

1. 前面的名词不能独立，只是作为后面句子的一个成分而存在的。例如刘禹锡的《乌衣巷》：

　　　　　朱雀桥边野草花，乌衣巷口夕阳斜。
　　　　　旧时王谢堂前燕，飞入寻常百姓家。

　　这首诗的第三句和第四句，主语"燕"前面的名词性词组是定语、状语，上句主要是主语及其附加成分，与下句合在一起，才是一个单句。
　　2. 名词作为一个句子或作为一个复句的分句而存在。
　　例如：陆游的《书愤》：

　　　　　早岁那知世事艰，中原北望气如山。
　　　　　楼船夜雪瓜洲渡，铁马秋风大散关。
　　　　　塞上长城空自许，镜中衰鬓已先斑。
　　　　　出师一表真名世，千载谁堪伯仲间！

　　诗中的"楼船夜雪瓜洲渡，铁马秋风大散关"两句，以高度浓缩的笔墨，勾勒出一幅辽阔宏伟的画面：在大雪飘飞的夜里，乘船抢渡瓜洲；在秋风瑟瑟的大散关，骑马挥刀与敌军厮杀。诗人虽然省去了若干词语，只选取了几个关键名词，但并不影响意义的完整表达，语言凝练，意境开阔。
　　在诗词中，省略句子和各种句子成分的极端情况，就是大量名词的密集排列。一般来说，都是一些纯景致名词的组合，这种情况就是"列锦"。列锦是一种重要的修辞手段，在我国古代诗词中屡见不鲜。
　　当代著名修辞学家谭永祥先生在《修辞新格》中说："古典诗歌作品里面，有一种颇为奇特的句式，即以名词或以名词为中心的定名结构组成，里面没有形容词谓语，却能写景抒情；没有动词谓语，却能叙事述怀，这种语言现象……我们把它叫作'列锦'。"
　　列锦修辞法在古典诗词中被广泛运用，主要原因在于它和我国古典诗词的特点、要求相一致。具体说来，运用列锦修辞，可以使诗词意境更鲜明，词语更凝练，意旨更加简远。
　　例如柳永《雨霖铃》：

　　寒蝉凄切。对长亭晚，骤雨初歇。都门帐饮无绪，留恋处、兰舟催发。执手相看泪眼，竟无语凝噎。念去去、千里烟波，暮霭沉沉楚天阔。
　　多情自古伤离别，更那堪、冷落清秋节！今宵酒醒何处？杨柳岸、晓风残月。此去经年，应是良辰、好景虚设。便纵有、千种风情，更与何人说？

　　这首词抒写的是恋人之间的离愁别恨，但词人完全撇开了愁、怨、相思之类直抒胸臆的字眼，也没有借助比喻、夸张等修辞手段，而是选择了"杨柳岸"这个颇能惹人缱绻情思的场景，再搭配上"晓风""残月"这两个色调上—清新、

一凄婉的形象，造成鲜明强烈的对比和呼应，使人获得空间宽广、时间连绵的审美感受，自然而然地形成一种朦胧、深远又带点神秘意味的艺术境界。由此可见，列锦语句中的每一个名词代表一种事物，体现一种画面，因而内容丰富，所描绘的生活图景或自然景色与所要表达的思想感情融为一体，让诗词的意境更加色彩鲜明，形象生动。

列锦这种修辞手法，不仅在古典诗词中经常出现，而且在当代诗人的笔下也并不鲜见。另外，这种修辞还常常与比喻、对仗、排比、借代等辞格叠用，以增强表达的效果。因此，在阅读时我们需要仔细地咀嚼与品赏。

第三节　修饰词语取代中心词语

有些诗词会省略主语或宾语的中心词，代之以这些中心词的修饰词。如杜甫《羌村三首》（其三）：

> 群鸡正乱叫，客至鸡斗争。
> 驱鸡上树木，始闻叩柴荆。
> 父老四五人，问我久远行。
> 手中各有携，倾榼浊复清。
> 莫辞酒味薄，黍地无人耕。
> 兵戈既未息，儿童尽东征。
> 请为父老歌，艰难愧深情！
> 歌罢仰天叹，四座泪纵横。

其中"四座泪纵横"一句，主语本是"四座的人们"，"四座"不过是修饰，却取代了"人们"变成主语。

有些诗词会省略宾语中心词，用其修饰词取代之。如白居易《观刈麦》：

> 田家少闲月，五月人倍忙。
> 夜来南风起，小麦覆陇黄。
> 妇姑荷箪食，童稚携壶浆。
> 相随饷田去，丁壮在南冈。
> 足蒸暑土气，背灼炎天光。
> 力尽不知热，但惜夏日长。
> 复有贫妇人，抱子在其旁。
> 右手秉遗穗，左臂悬敝筐。
> 听其相顾言，闻者为悲伤。

家田输税尽，拾此充饥肠。

今我何功德，曾不事农桑。

吏禄三百石，岁晏有余粮。

念此私自愧，尽日不能忘。

其中"吏禄三百石"一句，就是"三百石"取代了"米"这一中心词。

有些诗词中，会用状语取代作为中心语的谓语动词，如李贺《雁门太守行》：

黑云压城城欲摧，甲光向日金鳞开。

角声满天秋色里，塞上燕脂凝夜紫。

半卷红旗临易水，霜重鼓寒声不起。

报君黄金台上意，提携玉龙为君死。

其中"角声满天秋色里"一句，本是"角声在满天秋色里回荡"的意思，而"满天秋色里"是一个省略了"在"的介词结构，作状语来修饰谓语"回荡"的，却将谓语取而代之。

第四节　句式变换

在诗词中，为了适应声律的要求，在不损害原意的原则下，诗人们对语序常常作适当的变换。

正常情况下，句子的成分是有一定前后顺序的，若有些成分正常语序在前而后置，或正常语序在后而前置，这种现象就是语序倒置。固然多数为了适应诗句平仄格律之需，但这一技法如运用得当，还起到浓化诗词韵味的作用。

例如杜甫《秋兴八首》（其八）：

昆吾御宿自逶迤，紫阁峰阴入渼陂。

香稻啄余鹦鹉粒，碧梧栖老凤凰枝。

佳人拾翠春相问，仙侣同舟晚更移。

彩笔昔曾干气象，白头吟望苦低垂。

其中的"香稻啄余鹦鹉粒，碧梧栖老凤凰枝"，有人认为应该是"鹦鹉啄余香稻粒，凤凰栖老碧梧枝"。这样虽然意思对了，但是如果"香稻""碧梧"放在前面，表示诗人所咏的是香稻和碧梧；把"鹦鹉""凤凰"挪到前面去，诗人所咏的对象就变为鹦鹉与凤凰，不合秋兴的题目了。

语序的变化，大概有以下几种：

1. 宾语前置、状语后置现象

例如李颀《送魏万之京》：

> 朝闻游子唱离歌，昨夜微霜初渡河。
> 鸿雁不堪愁里听，云山况是客中过。
> 关城曙色催寒近，御苑砧声向晚多。
> 莫见长安行乐处，空令岁月易蹉跎。

诗中的"鸿雁不堪愁里听，云山况是客中过"，第一句里的"鸿雁"为动词"听"的宾语而前置。第二句的"云山"是"过"字的宾语而前置。如果两句均将宾语移后，"不堪愁里听鸿雁，况是客中过云山。"意思虽未变，却没有诗的韵味了。

又如温庭筠《望江南》：

> 梳洗罢，独倚望江楼。过尽千帆皆不是，斜晖脉脉水悠悠，肠断白蘋洲。

其中的"肠断白蘋洲"应是"于白蘋洲肠断"，就属于状语后置的情况。后置之后不但在韵律上更加和谐，而且将主人盼望的心情表述得更加确切。

2. 主、宾换位现象

例如李白的《登金陵凤凰台》诗句：

> 凤凰台上凤凰游，凤去台空江自流。
> 吴宫花草埋幽径，晋代衣冠成古丘。
> 三山半落青天外，二水中分白鹭洲。
> 总为浮云能蔽日，长安不见使人愁。

其中"二水中分白鹭洲"就是主、宾换位。这句话的本意是"白鹭洲中分二水"，但是，如果第二句亦按正常语序写的话，则：①不成诗句——音节排序不佳，失节奏感；②与前一句不成对仗，更成不了工对。这就将整首诗的韵味破坏殆尽。

3. 主、状换位现象

例如王维的《积雨辋川庄作》诗句：

> 积雨空林烟火迟，蒸藜炊黍饷东菑。
> 漠漠水田飞白鹭，阴阴夏木啭黄鹂。
> 山中习静观朝槿，松下清斋折露葵。
> 野老与人争席罢，海鸥何事更相疑。

其中，"漠漠水田飞白鹭，阴阴夏木啭黄鹂"中的"白鹭""黄鹂"均为主语；

"飞""啭"均为谓语;"漠漠水田""阴阴夏木"均为状语。意思是:白鹭在漠漠水田飞翔,黄鹂在阴阴夏木里啭鸣。两句均为主、状位置互换,这就使诗的韵味更为浓郁。

4. 单字状语成分可根据诗意需要随意安置

这就是说,单字状语成分的自由度最大,尤其在词中。例如陆游《长歌行》:

> 人生不作安期生,醉入东海骑长鲸;
> 犹当出作李西平,手枭逆贼清旧京。
> 金印煌煌未入手,白发种种来无情。
> 成都古寺卧秋晚,落日偏傍僧窗明。
> 岂其马上破贼手,哦诗长作寒螀鸣?
> 兴来买尽市桥酒,大车磊落堆长瓶。
> 哀丝豪竹助剧饮,如锯野受黄河倾。
> 平时一滴不入口,意气顿使千人惊。
> 国仇未报壮士老,匣中宝剑夜有声。
> 何当凯还宴将士,三更雪压飞狐城!

诗中"成都古寺卧秋晚,落日偏傍僧窗明"两句中的"秋""晚"两字便是单字状语,可置前,亦可置后,还可置中。

当然,语序变换不能单纯为适应声律的要求,还有积极的意义,就是增加诗味,使句子成为诗的语言。常见的语序变换的诗句,有的是为了适应平仄、用韵和对仗的要求;有的是为了强调。例如王湾《次北固山下》:

> 客路青山下,行舟绿水前。
> 潮平两岸阔,风正一帆悬。
> 海日生残夜,江春入旧年。
> 乡书何处达?归雁洛阳边。

诗中"客路青山下,行舟绿水前"的意思是:青山下是客路,绿水前有行舟。为强调游子漂泊江南思念故乡的心绪,作者有意将"客路""行舟"提在开头两句的前面,让人顿置离愁别绪之中。

第五节 词类的活用

王安石《泊船瓜洲》中"春风又绿江南岸",一个"绿"字,形容词活用为动词,用得别开生面,既形象又凝练地描绘了一年一度、春到江南的盎然生机。据洪迈《容斋续笔》说,他曾亲见诗稿,其中"绿"字改过十几次,先后曾改

为"到""过""入""满"等字，都不满意，最后为"绿"字。

在古汉语中，某些词在特定的语言环境中可以灵活运用。临时改变它的基本功能，在句中充当其他类词。词的这种临时的灵活运用，就叫作词类活用。

关于词性活用，王力先生有这样一段话："因为有对仗的关系，词性互相衬托，极便于运用变性的词……"词类的活用可以起到炼字的作用，并让诗词变得更加形象生动。

1. 名词活用为一般动词

名词活用为一般动词，是名词用作不及物动词或及物动词。它是名词在其本义转化的情况下的活用，就是名词临时具有动词的语法意义和特点，但词义上二者仍有联系。例如白居易《闺妇》：

> 斜凭绣床愁不动，红绡带缓绿鬟低。
> 辽阳春尽无消息，夜合花前日又西。

诗中"辽阳春尽无消息，夜合花前日又西"，"西"本为方位名词，"日又西"是太阳又西下的意思。"西"活用为动词。

2. 名词活用作使动动词

例如李商隐《无题》：

> 相见时难别亦难，东风无力百花残。
> 春蚕到死丝方尽，蜡炬成灰泪始干。
> 晓镜但愁云鬓改，夜吟应觉月光寒。
> 蓬山此去无多路，青鸟殷勤为探看。

"晓镜但愁云鬓改，夜吟应觉月光寒"中的"镜"由于与"吟"相对，故"镜"应表示为名词作动词，是照镜子的意思。

3. 名词活用作意动动词

例如杜甫《自瀼西荆扉且移居东屯茅屋四首》（其三）：

> 道北冯都使，高斋见一川。
> 子能渠细石，吾亦沼清泉。
> 枕带还相似，柴荆即有焉。
> 斫畲应费日，解缆不知年。

"子能渠细石，吾亦沼清泉"两句中"渠""沼"为名词用作意动动词，意思是：你在细石间开渠引水，我也使清泉流蓄为池沼。

4. 名词作状语

名词直接放在动词、形容词前作状语，有的表比喻，有的表对人的态度，等等。

例如刘长卿《逢雪宿芙蓉山主人》：

> 日暮苍山远，天寒白屋贫。
> 柴门闻犬吠，风雪夜归人。

诗中“柴门闻犬吠，风雪夜归人”两句，“柴门”和“风雪”都是名词用作地点状语。

5. 一般动词活用作使动动词

例如李白《客中作》：

> 兰陵美酒郁金香，玉碗盛来琥珀光。
> 但使主人能醉客，不知何处是他乡。

“但使主人能醉客，不知何处是他乡”两句中“醉”是动词，“醉客”是动宾结构，为“使客人醉”，用作使动动词。

6. 一般动词作形容词用

例如王维《送孙二》：

> 郊外谁相送，夫君道术亲。
> 书生邹鲁客，才子洛阳人。
> 祖席依寒草，行车起暮尘。
> 山川何寂寞，长望泪沾巾。

颈联“祖席依寒草，行车起暮尘”中“祖”“行”是动词用作形容词。这两句的意思是：送别的宴席依着枯草，远行的马车扬起了傍晚的尘土。

第六节　语气词的运用

语气词是专门用来标志句子的各种语气，以表达各种句型的意义的虚词。古人又称之为“助声之辞”“声之助”。诗词讲究含蓄蕴藉，语气词当然是少用或不用为好，然而还是有一些诗人或多或少地在诗词中运用了语气词。

巧妙地运用语气词可以表达诗人鲜明的情感态度，也使得这些平常的词语被赋予奇崛的意义，显示出无穷的艺术魅力。下面列举几个较常见的语气词，以供大家了解。

1. 兮

最有代表性的语气词是“兮”。在古诗词中巧妙地运用“兮”字，可以使音节自然延长，增强抒情气氛。

例如李白的《梦游天姥吟留别》：

……

青冥浩荡不见底，日月照耀金银台。

霓为衣兮风为马，云之君兮纷纷而来下。

虎鼓瑟兮鸾回车，仙之人兮列如麻。

……

作者几乎每句都用到"兮"字，使句式灵活多变，语气舒缓有致，韵味十足。

2. 了

例如苏轼《念奴娇·赤壁怀古》：

大江东去，浪淘尽，千古风流人物。故垒西边，人道是，三国周郎赤壁。乱石穿空，惊涛拍岸，卷起千堆雪。江山如画，一时多少豪杰。

遥想公瑾当年，小乔初嫁了，雄姿英发。羽扇纶巾，谈笑间，樯橹灰飞烟灭。故国神游，多情应笑我，早生华发。人生如梦，一尊还酹江月。

"遥想公瑾当年，小乔初嫁了，雄姿英发"中的"小乔初嫁"暗示美女配英雄，写出了周瑜年轻有为和英姿勃发的形象，而一个"了"字表达词人对其崇仰之情。

3. 也

例如李煜《浪淘沙》：

帘外雨潺潺，春意阑珊，罗衾不耐五更寒。梦里不知身是客，一晌贪欢。

独自莫凭栏，无限江山，别时容易见时难。流水落花春去也，天上人间。

"流水落花春去也，天上人间"两句中的"也"字表达了词人对水流花落、春去人逝的感叹，也暗示了词人的一生即将结束，可见一个"也"字包含了诗人内心多少留恋、惋惜、哀痛和沧桑。

4. 然

例如杜甫《春日忆李白》：

白也诗无敌，飘然思不群。

清新庾开府，俊逸鲍参军。

渭北春天树，江东日暮云。

何时一尊酒，重与细论文。

"白也诗无敌，飘然思不群。""也""然"两个语气词既加强了赞美的语气，又加重了"诗无敌""思不群"的分量。

第五卷

诗词的修辞

　　修辞就是通过修饰、调整语句，运用特定的表达形式以提高语言表达作用的方式或方法。修辞运用得好，可以产生画龙点睛、增加文采的作用。诗词中使用修辞的地方非常多，文人也常常有意或者无意地使用各种修辞手法，让自己的作品增色不少。无论是修辞手法的使用，还是艺术形式的布局，或者诗词风格的确立，都和修辞有关系。

第一章

诗词的修辞手段

一说到修辞，很多人想到的就是修辞手法，包括比喻、比拟、互文、通感，等等。中国古典诗词博大精深，在技巧使用上自然技高一筹。让我们一起走进丰富多彩的诗词世界，去感受诗词的魅力，特别是那些精彩的修辞所带给我们的艺术享受。

第一节　比喻

朱熹在《诗集传》中说比喻是"以此物喻彼物也"。词典中解释是"用跟甲事物有相似之点的乙事物来描写或说明甲事物"，说白了就是打比方。"风雅颂，赋比兴"中的"比"就是比喻。比喻是一种最古老又富有生命力的修辞手法。比喻可使事物生动形象、具体可感，以此引发读者联想和想象，给人以鲜明深刻的印象，并使语言文采斐然，富有很强的感染力。古希腊哲学家亚里士多德甚至说，"比喻是天才的标志"。

一、比喻的作用

比喻可以将表达的内容说得生动、具体、形象，给人以深刻鲜明的形象，使说理更透彻。其方式具体有以下几个方面：

1. 化抽象为具体

比喻可以用浅显易见的事物对深奥的道理加以描述，化抽象为具体，化繁为简，帮助人们深入地理解，并使语言生动形象，富有文采。

翻开唐诗宋词，"愁"字是随处可见的。"愁思""愁肠""愁城""愁云""愁容"，带"愁"字的词语比比皆是。"愁"是一种抽象的人的心理，如何让这种抽象的心理变得具体可感，就要使用"比喻"这个修辞手法了。李白用三千丈的白发来比喻愁，"白发三千丈，缘愁似个长。"（李白《秋浦歌》）；李煜将愁比作一江

春水，"问君能有几多愁，恰似一江春水向东流。"（李煜《虞美人》）；而满城的风絮、梅雨都成了贺铸眼中的"愁"，"试问闲情都几许，一川烟草，满城风絮，梅子黄时雨。"（贺铸《青玉案》）。

2. 化平淡为生动

比喻能使具体的形象变得优美动人。用比喻来对事物进行描绘和渲染，可使事物生动形象、具体可感，给人以鲜明深刻的印象，并使语言文采斐然，富有很强的感染力。

例如，同样是雪，在吴均看来是像雾又像花，"萦空如雾转，凝阶似花积。"（《咏雪》）；在苏轼看来，雪变成了杨花，"风力无端。欲学杨花更耐寒。"（《减字木兰花》）

《世说新语·言语》载："谢太傅寒雪日内集，与儿女讲论文义。俄而雪骤，公欣然曰：'白雪纷纷何所似？'兄子胡儿曰'撒盐空中差可拟'；兄女曰'未若柳絮因风起。'公大笑乐。"同样形容雪，"盐撒空中"比起"柳絮因风起"，就显得逊色很多。可见，比喻用得不到位，会让诗词失色不少。

3. 化深奥为浅显

用比喻法描写事物，可使事物形象鲜明生动，加深读者的印象；用来说明道理，能使道理通俗易懂，使人易于理解。运用比喻可以把陌生的东西变为熟悉的东西，把深奥的道理浅显化，把抽象的事理具体化、形象化，使情感抒发更加充沛、更加感人。

例如苏轼《和子由渑池怀旧》：

> 人生到处知何似，应似飞鸿踏雪泥。
> 泥上偶然留指爪，鸿飞那复计东西。
> 老僧已死成新塔，坏壁无由见旧题。
> 往日崎岖还记否，路长人困蹇驴嘶。

比喻在这首诗中起了贯穿全篇的关键作用。这首诗表达出诗人对人生来去无定的怅惘和往事旧迹的深情眷念。在苏轼看来，整个人生也充满了不可知，就像鸿雁在飞行过程中，偶一驻足雪上，留下印迹；待鸿飞雪化，一切又都不复存在。然而，它毕竟飞过了，也就无悔了。

二、比喻的分类

按照比喻的方式划分，可以分为明喻、暗喻、借喻和博喻等几种。

1. 明喻

明喻，顾名思义，就是明显地用另外的事物来比拟某事物，表示两者之间的相似关系。其中被比的事物和用来作比的事物都出现，并用比喻词连接起来。常用的比喻词有"好比""似""如""同""仿佛"等。

使用明喻的诗词很多，如"不知细叶谁裁出，二月春风似剪刀。"（贺知章《咏柳》）这两句将二月春风比作剪刀；又如"安得广厦千万间，大庇天下寒士俱欢颜，风雨不动安如山。"（杜甫《茅屋为秋风所破歌》），等等。

词中的明喻也不少，例如"柔情似水，佳期如梦，忍顾鹊桥归路。"（秦观《鹊桥仙》）；"离恨恰如春草，更行更远还生。"（李煜《清平乐》）；"天不老，情难绝，心似双丝网，中有千千结。"（张先《千秋岁》）等。

2. 暗喻

暗喻又称"隐喻"，就是在打比方的过程中没有像明喻一样的关联词，虽打比方却不明说，一般用一种事物暗喻另一种事物。

诗中，使用隐喻的诗也很多，如"洛阳亲友若相问，一片冰心在玉壶。"（王昌龄《芙蓉楼送辛渐》）。

词中的暗喻也不少，如"日出江花红胜火，春来江水绿如蓝。"（白居易《忆江南》）；"自是人生长恨水长东。"（李煜《乌夜啼》）；"莲叶层层张绿伞，莲房个个垂金盏"（晏殊《渔家傲》）等。

3. 借喻

借喻是一种比隐喻还要隐曲的比喻，不出现本体，也不出现比喻词，直接把本体说成喻体，比喻不露痕迹。借喻由于只有喻体出现，所以能产生更加深厚、含蓄的表达效果，同时也使语言更加简洁。

例如，"凛然相对敢相欺，直干凌空未要奇。根到九泉无曲处，世间惟有蛰龙知"。（苏轼《王复秀才所居双桧》（其二））此诗名为写松，实喻王复的品格，这就是借喻。又如"千锤万凿出深山，烈火焚烧若等闲。粉身碎骨浑不怕，要留清白在人间。"（于谦《石灰吟》）这首诗更是借石灰来表白自己为了清白操守而不惜粉身碎骨的决心。

词中使用借喻的有"城中桃李愁风雨，春在溪头荠菜花。"（辛弃疾《鹧鸪天》）；"天涯何处无芳草"（苏轼《蝶恋花·春景》），此句借此劝喻这位"多情却被无情恼"的少年可以到别处去寻觅知己。

4. 博喻

博喻，也称"复喻"，就是多种比喻的综合运用，用几个喻体从不同角度反复设喻去说明一个本体。关于博喻，我们在后面还有专门的章节介绍，这里就不多说了。

有时候，诗词中可能会同时出现几种比喻，例如白居易《琵琶行》中，总体是博喻，但其中"大弦嘈嘈如急雨，小弦切切如私语"则又是明喻，"大珠小珠落玉盘""间关莺语花底滑，幽咽流泉水下滩"又是隐喻。

诗词中的比喻，和其他文体中的比喻一样，具有两面性和多样性。所谓比喻的两面性，是说比喻具有或褒或贬的正反两面，例如"心同野鹤与尘远，诗

似冰壶见底清。"（张籍《赠王侍御》）和"冰壶见底未为清，少年如玉有诗名。"（韦应物《杂言送黎六郎》）这是一个作者的两首诗，两诗中都以"冰壶"作喻体，但在前一首诗中"冰壶"是褒义，赞美王侍御为人的"清纯"；后一首中则是贬义，是"不清"，用此拔高黎六郎冰清玉洁，胜过玉冰壶。

所谓多义性，是指一个喻体可以有多种内涵，可以从不同的方面或角度作比。以"月"为例：有以圆喻月的，如"独携天上小团月，来试人间第二泉。"（苏轼《惠山谒钱道人烹小龙团登绝顶望太湖》）；有以镜喻月的，如"月下飞天镜，云生结海楼。"（李白《渡荆门送别》）；以盘喻月的，如"小时不识月，呼作白玉盘。"（李白《古朗月行》）等。

正因为比喻有这些特点，这就要求我们在写诗填词的过程要慎用。运用比喻可以化未知为已知，可以使深奥、抽象的事理变得通俗易懂，可以化平淡为生动，还可以给读者带来审美愉悦。因此，比喻要做到新鲜、贴切，这也是比喻能否取得成功的两大要素。

第二节 互文与互体

互文，就是"参互成文，含而见文"。为了增强某种表达效果，把本应该合在一起说的话临时拆开，使同句或相邻句中所用的词相互补充，相互渗透，上下文义互相交错，互相渗透，互相补充来表达一个完整句子意思之修辞方法，就是互文。这类修辞关系特殊，文字上只交代一方，而意义彼此互见。我们在理解时，要把上下文的意思联系起来考虑，要瞻前顾后，不能把它割裂开来，只从字面上去理解。只有如此，才能正确地、完整地、全面地掌握真正意思。

一、互文的作用

1. 能收到笔墨经济，以少胜多，表意委婉，耐人寻味的艺术效果

在写诗填词的过程中，有时出于字数的约束、格律的限制或表达艺术的需要，必须用含蓄而凝练的语句来表达丰富的内容。于是两个事物在上下文只出现一个而省略另一个，即所谓"两物各举一边而省文"，以收到言简意繁的效果。如《江上逢李龟年》中的"岐王宅里寻常见，崔九堂前几度闻。"其中"见"与"闻"互补见义。即（当年我）常在岐王与崔九的住宅里见到你并听到你的歌声，并非在岐王宅只见人而不闻歌，也并非在崔九堂只闻歌而不见人。

2. 避免了词语单调重复

如果行文时交替使用同义词，会给人拖沓的感觉。例如王昌龄《出塞》：

秦时明月汉时关，万里长征人未还。

但使龙城飞将在，不教胡马度阴山。

其中"秦时明月汉时关"就是互文。虽然按照原意，应该为"秦汉时明月秦汉时关"，但是读起来前后重复，用词拖沓。于是作者在前面省去个"汉"字，后面省去个"秦"字，解释时再把两个词合起来讲，就显得精干，读起来也没有重复枯燥的感觉了。

3. 增强文章的形象性，也能产生一种韵律美，使人回味无穷

例如"风含翠筱娟娟净，雨裹红蕖冉冉香。"（杜甫《狂夫》）此句写微风中的绿竹、细雨中的红荷花，句里点明风和雨，写得自然，风中见雨，雨中见风，形象生动。

这类互文，只有掌握了它的结构方式，才能完整地理解其要表达的意思。如只从字面理解，不但不能完整而准确地把握其要表达的内容，并且有时会令人进入迷宫百思而不得其解。

二、互文的分类

综观古诗文，"互文"的应用一般有以下几种类型。按语言形式来划分，互文可分为短语（含成语）互文、单句互文、偶句互文及多句互文四种形式，其中短语互文、偶句互文比较常见。

1. 单句互文

所谓单句互文，就是指在同一句子中前后两个词语在意义上交错渗透、补充，理解时必须把前后两部分词语拼合起来。

诗中的互文很多，诸如白居易《琵琶行》中的"主人下马客在船"，应该理解为主人和客人都下马，主人和客人都在船。杜牧《泊秦淮》"烟笼寒水月笼沙"，应理解为烟雾笼罩着寒水也笼罩着沙，月光笼罩着沙也笼罩着寒水。

词里面的单句互文比较少，例如范仲淹《渔家傲·秋思》：

塞下秋来风景异，衡阳雁去无留意。四面边声连角起。千嶂里，长烟落日孤城闭。

浊酒一杯家万里，燕然未勒归无计。羌管悠悠霜满地。人不寐，将军白发征夫泪！

"将军白发征夫泪"一句便是互文，应该理解为将军和征夫都因有家难归、功业难成，或愁白了头发，或哀伤流泪。

2. 偶句互文

偶句互文，又叫"对句互文"，就是指下句含有上句已经出现的词，上句含有下句将要出现的词，其特点是前后两个句子互相呼应，互相补充，彼此隐含。如杜甫《蜀相》"映阶碧草自春色，隔叶黄鹂空好音"，李白的《梦游天姥吟留别》"忽魂悸以魄动，恍惊起而长嗟"等。

词中的偶句互文也不少，例如辛弃疾《西江月》"明月别枝惊鹊，清风半夜鸣蝉。"应该理解为在明月下，在清风吹拂中，传来了鹊和蝉的鸣叫。

3. 多句互文

多句互文，就是指由三个或三个以上句子中的词语参互成文，合而见义。例如《木兰诗》"东市买骏马，西市买鞍鞯，南市买辔头，北市买长鞭。"其中"东市""西市""南市""北市"对举互文，可理解为"（到）东西南北的集市上购买骏马、鞍鞯、嚼子、缰绳和长鞭"，表现出木兰征战前的紧张忙碌。

又如《孔雀东南飞》中的"十三能织素，十四学裁衣，十五弹箜篌，十六诵诗书。"这句可理解为"（兰芝）在十三到十六岁之间掌握了织素、裁衣、弹箜篌、诵诗书等技能"，由此表现出兰芝的多才多艺和知书达理，并不是一年学会一种。

这种多句互文，在词中出现的概率很小。

4. 隔句互文

所谓隔句互文，就是指两句互文之间，有其他句子相隔的互文句式。

例如曹操的《观沧海》："日月之行，若出其中；星汉灿烂，若出其里。"其中"行"与"灿烂"互补见义，即"灿烂的日月星汉之运行均若出于沧海之中"，并非日月只运行而不灿烂，也并非星汉只灿烂而不运行。

又如王勃《滕王阁序》："十旬休假，胜友如云；千里逢迎，高朋满座。"这里的"胜友如云"和"高朋满座"是互文。"胜友""高朋""如云""满座"相互交错、补充说明，应解释为胜友如云和满座；高朋满座和如云。

正确理解互文句的句义，可以按照这样的原则：上下两句或一句中的两个陈述部分同时适应于两个陈述对象。以"不以物喜，不以己悲"为例，这句话中的两个陈述部分是"喜"和"悲"，两个陈述对象是"物"和"己"，"喜"和"悲"同时陈述"物"和"己"，即不以"物"和"己"而"喜"和"悲"。此句用白话就很容易表达为"不因为外物的好坏和自己的得失而感到喜悦或者悲伤"。对用一句话采用互文修辞的句子、意义的理解，同样适合上述原则。

三、互文与互体

互文和互体相类似，有些书上将二者合为一体，但实际上二者稍有不同：互体的两个相关部分之间，不按互相陈说的办法理解也说得通。也就是说，即便我们不知道它是互体同样可以解释。如"当窗理云鬓，对镜帖花黄"（《木兰诗》）的下句，就可理解为对着镜子贴花黄。但"互文"相对的两个部分则必须按互相陈说、共为一体的办法理解，否则会曲解文意。

由此看来，互文的范围比互体大。可以说，互体是包含在互文中的，这也是有些书将二者视为一体的原因。属于互体这种修辞手法的，一定也是互文；但是，属于互文这种修辞手法的，却不一定是互体。

第三节　通感和博喻

一、通感

通感修辞格又叫"移觉"，就是在描述客观事物时，用形象的语言使感觉转移，将人的听觉、视觉、嗅觉、味觉、触觉等不同感觉互相沟通、交错，彼此挪移转换，将本来表示甲感觉的词语移用来表示乙感觉，使意象更为活泼、新奇的一种修辞格。

1. 通感的作用

通感不是某个时代某位诗人的创造，从本质上讲，它是来源于人的本能；从艺术上说则是人的想象所造成的。通感的手法用于文学的创造，便赋予了文学作品独特的艺术魅力。

（1）通感对意境有强化作用，加强了抒情的效果。

王国维在《人间词话》中说："'红杏枝头春意闹'，著一'闹'字，而境界全出。'云破月来花弄影'，著一'弄'字，而境界全出矣。"这句话很贴切地道出通感与境界的关系，由于通感的运用而使诗歌生出意境。又如贾岛《客思》中"促织声尖尖似针"将"促织声"的听觉感受转化为"针"的视觉与触觉感受，以针的形状来比喻促织声，则意味着促织声如针一般无孔不入，再配之以"针尖"的实像，如针钻入心里，愈显烦闷，加强了无言的愁思，就把客思的疾痛表达得无以复加。

（2）通感用形象化的比喻展示出了没有具体形象的事物，重在表达对某种事物的体验感受，是不同感官之间相同部分的联系。

例如"无言独上西楼，月如钩。寂寞梧桐深院锁清秋。剪不断，理还乱，是离愁。别是一般滋味在心头。"（李煜《相见欢》）离愁本是看不见摸不着的一种心绪，但是词人却用剪刀去"剪"它，用手去"理"它。作者用通感的修辞手法加强了愁闷的心境，他使愁不仅仅成为看得见摸得着的东西，还让它在读者眼前清晰呈现，形成一种特别的"滋味"。它打破了视觉、触觉、味觉和人内在的感觉所存在的界限，使之相通，互相弥补不足，从而增加了抒情的效果。

（3）诗歌借助于通感的作用，可以积极推动欣赏者的审美再创造，把欣赏者从一种美的境界带到另一种美的境界，而这两种境界的融合，便使欣赏者获得更强烈的美感愉快。

同样是"闹"字，不仅仅可以修饰红杏，如"车驰马逐灯方闹，地静人闲月自妍。"（黄庭坚《次韵公秉子由十六夜忆清虚》）；"行人闹荷无水面，红莲沉醉白莲酣。"（范成大《立秋后二日泛舟越来溪》）；"月翻杨柳尽头影，风擢芙蓉

闹处香。"（陈耆卿《与二三友游天庆观》）等。

词中，"闹"字使用也比较频繁，如晏几道《临江仙》"风吹梅蕊闹，雨细杏花香"，毛滂《浣溪沙》"水北烟寒雪似梅，水南梅闹雪千堆"，马子严《阮郎归》"番腾妆束闹苏堤，留春春怎知"等。从这些例子可以看出，"闹"字是把事物无声的姿态说成好像有声音的波动，令读者仿佛在视觉里获得了听觉的感受，并获得更强烈的审美愉悦感。

2. 通感的分类

（1）视觉与听觉间的通感。五官可以相通，但最易打通的是视觉与听觉，正如唐代学者孔颖达有言："声音感动于人，令人心想其形状如此。"视觉与听觉之间的通感可以分为两类。

一类是听觉表现视觉，这种表现方式能给事物以动态美。例如苏轼的《夜行观星》"大星光相射，小星闹若沸"，大大小小的星星聚集在一起，大星星似乎明亮而平静，小星星闪烁不定，在诗人的笔下就成了"闹若沸"的场面，一个"闹"字在宁静的夜空中更显其活泼自在而又乖巧的意境。

另一类是视觉表现听觉，这种形式能使虚化的东西实化，达到化虚为实、虚实结合的境界。例如李贺的《李凭箜篌引》"昆山玉碎凤凰叫，芙蓉泣露香兰笑。"带露的芙蓉、盛开的兰花，它们都是美的化身。诗人用"芙蓉泣露"描写琴声的悲抑，而以"香兰笑"显示琴声的欢快，不仅可以耳闻，而且可以目睹。

（2）触觉与听觉间的通感。例如"寒磬满空林"（刘长卿《秋日登吴公台上寺远眺》），以触觉上的寒形容磬声的深远，寒磬衬空林，旧日辉煌的场所如今衰草寒烟，十分凄凉。又如"晨钟云外湿"（杜甫《船下夔州郭宿，雨湿不得上岸，别王十二判官》），清晨的钟声远扬，穿过雨幕，袅袅的余音穿透云层，悠远而空明，但因雨天而钟声里显"湿"，人们不得上岸的一点烦闷也表现得贴切自然。

（3）视觉与触觉间的通感。例如，"杨花扑帐春云热"（李贺《蝴蝶飞》），杨花在春风中飘落，而春云也让人产生了热的感觉，春意热闹盎然的意境因"热"字而更形象。"来时万缕弄轻黄"（石懋《绝句》），杨花开的花色淡到若有若无，使人产生飘忽不定的感觉，突出杨花随风飘荡不能自主的无奈之感。

（4）其他感官之间的通感。其他感官之间的通感，有听觉和嗅觉间的通感，例如"哀响馥若兰"（陆机《拟西北有高楼诗》）；有视觉与嗅觉间的通感，例如李白的《酬殷明佐见赠五云裘歌》"瑶台雪花数千点，片片吹落春风香。"还有多种感官间的相通，如白居易的《琵琶行》"间关莺语花底滑，幽咽泉流水下滩。"这句话将听觉、视觉及触觉互通。

二、博喻

博喻，又名复喻，就是用多个喻体从不同角度反复设喻去说明或描绘一个本体，又叫连比。博喻自古以来就是诗歌创作中常见的艺术手法，运用得当能加强语意，增添气势。博喻能将事物的特征或事物的内涵从不同侧面、不同角度表现出来，这是其他类型的比喻所无法做到的。

1. 博喻的作用

诗中博喻使用也较多，李白《答王十二寒夜独酌有怀》"韩信羞将绛灌比，祢衡耻逐屠沽儿。君不见李北海，英风豪气今何在？君不见裴尚书，土坟三尺蒿棘居。"这些都是博喻。

词中博喻手法运用较少，因为词比诗更讲究委婉含蓄，少于铺陈，尤其避免语式的单调。然而，词中也有非常成功地运用博喻的例子。

下面，我们来详述博喻的作用。

（1）博喻能够充分地描写事物的特征，形象地揭示事物多方面的内涵。

博喻能将事物的特征或事物的内涵从不同侧面、不同角度表现出来，这是其他类型的比喻所无法做到的。博喻运用得好，可以使景物多姿多彩，使声音逼真传神，可以使人物形神毕现，使道理具体明白。

例如，苏轼在《百步洪》的开头八句写道：

> 长洪斗落生跳波，轻舟南下如投梭。
> 水师绝叫凫雁起，乱石一线争磋磨。
> 有如兔走鹰隼落，骏马下注千丈坡。
> 断弦离柱箭脱手，飞电过隙珠翻荷。

诗人一口气用八个不同的形象：投梭、兔奔、鹰抓兔、骏马冲坡、琴弦飞迸、箭脱手、闪电瞬逝、荷叶上水珠急剧滚落，来形容洪水的势不可挡，一往无前。他既写了水波的猛势，又写了船在波涛上动荡的情景，从多个角度把洪流描写得有声有势，蔚为壮观，从而突出行舟的快速特征，加强了惊险感，回味无穷。正如王水照先生为此所注："此用博喻法喻轻舟在急流中飞驶之疾。"

（2）博喻能够加强语意，增强文章的气势，给人留下深刻的印象。

例如词人贺铸的《青玉案》：

凌波不过横塘路，但目送、芳尘去。锦瑟华年谁与度？月桥花院，琐窗朱户，只有春知处。

飞云冉冉蘅皋暮，彩笔新题断肠句。试问闲情都几许？一川烟草，满城风絮，梅子黄时雨！

闲愁本是无声无色、无形无迹的，此词末尾一连用三个比喻来说明"闲愁"："一川烟草"讲的是闲愁之多；"满城风絮"讲的是闲愁之乱；"梅子黄时雨"讲的是闲愁之缠绵不断，将难以触摸的情绪转化创造出极其优美的意境，也给人留下了深刻的印象。

2. 博喻的分类

（1）用多个喻体描绘本体的一个方面，也就是说，在诗词中，喻体所表现的仅为本体的一个方面。

例如韩愈的《送无本师归范阳》中"奸穷怪变得，往往造平澹。蜂蝉碎锦缬，绿池披菡萏。芝英擢荒榛，孤翮起连莛"，连用四个意象，来形容贾岛的奇特诗风。

（2）用多个喻体描绘本体的几种状态。

例如白居易的《琵琶行》"大弦嘈嘈如急雨，小弦切切如私语。嘈嘈切切错杂弹，大珠小珠落玉盘。间关莺语花底滑，幽咽流泉水下滩。冰泉冷涩弦凝绝，凝绝不通声渐歇。别有幽愁暗恨生，此时无声胜有声。银瓶乍破水浆迸，铁骑突出刀枪鸣。曲终收拨当心画，四弦一声如裂帛"，通过塑造琵琶声的音强、音高、音色、节奏各不相同的喻体形象，不仅可调动读者的听觉和视觉，而且还可激发读者的联想和想象。

最著名的博喻，则莫过于白居易的《花非花》：

> 花非花，雾非雾，
> 夜半来，天明去。
> 来如春梦几多时？
> 去似朝云无觅处。

此诗通篇用博喻构成则甚罕见。诗由一连串比喻构成，它们环环紧扣，如行云流水，自然成文，反复以鲜明的形象突出一个未曾说明的喻义。此诗只见喻体，即用作比喻之物，而不知喻本，就像一个耐人寻思的谜，从而诗的意境也就蒙上一层朦胧的色彩了。

第四节　比拟和直言

比拟和直言，都属于修辞手法。我们先来讲比拟。

一、比拟

比拟就是借助丰富的想象，把物当成人来写，或把人当成物来写，或把甲物当成乙物来写。也就是说把一个事物当成另外一个事物来描述、说明。比拟是根据本体事物和拟作事物之间的可拟性，借助联想和想象而形成的辞格，因

此联想是通向比拟的桥梁，想象是比拟的翅膀。比拟具有很强的感情色彩，是作者用自己自然流露的强烈感情去感染读者的一种辞格。

王希杰《修辞学通论》中说："比拟，向来是一个独立的辞格。但是，如果从本质上看，比拟其实就是比喻的一种。比拟分为拟人和拟物两种：把人当成物，把物当成人。为什么可以把两个不同的事物混淆起来，把甲当成乙呢？因为这两种事物之间有某种相似之处，这种相似之处或者是客观存在的，或者是说写者主观心理上的一种情绪。"

可见，从本质上讲，比拟确实可以看成是比喻的一种。但比喻还是不同于比拟，主要是比喻可以直接把拟体当成本体来写，本体和拟体的关系是重合、相融关系，彼此是混同的。而比拟重在"拟"，且本体必然出现。

1. 比拟的作用

比拟能启发读者想象，令文章更生动。运用这种修辞手法能收到特有的修辞效果：或增添特有的情味，或把事物写得神形毕现，栩栩如生，抒发作者爱憎分明的感情。

（1）色彩鲜明

比拟可以让暗淡无色的表述变得色彩鲜明，让平淡无奇的语言变得生机勃勃。例如，汉乐府《白头吟》："皑如山上雪，皎若云间月。"卓文君用山顶白雪和云间之月来比喻自己的高洁和坚贞，这比直言说自己如何坚贞更能让人体会作者当时那种悲痛的心情。

（2）描绘形象

比拟可以让静的变成动的，让抽象的变成具体形象、活灵活现的，从而让诗词变得富有艺术魅力。例如，贺知章的《咏柳》诗："碧玉妆成一树高，万条垂下绿丝绦。不知细叶谁裁出，二月春风似剪刀。"这首诗采用拟人的手法，将杨柳比拟成美人"碧玉"出现，栩栩如生地刻画出杨柳的苗条身段、婀娜的腰身。这首诗还将二月春风比作剪刀，赞美她裁出了春天，形象生动地描绘出了春风带来的盎然生机。前者使用的是拟人的修辞手法，后者则使用的是比喻的修辞手法。

（3）表意丰富

通过比拟，还可以表现人们的想象力、思想倾向和感情色彩，并创造某种意境，给人以强烈的感染力。例如，林逋《山园小梅》："霜禽欲下先偷眼，粉蝶如知合断魂。"这句采用拟人的手法。白鹤爱梅之甚，它还未来得及飞下，就迫不及待地先偷看梅花几眼，"先偷眼"将白鹤那种喜爱之情表露无遗；"合断魂"一词写粉蝶因爱梅而至销魂，把粉蝶对梅的喜爱之情夸张到极点。

2. 比拟的分类

（1）拟人

拟人又分为两种：以物拟人和以人拟人。以物拟人就是把物当成人来写，或者用表现人的特性的词语描述物，或者直接把物变成人。例如，王之涣《凉州词》中的"羌笛何须怨杨柳，春风不度玉门关"，这句诗引入羌笛之声，一"怨"字托"笛"寄情，委婉含蓄，耐人寻味，明写边远苦寒，暗含着无限乡思离情。龚自珍《己亥杂诗》"落红不是无情物，化作春泥更护花"，则是借喻自己为培育新人甘作牺牲，等等。

词中的拟人手法也不少，如辛弃疾《鹧鸪天》"城中桃李愁风雨，春在溪头荠菜花"，用城中桃李比喻畏惧金兵的朝廷权贵，用溪头荠菜花比喻民间主战力量；贺铸的词《鹧鸪天·半死桐》"梧桐半死清霜后，头白鸳鸯失伴飞"，用梧桐半死、鸳鸯失伴比喻自己妻子的亡故，只剩下孤单的自己，等等。

还有一种就是以人拟人。如杜甫《和裴迪登蜀州东亭送客逢早梅相忆见寄》"东阁官梅动诗兴，还如何逊在扬州"，以六朝何逊爱梅来比喻自己对梅花的喜爱；李白《答王十二寒夜独酌有怀》，其中用"韩信""祢衡""李北海""裴尚书"这些历史人物来比喻王十二，或是激励其保持操守，或是要他将功名看淡些。

（2）拟物

拟物也分为两种：以人拟物和以物拟物。以人拟物就是把"人"当成"物"来写，使人具有物的动作或情态，或者把甲物当成乙物来写，表达某种强烈的爱憎感情。为了表达的需要，将人的本质特点转移于其他事物，让它们具有人的某些特点，可以将事物描写得具体、生动、形象，使人感到亲切，容易受到感染。

例如，"身轻一鸟过，枪急万人呼"（杜甫《送蔡希曾都尉还陇右，因寄高三十五书记》），用飞鸟急速地飞过比喻蔡希鲁都尉的身手矫健；"感时花溅泪，恨别鸟惊心"（杜甫《春望》），将人的那种悲痛比拟成花和鸟，也是拟物修辞手法的经典运用。

"只恐双溪舴艋舟，载不动许多愁"（李清照《武陵春》），词人把无形、无量的愁苦化成有质有量的东西，并且用船来载，运用了拟物的修辞手法，把人物的内心世界写得淋漓尽致。

拟物的第二种就是以物拟物。如"天阶夜色凉如水，卧看牵牛织女星"（杜牧《秋夕》），以水喻夜晚的寒意；"阳春二三月，草与水同色"（无名氏《孟珠》），以青碧的水比喻春草；"日出江花红胜火，春来江水绿如蓝"（白居易《忆江南》），以火喻春天的红花，以蓝色染料喻春天的江水；"余霞散成绮，澄江静如练"（谢朓《晚登三山还望京邑》），用彩绢"绮"形容晚霞，用素绢"练"形容江水。

3. 比拟的运用

比拟确实可以增强语言的表现力，但用得不当，还不如不用。因此，运用比拟应注意以下几点：

第一，本体事物和拟作事物之间必须有一定的联系，具有可拟性，符合事物的特点，能唤起人们的想象。例如"岭树重遮千里目，江流曲似九回肠"（柳宗元《登柳州城楼寄漳汀封连四州》），江流的弯转和九回肠不是很相像吗？如果将这百转千回的江流比拟成白杨树，自然就不符合事物的特点了。

第二，要注意感情色彩。比拟的目的之一是为了更好地抒发思想感情，因此比拟的感情色彩必须鲜明。运用比拟必须是自己真情实感的流露，感情必须符合所描写的环境气氛。例如辛弃疾《鹧鸪天》中"城中桃李愁风雨，春在溪头荠菜花"，用城中桃李比喻畏惧金兵的朝廷权贵，用溪头荠菜花比喻民间主战力量。那些权贵面对金兵到来，一个个愁眉苦脸，而民间主战力量却一派生机勃勃，很好地表达了作者主战的坚定意念。

二、直言

直言是和比拟相对的一种修辞手法，就是用简单直白的语言来表达情感。在诗词中，就是采用直陈其事的写法，表面看来似乎简单、直白，缺少象征的奥义，实则意味、情味既深且长。诗词中透出那么一种氛围，那么一种神韵，也是能勾住读者心魄的东西。

直言的修辞手法，在古诗词中使用的较多。例如《古诗十九首》：

> 行行重行行，与君生别离。
> 相去万余里，各在天一涯。
> 道路阻且长，会面安可知。
> 胡马依北风，越鸟巢南枝。
> 相去日已远，衣带日已缓。
> 浮云蔽白日，游子不顾反。
> 思君令人老，岁月忽已晚。
> 弃捐勿复道，努力加餐饭。

这是一首在东汉末年动荡岁月中的相思乱离之歌。尽管在流传过程中失去了作者的名字，但"情真、景真、事真、意真"（陈绎《诗谱》），读之使人悲感无端，为诗中女子真挚痛苦的爱情呼唤所感动。这里没有后来所推崇的含蓄之美，作者用简洁、直白的语言告诉我们思妇对远行君子深婉的恋情和热烈的相思。这种直白的呼喊，给人以沉重的压抑感，痛苦伤感的氛围立即笼罩全诗。这种"若秀才对朋友说家常话"式单纯优美的语言，一点不逊于那些以雅致、委婉为

美的诗歌。其他诸如李白的《静夜思》、白居易的《赋得古原草送别》等都以其简洁明快而流传至今。

唐宋以来，恐怕最为直白的诗歌要数张打油的《咏雪》了：

> 江上一笼统，井上黑窟窿。
> 黄狗身上白，白狗身上肿。

这首诗直白得简直成了顺口溜，其实细细品味起来，虽然全诗没有一个"雪"字，但它却描绘了一幅别具韵味的雪景图，以至于后来人们竞相模仿，产出了许多俗中见雅的诗坛绝唱。再来看这样几首俗中见雅的诗：

> 东坡五载黄州住，何事无言及李宜？
> 却似西川杜工部，海棠虽好不吟诗。
>
> 一上一上又一上，一上直到高山上。
> 举头红日白云低，四海五湖皆一望。
>
> 一上上到楼上头，十二栏杆接斗牛。
> 纪郎不敢留诗句，恐压江南十六州。
>
> 一片两片三四片，五片六片七八片。
> 空中不见打罗声，万里江山都是面。

总而言之，不管这几首诗的作者是谁，其直白程度几乎已在俚语之右，而其风雅趣味却让人品玩不尽！这几首诗的一个共同特点，就是起句平平，与俚语无二，但接着层层拔高，渐入佳境。正所谓用曲径通幽之妙，而把诗词的直白与含蓄的妙旨演绎得出神入化！

直白的修辞手法，在词中运用更是频繁，因为词当初是从曲而来，更接近下层老百姓的生活。例如白居易的《长相思》：

> 汴水流，泗水流，流到瓜洲古渡头。吴山点点愁。
> 思悠悠，恨悠悠，恨到归时方始休。月明人倚楼。

这首词以"恨"写"爱"，用浅易流畅的语言、和谐的音律表现人物的复杂感情。特别是那一派流泻的月光，更烘托出哀怨忧伤的气氛，增强了艺术感染力，显示出这首小词言简意富、词浅味深的特点。其他如张志和的《渔歌子》、李煜的《相见欢》等诗词遣词造句都非常直白。

有许多习作的诗词者都有一个通病，就是协调不好直白与含蓄的关系。这些人追求直白者流于粗俗，追求含蓄者流于生涩。一言以蔽之，掌握不好直白和含蓄的运用手法，写诗填词就会误入歧途。

第五节　侧重和倒装

侧重作为修辞手法在诗词中并不常见，所以，此处重点介绍倒装这种修辞手法。

古典诗词中常出现句子倒装现象。刘勰《文心雕龙·定势》中早就指出："辞反正为奇，效奇之法，必颠倒文句。"诗词中的倒装，一方面是为了押韵和平仄的需要,更重要的是它避免了叙述手法上的单一,使原本生硬的句子和文章灵动起来。

一、倒装的作用

1. 可以让诗词韵律和谐

诗词押韵，不仅便于吟诵和记忆，更能使作品具有节奏之美。为此，不少古诗词运用了倒装。例如："春眠不觉晓，处处闻啼鸟。夜来风雨声，花落知多少。"（孟浩然《春晓》）如果把"处处闻啼鸟"改为"处处闻鸟啼"，那么"啼"与"晓""少"也不押韵了。

2. 可以让诗词的平仄协调

例如"淮水东边旧时月，夜深还过女墙来。"（刘禹锡《石头城》），其中"淮水东边旧时月"正常的顺序应为"旧时淮水东边月"，诗句颠倒后，平仄正好与下句相对，既合乎格律诗对于平仄的要求，又使句子音律和谐，声调优美。

3. 可以突出强调，让诗词侧重点鲜明

有时，诗人为了突出某种特殊的情感，在写作时有意将词语的语序改变。例如"秋色渐将晚，霜信报黄花。"（叶梦得《水调歌头》）其中"霜信报黄花"应为"黄花报霜信"。将"霜信"提前，表面上是写景物的凄凉，实际上是为了强调词人晚年生活的凄楚。"故国神游，多情应笑我，早生华发。"（苏轼《念奴娇·赤壁怀古》）正常语序应为"神游故国，应笑我多情，华发早生。"颠倒词序，突出了词人宦途失意的辛酸和对现实的愤懑。

二、倒装的分类

倒装不外乎倒词、倒句、倒叙这三种类型。

1. 倒词

诗词中，经常会出现几个词语的倒置使用。例如"峨眉山月半轮秋，影入平羌江水流。"（李白《峨眉山月歌》）其正常语序应为"峨眉山半轮秋月，影入平羌江水流。"；"染柳烟浓，吹梅笛怨。"（李清照《永遇乐》）其正常语序应为"烟染柳浓，笛吹梅怨。"；苏轼《浣溪沙》中"簌簌衣巾落枣花"，其正常语序应为"簌簌枣花落衣巾"。如果不了解倒装，是无法理解这些诗句的意思的。

2. 倒句

倒句，俗称"倒装句"，大多在两句之间变化。例如"为报倾城随太守，亲射虎，看孙郎。"（苏轼《江城子·密州出猎》）其中"亲射虎，看孙郎"应为"看孙郎，亲射虎"的倒句；李清照《永遇乐》中"来相召，香车宝马，谢他酒朋诗侣"，显然是"谢他酒朋诗侣，来相召，香车宝马"的倒装。

3. 倒叙

倒叙与顺叙相对，就是将正常的叙述方式颠倒，把结果前置、原因后置。例如，白居易在《上阳白发人》中就运用了倒叙，开头一句"上阳人，上阳人，红颜暗老白发新"，把上阳宫女的现状和盘托出，然后诗人再将上阳宫女老死宫中的悲惨命运娓娓道来。又如"梦后楼台高锁，酒醒帘幕低垂。去年春恨却来时。落花人独立，微雨燕双飞。　记得小蘋初见，两重心字罗衣。琵琶弦上说相思。当时明月在，曾照彩云归。"（晏几道《临江仙》）词的上阕写现时"春恨"，下阕追忆当年初见小蘋及"当时"的情景，采用的是倒叙，表现了词人的苦恋之情和孤寂之感。

诗词中使用倒装，适当颠倒语序，可能将普通句子化平淡为神奇，避呆板而成佳句。但也并不是所有的句子都能倒装。用好了，能化腐朽为神奇；用不好，可能适得其反，画蛇添足。

第六节　重叠和反复

我们知道，诗词的语言贵在简洁精炼、准确鲜明。但是，在诗词创作过程中，作者往往运用一种特殊的表现手法，故意将一些字巧妙地反复重叠。这就是"重叠"和"反复"。重叠一般是指字词的重叠，反复一般是指语句的反复。

一、重叠

重叠是将两个完全相同的字连续使用的一种修辞现象，又叫叠音或重言。它能生动地表现声音、颜色、形态、神情，从而增添语言的音韵美，加强语言的形象性，使表意更细致、丰富。

在文学作品中恰当地运用叠字，能起到渲染气氛，深化情感，增强韵律等作用。

1. 重叠的作用

（1）运用叠字能够绘景状物，能突出景物的特征，使人如见其形，突出形象性。

例如岳飞《满江红》中"凭栏处，潇潇雨歇"一句，用"潇潇"拟雨声；杨万里《小池》"小荷才露尖尖角，早有蜻蜓立上头"，用"尖尖"角来描写荷叶；白居易《琵琶行》"大弦嘈嘈如急雨，小弦切切如私语。嘈嘈切切错杂弹，大珠

小珠落玉盘",用"嘈嘈""切切"状声,再加上"珠落玉盘"的形象比喻,使得琵琶女的乐律弦声仿佛弹奏在读者的耳畔。

(2)运用叠字能够渲染气氛,创设一种意境。

例如"繁枝容易纷纷落,嫩蕊商量细细开"(杜甫《江畔独步寻花》),用"纷纷""细细",抒发自己惜花、爱花的心情,情真意切;韦应物的《赋得暮雨送李胄》"漠漠帆来重,冥冥鸟去迟",二组叠字使诗的意境更为深邃;《敕勒歌》"天苍苍,野茫茫,风吹草低见牛羊",叠字"苍苍""茫茫"的成功运用,从"天"与"野"的角度勾画了一幅迷人的辽阔草原的图画。

(3)运用叠字能够增强韵律,叠字可使诗的音律和谐,读起来朗朗上口,听起来声声悦耳。

例如"千千石楠树,万万女贞林。山山白鹭满,涧涧白猿吟。君莫向秋浦,猿声碎客心。"(李白《秋浦歌》)诗的前四句分别用叠字领起,节奏明快,富于音乐美。又如"梨花院落溶溶月,柳絮池塘淡淡风。"(晏殊《无题》);"迟迟钟鼓初长夜,耿耿星河欲曙天。"(白居易《长恨歌》)这些诗句运用叠字手法,形式整齐,悦耳动听,增强了旋律美。

(4)运用叠字能够表情达意,可以使诗的思想感情表达得更加深切。

例如"抽刀断水水更流,举杯销愁愁更愁"(李白《宣州谢朓楼饯别校书叔云》),其中"愁"字的重叠使用,将作者那种无处渲释的愁写得淋漓尽致。又如《古诗十九首·迢迢牵牛星》一诗,全诗仅十句,用了六组叠词,"迢迢牵牛星,皎皎河汉女。纤纤擢素手,札札弄机杼。……盈盈一水间,脉脉不得语",形象地表达了牛郎织女缠绵的感情。

当然,叠字只是一种艺术手法,并不是叠字越多越好,应恰当地运用,不可为单纯追求形式,刻意用叠字而影响思想感情的表达。

2. 重叠的分类

依叠字在句中的位置,可分为首珠对、腹珠对和尾珠对。

(1)首珠对。将叠词用在句首最为常见,能够突出叠词所摹拟的意象的情态,使诗句描写细腻,具有朦胧婉约之美。

例如"落落出群非榉柳,青青不朽岂杨梅。"(杜甫《凭韦少府班觅松树子》);"片片花经眼,垂垂柳拂肩。"(吴芾《暮春感怀》);"去去人应老,年年草自生。"(张籍《思远人》);"年年喜见山长在,日日悲看水独流。"(王昌龄《万岁楼》);"双双新燕飞春岸,片片轻鸥落晚沙。"(陆游《鹧鸪天》)。

(2)腹珠对。将叠词放在句中,多是对前面词语做补充说明,进一层渲染意象。

例如"无边落木萧萧下,不尽长江滚滚来。"(杜甫《登高》);"荆巫脉脉传神语,野老娑娑起醉颜。"(刘禹锡《阳山庙观赛神》);"三山渺渺鸾鹤远,

七泽茫茫蓑笠寒。"（陆游《夜登山亭》）；"疏林红叶纷纷下，绕径黄花细细开。"（王庭珪《九日登鸿飞台》）；"大弦嘈嘈如急雨，小弦切切如私语。"（白居易《琵琶行》）；等等。

（3）尾珠对。将叠词放在句尾，二字韵调相同，没有抑扬起伏的变化，所以用得最少。

例如，"半世奇奇兼怪怪，一春白白与红红。"（吴则礼《怀关圣功》）；"去程风刺刺，别夜漏丁丁。"（李商隐《送千牛李将军赴阙五十韵》）；"丹壑树多风浩浩，碧溪苔浅水潺潺。"（许浑《早发天台中岩寺度关岭次天姥岑》）；"夜听疏疏还密密，晓看整整复斜斜。"（黄庭坚《咏雪奉呈广平公》）等。

（4）续滚对。无论五言还是七言，一句之中往往连用两个叠音词，两句之间四个叠音词相互对偶。整句都是叠词的称为"连滚对"，具有极为强烈的律动美、韵味美、画面美。

如王实甫《十二月过尧民歌·别情》：

自别后遥山隐隐，更那堪远水粼粼。见杨柳飞绵滚滚，对桃花醉脸醺醺。透内阁香风阵阵，掩重门暮雨纷纷。怕黄昏忽地又黄昏，不销魂怎地不销魂。新啼痕压旧啼痕，断肠人忆断肠人。今春香肌瘦几分？缕带宽三寸。

其他诸如"暗暗淡淡紫，融融冶冶黄。"（李商隐《菊》）；"夜听疏疏还密密，晓看整整复斜斜。"（黄庭坚《咏雪奉呈广平公》）；"红红白白花临水，碧碧黄黄麦际天。"（杨万里《过杨村》）。

在诗联作品中，叠词几乎可以充当各种句子成分。但两字重叠后，有的字义没有改变，而是加强了语气或是着重了语意。如"谁知盘中餐，粒粒皆辛苦。"（李绅《悯农》）句中"粒粒"叠词就是表示"每一粒"。

有的两字重叠后，叠词和原来单一的字意义已经不一样了，如杜甫《自京赴奉先县咏怀五百字》"兀兀遂至今"中的"兀兀"重叠后就是"忙碌"之意，而"兀"原意为"突兀"。

二、反复

反复是指语句的反复，在词中运用较为广泛，诗联作品中运用较为少见。其作用是为了强调某种意思、突出某种情感，特意重复使用某些词语、句子或者段落等。

反复分两种情况。第一种，格律中规定必须反复的。例如《忆秦娥》这个词牌，我们以李白的为例：

箫声咽，秦娥梦断秦楼月。秦楼月，年年柳色，灞陵伤别。

乐游原上清秋节，咸阳古道音尘绝。音尘绝，西风残照，汉家陵阙。

这个词牌的上下阕中，规定了第三句和第八句必须和前面的三个字反复出现。又如《如梦令》这个词牌，我们以李清照的词为例：

昨夜雨疏风骤。浓睡不消残酒。试问卷帘人，却道海棠依旧。知否，知否？应是绿肥红瘦！

词牌规定了第五句和第六句必须反复出现。其他如陆游《钗头凤》中的"一怀愁绪，几年离索。错！错！错""山盟虽在，锦书难托，莫！莫！莫"。词人先后两次发出的感叹构成"错""莫"两字的重叠，别开生面地直抒胸臆，表达对唐婉眷恋之深和相思之切的情感，抒发了怨恨愁苦而又难以言状的凄楚之心。《丑奴儿》："少年不识愁滋味，爱上层楼，爱上层楼，为赋新词强说愁。而今识尽愁滋味，欲说还休，欲说还休，却道天凉好个秋。"这段话用反复充分表达作者思想，增强文章的气势。

第二种是作者有意为之的反复。例如，李贺《苦昼短》：

飞光飞光，劝尔一杯酒。吾不识青天高，黄地厚。唯见月寒日暖，来煎人寿。食熊则肥，食蛙则瘦。神君何在？太一安有？天东有若木，下置衔烛龙。吾将斩龙足，嚼龙肉，使之朝不得回，夜不得伏。自然老者不死，少者不哭。何为服黄金，吞白玉？谁似任公子，云中骑碧驴？刘彻茂陵多滞骨，嬴政梓棺费鲍鱼。

在诗词中数量词的反复比较多，如"两人对酌山花开，一杯一杯复一杯。"（李白《山中与幽人对酌》）；"主称会面难，一举累十觞。十觞亦不醉，感子故意长。"（杜甫《赠卫八处士》）；"几时归去，作个闲人。对一张琴，一壶酒，一溪云。"（苏轼《行香子·述怀》）；等等。当然，这种反复通常前后词组结构相同。

第七节　反衬和陪衬

反衬和陪衬都属于"衬托"修辞的范围。衬托是指用一个或多个相似或相反的事物去突出某一主要事物的一种修辞手法，起衬托作用的事物居于次要地位。其主要作用呢，就是突出主要事物或某个方面。用相反的事物就是"反衬"，用相似的事物就是"陪衬"。我们先来讲反衬。

一、反衬

反衬，就是利用与主要形象相反、相异的次要形象，从反面衬托主要形象。反衬既是一种修辞方法，也是一种艺术表现技巧，因其表达效果的鲜明、强烈而深受古代诗家词客的钟爱，在写景和抒情的诗词中多有体现。

1. 反衬的作用

反衬是用相反的事物衬托主体,从而使主体更形象、更突出的一种写作技巧,如以美衬丑、以乐衬悲等。王夫之《姜斋诗话》云:"以乐景写哀,以哀景写乐,一倍增其哀乐。"可见反衬如果运用得好,可以起到双倍的作用。

2. 反衬的分类

在古典诗词中常见的反衬方式主要有动与静之间的反衬、虚与实之间的反衬、今昔盛衰之间的反衬、哀与乐之间的反衬等,方式虽各异,但表达效果一样,都是为了增加诗歌的表现力和感染力。

（1）动与静之间的反衬

动静之间的反衬,或者以静反衬动,或者以动反衬静,相互映衬,构成一种情境。最著名的例子当数王籍的《入若耶溪》:

> 舸艎何泛泛,空水共悠悠。
> 阴霞生远岫,阳景逐回流。
> 蝉噪林逾静,鸟鸣山更幽。
> 此地动归念,长年悲倦游。

此诗的五六句用以动反衬静的手法来渲染山林的幽静。"蝉噪"二句是千古传诵的名句,被誉为"文外独绝"。其他如王维的"倚杖柴门外,临风听暮蝉",杜甫的"春山无伴独相求,伐木丁丁山更幽",都是用动来反衬静,使静显得更加幽静、深沉。

以静衬动的例子,如王维的《山居秋暝》:

> 空山新雨后,天气晚来秋。
> 明月松间照,清泉石上流。
> 竹喧归浣女,莲动下渔舟。
> 随意春芳歇,王孙自可留。

"明月松间照,清泉石上流",用明月的静衬托清泉的动,将山林的清新、宁静之景描写得如临其境,为后面的浣女、渔舟之动做衬托。其他如李白的《峨眉山月歌》:"峨眉山月半轮秋,影入平羌江水流。"柳宗元的《江雪》:"千山鸟飞绝,万径人踪灭。孤舟蓑笠翁,独钓寒江雪。"这些都是以静衬动的例子。

（2）虚与实之间的反衬

在古诗词中,虚与实是相对出现的,一般情况都是以虚来反衬实。我们一般将没有的、假托的、主观的、隐蔽的、未来的以及未知的当成"虚",与之相反的即为"实"。

例如崔护的《题都城南庄》：

> 去年今日此门中，人面桃花相映红。
>
> 人面不知何处去，桃花依旧笑春风。

通过"去年"和"今日"同时同地同景而"人不同"的对比，把诗人因这两次不同的际遇而产生的感慨，回环往复、曲折尽致地表达了出来。

例如，李白的《梦游天姥吟留别》中的仙境就是虚拟的景象，如"日月照耀金银台""霓为衣兮风为马""虎鼓瑟兮鸾回车""仙之人兮列如麻"，等等。作者虚拟描绘了一幅美好的图景，来反衬出现实的黑暗。

又如"今宵酒醒何处，杨柳岸、晓风残月。"（柳永《雨霖铃》）这是设想的别后景物：一舟离岸，词人酒醒梦回，只见习习晓风吹拂萧萧疏柳，一弯残月高挂柳梢。

（3）今昔盛衰之间的反衬

诗歌内容的今与昔的对比，通常是用过去来反衬现在，通过昔盛今衰的对比，以形成强烈的表达效果，给人物是人非的感觉。

例如李煜《虞美人》：

> 春花秋月何时了，往事知多少。小楼昨夜又东风，故国不堪回首月明中。雕栏玉砌应犹在，只是朱颜改。问君能有几多愁，恰似一江春水向东流。

词中"故国"的"雕栏玉砌"并不在眼前，也就是虚像。作者将"雕栏玉砌"与"朱颜"对照着写，用过去的繁盛来反衬如今的凄凉，物是人非之感油然而生。

又如李白的《越中览古》：

> 越王勾践破吴归，义士还家尽锦衣。
>
> 宫女如花满春殿，只今惟有鹧鸪飞。

诗人给我们展示了两幅画面：一幅是越王凯旋，战士们换"锦衣"，宫女们在宫殿里恣情欢乐的繁盛景象；另一幅则是只有几只鹧鸪在王城故址上飞来飞去的凄凉景致。诗篇将昔日的繁盛和今日的凄凉通过具体的景物做了鲜明的对比，用过去的繁盛来反衬如今的凄凉，抒发了盛衰无常之感。

（4）哀与乐之间的反衬

人们对美好的事物有一种自然的欣赏和渴望，一旦遇到自己不能拥有的时候，感伤之情就会不约而至。

例如元好问的《临江仙》：

> 荷叶荷花何处好？大明湖上新秋。红妆翠盖木兰舟。江山如画里，人物更风流。

千里故人千里月，三年孤负欢游。一尊白酒寄离愁。殷勤桥下水，几日到东州！

这首词上阕回忆畅游大明湖的情景，新秋之时荷花娇艳，荷叶田田，一派美好的景象。下阕笔锋一转，景致再好，却离别在即，用美丽的景色来反衬分离愁思之深。

又如宋代李彭的《春日怀秦髯》：

> 山雨萧萧作快晴，郊园物物近清明。
> 花如解语迎人笑，草不知名随意生。
> 晚节渐于春事懒，病躯却怕酒壶倾。
> 睡余苦忆旧交友，应在日边听晓莺。

第一、二联写了盎然春意中一派明媚景象：无边的春草，新绿欲滴；照眼的春花，撩人欲醉；春天气息何等浓郁。然而，诗人年事已高，不能再去游玩，心情怎能不难过？前面的描写越美好，就越突出后面心情的消沉。

反衬和对比有一定的相似，但读者万不可将二者视为相同。对比即把两种对立的事物或某一事物的两个不同方面放在一起相互比较，以突出事物特征或揭示事物本质的手法。总而言之，反衬有主要形象，意在"衬"，次要形象是为了突出主要形象的；而对比意在"比"，正反两方面是平等的，没有主宾之分。

二、陪衬

所谓陪衬，也叫"正衬"，就是用类似的景物或景色来烘托情感。说得直白点，就是用好衬好，用美衬美，用丑衬丑，以悲衬悲，以喜衬喜，等等。如李白的"桃花潭水深千尺，不及汪伦送我情"，用深千尺的潭水来衬托汪伦对作者的情谊。诗词中的陪衬有以下几种：

1. 用衰败之景衬托愁苦之情

诗词中常用衰败、萧瑟之景来烘托人的愁苦、伤感之情，景物带上作者的感情色彩。例如杜甫《登高》：

> 风急天高猿啸哀，渚清沙白鸟飞回。
> 无边落木萧萧下，不尽长江滚滚来。
> 万里悲秋常作客，百年多病独登台。
> 艰难苦恨繁霜鬓，潦倒新停浊酒杯。

这首诗，首联写了急风在高天中发出怒号的声音，猿猴不停哀号；深秋了，在水清沙白的背景上一只鸟或许是因食物少，或许是跟鸟群失散，在急风中不停地盘旋。颔联写森林茫无边际，落叶在秋风中萧萧而下，长江滚滚而来，奔

流不息。作者写出了夔州满目苍凉的恢阔秋景,衬托出作者羁旅之愁、孤独之感。这种愁苦像落叶、流水一样排遣不尽,驱赶不绝,为下文作者对国运艰难的关注、对流落他乡的伤感做了铺垫。

2. 用美好之景衬托欣喜之情

美好之景通常给人愉悦的感受,诗词中也常用美好的景物来烘托美好的心情。

例如白居易《钱塘湖春行》:

> 孤山寺北贾亭西,水面初平云脚低。
> 几处早莺争暖树,谁家新燕啄春泥。
> 乱花渐欲迷人眼,浅草才能没马蹄。
> 最爱湖东行不足,绿杨阴里白沙堤。

这首诗描写了钱塘湖早春之景。西湖水涨,春水满湖,水色天光,白云和湖面的波澜连成一片。黄莺抢占向阳的暖树来一展它圆润的歌喉,燕子啄泥衔草筑新巢。西湖边到处是绿毯似的嫩草,平坦修长的白沙堤两边垂杨拂堤,人们在大好春光中骑马游玩。当时作者在杭州任刺史做了一些足以自慰的政绩,在政事之余常到西湖一带游赏,面对早春的西湖,作者的欣喜之情流露于字里行间。西湖勃勃生机之景从正面衬托出诗人的欣喜之情。

3. 用景色衬托人物

例如崔护《题都城南庄》:

> 去年今日此门中,人面桃花相映红。
> 人面不知何处去,桃花依旧笑春风。

这首诗用桃花的鲜艳来衬托少女的面色。春风中的桃花人人都知道是何等艳丽,而"人面"竟能"映"得桃花分外红艳。本来已经很美的"人面",在红艳艳的桃花映照之下定是显得更加青春美貌,风韵袭人。

4. 以景物衬托景物

例如杜甫的《旅夜书怀》:

> 细草微风岸,危樯独夜舟。
> 星垂平野阔,月涌大江流。
> 名岂文章著,官因老病休。
> 飘飘何所似?天地一沙鸥。

这首诗用"星星垂挂在远天"来衬托出平野的辽阔,用"月光涌动"来衬托大江在汹涌奔流。

5. 以人物衬人物

例如苏轼的《念奴娇·赤壁怀古》：

大江东去，浪淘尽，千古风流人物。故垒西边，人道是，三国周郎赤壁。
乱石穿空，惊涛拍岸，卷起千堆雪。江山如画，一时多少豪杰。

遥想公瑾当年，小乔初嫁了，雄姿英发。羽扇纶巾，谈笑间，樯橹灰飞烟灭。
故国神游，多情应笑我，早生华发。人生如梦，一尊还酹江月。

词中写"小乔"这样的美人，在于烘托周瑜才华横溢、意气风发，突出人
物的风姿。这首词也用了反衬的手法，中间描写周瑜的战功意在反衬自己的年
老无为。

第八节　一些特殊的修辞方法

诗词中使用的修辞手法，自然不会只有上面列举的那些，还有借代、排比、
设问、反问、省略、双关，等等。

一、借代

借代，顾名思义便是借一物来代替另一物出现，通俗地说，就是不直接说
出要表达的人或事物的名称，而是借用一个与其关系密切的东西来代替的一种
修辞方法。被替代的叫"本体"，替代的叫"借体"，"本体"不出现，用"借体"
来代替。恰当地运用借代可以引人联想，使语句拥有形象突出、特点鲜明、文
笔精炼、具体生动的效果。

借代的方式主要有：

1. 特征代本体，即用借体（人或事物）的特征、标志去代替本体事物的
名称。

例如 "朱门酒肉臭，路有冻死骨"（杜甫《自京赴奉先县咏怀五百字》），用
"朱门"指代显贵之家；"知否？知否？应是绿肥红瘦"（李清照《如梦令》），其
中用"绿"和"红"来代替"叶"和"花"等。

2. 部分代整体，即用事物具有代表性的部分代本体事物。

例如 "两岸青山相对出，孤帆一片日边来。"（李白《望天门山》），其中用
船的一部分"帆"代替船。"樯橹灰飞烟灭"（苏轼《念奴娇·赤壁怀古》），用"樯橹"
是代战船；"伤心秦汉经行处，宫阙万间都做了土"（张养浩《山坡羊·潼关怀古》），
用"秦汉"代替时代等。

3. 具体代抽象。

例如 "举酒欲饮无管弦"（白居易《琵琶行》），用"管弦"指代音乐；"想当年，

金戈铁马"(辛弃疾《永遇乐·京口北固亭怀古》),用"金戈铁马"来代指精锐部队;
"老夫聊发少年狂,左牵黄,右擎苍"(苏轼《江城子·密州出猎》)用"黄""苍"
借代黄狗和苍鹰等。

二、排比

排比,就是把结构相同或相似,语气一致、意思相关联的句子或成分排列
在一起,但要三个以上。它可以增强语言的气势美,可以构建形式的整齐美,
可以打造文章的旋律美。

例如马致远的《天净沙·秋思》:

枯藤老树昏鸦,小桥流水人家,古道西风瘦马。夕阳西下,断肠人在天涯。

作者将枯藤、老树、昏鸦、小桥、流水、人家、古道、西风、瘦马九个形
象并列在一起,使浓郁的秋色之中蕴含着无限凄凉悲苦的情调。

又如《木兰诗》中"东市买骏马,西市买鞍鞯,南市买辔头,北市买长鞭",
连续用了四个排比句写她到市场上去买战马和装备,做好了出征前的一切的
准备。

三、设问

设问,就是为了引起别人的注意,故意先提出问题,然后自己回答。设问
可提醒人们思考,有的为了突出某些内容。诗词中使用设问修辞手法的比较多。

设问在诗中使用的例子:"座中泣下谁最多?江州司马青衫湿。""其间旦暮
闻何物?杜鹃啼血猿哀鸣。""岂无山歌与村笛?呕哑嘲哳难为听。"(白居易《琵
琶行》)

设问在词中使用的例子:如"谁道人生无再少?门前流水尚能西。"(苏轼《浣
溪沙》);"酒酣胸胆尚开张,鬓微霜,又何妨?持节云中,何日遣冯唐。"(苏轼
《江城子·密州出猎》)

四、反问

反问,就是无疑无问,用疑问形式表达确定的意思,用肯定形式反问表否定,
用否定形式反问表肯定。

例如"醉卧沙场君莫笑,古来征战几人回?"(王翰《凉州词》);"安能摧
眉折腰事权贵,使我不得开心颜。"(李白《梦游天姥吟留别》);"凭谁问,廉颇
老矣,尚能饭否?"(辛弃疾《永遇乐·京口北固亭怀古》);"欲寄彩笺兼尺素,
山长水阔知何处?"(晏殊《蝶恋花》);"满地黄花堆积,憔悴损,如今有谁堪摘?"
(李清照《声声慢》);等等。

五、省略

所谓省略，就是依照简约、留空的原则，在语言组合中删除一些通常应有的成分，让作品产生一种形象感人、回味无穷的艺术效果。诗词中句子的省略主要为省略主语、谓语和其他一些无谓语句子。

例如"家住层城临汉苑，心随明月到胡天。"（皇甫冉《春思》）此句诗主语是某一位戍边军人的妻子，也即作品的主人公，所以这里的主语省略不提。

又如"西山白雪三城戍，南浦清江万里桥。"（杜甫《野望》）其中"万里桥"为主语，"南浦清江"为地点状语，中间省略了谓语。

六、双关

双关，也叫"一语双关"，有意使语句具有双重意义，言在此而意在彼双关可使语言表达得含蓄、幽默，而且能加深寓意，给人以深刻印象。

例如蒋捷《虞美人·听雨》：

少年听雨歌楼上，红烛昏罗帐。壮年听雨客舟中。江阔云低，断雁叫西风。而今听雨僧庐下，鬓已星星也。悲欢离合总无情，一任阶前，点滴到天明。

"少年、壮年、而今"，将作者的一生从小到大，从兴盛到衰落，写得准确、生动。而"上、中、下"又将作者一生由盛及衰、每况愈下的情况描绘得相当精到。

其他如"东边日出西边雨，道是无晴却有晴。"（刘禹锡《竹枝词》）其中"晴"与"情"同音，表现了在朦胧恋爱中的男女有趣而微妙的心理。"采莲南塘秋，莲花过人头;低头弄莲子,莲子青如水。"（《西洲曲》）由于"莲"与"怜"音同，"莲子"也即"怜子"，"青"即"清"。这里是实写也是虚写，语意双关，表达了一个女子对所爱男子的深长思念和爱情的纯洁。"春蚕到死丝方尽，蜡炬成灰泪始干。"（李商隐《无题》）其中"丝"谐"思"的音，"泪"字语义双关，明指蜡泪，暗指相思之泪。

第二章

诗词的艺术形式

艺术形式与艺术内容并举，指的是艺术作品内部的组织构造和外在的表现形态以及种种艺术手段的总和。

艺术形式包含两个层次：一是内形式，即内容的内部结构和联系；二是外形式，即由艺术形象所借以传达的物质手段所构成的外在形态。具体到诗词中，艺术形式包含诗词的立意、谋篇布局、用典、议论，等等。

第一节　立意与意境

在评论一首诗或词时，常常有这样的评论——"立意高远，意境深邃"。立意和意境是两个不同的概念，二者有联系又有区别。立意是创造意境的前提，意境是立意造就的结果；立意从于主观，意境呈于客观。那么，怎样才能做到"立意高远，意境深邃"呢？我们先来了解什么是立意。

一、立意

1. 立意的概念

立意，又称命意。诗词的立意，是指作者在构思过程中，根据想要表现的情思、景致、事物、事件等题材，确立作品要表达的主旨、要揭示的生活真谛。通俗讲，立意就是明确创作意图，确立具体作品的创作主题，有了明确的创作主题才能具体地构思和完成诗词作品的创作。

2. 立意的重要性

诗词作品贵在立意。古人的著述或诗话中对于"立意"有很多精辟的论述，如魏文帝曰："文以意为主，以气为辅，以词为卫。"宋代刘贡甫《中山诗话》云："诗应以意为主，文词次之，或意深义高，虽文词平易，自是奇作。"苏轼认为："善诗者道意不道名。"由此可知，意之于诗，如帅之将兵也，诗之高下率皆由意而观。

清阮葵生《茶余客话》："诗以意为主，无帅之兵，谓之乌合。云烟泉石，金玉锦绣，花木禽鱼，皆散卒也。以意遣之，则无不灵。"唐代杜牧在《答庄充书》中说："凡为文以意为主，以气为辅，以辞采章句为之兵卫。"魏际端《伯子论文》中说："文主于意，意多乱文。"

以上这些都充分说明了一点，那就是立意是一首诗的灵魂。一首诗没有了灵魂，也就没有了生命力。创作一首诗词，首要的并不是考虑它的语言、节奏、韵律等，而是必须先确定立意。一篇文章、一首诗，必以意串，无"意"之作，必定神情散漫，杂乱无章，只是语言材料的堆砌而已。立意的正确与否，决定着诗作的主题思想是否正确；立意的高下、深浅，决定着诗作的思想性与感染力。

3. 立意的要求

（1）立意要正确、鲜明

之所以将"正确"作为立意的第一要求，在于现在的社会世界观、价值观多元化。立意正确，就是指所确立的主体反映了自然的本质和规律，反映了生活的本质和主流，符合自然和社会的发展规律。正确，就是作者要有正确的世界观、人生观、价值观。

立意正确是创作诗词的根本要求，"意"主要是指诗词的思想性。"意"是否能"立"得住，就看它是否正确，是否带有社会普遍性，是否符合人们的审美要求与习惯，是否能积极地、健康地反映生活本质的内容。也就是说，正确的立意应是大多数人能够认可或是积极倡导的。只有正确的意才能立得住、立得稳。

所谓鲜明，是指所确立的主题能旗帜鲜明地表示爱什么，憎什么；赞成什么，反对什么。

（2）立意要集中、单纯

一首诗词多意必意杂，意杂必主旨不明。王夫之在《姜斋诗话》中说："一诗止于一时一事，自十九首至陶谢皆然。既以命意成章，则求尽一物、一景、一情、一事之旨，得尽而毕。"其又云："一篇载一意，一意则自一气，首尾顺成，谓之成章。"如果有数意，就分成几首来写。例如李白《清平调》（三首）：

其一

云想衣裳花想容，春风拂槛露华浓。
若非群玉山头见，会向瑶台月下逢。

其二

一枝红艳露凝香，云雨巫山枉断肠。
借问汉宫谁得似？可怜飞燕倚新妆。

其三

名花倾国两相欢，常得君王带笑看。
解释春风无限恨，沉香亭北倚阑干。

第一首着意从空间来写，把读者引入蟾宫阆苑，把贵妃比作嫦娥；第二首着意从时间来写，把读者引入楚襄王的阳台、汉成帝的宫廷，把贵妃比作神女和赵飞燕；第三首从眼前的现实写，点明唐宫中的"沉香亭北"，把贵妃比作国色天香的牡丹。三首诗各写一意，各自成章，又相互钩带，其一、其三均写到"春风"，前后呼应，表明为一组。

（3）立意要深刻、新颖

所谓深刻是指能反映生活的本质及内部规律，能揭示事物所包含的深刻的思想意义。而新颖是指所确立的主题是作者的新认识、新感受，能给人以新的启示。

诗词贵有新意。《苕溪渔隐丛话》云："学诗亦然，若循习陈言，规摹旧作，不能变化，自出新意，亦何以名家。"黄鲁直亦云："文章忌随人后，随人作计终依人。"宋子京亦云："文章必自成一家，然后可以传之不朽，若体规画圆，准方作矩，终为人臣仆，古人讥为屋下架屋也。"

例如，唐代诗人李商隐的著名诗句"夕阳无限好，只是近黄昏"，自古以来吸引了许多读者，人们大都会因为夕阳西下黯然神伤；朱自清反弹琵琶，写出了"但得夕阳无限好，何须惆怅近黄昏"这样的佳句，变换了立意角度，改变了原诗中消极的情绪，令人耳目一新。正所谓"语淡而情浓，事浅而言深"。

（4）立意要志趣高远

所谓志趣高远，是指立意不能有任何不健康的因素存在，应做到符合文章主题，顺应文章中心。"若要意境高，且于胸怀远。"诗词立意高远，作品才有气魄、风骨，读来才不俗。姜夔在《白石道人诗说》中讲："意格欲高，句法欲响。只求工于字句，亦末矣！"他认为，如果只是让字句工整，是雕虫小技。

何为高远？王安石赞陶渊明《饮酒》诗前四句"结庐在人境，而无车马喧。问君何能尔，心远地自偏"说："诗人以来，无此四句！"宋代李公焕说：此诗"脱尽古今尘俗气"，可谓志趣高洁、寓意深远之范例。

宋代严羽在《沧浪诗话》中认为学诗要先除五俗："一曰俗体，二曰俗意，三曰俗句，四曰俗字，五曰俗韵。"这就要求作者要以博大的胸怀、高尚的情操、健康积极的心态审视题材，不能被眼前的现象阻挡，要在想象中赋予双眼透视功能，望远再望远，望至肉眼所不能及。

4. 如何立意

写作诗词，立意当要高、深、远。戴师初认为："凡作文发意，第一番来者，陈言也，扫去不用；第二番来者，正语也，停之不可用；第三番来者，精意也，方可用之。"可见深层意才有蕴含，是精辟、新颖之所在。这就要求我们在写作诗词时，要去粗取精，反复锤炼，由表及里，层层开掘。

（1）联想类比，拓展掘进

所谓联想，是由眼前"此景此物"想到不在眼前的"彼景彼物"，并通过对其外形特点与内在气质的表现，借助于类比、寓意，或以形传神，或虚实相生，开掘出一种深刻的含意。

例如杜甫《茅屋为秋风所破歌》：

八月秋高风怒号，卷我屋上三重茅。茅飞渡江洒江郊，高者挂罥长林梢，下者飘转沉塘坳。南村群童欺我老无力，忍能对面为盗贼。公然抱茅入竹去，唇焦口燥呼不得，归来倚杖自叹息。俄顷风定云墨色，秋天漠漠向昏黑。布衾多年冷似铁，娇儿恶卧踏里裂。床头屋漏无干处，雨脚如麻未断绝。自经丧乱少睡眠，长夜沾湿何由彻！安得广厦千万间，大庇天下寒士俱欢颜，风雨不动安如山！呜呼，何时眼前突兀见此屋，吾庐独破受冻死亦足！

这首诗是杜甫在唐肃宗上元二年（761年）八月所作。当时战乱纷纷，人们流离失所。杜甫在经历了十几年悲辛潦倒、颠沛流离的生活之后，到了成都住在草堂，总算暂时安定下来了。即便如此，诗人却彻夜难眠，浮想联翩，由风雨飘摇的茅屋联想到国家和人民。诗人从切身体验推己及人，以天下之忧为忧，渴望有广厦千万间为天下贫寒之士解除痛苦，甚至想以个人的牺牲来换取天下寒士的欢颜。

（2）比照衬托，象征引申

这种方法要求作者以某一相通点为媒介，进行由此及彼的思考，引出与所写事物有相通之处的另一事物，并把另一事物作为陪衬，与所写事物进行比照，使另一事物对所写事物起衬托铺垫作用，从而升华所写事物的立意。关于诗词中的象征，有很多例子。例如"梧桐"，大多诗作用其表示一种凄苦之音。如"春风桃李花开日，秋雨梧桐叶落时。"（白居易《长恨歌》）秋日冰冷的雨打在梧桐叶上，好不令人凄苦。又如"寂寞梧桐，深院锁清秋。"（李煜《相见欢》）；"梧桐树，三更雨，不道离情正苦。一叶叶，一声声，空阶滴到明。"（温庭筠《更漏子》）；"梧桐更兼细雨，到黄昏，点点滴滴。"（李清照《声声慢》）可见秋雨打梧桐，别有一分愁滋味。

又如"冰雪"：以冰雪的晶莹比喻心志的忠贞、品格的高尚。如"洛阳亲友

如相问，一片冰心在玉壶。"（王昌龄《芙蓉楼送辛渐》）冰心比喻高洁的心性，古人用"清如玉壶冰"比喻一个人光明磊落的心性。

其他诸如"柳树"象征惜别；"月亮"象征思念；"蝉"象征高洁；"长亭"象征送别等，不一而论。

（3）辩证立意，巧换角度

诗词创作中，物、事、景、象的含意是多方面的，作者对客观外物的感受也非常复杂，而非单一、单面的。所以，立意也可以多方位求索以求新颖。可以以小见大，也可以反向求异；还可以变换角度，从自己独特的感受出发，等等。

例如宋代陈焕的《梅花村咏梅作》诗：

> 雪里溪桥独树春，客来惊起晓妆匀。
> 试从意外看风味，方信留侯似妇人。

李清照曾说："世人作梅词，下笔便俗。"但此诗立意奇特，令人大为感叹。此诗先是将梅花比作红粉佳人，意境一步步奇异起来。客人突访，惊扰了深处闺中的佳人。她恍然惊起，如惊鸿翩翩，羞红了香腮，仿佛晓妆初匀那般美丽。接着换一个角度来看这梅花，它竟如贤相张良一般令人生敬，这就显得诗作构思独特，立意新奇。

（4）去粗取精，力求脱俗

诗词内容庸俗，是诗词的一大弊病。庸俗之作，内容浅薄，语言粗鲁鄙陋，或千篇一律或滥施淫彩，或矫揉造作。清人王士祯说："为诗且无计工拙，先辨雅俗。品之雅者，譬如女子，靓妆明服固雅，粗服乱头亦雅；其俗者，假使用尽妆点，满面脂粉，总是俗物。"明代俞彦说："遇事命意，意忌庸、忌陋、忌袭。立意命句，句忌腐、忌涩、忌晦。"

元好问《论诗三十首》认为避俗之要领，首先贵在自得。唯有自得，方能有胆有识，言出性灵。其次须做到"人所易言，我寡言之；人所难言，我易言之。自不俗。"（姜夔《白石道人诗说》）

例如杜甫的《孤雁》：

> 孤雁不饮啄，飞鸣声念群。
> 谁怜一片影，相失万重云。
> 望尽似犹见，哀多如更闻。
> 野鸦无意绪，鸣噪自纷纷。

这是一首孤雁念群之歌，体物曲尽其妙，同时又融注了作者的思想感情，内容十分绝妙。依常规方法，咏物诗以曲为佳，以隐为妙，所咏的事物是不宜

直接说破的。杜甫则不是这样，他开篇即唤出"孤雁"。全篇咏物传神，是大匠运斤，自然浑成，全无斧凿之痕。

（5）别开生面，立意求新

清人顾炎武说："终身不脱'依傍'二字，断不能登峰造极。"可见，立意要新颖，意新则诗新，意陈则诗俗。清代方东树在《昭昧詹言》中提出："去陈言，非止字句，先在去熟意。凡前人已道过之意与词，力禁不得袭用。"可见，立意要见人所不曾见，道人所不曾道。这就要求我们在平时多学、多看、多思、多练，力求"自得"，另辟蹊径，别开生面。

例如唐代贾至《春思》：

> 草色青青柳色黄，桃花历乱李花香。
>
> 东风不为吹愁去，春日偏能惹恨长。

写春思的诗词很多，无论是写春天的明媚，还是写春愁，都很容易落入俗套。这首诗前两句似乎没有出众之处，仍然是写春日的生机盎然，后面两句却不顺着这个思路朝下写，而是别出奇思，以出人意表的构思，怨恨"东风不为吹愁去，春日偏能惹恨长"。作者撇开自己，而从东风与春日的角度入手，以拟人化手法来写一种愁绪。他把因谪居楚地的流人之愁、逐客之恨归罪于东风、春日，使诗思更深一层，诗意的表现更有深度，更为曲折，更有避平见奇之效，立意也就自有奇警之妙。

然而，要做到诗词的立意深远并非易事。要善于观察、想象、揣摩、提炼、升华，善于捕捉稍纵即逝的时空，等等，这些都与作者自身的修养有关。

二、意境

学习诗词的立意，离不开对诗词作品意境的领悟、把握与经营。

1. 意境的概念

所谓诗词的意境，就是指作者用形象思维的方法，在情与景高度交融后，把生活反映在作品中，从而使作品中呈现情景交融、虚实相生、活跃着生命律动、韵味无穷的诗意空间。正如宗白华所说："意境是情与景的结晶品。"

（1）意境与境界的区别

很多教科书上将意境和境界视同一类，例如王国维的《人间词话》，其实它们还是有所区别的。"境界"一词作为一般习惯用法，放在不同的句中有着不同的含义。或者指作品中的一种抽象界域，如"境界有二，有诗人之境界，有常人之境界"；或者指修养造诣之各种不同的阶段，如"古今之成大事业、大学问者，必经过三种之境界"；或者指作者所描写的景物，如"明月照积雪""大江日夜流""中天悬明月""黄河落日圆"的境界，可谓千古壮观等。

意境是属于主观范畴的"意"与属于客观范畴的"境"二者结合的一种艺术境界。有境界是前提、是基础，在此基础之上，诗人感受景物而情动于心，禀赋造化之功，塑造出诗味之者无极、闻之者动心的意境，方能达到真善美相统一的高级审美阶段。

（2）意境与意象的区别

意象是指诗歌中熔铸了作者主观感情的客观物象，它对于意境的形成起着至关重要的作用。意境的概念比意象大，意境由意象组成，意象包括在意境之中。但意象又不等于意境，二者是两个不同而又密切联系的概念。二者的区别在于，一是它们所达到的层次和深度不同：意象指的是审美的广度，而意境指的是审美的深度；二是意境是意象的升华；三是意象属于艺术范畴，而意境指的是心灵时空的存在与运动，其范围广阔无涯。

例如"故人西辞黄鹤楼，烟花三月下扬州。孤帆远影碧空尽，惟见长江天际流。"（李白《送孟浩然之广陵》）黄鹤楼、烟花、孤帆、长江等意象组合起来便成了一幅融情于境的画面。通过孤帆消失、江水悠悠和久立江边若有所失的诗人形象，表达送别友人的深情挚意。

2. 意境的特征

意境作为文学形象的高级形态之一，有着四大特征：

（1）情景交融。这是意境创造的表现特征，直接关系着意境的生成，其中表现方式有景中藏情式、情中见景式和情景并茂式。

（2）虚实相生。这是意境创造的结构特征，实境真，虚境生，虚境以实境为载体，要通过实境来表现。实境要在虚境的统摄下来加工，在虚境的引领下得以升华。

（3）韵味无穷。这是意境的审美特征，它在意境这种内蕴的领域表现得更为突出集中，这使意境的审美特征更富有韵味。

（4）生命律动。这是意境的本质特征，意境的本质是要展示生命本身的美。意境本质上是一种心理现象，是一种人类心灵的生命律动，主要有三个特点：表真挚之情、状飞动之趣和传万物之灵趣。

意境的形成，靠的是心与物、情与境、主观与客观的交融。诗词的意境美，主要体现在以下几个方面。

（1）意境的形象美。古代诗人描绘大自然景物时，善于捕捉典型形象入诗，随物赋形，敷色设彩。例如李白忧郁地唱"白发三千丈，缘愁似个长"，杜甫凄苦地吟"感时花溅泪，恨别鸟惊心"，杨万里描绘着"接天莲叶无穷碧，映日荷花别样红"……这些美的形象，给我们都留下了深刻的印象，真正达到了"思接千载，视通万里"的艺术效果。

（2）意境的情感美。意境之所以感人，就是因为形象中寄托了作者的感情。

诗人创作往往是"情动于中而形于言"。例如："千里莺啼绿映江，水村山郭酒旗风。南朝四百八十寺，多少楼台烟雨中。"（杜牧的《江南春绝句》），其中黄莺、红花、绿树、山村、水乡、酒旗、春风等意象，似乎在描述江南春天的景色。但其实后两句暗含的意思为"这些寺院庙宇需要多少民脂民膏来建造啊"，可知作者是在感叹晚唐皇帝的腐朽。好的诗词作品总能策动读者的情感效应，即使一景一物或一人一事，总是给人一种"一切景语皆情语"之感。

（3）意境的含蓄美。好的诗词常会给人一种"言有尽而意无穷"的感觉，可见含蓄是诗词魅力所在。例如李煜在《虞美人》中说，"恰似一江春水向东流"，就可以引发"流水不复，青春易老，时间已逝，往事难追，生命将尽"等多种感慨。

3. 意境的分类

关于意境的分类，文学史上出现了很多种分类方法。有清代刘熙载从意境的审美风格上提出的分类方法，将意境分为"花鸟缠绵、云雷奋发、弦泉幽咽、雪月空明"四境，也就是"明丽鲜艳、热烈崇高、悲凉凄清、和平静穆"四种美。

而王国维在《人间词话》中，也提出一种分类方法。他说："有有我之境，有无我之境……有我之境，以我观物，故物皆著我之色彩。无我之境，以物观物，故不知何者为我，何者为物。"如杜甫的《春望》为有我之境，陶渊明的"采菊东篱下，悠然见南山"就是"无我之境"。王昌龄《诗格》中的"三境说"，也可算是一种方法。他认为，"诗有三境：一曰物境。欲为山水诗，则张泉石云峰之境，极丽绝秀者，神之于心，处身于境，视境于心，莹然掌中，然后用思，了然境象，故得形似。二曰情境。娱乐愁怨，皆张于意而处于身，然后驰思，深得其情。三曰意境。亦张之于意而思之于心，则得其真矣。"这里的"三境"，实际上就是意境的三种类型，把偏重于描写景物的称为物境，偏重于抒写情怀的称为情境，偏重于说理言志的称为意境。

这里，我们采用刘熙载的从意境审美风格上提出的分类方法，并将他提炼的四种扩展到八类，以便读者学习。

（1）热烈崇高、慷慨悲壮

典型代表——曹操的《观沧海》：

> 东临碣石，以观沧海。
>
> 水何澹澹，山岛竦峙。
>
> 树木丛生，百草丰茂。
>
> 秋风萧瑟，洪波涌起。
>
> 日月之行，若出其中；
>
> 星汉灿烂，若出其里。
>
> 幸甚至哉，歌以咏志。

特点在于写景雄奇壮美，气势恢宏；抒情奔腾震荡，磅礴千钧；文辞渲染夸张，振奋激昂。

（2）悲凉凄清、苍凉悲壮

典型代表——李白的《关山月》：

> 明月出天山，苍茫云海间。
> 长风几万里，吹度玉门关。
> 汉下白登道，胡窥青海湾。
> 由来征战地，不见有人还。
> 戍客望边邑，思归多苦颜。
> 高楼当此夜，叹息未应闲。

其特点在于写景则苍茫辽远，峻拔萧疏；抒情则豪迈雄健，慷慨悲凉；文辞古朴遒劲，惨烈悠长。

（3）和平静穆、淡泊静谧

典型代表——王维的《山居秋暝》：

> 空山新雨后，天气晚来秋。
> 明月松间照，清泉石上流。
> 竹喧归浣女，莲动下渔舟。
> 随意春芳歇，王孙自可留。

这首诗的特点在于通过描写大自然的空寂幽趣，表现作者远尘避世的淡泊情绪。

（4）宏伟壮丽、豪迈飘逸

典型代表——王维《使至塞上》：

> 单车欲问边，属国过居延。
> 征蓬出汉塞，归雁入胡天。
> 大漠孤烟直，长河落日圆。
> 萧关逢候骑，都护在燕然。

这首诗的特点在于写景则壮阔开朗，虚实相生；抒情则豪情满怀，飘逸洒脱；文辞轻健明快，奇谲俊丽。

（5）深邃沉郁、慷慨悲壮

典型代表——杜甫的《秋兴八首》（其四）：

> 闻道长安似弈棋，百年世事不胜悲。

> 王侯宅第皆新主，文武衣冠异昔时。
>
> 直北关山金鼓震，征西车马羽书驰。
>
> 鱼龙寂寞秋江冷，故国平居有所思。

这首诗的特点在于思想上沉郁顿挫，曲回郁结；语言上不饰雕琢，真挚感怀，长于以情动人。

（6）清新素雅、自然淳朴

典型代表——《古诗十九首》：

> 行行重行行，与君生别离。相去万余里，各在天一涯。
>
> 道路阻且长，会面安可知。胡马依北风，越鸟巢南枝。
>
> 相去日已远，衣带日已缓。浮云蔽白日，游子不顾反。
>
> 思君令人老，岁月忽已晚。弃捐勿复道，努力加餐饭。

这首诗的特点在于情真、景真、事真、意真，风格纯朴清新。诗中或描写大自然景物，青山绿水，芳草佳树；或描写一些纯洁天真的人物，生动活泼，俏丽可爱。表现手法多为细致素雅，清新婉转，似流泉鸣琴，洋溢着生气。

（7）纤秾婉丽、秾艳瑰丽

典型代表——温庭筠的《菩萨蛮》：

> 小山重叠金明灭，鬓云欲度香腮雪。懒起画蛾眉，弄妆梳洗迟。
>
> 照花前后镜，花面交相映。新帖绣罗襦，双双金鹧鸪。

这首词的特点在于题材多"酒边花下，盛装美人"，表现手法"浓抹彩绘，刻意雕琢"，艺术形象"金碧辉煌，秾艳绝人"。

（8）凄冷寒凉、哀伤惨淡

典型代表——李清照的《一剪梅》：

> 红藕香残玉簟秋，轻解罗裳，独上兰舟。云中谁寄锦书来？雁字回时，月满西楼。
>
> 花自飘零水自流。一种相思，两处闲愁。此情无计可消除，才下眉头，却上心头。

这首词的特点在于环境哀伤凄冷，如泣如诉，往往以愁肠楚恻的意象打动人心并唤起读者对美好事物的热爱与向往。

我们总结的八小类意境，并不是说涵盖了所有的意境分类，这些分类也没有高低之分，乃审美观念不同而已。正所谓"景中有情，象中有境，情景交融，自有意境"，优秀的古诗词作品无不遵循此，因此，品诗词就应从这种

艺术的核心——意境入手,才能领悟古诗词"言近而旨远,辞浅而意深"的精髓。

4. 如何表现诗词意境

一般来说,只有得到大多数人欣赏的诗词作品,其意境才会近于完美。要抒写完美的诗词意境,应从以下途径努力。

（1）要善于展开联想与想象的翅膀

正所谓"没有想象就没有诗歌",从抽象的文字符号到栩栩如生、有声有色的画面的形成,这中间的桥梁便是想象思维。例如"天苍苍,野茫茫,风吹草低见牛羊"(《敕勒歌》),呈现了一幅绮丽壮阔、生机勃勃的草原全景图。这就是想象。在诗歌欣赏中少不了想象,在诗歌创作中自然更少不了。例如李白的很多诗歌都是想象的产物,他描写的景物实际中并不存在。如果连作者都不能想象出那些瑰丽奇异的景象,又怎么能让读者感受到呢?

（2）抓住意象,并反复揣摩意象

诗词创作离不开意象,意象的选择只是第一步,是诗的基础;创作诗词,意象的选择很重要。读者进入诗歌的意境总是从感受意象开始的。诗人对意象的选取与描绘,正是其主观感情的流露,因此,诗人要善于抓住意象并反复揣摩、体味意象,从而组合意象,创造出"意与境谐"的诗词作品。

例如:"月落乌啼霜满天,江枫渔火对愁眠。姑苏城外寒山寺,夜半钟声到客船。"(张籍《枫桥夜泊》)其中月、乌、霜、江枫、渔火、寒山寺、钟声、客船等是意象,由这些意象,诗人让我们感受到了一种空灵旷远的意境。

（3）读万卷书,走万里路,不断提高自身境界

王国维在《人间词话》中说:"大家之作,其言情也,必沁人心脾;其写景也,必豁人耳目。其辞脱口而出,无矫揉妆束之态。以其所见者真,所知者深也。"可见,对自然界的认识之所以"真"而又"深",是因为通过学习书本知识或者实践,有了间接或者直接的知识,有了知识就能更深入地洞察自然界。

另外,创作需以"童心""赤子之心"道他人之不曾言、不敢言,摄取"真实"而富有想象空间的意境。

所谓"童心""赤子之心"就是指要有像婴儿一样的纯洁无瑕的心,不是华美而耀眼的,却有一种清澈的魅力。赤子之心纯洁、真诚、善良、自然,对世间万物有好奇心,也就是用求索的心态,追求真理。李煜、纳兰性德的词就体现了这个原则,其创作风格婉丽悲壮,触景生情,"情"胜兼"景"胜,一切"景"语皆"情"语。

（4）根据所要图写的意境,选择体裁笔法

不管据命题而写,还是赠答、和诗、凭吊、伤时、题壁或偶兴而发,均应选择适合的体裁与笔法图写意境。计有如下数则:

① 诗言志，词抒情，视题材而定。但这也并非绝对，因诗词都可抒情或者言志，或者既言志又抒情。

②近体诗要重视格律，特别是首句的气势、颔联与颈联之对仗。如明朝谢榛的《四溟诗话》中写道："凡作近体，诵要好，听要好，观要好，讲要好。诵之行云流水，听之金声玉振，观之明霞散绮，讲之独茧抽丝。此诗家四关，使一关未通，非佳句矣。"

③诗词应神韵如一，神聚而色泽生，韵贯而"境"自妙。明陆时雍《诗镜总论》认为："诗之佳，拂拂如风，洋洋如水，一往神韵，行乎其间。"

④一首诗中有一句意象独出或富有哲理的诗句，则全篇生采。

⑤《诗镜总论》云："诗不待意，即景自成。意不待寻，兴情即是。"好诗自在顿悟，形式应为内容服务，体裁因意而择。

第二节　赋、比、兴

好的诗词都会有一种意境美，使人读后感受到它的韵味浓郁、情意盎然。但是，如何才能营造出诗词作品的美好意境呢？这就是我们在创作中应该掌握和运用的营造意境的三种表现手法——赋、比、兴。

《毛诗序》中说："诗有六义焉：一曰风，二曰赋，三曰比，四曰兴，五曰雅，六曰颂。"其中风、雅、颂是指诗的作用，而赋、比、兴则是诗的表现手法。刘勰的《文心雕龙》对这三个概念作了详细的解释："赋者，铺也。铺采摛文。体物写意也。比者，附也。兴者，起也。……何谓为比？盖写物以附意，扬言以切事也。"

概而言之，"赋"，是铺陈的意思，对事物直接陈述，不用比喻。"比"，就是比喻，以彼物比此物。"兴"，就是联想，触景生情，因物起兴。下面，我们来一一解释。

一、赋

例如李白的《静夜思》：

床前明月光，疑是地上霜。
举头望明月，低头思故乡。

相信大家对这首诗都不陌生，这里用白描的手法，将那些引起作者思乡之情的具体情景直接描述出来，就是赋法。

1.赋的概念

朱熹《诗集传》中这样定义："赋者，敷陈其事而直言之者也。"赋，铺陈

直叙的意思,即用白描手法叙物言情,使情和物全部呈现出来。如《静夜思》一诗,用赋的手法描述了作者的思乡之情,平铺直叙,虽然没有跌宕起伏,却也将作者的情感描绘得栩栩如生。

所谓"赋",就是直接叙述、描写或抒情,用的是白描手法。赋的本义是平铺直叙,铺陈、排比,包括"记叙、描写"的意思。也就是"叙物以言情谓之赋,情尽物也"。铺陈,指将一连串内容紧密关联的景观物象、事态现象、人物形象和性格行为,按照一定的顺序组成一组结构基本相同、语气基本一致的句群。

赋与排比有相通的地方,但二者不尽相同。赋,必然会采用排比的修辞手法,但是赋的独特之处在于,它在铺排之中,采用直接叙述、描写或抒情,不拐弯抹角,不遮遮掩掩。

"赋"既是一种艺术方法,又是一种文体。至西汉,赋在比、兴之外,独自发展成为一种文体。作为文体的赋不做过多说明,此处只谈作为艺术方法的赋。

2. 赋的艺术特征

赋既可以淋漓尽致地细腻铺写,又可以一气贯注、加强语势,还可以渲染某种环境、气氛和情绪。赋作为表现手法具有三点特征:

(1)直接叙事,即采用白描手法,开门见山,不拐弯抹角,不用比喻之类修辞手法。例如李白的《黄鹤楼送孟浩然之广陵》:

> 故人西辞黄鹤楼,烟花三月下扬州。
>
> 孤帆远影碧空尽,惟见长江天际流。

这首诗采用赋的白描手法,将送别的眼前之景一一描述,让读者在一片春意盎然中,别有滋味地体会到作者对扬州、对友人的向往之情。这里没有比喻,也没有其他任何的修辞手法、表现手法,仅是将离别地点、送别时间、友人去向、送别场景以及离别后的景致描绘出来,却将离别写得飘逸灵动、情深意永。

(2)在叙事过程中讲究"铺陈"。"铺陈"本身是一种修辞手法,运用得好能产生宏伟、富丽、庄严等审美效果。例如《陌上桑》:

> 行者见罗敷,下担捋髭须。
>
> 少年见罗敷,脱帽著帩头。
>
> 耕者忘其犁,锄者忘其锄。
>
> 来归相怨怒,但坐观罗敷。

这首诗通篇没有对罗敷的美作正面的表现，诗人通过描摹路旁观者的种种神态动作，使罗敷的美貌得到了强烈而又极为鲜明、生动的烘托，更是令人遐想无穷。这里描写了行者、少年、耕者、锄者在见到罗敷时的表现，将四类不同的人铺陈描写，不仅仅从侧面展现了罗敷的美，也使作品的艺术容量有了增加。

（3）赋虽然采用的是白描手法，但是本身并不拒绝言情，也要体物写志，睹物思情。例如《木兰诗》：

爷娘闻女来，出郭相扶将。阿姊闻妹来，当户理红妆。小弟闻姊来，磨刀霍霍向猪羊。开我东阁门，坐我西阁床。脱我战时袍，著我旧时裳。当窗理云鬓，对镜帖花黄。

通过这些铺排叙述，有力地展现了花木兰保家卫国、居功不傲的劳动妇女的质朴本色。读之，使人感到酣畅达意、痛快淋漓。

3. 赋的表现对象

赋，不仅仅可以用来描写景物、表现事态，诗词中能够涉及的领域，几乎都可以用赋这种表现手法来展现。

（1）景观物象的铺排，即通过多侧面、多角度地描绘景观物象，以渲染环境、气氛、情调。例如马致远的《天净沙·秋思》：

枯藤老树昏鸦，小桥流水人家，古道西风瘦马。夕阳西下，断肠人在天涯。

马致远的这首小令，前四句皆写景色，运用铺排的手法，将几组最能代表秋天萧瑟的景物勾勒出一幅暮色苍茫的图片。特别是"枯""老""昏""瘦"等字眼，使浓郁的秋色之中蕴含着无限凄凉悲苦的情调，烘托环境气氛，为一定的立意做铺垫。

又如汉代乐府诗《江南》：

江南可采莲，莲叶何田田！鱼戏莲叶间。鱼戏莲叶东，鱼戏莲叶西，鱼戏莲叶南，鱼戏莲叶北。

后面四个铺排句，仅仅换了"东西南北"四个方位词，却富有情韵地反映了男女青年在采莲劳动中互相嬉戏追逐的情态。

事态现象的赋法，在诗词中常用白描手法来铺陈叙事。例如陶渊明的《归园田居》（其三）：

种豆南山下，草盛豆苗稀。
晨兴理荒秽，带月荷锄归。

> 道狭草木长，夕露沾我衣。
>
> 衣沾不足惜，但使愿无违。

这首五言诗主要采用"赋"的手法，通过叙事来表现思想感情，其中没有景物的描写、气氛的烘托，也没有比兴的运用，几乎全用叙述，只在末尾稍发议论，以点明其主旨。全诗叙写真实，发自肺腑，所以《后山诗话》说："渊明不为诗，写其胸中之妙尔。"《藏海诗话》说："子由叙陶诗，'外枯中膏，质而实绮，癯而实腴'，乃是叙意在内者也。"

（2）人物形象、性格行为的铺排。诗词中还有对人物服饰装扮、年龄、言谈举止、个性气质的叙述，从而多角度地塑造完整的人物形象。

例如《陌上桑》中描写秦罗敷的装束："头上倭堕髻，耳中明月珠。湘绮为下裙，紫绮为上襦。"意在突现罗敷的端庄和美貌。《孔雀东南飞》中描写刘兰芝："十三能织素，十四学裁衣，十五弹箜篌，十六诵诗书。"以此来凸显兰芝的知书达理、聪明能干。

二、比

例如张籍的《猛虎行》：

> 南山北山树冥冥，猛虎白日绕林行。
>
> 向晚一身当道食，山中麋鹿尽无声。
>
> 年年养子在空谷，雌雄上山不相逐。
>
> 谷中近窟有山村，长向村家取黄犊。
>
> 五陵年少不敢射，空来林下看行迹。

这首诗描绘猛虎如入无人之境凶残叼取牲畜的形象，诗人借写虎的凶残来比喻和影射无恶不作的土豪和酷吏。这种表现手法就是"比"。

看到这里，大家应该清楚，所谓"比"就是比喻，即索物托情，使人们的情感依附在事物的表现上。这和我们前一章中讲的诗词的修辞手法里的比喻是相同的。古代诗论用"比"来概括除了"兴"以外的一切修辞手法。因此，"比"除了比喻外，还引申为比拟、对比、排比等。这几种修辞手法，我们在前面一章中都详细解释了，这里就不再多说了。下面，我们来重点讲讲"兴"。

三、兴

例如《诗经》中《国风·关雎》：

> 关关雎鸠，在河之洲。
>
> 窈窕淑女，君子好逑。

> 参差荇菜，左右流之。
> 窈窕淑女，寤寐求之。

诗人触景生情，因物起兴，由一对雎鸠在河边上相对鸣叫作为诗的开头，引起所要吟咏的下文。雎鸠是雌雄形影不离的一种水鸟，由此可与男女真挚美好的爱情自然地联系起来。这种表现手法就是"兴"。当然，"兴"常有发端和比喻双重作用，这里面也有比法的使用，属于"兴兼比"。

1. 概念

兴，又叫作"起兴"，是兴起、起头的意思，即先用某一事物做开头，然后借以联想，再引出作者所要表达的事物、思想、感情，即"触物以起情谓之兴，物动情也"。通过各种渲染与铺垫之后，再引出作者所要表达的思想，不但符合古代诗歌"重在沟通而非论理"的原则，而且还能引起读者的兴趣。

兴是一种比较具有中国民族特色的表现手法。兴，除了用在一首诗或一章诗的开头起发端作用外，还具有引起联想、比喻、寓意、象征、渲染、烘托等多种微妙的意味，使诗歌更加耐人寻味。起兴，还有为全诗的押韵定下一个基调的作用，也就是确定全诗的韵脚；从使用上讲，有篇头起兴和兴起兴结两种形式；从特征上讲，有直接起兴、兴中含比两种情况。

2. 兴的形式

（1）篇头起兴

"兴"通常在全篇的开头或者小节的开头使用，在形式上非常自由，它可以是一两句的抒情，也可以是数句的描写。在内容上，"兴"也很自由，可以紧扣主题，也可以与下文毫无关系。虽然在内容上，起兴与下文可以没有关系，但一首诗的基调是欢快还是忧伤，往往会由起兴来决定，从而也就决定了整首诗的情调。当然，起兴还可以起定韵的作用，起兴句的韵决定全诗的用韵。

例如柳宗元的《登柳州城楼寄漳汀封连四州》：

> 城上高楼接大荒，海天愁思正茫茫。
> 惊风乱飐芙蓉水，密雨斜侵薜荔墙。
> 岭树重遮千里目，江流曲似九回肠。
> 共来百越文身地，犹自音书滞一乡。

这首诗描写了柳宗元被贬为永州司马十年后才奉召回京，但终生不被重用，心中充满着愤郁不平的感情。作者先从登柳州城楼写起，感物起兴，望到极处，海天相连，而自己的茫茫"愁思"也就充溢于辽阔无边的空间了。作者巧借兴句，将自己愁闷的感情融于眼前所见之景中，为全诗沉郁的情调做好铺垫，也为下文的抒发奠定了感情基础。

（2）兴起兴结

诗词中凡用"触物以起情""感物而动"的兴笔开篇或收束，就叫作"兴起兴结"。它具有触发联想、渲染气氛、调动情绪的功能。古代诗词中，兴起用得较为普遍；兴结相对地说来用得较少；而兴起兴结，有时合用于一首诗中，则更为少见。

例如杜甫的《新婚别》：

> 兔丝附蓬麻，引蔓故不长。
> 嫁女与征夫，不如弃路旁。
> 结发为妻子，席不暖君床。
> ……
> 仰视百鸟飞，大小必双翔。
> 人事多错迕，与君永相望！

这首叙事诗塑造了一位深明大义的新娘子的形象。开篇以植物兴起，用菟丝和蓬麻引出嫁女和征夫，不仅是起兴还有比喻的作用；结尾则以动物兴结，由比翼鸟联想到别离人。这首诗就是典型的由"兴起兴结"。

3. 兴的特征

兴，先言他物以引起所咏之词。有的兴与下文意义相联系，有的则与下文没有直接的联系，只是起发端起情和定韵的作用，多出现在民歌中。在诗词创作中，多数的兴是与下文有联系的或是兼有比喻作用的。从特征上讲，起兴有兴中含比、直接起兴两种情况。其中，兴中含比情况比较多。

（1）兴中含比

兴中含比，就是指在"先言他物以引起所咏之词"的起兴句中，兼含"以彼物比此物"的比喻在内。兴中含比，多用在诗篇的开头。且兴中含比，则自然与下文主题有关系，含有一定的渲染铺垫的意思。兴中含比，要比单纯地起兴或者单纯地用比，显得更加隐曲幽深，更能使诗词意味深长。

例如秦观的《踏莎行·雾失楼台》：

雾失楼台，月迷津渡，桃源望断无寻处。可堪孤馆闭春寒，杜鹃声里斜阳暮。驿寄梅花，鱼传尺素，砌成此恨无重数。郴江幸自绕郴山，为谁流下潇湘去？

这首词开头两句写夜雾笼罩的楼台，一切显得凄凄迷迷，当年陶渊明笔下的桃花源更是云遮雾障、无处可寻了。这里看似写景，实则与作者屡遭贬谪的失意、怅惘之情以及对前途的渺茫之感想吻合。夜雾笼罩的楼台让人看不清楚，而前途的渺茫也同样让人看不清楚。起兴之中含有比喻，意味深长。

起兴的使用，在《诗经》中比较多，如《诗经·周南·桃夭》云：

> 桃之夭夭，灼灼其华。
> 之子于归，宜其室家。
> 桃之夭夭，有蕡其实。
> 之子于归，宜其家室。
> 桃之夭夭，其叶蓁蓁。
> 之子于归，宜其家人。

这是一支庆贺新婚的歌。歌词三段开头都以"桃之夭夭"起兴，又从桃的花、果、叶层层着色渲染，兴中兼含比喻，对新娘出嫁表达了良好的祝愿。

（2）直接起兴

古代的兴，有的是没有隐喻的意义在内，这在民歌中尤为显著。唐代始，这种纯粹的兴很少见了，首句的兴多兼比之责。兴，往往是一种发端（即启发、启动）兼隐喻，这对于那些不大懂诗歌理论的读者来说，他读后只可意会却难以明言。但这种创作手法只能放在一首诗歌的最前面，而且让一般人看不出来是用了比喻。

当用来作"兴"的事物仅是用于发端时，两者可以没有联系。如：

> 萤火虫，弹弹开，千金小姐嫁秀才。
> 蚕豆花开乌油油，小姐房中梳好头。
> 阳山头上竹叶青，新做媳妇像观音。
> 阳山头上花小蓝，新做媳妇多许难。

这几句民间诗歌前面用的都是起兴，我们可以看到，萤火虫、蚕豆花、竹叶青等和后面的小姐嫁秀才、梳头等没有任何关系。它们之所以成为无意义的联合，只因"青"与"音"同韵，"蓝"与"难"同韵。若开首就唱"新做媳妇像观音"，比较突兀，不如先来一句"阳山头上竹叶青"，得了陪衬也有了起势。

"赋、比、兴"各有特点，各有所长，不能割裂开来对待和运用。钟嵘在《诗品序》中说："若专用比兴，患在意深，意深则词踬。若但用赋体，患在意浮，意浮则文散，嬉成流移，文无止泊，有芜漫之累矣。"因此"宏斯三义，酌而用之，干之以风力，润之以丹彩，使味之者无极，闻之者动心，是诗之至也。"写诗要把事情写清楚，少不了要用赋的手法。诗歌要抒发情思，驰骋想象，又少不了要用比兴的手法。只有兼采三者之长，酌情运用，才能感动人。

第三节　谋篇布局的技巧

我们常听到这样一句话，"功夫在诗外。"其实就在于写诗填词很考究一个人的谋篇布局能力，也就是这个人的综合能力和素质。所谓"谋篇布局"，就是章法，也就是篇章结构的方法。在诗词写作中，章法是非常重要的。在学习写作诗词的实践中，逐步建立章法的概念和意识，逐步领会和掌握章法也就是谋篇布局的方法和技巧，是我们每个初学者提高写作诗词水准的重要一环。

中华传统诗词，由于篇幅短小，如果杂乱无章则一目了然，因此尤须注重章法结构。所以，谋篇布局在诗词创作过程中，或先进行，或后进行，都是必不可少的重要步骤之一。

诗词的谋篇布局技巧很多，起承转合是最基本、最实用的一种方法。其他诸如起承对仗法、景议结合法、因果法等有时和起承转合交叉使用。一般情况下，绝句是以"句"、律诗是以"联"、词和散曲是以"双句"为常用单位，我们在下面的介绍中也是如此。

一、起承转合法

诗词写作中谋篇布局的技巧，实际上最基本的就是起、承、转、合，也就是要"平起、顺承、跳转、妙合"。刘熙载《艺概·文概》说："起、承、转、合四字，起者，起下也，连合亦起在内；合者，合上也，连起亦在内；中间用承用转，皆顾兼趣合也。"

其实，起承转合法是诗词创作谋篇布局应用最为普遍的一种构思技法，初学者在好好把握这种简单而实用的基本方法之后，再和其他技法并用，最终脱离规则，自由翱翔于诗词大海之中而不越矩，才能写出好诗，填出好词来。

1. 起

所谓起，就是起始、开头，也就是把想要说的事情想一个办法开个头，从而引出下面想说的话来。宋人严羽称："结句好，难得，发句好，尤难得。"可见"起"的重要性。

"起"在绝句中应当笔势突兀，力求振起全篇。因为绝句字数少，所以要注重塑造"凤头"，以求先声夺人。正如《四溟诗话》中说的"凡起句当如爆竹，骤响易彻"。

"起"在律诗中，不必像在绝句中那样惊涛骇浪，用"起"的平淡来衬托后面（转结联）的精神高远，波峰汹涌，能起到对比的作用。

"起"在词中，也不用突兀惊人，因为词的空间相对充足，为词意的精彩做好足够的铺景造境是必要的，这样能表现出词的起伏感，形成词的音乐性，具有旋律美。

当然诗词的起句有"国破山河在，城春草木深"式的突兀、高远；也有"好雨知时节，当春乃发生"式的平和、舒展。起句表现手法有明起、暗起、陪起、反起，悬念起、比兴起等。

（1）明起

所谓"明起"，是开篇就将题面说出，不加任何掩饰，也是最常用的表现手法，其语气表现为款款道来，从容不迫，有如顺水推舟，鱼贯而入。

例如杜牧的《题乌江亭》：

> 胜败兵家事不期，包羞忍耻是男儿。
>
> 江东子弟多才俊，卷土重来未可知。

起句直入主题，毫无婉转之句，无一字写虚景，却给人洞彻人心的力量。作者直接写出胜败兵家常事，是男儿就应该忍辱负重。这种写法比较适合初学诗者，简单明了。

（2）暗起

所谓暗起，就是起句或起联不见题字，先提出其他事情或者意见，但是含有题的意思在起中。

例如元好问的《点绛唇》：

> 醉里春归，绿窗犹唱留春住。问春何处，花落莺无语。
>
> 渺渺吟怀，漠漠烟中树，西楼暮，一帘疏雨，梦里寻春去。

这首诗不说自己思春恋春，却说旁人春归而不知，犹自痴情挽留。起句并没有点题，却含题意，作者借说绿窗少女的歌声以表达自己惜春的情怀，给人想象空间大，艺术性比较强。

（3）陪起

陪起是指先借他物、眼前之物之景说起，以引申所咏之物。

例如韩翃的《寒食》：

> 春城无处不飞花，寒食东风御柳斜。
>
> 日暮汉宫传蜡烛，轻烟散入五侯家。

这首诗虽题为"寒食"，起句却不说"寒食"，却写"春城飞花"，不但写出春天的万紫千红、五彩缤纷，而且确切地表现出寒食的暮春景象。由写眼前的景色引出"寒食"来，袅袅东风中柳絮飞舞，落红无数，属于典型的"陪起"方法。

（4）反起

反起是指不从题目正面说起，而从反面引出本题来。

例如王昌龄的《闺怨》：

闺中少妇不知愁，春日凝妆上翠楼。

忽见陌头杨柳色，悔教夫婿觅封侯。

这首诗的诗题为《闺怨》，起笔却写道"闺中少妇不知愁"，紧接着又写出这位不知愁的少妇在春光明媚的日子里"凝妆"登楼远眺的情景。于是，一个有些天真和娇憨之气的少妇形象跃然纸上。闺中少妇果真不知愁吗？当然不是。读过全诗之后我们知道，这是一位丈夫远征他乡，自己独守空房的少妇，一个"悔"字将本诗的真实题意表现出来。

（5）疑问起

疑问起是使诗词开头就设下一引人入胜的悬念。

例如曾允元的《点绛唇·闺情》：

一夜东风，枕边吹散愁多少？数声啼鸟，梦转纱窗晓。

来是春初，去是春将老。长亭道，一般芳草，只有归时好。

这首诗用疑问或者设问作为起，一方面能引起悬念，一方面还能让诗词显得跌宕起伏，避免单调和平铺直叙。这首词，起句"一夜东风，枕边吹散愁多少？"一个疑问句，将读者带入作者设定的情景之中。

（6）比兴起

这是常用的艺术表达手法，这种比兴手法能使开篇更为引人入胜，激发读者的想象。

例如韩愈的《早春》：

天街小雨润如酥，草色遥看近却无。

最是一年春好处，绝胜烟柳满皇都。

这个我们前面已有详细的介绍，这里就不多说了。

关于"起"的具体方法，还有触景起、生情起、由事起、议论起，等等，这需要初学者多读作品，研习名家的诗词，从而把握方法。

2.承

所谓承，就是承接开头的话题，自然地按着顺序往下说。"承"在绝句中是第二句；在律诗中是第二联，颔联；在词中则比较宽松。"承"是要颔联或第二句与首联或首句紧密衔接，点醒题意全在此句此联，故有醒题之说。"承"既可以对起句、起联起补充阐发、扩展延伸的作用，还可以在结构上起缝合传递的作用。"承"的铺垫与蓄势使得后面的"体物写志"更有根基。

（1）"承"的方式

①总接：是指对起句或起联的承接，是从总的意义上承接。

例如杜甫的《春望》：

> 国破山河在，城春草木深。
>
> 感时花溅泪，恨别鸟惊心。
>
> 烽火连三月，家书抵万金。
>
> 白头搔更短，浑欲不胜簪。

首联和颔联都是写景，将国破家亡的沉重描写得淋漓尽致，触目惊心。

②分承：和总接相反，就是分别对起句或起联进行承接。

例如杜甫的《登高》：

> 风急天高猿啸哀，渚清沙白鸟飞回。
>
> 无边落木萧萧下，不尽长江滚滚来。
>
> 万里悲秋常作客，百年多病独登台。
>
> 艰难苦恨繁霜鬓，潦倒新停浊酒杯。

这里，"无边落木"承接的是"风急天高"，而"不尽长江"承接的是"渚清沙白"，一为仰视，一为俯视，将秋意推向深广，意境更加阔大，使后面抒发的老病之情有了更加有力的依托。

③明顺：明白直了地顺承起句或起联。

例如李绅的《悯农》（其一）：

> 春种一粒粟，秋收万颗子。
>
> 四海无闲田，农夫犹饿死。

这首诗起句说了春天播种下种子，承句就顺着说秋天收获万颗种子。这种直接明了地承接起句，就是明顺。

④暗接：就是指对于起句或起联，不明说。

例如苏轼的《初到黄州》：

> 自笑平生为口忙，老来事业转荒唐。
>
> 长江绕郭知鱼美，好竹连山觉笋香。
>
> 逐客不妨员外置，诗人例作水曹郎。
>
> 只惭无补丝毫事，尚费官家压酒囊。

这首诗起联以自嘲口吻开头，年轻时的抱负均成泡影，只能说为口腹生计而奔忙。这里有双关的意思，也指因言论惹祸。"事业转荒唐"指"乌台诗案"事，也是指因"口"吃亏，却并没明说，而是用"转荒唐"来暗接，这个"承"也是很流畅的。

（2）"承"的途径

一般来讲，起句或起联点出个意象，或是景，或是情，承句或承联就是铺展这个意象，把这个意象铺得充分一些。起句或起联可以内容多样，自然承接也不会千篇一律。其方式主要有以下三种：

①景路：起句或起联写景，承句或承联自然也是写景。

例如李商隐的《落花》：

> 高阁客竟去，小园花乱飞。
> 参差连曲陌，迢递送斜晖。
> 肠断未忍扫，眼穿仍欲归。
> 芳心向春尽，所得是沾衣。

这首诗的颔联"参差连曲陌，迢递送斜晖"，就是承接首联"花乱飞"之景，而为补足，关合题旨，一脉相承。

②理路：起句或起联说理论事，承句或承联继续。

例如王昌龄的《闺怨》：

> 闺中少妇不知愁，春日凝妆上翠楼。
> 忽见陌头杨柳色，悔教夫婿觅封侯。

这首诗题目是"怨"，但起句却不写怨，却写了个"不知愁"，就是前面讲"起法"时说的"反起之法"。这里，我们注意一下第二句，用凝妆上楼的姿态，接着描写那个"不知愁"的表现：凝妆上翠楼。至于真不愁还是假不愁，就交给下面处理。承的任务就是接和续。

③情路：起句或起联以情感开头，承句或承联继续。

例如王维的《九月九日忆山东兄弟》：

> 独在异乡为异客，每逢佳节倍思亲。
> 遥知兄弟登高处，遍插茱萸少一人。

此诗首联写独在异乡的异客，本就孤苦无依，给人凄凉的感觉；颔联紧接着写佳节倍思亲，更增加这种凄凉之感。

说到这里，大家对"承"的概念明确了吧？现在我们接着说"转"。

3. 转

"转"是指诗词结构上的跌宕和作者思路上由景及情、由物及人、由事及理的转换。简单说就是不能一味地自说自话，要有一个变化，要有一个提升，要制造些波澜。"转"宜跌宕转深，以振人魂魄。转句在全篇中最为关键。

"转"不仅在章法上给人一种回环往复、摇曳多姿之感，更能引导读者从中体

认思路,进而品味作者的情感和诗作的主旨。成功的"转"宜给人以陡然一惊之感,且愈转愈深,不仅有振人视听之效,而且能引人品味作品的诗意。转的基础是前面的铺垫。没有前面两句或两联充足的描写做铺垫,也很难转出精彩来。无论怎样"转",都显现着诗人由外到内、由浅入深、由单面到多面、由具体到抽象的思维轨迹。

律诗讲究的是工典之美,其中二联是要求对仗的。从形式上看这两联有统一协调性,但如果你真的把两联写成一个模子,那就失败了。因为,颔联和颈联需要有个变化,在对仗的形式上,在句式的组织上,在意的表达上,都要有个落差,要有变化。所以,在律诗中,诗意的转是相对平稳的,有框架下的转,转得比较斯文。

绝句,尤其是七绝,转就要格外强调"突兀"的特点了。七绝的特点与律不同,它不需要那么慢条斯理、含蓄工典。因为绝句字少,所以要想把诗意充分表达好,就要鲜明。在转处,更要使人眼前一亮,为之一惊,这样才能达到适合它体裁的应有的艺术效果。

在词中,转就是上下阕的变换,或者由实到虚,或者由虚到实,等等。由于词的字数多,转不需要那么激烈,也不用局限于诗的固定格式,只要情之所到,即可顺情而转,顺意而转。

下面我们介绍几种传统的"转"法,供大家参考。这些转法,更多地适用于诗中,读者一定要了解。

(1)递进转法

递进转法就是由浅入深,由小到大,由虚到实,可分为进一层转法和退一步转法。前者就是指在转处进行递进式的描写时,是与前面起和承的联系连贯的,属于比较工稳的转法。后者指从题目的本意退一步来叙述,主要是从时空变化上落笔,用时差位差来表现,或者提出一种假设来转,目的还是形成一定的变化。

例如刘方平的《月夜》:

> 更深月色半人家,北斗阑干南斗斜。
> 今夜偏知春气暖,虫声新透绿窗纱。

这首诗的主题是月夜,第一句直写月色,第二句是从正面承接第一句继续写夜深人静,而第三句再从"月夜"进一层落笔,转到春天之气候,"偏知"二字将诗中主体的那种得意描绘得栩栩如生。这类的转法,称为"进一层转法"。

又如司空曙的《江村即事》:

> 钓罢归来不系船,江村月落正堪眠。
> 纵然一夜风吹去,只在芦花浅水边。

"纵然"二字有"或许如此"及"不过如此"之意,既能呼应上文之"不系船""正堪眠",又能照顾下文"只在芦花浅水边"之句。这类的"转"我们称为"退

一步转法"。

（2）反转法

反转法就是从正面描写转为反面描写，或者反之，是与起承相反的情绪描写。但注意，其主旨还是一致的，只是从不同的角度刻画而已。不同的节点之处，就是这个转。

例如李商隐的《贾生》：

> 宣室求贤访逐臣，贾生才调更无伦。
> 可怜夜半虚前席，不问苍生问鬼神！

这首诗前两句写贾生的才气无人能及，按照常理，这样的人才应该得到重用才对。第三句"可怜"二字以及"虚"字将皇帝对贾生的"好"暴露在读者面前，对上文进行反面描写。不问治国安民之策，却热衷于鬼神之道，在这样的"领导"之下，贾谊纵有满腹经纶，纵有治国雄才，也是无法施展的！

（3）扩转法

扩转法就是从转句起，扩大描写的范围。

例如孟浩然的《过故人庄》：

> 故人具鸡黍，邀我至田家。
> 绿树村边合，青山郭外斜。
> 开轩面场圃，把酒话桑麻。
> 待到重阳日，还来就菊花。

这首诗首联描写老朋友热情相邀，颔联紧承首联描写周边的美好景色。颈联则由写景话锋转为设宴，把酒闲聊，范围境界扩展开来，由景到人，逐渐触及主题。

4.合

所谓合，又称"断句"或"落句"。姜夔在其《白石道人诗说》中说："一篇全在尾句，如截奔马。"

谢榛在《四溟诗话》中说："结句当如撞钟，清音有余。"陈廷焯在《白雨斋诗话》中说："结句贵情余言外，含蓄不尽。""合"的作用在于呼应开头，完善结构；总结前文，收束全篇；揭示中心，升华主旨。

结句在绝诗是第四句，在律诗则为第四联。"合"当绕回宕开，以求寓意未尽。它既可浑圆章法，也往往是作者感发意志、体物写情、神光所聚的"诗眼"所在。

对于律诗而言，因为经常起得较平稳，所以结得也往往淡然。余味淡雅，意境悠长。律诗结基本是扣合全篇而做一整合得出的结论，或由此展开的联想。

但于绝句而言，往往是配合转句而来的。或做一问一答，或做自由发散，不一而足。

从技术、技巧的层面讲，结尾的方式一般有三种：

（1）以"理"结

即用议论作结。议论往往流于说教，不易打动人。这就要求前面的铺垫、蓄势要好。

例如王之涣的《登鹳雀楼》：

> 白日依山尽，黄河入海流。
> 欲穷千里目，更上一层楼。

该诗前两句写景，视野开阔，胸怀宽广。后两句"欲穷千里目，更上一层楼"，语极平直，然蕴蓄深远，余韵无穷。登高望远，这其中隐含着人的无限进取与探索精神。这首诗具有超越时空的力量，这种力量就是美和哲理的统一，是客观与主观的和谐，是伟大的艺术再现和创造。

（2）以"情"结

即以抒情感慨作结。一般是由景及情、触景生情，或是一种情感的深化。

例如杜甫《蜀相》：

> 丞相祠堂何处寻？锦官城外柏森森。
> 映阶碧草自春色，隔叶黄鹂空好音。
> 三顾频烦天下计，两朝开济老臣心。
> 出师未捷身先死，长使英雄泪满襟。

该诗前半部写景，后半部论事。首句设问扣题，第二句紧承首句自作回答，颔联继续描述周围景象，承接首联。颈联一转写诸葛亮的丰功伟绩，叙事，此章法为转。尾联首句"出师未捷身先死"，是承上启下过渡句，尾句"长使英雄泪满襟"，收束全篇，余味悠长。

（3）以"景"结

即以景物描写作结，把诗人的情感、情绪及议论观点，融入景物之中。这种结的方式比较多用，结得好就别有韵致。

例如杜牧的《山行》：

> 远上寒山石径斜，白云生处有人家。
> 停车坐爱枫林晚，霜叶红于二月花。

其他诸如李白的"惟见长江天际流"，叶绍翁的"一枝红杏出墙来"，孟浩然的"野旷天低树，江清月近人"，等等，都是以景作结。

二、其他方法

1. 承对式

承对式主要表现在绝句的前两句用起承法,后两句用对仗法;或前两句用对仗法,后两句用起承法;或律诗的前四句、后四句分别使用上述布局法。

例如韦应物的《登楼寄王卿》:

> 踏阁攀林恨不同,楚云沧海思无穷。
>
> 数家砧杵秋山下,一郡荆榛寒雨中。

这首诗第一句采用明起法,将友人离别的那种依依不舍直言表露,第二句承接第一句,继续描写那种离愁别恨。第三句和第四句采用对仗法,虽然写景,却不离主题。砧杵声、寒雨景,无不激起作者难耐的孤寂之感与对故人的思念之情。

又如王勃的《送杜少府之任蜀州》:

> 城阙辅三秦,风烟望五津。
>
> 与君离别意,同是宦游人。
>
> 海内存知己,天涯若比邻。
>
> 无为在歧路,儿女共沾巾。

这首律诗第一联写景,属于工对,将送别之地的烟波浩渺、气势雄伟描写出来,而一"望"字,又把相隔千里的秦、蜀两地连在一起,微露伤别之意。第二联继续说第一联的离别之意,但用"同是宦游人"来稍微缓解;第三联推开一步,奇峰突起。尾联紧接第三联,以劝慰杜少府作结。

2. 并列式

这种布局法一般适用于绝句,即绝句的四句,分别写四个事物或一个事物的四个方面,特点是多用对仗,但应用不好则易散乱无章。最典型的例子就是陶渊明的《四时》:

> 春水满四泽,夏云多奇峰。
>
> 秋月扬明辉,冬岭秀孤松。

本诗将春夏秋冬四时景致并列描绘,给人顺时而进、秩序井然的感觉。

又如杜甫的《绝句》:

> 两个黄鹂鸣翠柳,一行白鹭上青天。
>
> 窗含西岭千秋雪,门泊东吴万里船。

诗中第一句和第二句对仗,第三句和第四句对仗,四句话分别描写了四种

不同的景致。虽然景致不同，但是它们都受初春这个主题所牵引。黄鹂相向而鸣、白鹭上青天、西岭的雪、门前的船，静中有动，画出一幅上下、大小、远近对比的绝妙美图。

3. 对比式

把情况迥异的两种景，或性质相反的两件事，或反差甚大的两样情，放在同一首诗词中作对比描述，就是对比式。

例如，崔护的《题都城南庄》：

> 去年今日此门中，人面桃花相映红。
>
> 人面不知何处去，桃花依旧笑春风。

诗的开头两句是追忆。"去年今日此门中"，点出时间和地点，写得非常具体。第二句是写人，"人面""映"得桃花分外红艳，强烈地渲染出这种相映生色的景象和气氛。第三、四两句写今年今日。这与去年今天有同有异，有续有断。同者、续者，桃花依旧；异者、断者，人面不见。这就产生了愈见其同，愈感其异，愈觉其续，愈伤其断。正是这种相互交织、相互影响的心情，越发加剧了眼前的惆怅与寂寞。

4. 因果式

因果式即上下句或前后联为因果关系，或前为因后为果，或前为果后为因。用这种布局法创作出的诗词，犹如省略设问句的问答式结构。

例如李涉的《登山》：

> 终日昏昏醉梦间，忽闻春尽强登山。
>
> 因过竹院逢僧话，又得浮生半日闲。

此诗首句起，次句忽转，转代承；第三句"因过竹院逢僧话"又转，最终"果"收。此类写法适于对仗流水形式。

5. 倒叙式

把后发生的事情放在前面，把先发生的事情放在后面，是为突出先发生的事情有意安排的，就是"倒叙式"。

例如金昌绪的《春怨》：

> 打起黄莺儿，莫教枝上啼。
>
> 啼时惊妾梦，不得到辽西。

这首诗若依次序而论，应该是黄莺先惊了妾梦，让妾不能到辽西和爱人相会，然后才打黄莺的。这首诗采用层层倒叙的手法，章法与众不同。通篇词意连属，句句相承，环环相扣，句句设疑，层层剥笋，四句诗形成了一个不可分割的整体，

极尽曲折之妙。

6. 寓情于景式

一首格律诗词的前两句或前两联，或写景，或叙事；第三句或第三联多写人的心理活动、心理状态；第四句或第四联不继续抒情，而是寓情于景，以景作结，这样的布局叫"寓情于景式"。这种布局法的好处是，既能补充前面写景或叙事之不足，又能将难言之情藏于景中，以收"言有尽而意无穷"的效果。

例如王昌龄的《从军行》：

> 琵琶起舞换新声，总是关山旧别情。
> 撩乱边愁听不尽，高高秋月照长城。

这首诗的前三句叙事抒情，后一句写景，仿佛在军中置酒饮乐的场面之后，忽然出现一个月照长城的莽莽苍苍的景象：古老雄伟的长城绵亘起伏，秋月高照，景象壮阔而悲凉。诗人将不尽之情以不尽尽之，这种以景结情，真可谓"绝处生姿"。

以上方法，除少数只适用于绝句外，大部分也适用于律诗和词，由于篇幅所限，举例基本未涉及词。从举例中可以看出，一首诗词既可使用一种布局技法，也可同时使用两种乃至三种布局技法。另外，这些方法只是格律诗词创作中常见、常用的主要布局技法，并不能包罗无遗；再说，诗法是活的，不是死的，在创作实践中需要灵活运用。

第四节　即小见大和化实为虚

即小见大和化实为虚属于诗词中的表达方式，它和我们前面已经介绍的修辞手法、表现手法共同构成了诗词的表现技巧。

一、即小见大

天地间的事物是无限的，而诗词囊括的范畴则是有限的，这就要求诗词能以小见大，通过个别反映一般，通过有限反映无限，从一滴水看太阳。也就是说，要以具有典型性的艺术形象，概括反映具有普遍性、体现一般意义的内容。

"即小见大"是广义的，它涵盖了以小见大、以少见多、缩龙代尺、尺水兴波等概念。说得抽象一点，所谓"以小见大"就是从个别来表达一般或从局部来表达全体。说得具体一点，就是借助小的景观、物象和生活细节中的典型具象以传达大景之情、大事之蕴。诗词或者通过对小事件的描述，借尺水以兴波，传达出了重大主题；或者作品表层写事件，而深层实写重大主题，小题大做，以小见大，婉转达意，曲径通幽。

由"小"推"大"，探得深意，可以分为三种情况：

1. 小事件——大道理

取"小"能概括、表现"大"，应该如葛立方在《韵语阳秋》中所说的，让人"尝鼎一脔，可以尽知其味"，给人提供广阔的审美空间以展开丰富的想象。

例如杜牧的《赤壁》：

> 折戟沉沙铁未销，自将磨洗认前朝。
>
> 东风不与周郎便，铜雀春深锁二乔。

这首诗设想到，假如周瑜没有借到东风烧掉曹军的战船，那么吴国将会遭受亡国之灾。诗人是怎样表述"亡国之灾"这个意思的呢？他用了"以点带面"这一妙招：周瑜的妻子小乔被关押在曹操的家里遭受蹂躏——自然表明吴军战败，东吴国破家亡。

又如辛弃疾的《水龙吟·过南剑双溪楼》：

举头西北浮云，倚天万里须长剑。人言此地，夜深长见，斗牛光焰。我觉山高，潭空水冷，月明星淡。待燃犀下看，凭栏却怕，风雷怒，鱼龙惨。

峡束苍江对起，过危楼，欲飞还敛。元龙老矣！不妨高卧，冰壶凉簟。千古兴亡，百年悲笑，一时登览。问何人又卸，片帆沙岸，系斜阳缆？

这首词因迩及远，以小见大。作者胸怀大志，以抗金救国、恢复中原为己任。他虽身处福建南平的一个小小双溪楼上，心里想的却是整个中国。作者从一把落水的宝剑起笔，加以生发。事件虽小，作者却通过奇妙的想象，运用夸张手法，写出了"倚天万里须长剑"这一壮观的词句。以下千古兴亡的感慨，低回往复，表面看来，情绪似乎低沉，但隐藏在词句背后的，正是不能忘怀国事的忧愤。

2. 小人物——大世界

古诗词讲究以小见大，言微旨远。诗人常常把丰富的思想感情浓缩到有限的活生生的细节之中，通过对小人物的描写，来表现重大的意义。

例如柳宗元的《江雪》：

> 千山鸟飞绝，万径人踪灭。
>
> 孤舟蓑笠翁，独钓寒江雪。

诗人只用二十个字，就把我们带到一个幽静寒冷的境地。呈现在读者眼前的，是这样一幅图画：在下着大雪的江面上，一叶小舟，一个老渔翁，独自在寒冷的江心垂钓。渔翁本不是什么大人物，但就是在小人物中，包含着大世界：天地之间是如此纯洁而寂静，一尘不染；渔翁的生活是如此清高。诗人的具体描写极其简单，但里面深含的意蕴却极其辽阔，几乎到了浩瀚无边的程度。

3. 小景观——大境界

景观，有大景，有小景，有大景中小景。王夫之《姜斋诗话》卷下中说："'柳叶开时任好风'，'花覆千官淑景移'，及'风正一帆悬'，'青霭入看无'，皆以小景传大景之神。"可见，以小景致来显示大的景象，反而更耐人寻味。

例如叶绍翁的《游园不值》：

> 应怜屐齿印苍苔，小扣柴扉久不开。
> 春色满园关不住，一枝红杏出墙来。

诗中"一枝红杏"是个别，"满园春色"是一般，目睹到"一枝红杏"，就可以想象到"满园"美丽的"春色"。诗写"一枝"，让人想见园内万树；写"一枝红杏"，让人想见园内百花。正如"一叶落知天下秋"一样，见"一枝红杏"就知天下春。这就产生了以一见万，以个别表现一般的审美效果。不仅能从"一枝红杏"看到"满园春色"，而且还仿佛看到了整个"莺飞草长，杂花生树"的美丽春天，闻到了弥漫天地的芳香春气。

又如周邦彦的《西河·金陵》：

> 佳丽地，南朝盛事谁记？山围故国绕清江，髻鬟对起。怒涛寂寞打孤城，风樯遥度天际。

> 断崖树，犹倒倚。莫愁艇子曾系。空余旧迹郁苍苍，雾沉半垒。夜深月过女墙来，伤心东望淮水。

> 酒旗戏鼓甚处市？想依稀、王谢邻里，燕子不知何世。入寻常巷陌人家，相对如说兴亡，斜阳里。

本词通篇写景，不见一丝议论，只是通过一系列富有特征的景物描写，大景与小景互补，铺排渲染，体物咏怀，见微知著。在金陵古城的昔盛今衰的历史中，寄托了词人对时局动荡的感慨和深深的怅惘之情。词中的景物如"断崖树""风樯"以至想象中的"莫愁艇子"等都是小景，结合诗歌鉴赏须知人论世的原则，就可以从这些小景里看出昔盛今衰的历史、动荡倾危的社会，以及词人饱经忧患的沧桑之感。

二、虚与实

"虚"与"实"本是一对哲学范畴，但它在我国古典诗词中也有广泛的运用。古人评论虚实，认为实写是对现实客观事物进行描写；虚写是对通过联想、想象、幻想而产生的虚拟的事物进行描写。也就是有者为实，无者为虚；有据为实，假托为虚；客观为实，主观为虚；具体为实，抽象为虚；显者为实，隐者为虚；有行为实，徒言为虚；当前为实，未来为虚；已知为实，未知为虚。

　　虚与实的关系，常用"虚由实生、实仗虚行、以实为本、以虚为用"来表示，或者"实中存虚、以虚带实、化虚为实、虚实映带"。在这种辩证关系中，虚因实而更见其抽象，能启发读者用想象的驰骋而获得更高的艺术美的感受；同时，实因虚更见其具体，能使直接的描写更显得气氛浓烈、背景开阔、包孕丰富。

　　虚实结合、化虚为实、化实为虚是诗词常用的重要描写手法。

1. 虚实结合

　　虚实结合就是把抽象的述说与具体的描写结合起来，或者是把眼前现实生活的描写与回忆、想象结合起来，以达到虚中有实、实中有虚的境界，从而大大丰富诗中的意象，开拓诗中的意境，为读者提供广阔的审美空间，充实人们的审美趣味。

　　清代唐彪在《读书作文谱》中说："文章非实不足以阐发义理，非虚不足以摇曳神情，故虚实常宜相济也。"虚实结合，虚实相生，趣味、诗韵俱存，使其内涵丰富，外延无边。

　　例如杜甫的《闻官军收河南河北》：

> 剑外忽传收蓟北，初闻涕泪满衣裳。
> 却看妻子愁何在，漫卷诗书喜欲狂。
> 白日放歌须纵酒，青春作伴好还乡。
> 即从巴峡穿巫峡，便下襄阳向洛阳。

　　这首诗前两联写实。诗人初闻"收蓟北"，禁不住"涕泪满衣裳"，与自己一同饱受战乱苦难的妻子儿女哪里还有愁云？遂卷起诗书，与家人同喜同乐。这些都是真实的生活情景。后两联写虚，也就是未来。诗人虽然此时身在异乡，思绪早已鼓翼而飞，沿着涪江入嘉陵江，穿巴峡入长江，再出巫峡至襄阳，转向洛阳还故乡。

　　正如王世贞《艺苑厄言》所云："前疏者后必密，半阔者半必细，一实者一必虚。"假如没有这两句虚笔，一路实写到底，就难以表现诗人乍闻胜利消息时的喜极心情和急欲赶路返乡的愿望。

　　又如李清照的《武陵春》：

> 风住尘香花已尽，日晚倦梳头。物是人非事事休，欲语泪先流。
> 闻说双溪春尚好，也拟泛轻舟。只恐双溪舴艋舟，载不动许多愁。

　　这首词虚实结合，上阕中风、花、尘、倦梳头等都是实写，只有"欲语"后引的"泪先流"是虚写。而下阕侧重内心发掘，听说金华郊外的双溪正春光明媚、游人如织，也来了出游之兴，准备划船前往。但又担心舴艋"轻舟"太小，

载不动自己那许许多多的忧愁。连用"闻说""也拟""只恐"三组虚字，作为词意转折，配合实字表达，可谓尺水兴波，感人至深。

2. 化虚为实

化虚为实，就是化抽象为具体，使抽象的、无形的、概念化的一些东西转化为具体的、可感的、形象的事物。化虚为实，用具体可感的形象去描绘抽象无形的情感，使形象更加生动感人，使作者表达的情感更加深厚缅邈。

例如李煜的《虞美人》：

春花秋月何时了，往事知多少。小楼昨夜又东风，故国不堪回首月明中。雕栏玉砌应犹在，只是朱颜改。问君能有几多愁，恰似一江春水向东流。

李煜一国之君，沦为囚徒，胸中怨恨之情更难以尽言。愁是一种心理感受，无形无影，抽象虚幻。李煜却说，愁就像那一江绵绵不断、滚滚东流的春水。一江春水可摸可触，形象具体。"问君能有几多愁？恰似一江春水像东流。"此句化虚为实，以实写虚，把"愁"物化为一江东流的春水，多而不绝的愁绪被形象地表达出来。

3. 化实为虚

化实为虚指化景物为情思，从而达到或虚中见实，或实入虚中的妙境。《四虚序》云："不以虚为虚而以实为虚，化景物为情思，从首至尾，自然如行云流水，此其难也。否则偏于枯瘠，流于轻俗，而不足采矣。"

例如李忱的《瀑布联句》：

千岩万壑不辞劳，远看方知出处高。
溪涧岂能留得住，终归大海作波涛。

此诗描写的是雄伟壮观而最终历尽坎坷、奔向大海的瀑布形象，是实；但诗人在诗中寄托了"一个人要志存高远，不惧艰难"的思想，是虚。这实际上是我们平时所说的托物言志的写法。作者把主观上的情、志、理依托于客观的景物之上，"化景物为情思"。从表达的内容看，是情和景的关系；从表现手法看，是化实为虚的手法。

又如杜安世《卜算子》：

樽前一曲歌。歌里千重意，才欲歌时泪已流，恨应更、多于泪。
试问缘何事。不语如痴醉。我亦情多不忍闻，怕和我、成憔悴。

这首词和白居易的《琵琶行》相类似，都是作者闻歌伤怀之感。不同的是，这首词善抒情、妙悬念的设置，化实为虚。

上阕写歌女的演唱，属于实写。"樽前一曲歌，歌里千重意"，一曲歌有千重意，要说尽胸中无限事。"才欲歌时泪已流"一句乃倒折一笔，意即"未成

曲调先有情"。

"恨应更、多于泪"突出歌中苦恨之多。此词抓住歌者形态特点层层推进，启发读者去想象那歌声的悲苦与宛转。"试问缘何事？不语如痴醉"，对歌女的悲凄身世作了暗示。

末三句化实为虚，写词人由此产生同情并勾起自我感伤。此词只说"我亦情多不忍闻"，好像是说歌女不语也罢，只怕我还受不了呢。由此可知，这里亦有一种同病相怜、物伤其类的感情，因此以至于"怕和我、成憔悴"。

写诗填词要注意虚与实的关系，这是非常重要的。无论是虚实结合、化虚为实还是化实为虚，都能增加诗词的意境。

第五节　夸饰和用典

一、夸饰

夸饰就是我们常说的夸张和修饰，是诗歌中经常运用的一种修辞手法。它是作者运用丰富的想象，在客观现实的基础上，夸大或缩小事物形象或某种性质、程度，借以突出事物的某种特征，抒发作者某种强烈情感的修辞格式。

刘勰在《文心雕龙·夸饰》中说："言峻则嵩高极天，论狭则河不容舠，说多则子孙千亿，称少则民靡孑遗。"他认为文艺作品中的夸张能增强作品的感染力，"谈欢则字与笑并，论戚则声共泣偕"，运用得好甚至能"披瞽而骇聋"。

1. 夸饰的作用

夸饰的作用其实就是用言过其实的方法，突出事物的本质，或加强作者的某种感情，烘托气氛，引起读者的联想。

（1）夸饰可以使事物某一方面的特征更鲜明，从而烘托气氛。

夸饰以变形的手法，改变事物原来的面貌，创造出一种陌生的全新形象，使事物某一方面的特征更加鲜明，因而能够给人一种愉悦的新奇感受，从而产生独特的艺术魅力。

例如李白的"飞流直下三千尺，疑是银河落九天""桃花潭水深千尺，不及汪伦送我情""举手可近月，前行若无山""噫吁嚱，危乎高哉！蜀道之难，难于上青天"等诗句，都给人留下了极其深刻的印象。

（2）夸饰可以把人的情感表现得更典型、更理想。

夸饰能充分表现人的情感，让诗词的原始动力生发更加蓬勃。有人说，情感是诗歌面颊上的红晕，没有了情感，诗就显得苍白无力。夸饰能够充分表现人的内心世界，展现人的情感特征。

例如"白发三千丈，缘愁似个长。"（李白《秋浦歌》）；"君不见黄河之水天

上来，奔流到海不复回。君不见高堂明镜悲白发，朝如青丝暮成雪。"（李白《将进酒》）诗中人生苦短的悲哀，那种狂放深沉的愁绪，如排山倒海而来，让人震惊，让人叹服，从而产生强烈的感染力！

（3）夸饰可以把自然界的景物描绘得更生动、更形象，瑰丽多姿，大放异彩。

夸饰把描写的对象放大，从而创造出比外部世界更加博大的天地，把自然界的景物描绘得更加生动、瑰丽，从而把人带进崇高的境界。

例如岑参的边塞诗，无论是"马毛带雪汗气蒸，五花连钱旋作冰"的塞外奇寒，还是"一川碎石大如斗，随风满地石乱走"的走马穿狂风；无论是"将军金甲夜不脱，半夜军行戈相拨，风头如刀面如割"的雪夜急行军，还是"四边伐鼓雪海涌，三军大呼阴山动"的激烈战斗场面，都给人雄奇壮伟的艺术感受，将塞北景致描绘得多彩多姿。

2. 夸饰的分类

夸饰的修辞学分类有两种：程度夸饰和超前夸饰。其中程度夸饰又可分为扩大夸饰和缩小夸饰。

（1）扩大夸饰，就是故意把事物的数量、特征、用途、程度等往大、快、高、重、长、强等方面进行夸张。

如"烹羊宰牛且为乐，会须一饮三百杯。"（李白《将进酒》）；"朝辞白帝彩云间，千里江陵一日还。"（李白《早发白帝城》）；"窗含西岭千秋雪，门泊东吴万里船。"（杜甫《绝句》）；"万里悲秋常作客，百年多病独登台。"（杜甫《登高》）；"所向无空阔，真堪托死生。骁腾有如此，万里可横行。"（杜甫《房兵曹胡马诗》）；"依依宜织江雨空，雨中六月兰台风。"（李贺《罗浮山父与葛篇》）；等等。

（2）缩小夸饰，就是故意把事物的数量、特征、作用、程度等往小、慢、矮、轻、短、弱等方面说得夸张。

如"一封朝奏九重天，夕贬潮阳路八千。"（韩愈《左迁至蓝关示侄孙湘》）；"十年磨一剑，霜刃未曾试。"（贾岛《剑客》）；"惟留一简书，金泥泰山顶。"（李贺《咏怀》）；"蚍蜉撼大树，可笑不自量。"（韩愈《调张籍》）；"五更千里梦，残月一城鸡。"（梅尧臣《梦后寄欧阳永叔》）。

（3）超前夸饰，即在时间上把后出现的事物提前一步的夸张形式。

如"愁肠已断无由醉，酒未到、先成泪。"（范仲淹《御街行》）；"恰离了绿水青山那答，早来到竹篱茅舍人家。"（卢挚《沉醉东风·闲居》）；"早是他乡值早秋，江亭明月带江流。"（王勃《秋江送别》）；"吴丝蜀桐张高秋，空山凝云颓不流。"（李贺《李凭箜篌引》）；"酒入愁肠，化作相思泪。"（范仲淹《苏幕遮》）；等等。

3. 夸饰的运用

（1）要有现实基础，是故意的合理夸大。

夸饰和其他修辞方式一样，都是以客观现实为基础，所以不能失去生活的基础和生活的根据。也就是说，夸饰只能在现实生活的基础上夸张，否则就是空洞的大话或十足的昏话。例如在现实生活中，月亮是凉的，太阳是热的，我们要夸饰只能在现实基础上说"赤日炎炎似火烧"和"夜吟应觉月光寒"。

（2）要有心理节制，要符合人物的生活个性特征。

夸饰是一种修辞手法，更是一种心理调适，反映作者对某种事物、某种现象的深切感受和由此产生的强烈心理反应。因此，夸饰虽然是言过其实，但要有心理节制，并不是夸得越厉害越好。夸饰是通过超过实际的"虚"，来表现思想或情感上的"实"，即"言虚而情实"。李白为人狂放不羁、傲岸不群，他诗歌中的夸饰显得特别大胆、汪洋而恣肆，例如夸饰"愁"是"白发三千丈，缘愁似个长"（李白《秋浦歌》）；假如李清照也像李白那样大呼"白发三千丈，缘愁似个长"，不但与诗人的心理不符，读者也难以接受。

（3）夸饰要新颖，要做前人所未做。

汉代学者王充在《论衡》中说"俗人好奇，不奇，言不用也。"喜新厌旧、好奇恶俗是人之常情，在夸饰运用上也是一样。从某种意义上说，运用夸饰也是一种创造。运用夸饰要力求新颖、别致，要有创造性，不落俗套。

二、用典

用典亦称用事，凡诗文中引用过去之有关人、地、事、物之史实，或语言文字，以为比喻，而增加词句之含蓄与典雅者，即称"用典"。

1. 用典的作用

（1）使立论有根据，品评历史，借古论今。引前人之言或事，以验证作者之理论。

例如杜牧的《泊秦淮》：

> 烟笼寒水月笼沙，夜泊秦淮近酒家。
> 商女不知亡国恨，隔江犹唱后庭花。

诗中的《后庭花》歌曲名，是引用的一个典故，南朝陈后主所作的《玉树后庭花》，被后人称为"亡国之音"。诗人所处的晚唐时期正值国运衰微之际，而这些统治者不以国事为重，反而聚集于酒楼之中欣赏靡靡之音，怎能不使诗人产生历史可能重演的隐忧？所以，诗人这里是借陈后主因荒淫享乐终致亡国的历史，讽刺晚唐那些醉生梦死的统治者不从中吸取教训。

（2）便于比况和寄意，抒情言志，表明心迹。诗中有不便直述者，可借典

故之暗示，婉转道出作者之心声，即所谓"据事以类义"也。

例如苏轼的《江城子·密州出猎》：

老夫聊发少年狂，左牵黄，右擎苍，锦帽貂裘，千骑卷平冈。为报倾城随太守，亲射虎，看孙郎。

酒酣胸胆尚开张，鬓微霜，又何妨。持节云中，何日遣冯唐？会挽雕弓如满月，西北望，射天狼。

词中"持节云中，何日遣冯唐"中引用了一个典故。据《汉书·冯唐传》记载，汉文帝时，魏尚为云中太守，抵御匈奴有功，只因报功时多报了六个首级而获罪削职。后来，文帝采纳冯唐的劝谏，派冯唐持符节到云中去赦免魏尚。这里词人身在密州，怀才不遇，壮志难酬，以魏尚自喻，希望有一天朝廷也能派遣像冯唐这样的人前来，由此抒发了渴望报效朝廷的壮志豪情。

例如辛弃疾的《破阵子》：

醉里挑灯看剑，梦回吹角连营。八百里分麾下炙，五十弦翻塞外声，沙场秋点兵。

马作的卢飞快，弓如霹雳弦惊。了却君王天下事，赢得生前身后名。可怜白发生！

词中"八百里""的卢"运用了两个典故：一是据《世说新语》记载，晋王恺以牛"八百里驳"与王济做赌注，王济获胜后杀牛作炙，后人即以八百里指牛。二是相传刘备曾乘的卢马从襄阳城西的檀溪水中一跃三丈，脱离险境。运用这两个典故，创造一个雄奇的意境，不由让读者仿佛看到战争爆发前犒劳出征将士的壮观场面和战场上铁骑飞驰敌阵的激烈场景，极具冲击力。

（3）减少语词之繁累，简洁精练，内涵丰富。诗句之组成，应力求经济，尤其近体诗有其一定之字数限制，用典可减少语词之繁累。

例如李商隐的《览古》：

莫恃金汤忽太平，草间霜露古今情。

空糊赪壤真何益，欲举黄旗竟未成。

长乐瓦飞随水逝，景阳钟堕失天明。

回头一吊箕山客，始信逃尧不为名。

诗中"长乐"一词乃指汉之长乐宫。《汉书·平帝纪》中说："大风吹长安城，东门屋瓦且尽"。"景阳钟"之典出自《南史》："上（齐武帝）数游幸诸苑囿，载宫人后从车，宫内深隐，不闻端门鼓漏声，置钟于景阳楼上，应五鼓及三鼓。宫人闻钟声早起妆饰。""箕山客"一词乃指尧之许由也，《庄子》："尧让天下于

许由……许由曰：'……天下既已治也，而我犹代子，吾将为名乎'？" 又："齧缺遇许由曰：'子将奚之？'曰：'将逃尧。'" 又《史记》："余登箕山，其上盖有许由冢云。" 如此利用有限之文字，即将所欲表达之意念，呈现在读者眼前，故可减少语词之繁累。

（4）充实内容、美化词句。用典可使文辞妍丽，声调和谐，对仗工整，结构谨严，而增加外形之美，与丰富之内涵。

如李商隐的《潭州》：

> 潭州官舍暮楼空，今古无端入望中，
> 湘泪浅深滋竹色，楚歌重叠怨兰丛。
> 陶公战舰空滩雨，贾傅承尘破庙风，
> 目断故园人不至，松醪一醉与谁同。

其中"湘泪"一词，乃引《述异记》里故事："舜帝南巡，死于苍梧。舜妃娥皇女英伤心恸哭，泪下沾竹，而竹色尽斑。""楚歌"一词指屈原《离骚》《九歌》中，指斥令尹子兰之故事。"陶公"句，借当年陶侃之战功显赫，以暗讽当今之摒弃贤能。"贾傅"句，借贾谊祠中之蛛网尘封、风雨侵凌景象，而寓人才埋没之感，又切合潭州之地，典中情景，与诗人当时之情景融成一体，益觉凝练警策，读之令人顿生无限感慨。

2. 用典的形式

用典的形式，分用事与化用。

（1）用事。用事就是引用历史故事，即把典故浓缩化为诗句，借以抒怀言志或影射时事。

例如杜牧的《赤壁》：

> 折戟沉沙铁未销，自将磨洗认前朝。
> 东风不与周郎便，铜雀春深锁二乔。

"赤壁之役，周瑜用部将黄盖之计，火攻曹操大军。时东风大作，故得成功。" 意周郎之胜魏，实乘东风之便也。

（2）化用。化用的"化"含有点化、融化、变化之意，化用即指词人将前人作品中的语句加以变化，建构新的意境，以适应当下的题旨情境，更好地抒发自己的感情。"化用"可分两种情况，一是直接引用前人诗词，字词点化、内容升华、意境开拓。例如李贺的《金铜仙人辞汉歌》中有"衰兰送客咸阳道，天若有情天亦老"一句，孙洙在其《何满子·秋怨》里用过："天若有情天亦老，摇摇幽恨难禁。"欧阳修的《减字花木兰》中也有"伤怀离抱。天若有情天亦老。此意如何。细似轻丝渺似波。"

3. 用典的手法

用典的手法还可以分为若干类,这里只谈最常见也是最重要的三类,即明用、暗用、化用。

(1)明用,即直接能看出使用典故。

例如陆游的《邻水延福寺早行》:

> 化蝶方酣枕,闻鸡又著鞭。
>
> 乱山徐吐日,积水远生烟。
>
> 淹泊真衰矣,登临独惘然。
>
> 桃花应笑客,无酒到愁边。

其中"化蝶"一词,典出于《庄子》之齐物论:"庄周梦为蝴蝶,栩栩然蝴蝶也,自喻适志欤!不知周也。俄而觉,则蘧蘧然周也。不知周之梦为蝴蝶欤!蝴蝶之梦为周欤?"后人遂以"化蝶"或"梦蝶"借喻为"睡觉"。而"闻鸡"一词则出自《晋书》:祖逖与刘琨"共被同寝。中夜闻荒鸡鸣,蹴琨觉曰:'此非恶声也。'因起舞。"此处借为清晨之意。

(2)暗用:即表面上看不出来使用典故,稍加玩味,才能体会出来。

例如李商隐的《寄令狐郎中》:

> 嵩云秦树久离居,双鲤迢迢一纸书。
>
> 休问梁园旧宾客,茂陵秋雨病相如。

此诗乃以事喻人之例,据《西京杂记》云:"梁孝王好营宫室苑囿之乐,作曜华之宫,筑兔园……日与宫人宾客弋钓其中。"司马相如游梁园,梁孝王令与诸生同宿,故本诗之"梁园旧宾客"一词即指司马相如。

(3)化用。

例如杜甫的《别房太尉墓》:

> 他乡复行役,驻马别孤坟。
>
> 近泪无干土,低空有断云。
>
> 对棋陪谢傅,把剑觅徐君。
>
> 唯见林花落,莺啼送客闻。

诗中"对棋陪谢傅,把剑觅徐君"之句,系引晋代谢安与其侄谢玄相对下棋,及春秋时代吴大夫季札挂剑之故事,以比喻其与房太尉之生死交情,乃是以事喻事之类。

第六节　以文为诗和以诗为词

陈师道的《后山诗话》中曾说："退之以文为诗,子瞻以诗为词,如教坊雷大使之舞,虽极天下之工,要非本色。"在这里,我们且不论原意的褒贬,陈氏对韩、苏两家诗词创作特点的概括都堪称精当。"以文为诗"和"以诗为词",实质上指的是"诗"与"词"两种文体在创作过程中借鉴他者文体而形成的特征,这两种文体由于某些代表作家的提倡而形成了特定的风格。下面我们来详细了解一下。

一、以文为诗

以文为诗,简单地说就是以"写文"的手法写诗,在诗中明显具有了文的特征,主张诗歌创作中引进或借用散文的字法、句法、章法和表现手法的诗歌创作主张。中国文学史上,"以文为诗"最早由韩愈倡导。赵翼《瓯北诗话》:"以文为诗,自昌黎始;至东坡益大放厥词,别开生面,成一代之大观。"

以文为诗概括起来主要有以下几个特征:

1.在创作中将散文的章法、句法、字法引入诗歌。

例如韩愈的《忽忽》:

> 忽忽乎余未知生之为乐也,愿脱去而无因。
> 安得长翻大翼如云生我身,乘风振奋出六合。
> 绝浮尘,死生哀乐两相弃,是非得失付闲人。

韩愈试图改变在唐代已变得规范整齐、追求节奏和谐、句式工整的诗歌外在形式,摒除骈句,使诗歌松动变形,达到跌宕跳跃、变化多端的艺术效果,进而使诗句可长可短,力求造成错落之美。《忽忽》诗采用十一、六、十一、七、三、七、七的句式,开头就是一句"忽忽乎余未知生之为乐也,愿脱去而无因",完全是散文句法,却又给人以诗的意味。

2.将散文的谋篇、布局、结构,加之起承转合的气脉,贯彻到诗歌创作中,把散文描绘事件、刻画人物、摹写物状的笔法运用到诗歌创作之中。

如韩愈的《山石》:

> 山石荦确行径微,黄昏到寺蝙蝠飞。
> 升堂坐阶新雨足,芭蕉叶大支子肥。
> 僧言古壁佛画好,以火来照所见稀。
> 铺床拂席置羹饭,疏粝亦足饱我饥。
> 夜深静卧百虫绝,清月出岭光入扉。
> 天明独去无道路,出入高下穷烟霏。

山红涧碧纷烂漫，时见松枥皆十围。

当流赤足踏涧石，水声激激风吹衣。

人生如此自可乐，岂必局束为人靮。

嗟哉吾党二三子，安得至老不更归。

此诗采用一般山水游记散文的叙述顺序，从行至山寺、周围所见、夜看壁画、铺床吃饭、夜卧所闻、夜卧所见、清晨离寺一直写到下山观感，娓娓道来，让人有如历其境的感觉。全诗流畅中见奇崛，有精心的雕琢但又显得十分自然。清方东树评曰："只是一篇游记，而叙写简妙，犹是古文手笔。"

3. 忽视平仄、音韵等声律，努力营造一种别出心裁的反均衡、反圆润的美，打乱原有的节奏感，使诗歌具有先秦散文的风格。正如上面的《山石》诗，就完全通首不对，如果按照我们前面所讲的诗歌应该有的格式，这首诗无疑是不符合规定的。因为五言诗的音节一般是上二下三，七言诗的音节一般是上四下三，《山石》有意打破这种常规，这种故意避免对仗、避免押韵，显然与以文为诗有关。

4. 以议论直言个人的感受和情绪，将明白如话的议论糅入诗歌。

例如苏轼的《题西林壁》：

横看成岭侧成峰，远近高低各不同。

不识庐山真面目，只缘身在此山中。

这首诗借景说理，指出观察问题应该客观全面，如果主观片面，就得不到正确的结论。

二、以诗为词

所谓"以诗为词"，即以写诗的态度来填词，将诗的题材、内容、手法、风格等引入词的领域并使之扩展，开拓新词境，提高词的格调。"以诗为词"，是对词的狭隘题材的解放，是对词的表现功能的开拓，是对词境的大力拓展，给当时内容狭窄、柔软乏力的的词风注入了诸多新的血液，使词题材广泛，风格多样，艺术表现力增强，艺术风格焕然一新，因而极大地增强了词的活力。

以诗为词的方法分为若干类，有学者曾将其细分为全用前人诗句者、将前人诗句减字者、将前人诗句增字者、将前人诗句增减字者、将前人诗句易字者、全首融化诗句者、檃括诗语成词者七类。也有学者将其分为泛用唐诗字面、截取唐诗字面、增损唐诗字面、改易唐诗字面、化用唐诗句意、袭用唐诗成句、合集唐诗成句、檃括唐人诗篇、引用唐人故实、综合运用各类方法十类。

张炎《词源》卷下亦云："美成词……于软媚中有气魄，采唐诗融化如自己者，乃其所长。"这说明以诗为词的学理本质，仍然在以词为本上，大概有以下

几个方面：

其一，词中杂有诗句，一首词往往为诸多诗句与词句共同构建，形成诗句与词句混杂的词体。例如陆游的《鹧鸪天》：

> 家住苍烟落照间，丝毫尘事不相关。
>
> 斟残玉瀣行穿竹，卷罢黄庭卧看山。
>
> ……
>
> 元知造物心肠别，老却英雄似等闲。

《鹧鸪天》词牌本来是由七律演变而成的，它仍有诗的某些特点和烙印，显现着由诗转换词的某些痕迹。而这首《鹧鸪天》词，简直就是七律中三个联句，太像诗了。这些句子如果不是从陆游词集中抄出，而是从某个类书中找出的佚句，那么与其将它们定为残词，宁可定为残诗，因为它们的语言、意象、气势、格调都与诗相类。

其二，词中大量使事用典。词中使事用典，始于苏轼，这既是一种替代性、浓缩性的叙事方式，也是一种曲折深婉的抒情方式。例如苏轼的《江城子·密州出猎》：

> 老夫聊发少年狂，左牵黄，右擎苍，锦帽貂裘，千骑卷平冈。为报倾城随太守，亲射虎，看孙郎。
>
> 酒酣胸胆尚开张，鬓微霜，又何妨。持节云中，何日遣冯唐？会挽雕弓如满月，西北望，射天狼。

作者用孙权射虎的典故进行替代性的概括描写，就一笔写出了太守一马当先、亲身射虎的英姿。词的下阕选用冯唐故事，既表达了作者的壮志，又蕴含着历史人物和自己怀才不遇的隐痛，增强了词的历史感和现实感。

其三，化用别人的诗句。这个比较好理解，例如苏轼的《水调歌头·明月几时有》：

> 明月几时有？把酒问青天。不知天上宫阙，今夕是何年。我欲乘风归去，又恐琼楼玉宇，高处不胜寒。起舞弄清影，何似在人间！
>
> 转朱阁，低绮户，照无眠。不应有恨，何事长向别时圆？人有悲欢离合，月有阴晴圆缺，此事古难全。但愿人长久，千里共婵娟。

词的上阕写对月饮酒。"明月几时有？把酒问青天。"这两句是从李白的《把酒问月》诗中"青天有月来几时，我今停杯一问之"两句变化而来的。

第三章

诗词的风格

    我们常常说，李白诗感情奔放，杜甫诗沉郁凝重，李贺诗奇诡变幻，义山诗清丽俊逸，杜牧诗含蓄绰约，又或者李煜词细腻感人，欧阳修词清丽明媚，范仲淹词苍凉悲壮，晏殊词明朗疏淡，苏轼词雄健豪放，柳永词缠绵悱恻，等等，这些就是诗词的风格。

    关于诗词的风格，这是前人对作品在运用语言表情达意过程中为了适应某种特定的题旨、情境所体现出来的语言格调及风貌。前人对作品风格多有总结，如刚健、柔婉、简约、繁丰、平淡、绚烂、明快、含蓄、庄重、幽默、工丽、直率、雄奇、清新、奔放、悲慨、洗练、沉郁、空灵、风趣，等等。我们主要说说下面的八种风格。

第一节　含蓄

银烛吐青烟，金樽对绮筵。

离堂思琴瑟，别路绕山川。

明月隐高树，长河没晓天。

悠悠洛阳道，此会在何年。

    这是陈子昂的《春夜别友人》。这首诗约作于陈子昂二十六岁时，彼时他告别家乡，奔赴东都洛阳，准备向朝廷上书，求取功名。临行前，友人在一个温馨的夜晚设宴欢送他。席间，友人的一片真情触发了作者胸中的诗潮。这首离别之作，就从眼前宴会的情景落笔。

    整首诗用词朴素，虽无惊人之句，无艳丽之词，但蕴含其中的真挚感情却是令人回味的。此诗先写酒宴将尽时的沉静氛围，次写对过去美好时光的留恋和漫长离别之路的遥想，将惜别之情进一步写深，再以夜色之景烘托难舍之情，最后是对离别后重逢的期盼。诗人始终将情感的抒发置于具体情景的描述之中，

并随着情景的变化，使情感得到步步加深。恰当的表现手法，使得全诗感情的抒发自然而含蓄，婉转而细腻。

诗中的手法就是含蓄的风格。我们都知道,诗不能直露。若把意思直说出来，把意思说完，一览无余，言尽意尽，引不起读者的联想和思考，这是诗的大忌。具有委婉风格的诗歌，抒情或叙事，不直接写出，而通过写与本意无关的事物，或者通过对比而委婉地表达内心的情感。

唐人刘知几《史通·叙事》认为，诗要"言近而旨远，辞浅而意深，虽发语已殚，而含意未尽。使读者望表而知里，扪毛而辨骨，睹一事于句中，反三隅于字外"。清人沈德潜《说诗晬语》说，诗要"藏而不露"，做到"只眼前景，口头语，而有弦外音，味外味，使人神远……"

诗贵含蓄，也就是不把意思明白说出来，蕴含在所写的形象里，通过所写的形象、画面、场景，引起读者的联想和想象，让读者去沉思、寻味、咀嚼，体会到其中所蕴含的情思，激起心灵的共鸣。蕴含的情思越深厚，越是耐得住沉思、寻味、咀嚼，艺术效果越强，诗就越有味。

例如朱庆余的《宫中词》：

> 寂寂花时闭院门，美人相并立琼轩。
>
> 含情欲说宫中事，鹦鹉前头不敢言。

这首诗写的是深锁在宫中的宫女的痛苦，不直写在宫廷中黑暗恐怖统治下她们的内心幽怨，却描绘出开花时节她们被关闭宫门之内，凭琼轩而立，满怀辛酸却欲语还休的情景。全诗未写一个苦字、怨字，只写她们在会学舌的鹦鹉旁边不敢说话，略一思索，就知道她们所忍受的黑暗恐怖统治了。

创作含蓄深厚的诗很不容易。所谓含蓄，就是将丰富的生活、深刻的思想、浓郁的激情，熔铸于生动的具有典型性的艺术形象之中，而把自己的思想倾向隐蔽起来，做到"言有尽而意无穷，余意尽在不言中"。

诗要含蓄，就要写得婉转曲折，不能直说,婉转就容易含蓄,例如杜甫的《月夜》抒发在异乡思念家人之情，也用婉转曲折的写法：

> 今夜鄜州月，闺中只独看。
>
> 遥怜小儿女，未解忆长安。
>
> 香雾云鬟湿，清辉玉臂寒。
>
> 何时倚虚幌，双照泪痕干。

在长安的杜甫不说自己怀念家中妻子儿女，却想象妻子对他的怀念，描绘出一幅相思图。他想到儿女还小，不懂得想念远在长安的他，更体会到妻子心情的孤独和悲凉。月夜凝露，她对月怀人，彻夜不眠，云鬟湿，玉臂寒。末两

句又想象将来相会的甜蜜，饱经忧患而得重逢，甜蜜之中又难免引起辛酸。

含蓄不同于隐晦，诗词不明白说出的意思，读者看了就懂，或者看了略一思索就能懂，就叫含蓄。

第二节　婉转

诗词因为写得婉转，才尤其耐人寻味，同时也增强了阅读和钻研的兴趣。那些名家的诗词，在千百年后依然让人爱不释手，反复吟诵，正是因为这些诗词中具备婉转这一艺术魅力。但是要做到婉转却不是一件容易的事情，在诗词中实现婉转的具体办法也比较复杂，常见的大概有以下几种：

1. 叙述事实，但不加以说明，仅在所选用的词语中透露出思想感情。

例如刘禹锡的《石头城》：

> 山围故国周遭在，潮打空城寂寞回。
> 淮水东边旧时月，夜深还过女墙来。

此诗虽然叙述了事实，但是诗人用以下词语来表达出自己的感情："故国"说明这是一座旧城。"空城"说明这座旧城曾经繁华，而现在已经荒废了。"旧时月"说明从前，月亮曾经照耀过这座旧城的繁华时代。而末句的"还"说明，同一个月亮现在却照耀着这座荒凉的城。把这几个词联系起来，就能清楚地知道诗人对石头城兴衰变化的感慨了。

2. 揭露事实，是非由读者去判断。

例如张祜的《集灵台》：

> 虢国夫人承主恩，平明骑马入宫门。
> 却嫌脂粉污颜色，淡扫蛾眉朝至尊。

杨贵妃的三个姐姐都美貌异常，而唐玄宗李隆基因为宠爱杨贵妃而宠爱她的姐姐们，将这三个人都封为夫人。虢国夫人是杨贵妃的三姐，她为了自炫美貌，常不施脂粉。李隆基整天和她们鬼混，不理朝政，国事日非，以致后来酿成大祸——安史之乱，而唐王朝也从此开始衰落。这首诗只写了虢国夫人早晨骑马入宫的一个片段，而没有表达一点评论，是因为诗人将这种现象的是非和所带来的后果都留待读者去思考。

3. 写人物的行动，留待读者去分析此行动的原因。

例如杜牧的《秋夕》：

> 银烛秋光冷画屏，轻罗小扇扑流萤。

> 天阶夜色凉如水，卧看牵牛织女星。

"银烛""画屏""轻罗小扇""天阶"都表明诗中的主人公是宫女。"看牵牛织女星"则是她的行动。但是，她为什么会有这样的行动？我们可以从民间传说关于牵牛织女的神话故事中得到解答。传说，牵牛、织女结成夫妇，触怒王母，王母遂用银河把他们隔开。他们二人每年只能在七月七日夜里相见一晚。而此时，宫女凝望牵牛、织女二星说明她想到了自己常年禁闭深宫，不得与君王见面的凄凉身世。

4. 把思想感情藏在引用的典故之中。

例如韩翃的《寒食》：

> 春城无处不飞花，寒食东风御柳斜。
> 日暮汉宫传蜡烛，轻烟散入五侯家。

这首诗从字面上看是在讲唐代宫中的风俗。寒食是清明的前一天，这一天禁用火，所以叫"寒食"。次日清明，宫里"取榆柳之火以赐近臣"。那么，这首诗的主题思想是什么？我们可以从所用的典故看出来。诗里本是讲唐代当时的风俗，却说是"汉宫"，又用了"五侯"，这就使人想到东汉的五侯。汉桓帝封单超为新丰侯，徐璜为武原侯，具瑗为东武阳侯，左悺为上蔡侯，唐衡为汝阳侯。这五个人都是宦官，因为铲除梁冀有功，同日封侯，所以称五侯。这五个人和后来的许多宦官都专横跋扈，败坏朝政，以致汉朝衰亡。唐代从肃宗、代宗以来，宠信宦官，宦官把持朝政，国事紊乱，同东汉末年相近。韩翃对这种现象忧虑。诗中用传蜡烛先给五侯，表示对宠任宦官的讥讽。

5. 正话反说，使读者从正面理解诗意。

例如谢枋得的《蚕妇吟》：

> 子规啼彻四更时，起视蚕稠怕叶稀。
> 不信楼头杨柳月，玉人歌舞未曾归。

这首诗揭露了封建社会中两种截然不同的生活，一种是劳动人民辛勤艰苦的生活，另一种是剥削阶级荒淫享乐的生活。这种鲜明的对比是劳动人民感受最深的，但诗人却用了"不信"两字，这是反说。

可能有人会问，应该如何看出诗中是反说呢？会不会有所误解？这就要从全诗的意境和氛围来看。上边所举的例子可以从全诗的气氛中明显地看出是在反说，因此可以断定"不信"是反话。

第三节　直率

陇头流水，流离山下。

念吾一身，飘然旷野。

朝发欣城，暮宿陇头。

寒不能语，舌卷入喉。

陇头流水，鸣声幽咽。

遥望秦川，心肝断绝。

这首《陇头歌辞》，用极简单的语句表达出极真挚的情感，正所谓"一声何满子，双泪落君前。"诗句如说得委婉些，真面目就完全丧失掉了。这是一首反映游子飘零的歌辞，它通过"寒不能语，舌卷入喉"的苦寒状况来刻画游子飘零的痛苦，写得非常逼真。

向来写情感的诗，多半是以含蓄蕴藉为原则，像那弹琴的弦外之音，是我们中国文学家所最乐道。但有一类的情感是要忽然奔进一泻无余的，这就是直率。具有直率风格的诗词毫不隐讳，毫不修饰，依照情感的原样子直接写出。

直接、坦率，叫作直率。它开门见山，直截了当，从不吞吞吐吐，模棱两可。它是单刀直入、和盘托出的风格，但不是粗暴、轻率。直率是豪放的近邻。李白的诗以豪放著称，其中也不乏直率。

直率并不排斥描绘。"自从别郎后，卧宿头不举。飞龙落药店，骨出只为汝。"（《读曲歌》）这首诗描述了少妇因久久思念其夫而消瘦露骨的深情，其情直率大胆，刻画形象生动，语言含蓄有味。可见，直率和含蓄并不是截然对立的。它往往需要直率的含蓄、含蓄的直率。它要耐人寻味，而不是一览无余。

直率和粗犷，都直接、坦率。但粗犷必然直率，而直率不尽都粗犷。直率和朴素也有同有异。直率而不尚文采，必然表现为朴素；朴素而不尚文采，却不一定都直率。直率的风格跟含蓄相反，就表现的手法说，也有几种不同的方式：

一种是结合景物来抒情，像《易水歌》，先写当时景物，"风萧萧兮易水寒"。再说到自己，"壮士一去兮不复还。"这是即景抒情。一种是直接抒情，不用景物陪衬，如《黄鸟》"彼苍者天，歼我良人"，表面上是对天的责问，实际上是对秦穆公，但因不便直说，就说天。"如可赎兮，人百其身"，这是表达人民愿以身替死的真切感情。一种是结合叙事来抒情，像《箜篌谣》，从妻子喊丈夫不要渡河，到丈夫不听，渡河淹死，借助这一件事来哀号。

例如李白《庐山谣寄卢侍御虚舟》：

> 我本楚狂人，凤歌笑孔丘。手持绿玉杖，朝别黄鹤楼。五岳寻仙不辞远，一生好入名山游。庐山秀出南斗傍，屏风九叠云锦张。影落明湖青黛光，金阙前开二峰长，银河倒挂三石梁。香炉瀑布遥相望，回崖沓嶂凌苍苍。翠影红霞映朝日，鸟飞不到吴天长。登高壮观天地间，大江茫茫去不还。黄云万里动风色，白波九道流雪山。好为庐山谣，兴因庐山发。闲窥石镜清我心，谢公行处苍苔没。早服还丹无世情，琴心三叠道初成。遥见仙人彩云里，手把芙蓉朝玉京。先期汗漫九垓上，愿接卢敖游太清。

此诗豪迈、直率之情，活现在人们眼前。这首诗想象丰富，境界开阔，给人以雄奇的美感享受。诗的韵律随诗情变化而显得跌宕多姿。开头一段抒怀述志，用尤侯韵，自由舒展，音调平稳徐缓。第二段描写庐山风景，转唐阳韵，音韵较前提高，昂扬而圆润。描写长江壮景则又换删山韵，音响慷慨高亢。随后，调子陡然降低，变为入声月没韵，表达归隐求仙的闲情逸致，声音柔弱急促，和前面的高昂调子恰好构成鲜明的对比，极富抑扬顿挫之妙。最后一段表现美丽的神仙世界，转换庚清韵，音调又升高，悠长而舒畅，余音袅袅，令人神往。

前人对这首诗的艺术性评价颇高："太白天仙之词，语多率然而成者，故乐府歌词咸善……今观其……《庐山谣》等作，长篇短韵，驱驾气势，殆与南山秋气并高可也。"（见《唐诗品汇》七言古诗叙目第三卷《正宗》）

又如杜甫的《闻官军收河南河北》：

> 剑外忽传收蓟北，初闻涕泪满衣裳。
> 却看妻子愁何在，漫卷诗书喜欲狂。
> 白日放歌须纵酒，青春作伴好还乡。
> 即从巴峡穿巫峡，便下襄阳向洛阳。

凡诗写哀痛、愤恨、忧愁、愉悦、爱恋都还容易，写欢喜真是难，即在长短句和古体里也不易得。这首诗是近体，个个字受"声病"的束缚，却做得淋漓尽致，那一种手舞足蹈的情形让人读了发怔。

凡这一类都是情感突变，一烧烧到"白热度"，便一毫不隐瞒，一毫不修饰，照那情感的原样迸裂到字句上。讲真，没有真得过这一类的了。梁启超在《中国韵文里头所表现的情感》中曾说："这类文学，真是和那作者的生命分劈不开——至少也是当他作出这几句话那一秒钟时候，语句和生命是迸合为一。这种生命，是要亲历其境的人自己创造。所以这一类我认为是情

感文中之圣。"

第四节　自然

　　自然，指诗词不留雕琢的痕迹，平实质朴、朴素自然，不使人感到做作。李白曾用"清水出芙蓉，天然去雕饰"说明自然的风格。其特点是选用确切的字眼直接陈述，用白描的手法不加修饰，显得真切深刻，平易近人。其语言力求平淡，不追求辞藻的华丽，显现出质朴无华的特点，于平淡中蕴含着深刻的意境。

　　自然是针对做作说的，简而言之就是不做作，不涂饰，不堆砌。我们知道文学作品的语言要求精炼，反对陈词滥调，也要写得自然。有些作家语言贫乏，创造不出新的风格，写不出形象化、性格化的语言，于是就在文字上下功夫，用上许多怪字和冷僻的典故，写得非常晦涩，有的颠倒字句，以求新奇，反而违反了语言的自然。

　　王士禛《带经堂诗话》卷三中说："严沧浪以禅喻诗，余深契其说，而五言尤为近之。如王裴辋川绝句，字字入禅。他如'雨中山果落，灯下草虫鸣'，'明月松间照，清泉石上流'，以及太白'却下水精帘，玲珑望秋月'，常建'松际露微月，清光犹为君'，浩然'樵子暗相失，草虫寒不闻'，刘眘虚'时有落花至，远随流水香'。妙谛微言与世尊拈花，迦叶微笑，等无差别。通其解者，可语上乘。"王士禛说王维、裴迪的辋川绝句字字入禅，也就是都有妙悟。

　　例如王维的《竹里馆》：

> 独坐幽篁里，弹琴复长啸。
> 深林人不知，明月来相照。

　　又如他的《辛夷坞》：

> 木末芙蓉花，山中发红萼。
> 涧户寂无人，纷纷开且落。

　　再如《鸟鸣涧》：

> 人闲桂花落，夜静春山空。
> 月出惊山鸟，时鸣春涧中。

　　从上面三首诗看，王维描绘景物，写出一种幽静的境界。不论桂花也罢，芙蓉也罢，只任它自开自落。月出时传来山鸟的惊鸣，在竹林里只有月亮为伴，真是幽静极了。诗人处在这种幽静的境界里，心情非常悠闲，他注意桂花和芙蓉的开落，注意山鸟的惊鸣。诗人捕捉了这种幽静的境界，用画意的笔写出来，

传达出诗人悠闲的心情，这样的诗是写得自然生动的。

其他诸如王维的《秋夜独坐》"独坐悲双鬓，空堂欲二更。雨中山果落，灯下草虫鸣。"常建的《宿王昌龄隐居》："清溪深不测，隐处惟孤云。松际露微月，清光犹为君。"孟浩然的《游精思观回王白云在后》："回瞻下山路，但见牛羊群。樵子暗相失，草虫寒不闻。"刘眘虚的《阙题》："道由白云尽，春与青溪长。时有落花至，远随流水香。"这些诗跟上面的绝句一样，写的都是一种境界。在这种境界里，白天，诗人看到的是清溪里的落花远远地流去，还像闻到一阵阵花香；晚上，诗人注意的是松间明月，石上清泉，有时感到月亮的多情相照；在雨夜，听到雨中果落，灯下虫鸣；到了初冬的黄昏，诗人一个人在山路上走，连做伴的樵夫都散失了，草虫声也听不见了。诗人所写的，就是这种极幽静的境界，从而反映出悠闲的心情。

陆机《文赋》中说道，"谢朝华于已披，启夕秀于未振"，意思就是辞谢早上已经开过的花，开放晚上还没开过的花，也就是谢绝模仿，注重创造。学诗者尤当如此。陈腐之语，固不必涉笔。然求去陈腐不可得，而翻为怪怪奇奇不可致诘之语以欺人，不独欺人而且自欺，诚学者之大病也。

第五节　平淡

梅圣俞《依韵和晏相公》诗云："因吟适情性，稍欲到平淡。苦辞未圆熟，刺口剧菱芡。"言到平淡处甚难也。所以《赠杜挺之》诗，有"作诗无古今，欲造平淡难"之句。可见平淡却要做到自然，是很难的。

平淡，即冲和、淡泊，含有闲逸、静穆、淡泊、深远的特点。平淡同自然相近而稍有不同。平淡的作品不讲辞藻，不讲雕琢，这点同自然一致。平淡比较朴素，而自然却不一定朴素。比方"清水出芙蓉，天然去雕饰"，"芙蓉"指莲花。红莲花色彩鲜艳，这种色彩天然生成，不是人工涂饰，因此它是自然的，又是艳丽的；白莲花比较朴素，就可以说平淡。

平淡也不同于平庸和淡而无味，是深厚的感情和丰富的思想用朴素的语言说出，富有情味的，所以说"平淡有思致"。平淡要如饮醇醪。醇醪是一种味厚的酒，由于没有刺激性好像平淡，容易多喝，所以不觉自醉。平淡正是这样，表面平淡，含蕴深厚。

平淡的作品语言力求朴素，不做作，不雕饰，不尚辞藻，也要力求精练。正如王安石说的，"看似寻常最奇崛，成如容易却艰辛"，内容精辟，深入浅出，好像平易，但写时要反复推敲，是艰辛的，写定后容易看，容易懂。平淡不同于平庸，它是超出一般的。平淡的作品要写得看不出人工的斧凿痕迹，所以平

淡又要圆熟。梅尧臣作诗力求平淡，可是他自以为还不够圆熟，有涩味，就是要求平淡还没有到家。

例如梅尧臣的《东溪》：

> 行到东溪看水时，坐临孤屿发船迟。
> 野凫眠岸有闲意，老树着花无丑枝。
> 短短蒲草齐似剪，平平沙石净于筛。
> 情虽不厌住不得，薄暮归来车马疲。

此诗讲的是乘舟到东溪去观赏那儿的美景。坐在孤岛上，面对眼前的美景，我流连忘返，迟迟不愿开船离去。野鸭在岸上打盹休息，一副悠闲自得的神态；老树绽放着朵朵鲜花，充满勃勃生机。短短的蒲草长得整整齐齐；平铺的沙石光亮洁净。我欣赏的心情还没得到满足，薄暮下，只好离去。劳顿了一天，人与马都疲惫了。

作者用平淡的语气讲述了在东溪所看见的景致，没有刻意的描绘，没有丰富的辞藻，却于这平淡自然中，让人体会到人生的不如意。

又如王维的山水诗有闲、静、淡、远的特点，他是冲淡派大师。如：

人闲桂花落，夜静春山空。月出惊山鸟，时鸣春涧中。(《鸟鸣涧》)
空山不见人，但闻人语响。返景入深林，复照青苔上。(《鹿柴》)

这里，没有城市的喧嚣，没有人间的纷争，没有外界的纷扰，只有大自然的宁静，山水花鸟的生机。诗人尽情地享受着、欣赏着、陶醉着，投入到大自然的怀抱之中，变成了大自然的有机体了。诗人笔下的大自然，无不跳动着诗人的脉搏，回旋着诗人的声音，震荡着诗人的灵魂，因此大自然已被人格化了。诗人笔下的大自然，就是诗人自己，它反映了诗人冲淡的心情。诗人自己已消融在大自然中。这种消融，是把主观的情思化入客观的景物中，追求忘我无我的空寂境界，这就是冲淡的极致。不过，冲淡不是幻灭、死寂，而是富于生机的，它是诗人把活跃的生命转化为凝固的生命的结果，生命力由流动而转为静谧。

第六节　绮丽

唐代司空图的《二十四诗品》之《绮丽》这样说道："神存富贵，始轻黄金。浓尽必枯，淡者屡深。雾余水畔，红杏在林。月明华屋，画桥碧荫。金樽酒满，伴客弹琴。取之自足，良殚美襟。"

首四句中所说"神存富贵，始轻黄金"，黄金代表着具有形迹的富贵绮丽，而精神上富贵绮丽则自然就看轻黄金了。在诗词中，人为雕琢的绮丽往往是一

种外在的浓艳色彩，而内中其实是很空虚的，故云"浓尽必枯"；而外表看来淡泊自然，其内里深处则常常是丰富而绮丽的，故云"淡者屡深"。可见司空图更重视诗歌的内涵，即内在精神的饱满、情感的丰富、思想的深刻。

中四句是对天然的绮丽景色之描写：清净的水边飘荡着淡淡的雾气，林中的红杏呈现出鲜艳的色彩，明亮的月光覆照在华丽的屋顶，雕画的小桥深隐在碧绿的树荫之中。诗句极其绮丽而又极为自然，绝无人工雕琢之痕迹。

后四句则以处于此天然绮丽风光中的隐居高士之悠闲自在的富贵生活，来象征这种天然绮丽的诗境。作者充分地、尽情地抒发自己的胸怀，绮丽之精神也就更清晰地显示在读者面前了。

所谓"绮"，本意是指有纹彩的丝织品。绮丽，自然理解为华美艳丽。"丽"指明美的方向，"绮"规定了显著的特征，素底的映衬使这种丝织物别有一种光彩。绮丽的事物不只拥有艳丽、秀丽、华丽的外表，更表现为一种雍容华贵的精神之美、气质之美。就诗歌风格而言，这样的诗歌应有一种高贵之美。

李白《古风》诗云："自从建安来，绮丽不足珍。"杜甫《偶题》亦云："前辈飞腾入，余波绮丽为。"二人皆指六朝华艳绮靡、采丽竞繁之作，既颇多富贵气，而人为雕琢之痕迹亦较显露。然而，《诗品》中的"绮丽"则不同，因为它是"此言富贵华美，出于天然，不是以堆金积玉为工。"

例如王昌龄的《西宫春怨》：

> 西宫夜静百花香，欲卷珠帘春恨长。
> 斜抱云和深见月，朦胧树色隐昭阳。

这首诗以一个"春色恼人眠不得"的花月良宵为背景，描写一个被幽闭在深宫里的少女的一连串动作和意态，运思深婉，刻画入微，使读者如临其境，如见其人，并看到了她的曲折复杂的内心活动。全篇并没有浓墨艳彩，而绮丽风光自然呈现在读者面前。

又如张若虚的《春江花月夜》：

> 春江潮水连海平，海上明月共潮生。
> 滟滟随波千万里，何处春江无月明。
> 江流宛转绕芳甸，月照花林皆似霰。
> 空里流霜不觉飞，汀上白沙看不见。
> 江天一色无纤尘，皎皎空中孤月轮。
> 江畔何人初见月？江月何年初照人？
> 人生代代无穷已，江月年年望相似。
> 不知江月待何人，但见长江送流水。

白云一片去悠悠，青枫浦上不胜愁。
谁家今夜扁舟子？何处相思明月楼？
可怜楼上月徘徊，应照离人妆镜台。
玉户帘中卷不去，捣衣砧上拂还来。
此时相望不相闻，愿逐月华流照君。
鸿雁长飞光不度，鱼龙潜跃水成文。
昨夜闲潭梦落花，可怜春半不还家。
江水流春去欲尽，江潭落月复西斜。
斜月沉沉藏海雾，碣石潇湘无限路。
不知乘月几人归，落月摇情满江树。

被闻一多先生誉为"诗中的诗，顶峰上的顶峰"的《春江花月夜》，一千多年来使无数读者为之倾倒。一生仅留下两首诗的张若虚，也因这一首诗，"孤篇横绝，竟为大家"。诗篇题目就令人心驰神往。春、江、花、月、夜，这五种事物集中体现了人生最动人的良辰美景，构成了诱人探寻的奇妙的艺术境界。

全诗紧扣春、江、花、月、夜的背景来写，而又以月为主体。诗人灌注在诗中的感情旋律极其悲慨激荡，但那旋律既不是哀丝豪竹，也不是急管繁弦，而是像小提琴奏出的小夜曲或梦幻曲，含蕴、隽永。诗的内在感情是那样热烈、深沉，看来却是自然的、平和的，犹如脉搏跳动那样有规律、有节奏，而诗的韵律也相应地扬抑回旋。

第七节　雄奇

雄奇的诗词不仅具有雄壮风格，还具有奇特和奇险的特征。也可以说，在一种特定的"雄壮"中包含着奇特和奇险。古人说："盖雄则未有不奇者。"（《诗品·清奇解》）这句话是有一定道理的。雄与奇这一对矛盾的主要方面，应该说是雄，但奇特、奇险足以增强"雄"的气氛，因而也不妨承认"雄奇"风格是助长浩瀚磅礴之壮美的一种有益因素。

当然，奇特、奇险并非一味炫奇立异，而必须是由于体察入微，才能把握他人眼中所见、笔下所无的雄伟境界。由于创作者幻想丰富，所以能够浮想联翩，把某些使人惊诧或饶有别趣的人事景物融成奇特的意境。由于创造者艺术观察的功力深厚，所以夸张手法才能极奇险之观，既是物理之所必有，而又是事实之所难寻。唯其生活和灵感有万斛源泉，喷薄而来，雄奇之境才能跃然笔底，气势如山，其突兀奇诡，极尽夸张，分明立足于现实基础之上。这样，就会引起读者的遐想，就能登高纵目，取之不尽，用之不竭，也就是

愈奇而愈雄了。

和语言遒练相联系的夸张之奇特，也是形成雄奇风格的又一重要条件。没有夸张，就不能把生活美加以集中和提高而成为雄奇的艺术美。雄奇之美是情景交融中崇高瑰奇的美感之长期沉淀和综合。

雄奇最主要的特征是客观图景中饱含着作者胸襟的万顷汪洋，从而富于奇趣。雄奇的诗词往往表现为万物运转的惊人巨力，这种巨力必然是诗人的理想高超、气魄宏伟、神采奋发的外化。

其次，雄奇的特征还表现为作品意境的壮阔与作者精神的凝聚相结合。当胸襟浩瀚的诗人面对着苍苍莽莽、壮阔瑰奇的大自然时，首先他们固然感到由于客观庞大而带来了一种森然磅礴的气势，相形之下，会萌发出一种屈抑之感，从而为之惊心动魄，目眩神迷，自惭渺小。

再次，雄奇的特征还表现为笔力的遒练和夸张手法的奇突。笔力遒练可以使雄奇的境界通过相应的气势、笔触、基调和节奏而显示，使人们感到精力饱满，意气昂扬。夸张的奇特可以导致人们加深崇高和巉险的意象，促使想象的开展，掀起感情的奔流，汇合了吞吐大荒和惊心触目这两种情调不同而又可以沟通的感受。

周振甫在《诗词例话》中将雄奇的诗句分成三种，一种是写得很自然，好像信笔挥洒，并不见得十分用力，也看不出锤炼痕迹的。如李白的《上云乐》，讲到仙人"抚顶弄盘古，推车转天轮"，他把开天辟地的盘古当成小孩那样摩他的头，仙人能推动天轮，具有那样法力。一种是写得很费力，不容易懂。如杜甫的《戏为韦偃双松图歌》："两株惨裂苔藓皮，屈铁交错回高枝。白摧朽骨龙虎死，黑入太阴雷雨垂。"这两句设想奇突，写得雄奇，但很费力。一种是写得很费力，意义也不大。像李贺的《李凭箜篌引》"石破天惊逗秋雨"，用"石破天惊"来形容非常惊人的现象，是有力的，所以它已经成为成语。当然，这三种中，第一种最好，雄奇而自然易懂。

例如杜甫的《望岳》：

> 岱宗夫如何？齐鲁青未了。
> 造化钟神秀，阴阳割昏晓。
> 荡胸生层云，决眦入归鸟。
> 会当凌绝顶，一览众山小。

这首诗描绘了青葱的泰山笼罩于天地之间。它的辽阔，几乎超过了齐、鲁两国的旧境。这是从浩瀚胸襟的诗人眼中所见的泰山的磅礴气势。经过诗人这样的静观，大自然赋予泰山山色以入神的瑰丽。山势之雄与山势之奇融成一气，而交

融的本质实际是杜甫人格的外化。归根到底，东岳图景的雄奇，渊源于诗人的襟怀和气魄。

又如黄庭坚的《雨中登岳阳楼望君山》（其二）：

> 满川风雨独凭栏，绾结湘娥十二鬟。
> 可惜不当湖水面，银山堆里看青山。

诗中"满川风雨"的"满川"指八百里洞庭，烟波浩渺，不可谓不壮阔。从君山的形状想到湘夫人的发鬟，展开对神话人物的美丽遐想，更可说是极怀古之奇情。这两点都充分显示了空间和时间的壮阔。一切都被八百里洞庭的"满川风雨"、烟霏蒙蒙的气氛所笼罩。就诗人的沉思和凝睇而专一入神说来，雄奇风格引向幻想深处，这是精神的凝聚。就引起沉思和凝睇的湖光山色之莽莽苍苍来说，这是意境的壮阔。二者的汇合，便成为雄奇。

第八节　沉郁

南朝文论家钟嵘在《诗品序》中曾经称赞梁武帝萧衍"体沉郁之幽思，文丽日月"；而陈廷焯《白雨斋词话》卷一中说："作词之法，首贵沉郁，沉则不浮，郁则不薄。顾沉郁来易强求，不根柢于风骚，乌能沉郁？"由此，足见沉郁的显要地位。

陈廷焯说："所谓沉郁者，意在笔先，神余言外。"它要"若隐若见，欲露不露，反复缠绵，终不许一语道破。匪独体格之高，亦见性情之厚"。可见，沉郁，就是指情感的深厚、浓郁、忧愤。所谓沉，是就情感的深沉而言；所谓郁，是就情感的浓郁、忧愤而言。沉郁则极深厚。

沉郁作为一种诗词格，首先表现为一种文字特质，它古拙苍重悲凉，而非姿质冶丽。只有了解诗词的精髓，方能沉着而写，其笔画的质性，便也如刻如铸，间用躁笔，如抽茧丝。沉则不浮，郁则不薄。意在笔先，神于其外，诗之高境。

沉郁是一种心境，是绕着智慧内省的氤氲，是身陷困境的个人体验，其深深的孤寂感往往起因于对命运不可逆转的喟叹，真正的大作家即使在最快乐的时候，心中也有一种潜在的忧郁、不安和期待。故顿挫的文境，原本出自沉郁难舒的心境，是情感的千回百折，才造成节奏的急徐相间、音调的抑扬亢坠、旋律的跌宕有致。

沉郁的诗境给予鉴赏者的，是具有象征意味的含蓄奇效，它往往蕴含着深沉而磅礴、激越而又抑郁的无可奈何之情调，因为寄托遥深，便恒久地停栖一

种闷于中而肆于外的感慨中了。

沉郁所要求的深厚，具有自己的特色。

首先，沉郁所要求的深厚应是忠厚的、诚实的，而无半点虚伪和矫饰。正如《白雨斋词话》卷七中所言："忠厚之至，亦沉郁之至""沉郁顿挫，忠厚缠绵""即比兴中亦须含蓄不露，斯为沉郁，斯为忠厚"。

其次，它扎根于生活的最底层，具有浓郁的泥土味。所谓"沉厚之根柢深也"，唯其根深，故必然含蓄。但含蓄不见得都沉郁，它深邃幽绝，妙不可测。它常常山重水复，时时柳暗花明。它把充沛的情感隐藏在心灵深处，让其九曲回肠，尽情旋转，而从不恣意宣泄、倾泻无余。

第三，沉郁所要求的深厚和忧愤结下了不解之缘。它喜欢与悲慨、愤疾结伴，而不愿同诙谐、滑稽为邻。"沉郁苍凉，跳跃动荡""悲愤慷慨，郁结于中"。

沉郁因情绪色彩的深浅浓淡而不同，有的沉而悲，有的郁而怨，有的沉而雄，有的郁而愤。但沉而谐、郁而谑者，则未之闻。盖谐谑重外露而不尚隐秀，且与忧愤相悖，故不能为沉郁也。沉郁和顿挫，是水乳交融地结合为一体的。沉郁凭借顿挫，顿挫服从沉郁，二者有机结合，相得益彰。

例如张元幹《贺新郎·送胡邦衡待制》：

梦绕神州路。怅秋风，连营画角，故宫离黍。底事昆仑倾砥柱。九地黄流乱注？聚万落千村狐兔。天意从来高难问，况人情，老易悲难诉！更南浦，送君去。

凉生岸柳催残暑。耿斜河、疏星淡月，断云微度。万里江山知何处？回首对床夜语。雁不到、书成谁与？目尽青天怀今古，肯儿曹恩怨相尔汝？举大白，听《金缕》。

此词"慷慨悲凉"，抒发了作者"抑塞磊落之气"，构成了沉郁的风格。作者的感情是深沉郁积的，用顿挫转折的笔来表达，有千言万语积压在胸中，只能曲折地透露一些。投降派掌权，抗战的主张无法实现了，只能用梦到故宫来透露。提出了为什么会砥柱倒塌，只能用天高难问来感叹。送别的可悲，不是为了个人的情谊，为什么呢？只用"目尽青天怀今古"来透露，这些都是构成沉郁风格的表达手法。

又如杜甫《自京赴奉先县咏怀五百字》中：

朱门酒肉臭，路有冻死骨。

荣枯咫尺异，惆怅难再述。

这四句是千古传诵的名句。前两句客观地描绘了贫富的对立，后两句主观地叙述了贫富的对立。从客观描绘转入主观叙述的时候，有个间歇转折，其中蕴蓄

着多少忧愤之情？这是杜甫对野有饿莩的不合理的社会现实的抗议！杜甫之沉郁，其体重，故沉沉下坠，潜入心海，感情激荡，回旋迂曲。杜甫的诗，为浓郁之极。忧愁是杜诗沉郁的主要内容。他的忧愁，不只是个人的，更是国家的、民族的、人民的，因而这种忧愁具有丰富的情感层次，使其沉郁获得深厚的情感和崇高的价值。他的"三吏""三别"和《兵车行》《茅屋为秋风所破歌》都是沉郁的力作。

沉郁这种风格需要有深厚的内容，激越的感情。内容不深厚，就浅露，感情不激越，就和缓，那就不能构成沉郁的风格。

附录

《笠翁对韵》

上

一、东

天对地，雨对风，大陆对长空。山花对海树，赤日对苍穹。雷隐隐，雾蒙蒙，日下对天中。风高秋月白，雨霁晚霞红。牛女二星河左右，参商两曜斗西东。十月塞边，飒飒寒霜惊戍旅；三冬江上，漫漫朔雪冷渔翁。

河对汉，绿对红，雨伯对雷公。烟楼对雪洞，月殿对天宫。云叆叇，日曈曚，蜡屐对渔蓬。过天星似箭，吐魂月如弓。驿旅客逢梅子雨，池亭人挹藕花风。茅店村前，皓月坠林鸡唱韵；板桥路上，青霜锁道马行踪。

山对海，华对嵩，四岳对三公。宫花对禁柳，塞雁对江龙。清暑殿，广寒宫，拾翠对题红。庄周梦化蝶，吕望兆飞熊。北牖当风停夏扇，南帘曝日省冬烘。鹤舞楼头，玉笛弄残仙子月；凤翔台上，紫箫吹断美人风。

二、冬

晨对午，夏对冬，下饷对高春。青春对白昼，古柏对苍松。垂钓客，荷锄翁，仙鹤对神龙。凤冠珠闪烁，螭带玉玲珑。三元及第才千顷，一品当朝禄万钟。花萼楼前，仙李盘根调国脉；沉香亭畔，娇杨擅宠起边风。

清对淡，薄对浓，暮鼓对晨钟。山茶对石菊，烟锁对云封。金菡萏，玉芙蓉，绿绮对青锋。早汤先宿酒，晚食继朝饔。唐库金钱能化蝶，延津宝剑会成龙。巫峡浪传，云雨荒唐神女庙；岱宗遥望，儿孙罗列丈人峰。

繁对简，叠对重，意懒对心慵。仙翁对释伴，道范对儒宗。花灼灼，草茸茸，浪蝶对狂蜂。数竿君子竹，五树大夫松。高皇灭项凭三杰，虞帝承尧殛四凶。内苑佳人，满地风光愁不尽；边关过客，连天烟草憾无穷。

三、江

奇对偶，只对双，大海对长江。金盘对玉盏，宝烛对银釭。朱漆槛，碧纱窗，舞调对歌腔。兴汉推马武，谏夏著龙逄。四收列国群王伏，三筑高城众敌降。跨凤登台，潇洒仙姬秦弄玉；斩蛇当道，英雄天子汉刘邦。

颜对貌，像对庞，步辇对徒杠。停针对搁筑，意懒对心降。灯闪闪，月幢幢，揽辔对飞舣。柳堤驰骏马，花院吠村尨。酒量微酡琼杏颊，香尘没印玉莲双。诗写丹枫，韩女幽怀流御水；泪弹斑竹，舜妃遗憾积湘江。

四、支

泉对石，干对枝，吹竹对弹丝。山亭对水榭，鹦鹉对鸬鹚。五色笔，十香词，泼墨对传卮。神奇韩幹画，雄浑李陵诗。几处花街新夺锦，有人香径淡凝脂。万里烽烟，战士边头争保塞；一犁膏雨，农夫村外尽乘时。

菹对醢，赋对诗。点漆对描脂。璠簪对珠履，剑客对琴师。沽酒价，买山资，国色对仙姿。晚霞明似锦，春雨细如丝。柳绊长堤千万树，花横野寺两三枝。紫盖黄旗，天象预占江左地；青袍白马，童谣终应寿阳儿。

箴对赞，缶对卮，萤焰对蚕丝。轻裾对长袖，瑞草对灵芝。流涕策，断肠诗，喉舌对腰肢。云中熊虎将，天上凤凰儿。禹庙千年垂橘柚，尧阶三尺覆茅茨。湘竹含烟，腰下轻纱笼玳瑁；海棠经雨，脸边清泪湿胭脂。

争对让，望对思，野葛对山栀。仙风对道骨，天造对人为。鲈诸剑，博浪椎，经纬对干支。位尊民物主，德重帝王师。望切不妨人去远，心忙无奈马行迟。金屋闭来，赋乞茂陵题柱笔；玉楼成后，记须昌谷负囊词。

五、微

贤对圣，是对非，觉奥对参微。鱼书对雁字，草舍对柴扉。鸡晓唱，雉朝飞，红瘦对绿肥。举杯邀月饮，骑马踏花归。黄盖能成赤壁捷，陈平善解白登危。太白书堂，瀑泉垂地三千丈；孔明祠庙，老柏参天四十围。

戈对甲，幄对帷，荡荡对巍巍。严滩对邵圃，靖菊对夷薇。占鸿渐，采凤飞，虎榜对龙旗。心中罗锦绣，口内吐珠玑。宽宏豁达高皇量，叱咤喑呜霸王威。灭项兴刘，狡兔尽时走狗死；连吴拒魏，貔貅屯处卧龙归。

衰对盛，密对稀，祭服对朝衣。鸡窗对雁塔，秋榜对春闱。乌衣巷，燕子矶，久别对初归。天姿真窈窕，圣德实光辉。蟠桃紫阙来金母，岭荔红尘进玉妃。霸王军营，亚父丹心撞玉斗；长安酒市，谪仙狂兴换银龟。

六、鱼

羹对饭，柳对榆，短袖对长裾。鸡冠对凤尾，芍药对芙蕖。周有若，汉相如，王屋对匡庐。月明山寺远，风细水亭虚。壮士腰间三尺剑，男儿腹内五车书。疏影暗香，和靖孤山梅蕊放；轻阴清昼，渊明旧宅柳条舒。

吾对汝，尔对余，选授对升除。书箱对药柜，末耜对耰锄。参虽鲁，回不愚，阀阅对闾阎。诸侯千乘国，命妇七香车。穿云采药闻仙人，踏雪寻梅策蹇驴。

附录

玉兔金乌，二气精灵为日月；洛龟河马，五行生克在图书。

歆对正，密对疏，囊橐对苞苴。罗浮对壶峤，水曲对山纡。骖鹤驾，待鸾舆，桀溺对长沮。搏虎卜庄子，当熊冯婕妤。南阳高士吟梁父，西蜀才人赋子虚。三径风光，白石黄花供杖履；五湖烟景，青山绿水在樵渔。

七、虞

红对白，有对无，布谷对提壶。毛锥对羽扇，天阙对皇都。谢蝴蝶，郑鹧鸪，蹈海对归湖。花肥春雨润，竹瘦晚风疏。麦饭豆糜终创汉，莼羹鲈脍竟归吴。琴调轻弹，杨柳月中潜去听；酒旗斜挂，杏花村里共来沽。

罗对绮，茗对蔬，柏秀对松枯。中元对上巳，返璧对还珠。云梦泽，洞庭湖，玉烛对冰壶。苍头犀角带，绿鬓象牙梳。松阴白鹤声相应，镜里青鸾影不孤。竹户半开，对牖不知人在否；柴门深闭，停车还有客来无。

宾对主，婢对奴，宝鸭对金凫。升堂对入室，鼓瑟对投壶。砚合璧，颂联珠，提瓮对当垆。仰高红日近，望远白云孤。歆向秘书窥二酉，机云芳誉动三吴。祖饯三杯，老去常斟花下酒；荒田五亩，归来独荷月中锄。

君对父，魏对吴，北岳对西湖。菜蔬对茶饭，苣藤对菖蒲。梅花数，竹叶符，廷议对山呼。两都班固赋，八阵孔明图。田庆紫荆堂下茂，王裒青柏墓前枯。出塞中郎，羝有乳时归汉室；质秦太子，马生角日返燕都。

八、齐

鸾对凤，犬对鸡，塞北对关西。长生对益智，老幼对旄倪。颁竹策，剪桐圭，剥枣对蒸梨。绵腰如弱柳，嫩手似柔荑。狡兔能穿三穴隐，鹪鹩权借一枝栖。甪里先生，策杖垂绅扶少主；於陵仲子，辟纑织履赖贤妻。

鸣对吠，泛对栖，燕语对莺啼。珊瑚对玛瑙，琥珀对玻璃。绛县老，伯州犁，测蠡对燃犀。榆槐堪作荫，桃李自成蹊。投巫救女西门豹，赁浣逢妻百里奚。阙里门墙，陋巷规模原不陋；隋堤基址，迷楼踪迹亦全迷。

越对赵，楚对齐，柳岸对桃溪。纱窗对绣户，画阁对香闺。修月斧，上天梯，蟏蛛对虹霓。行乐游春圃，工谀病夏畦。李广不封空射虎，魏明得立为存麑。按辔徐行，细柳功成劳王敬；闻声稍卧，临泾名震止儿啼。

九、佳

门对户，陌对街，枝叶对根荄。斗鸡对挥麈，凤髻对鸾钗。登楚岫，渡秦淮，子犯对夫差。石鼎龙头缩，银筝雁翅排。百年诗礼延余庆，万里风云入壮怀。能辨明伦，死矣野哉悲季路；不由径袵，生乎愚也有高柴。

冠对履，袜对鞋，海角对天涯。鸡人对虎旅，六市对三街。陈俎豆，戏堆

埋，皎皎对皑皑。贤相聚东阁，良朋集小斋。梦里山川书越绝，枕边风月记齐谐。三径萧疏，彭泽高风怡五柳；六朝华贵，琅琊佳气种三槐。

勤对俭，巧对乖，水榭对山斋。冰桃对雪藕，漏箭对更牌。寒翠袖，贵金钗，慷慨对诙谐。竹径风声籁，花溪月影筛。携囊佳韵随时贮，荷锸沉酣到处埋。江海孤踪，雪浪风涛惊旅梦；乡关万里，烟峦云树切归怀。

杞对梓，桧对楷，水泊对山崖。舞裙对歌袖，玉陛对瑶阶。风入袂，月盈怀，虎兕对狼豺。马融堂上帐，羊侃水中斋。北面黉宫宜拾芥，东巡岱畤定燔柴。锦缆春江，横笛洞箫通碧落；华灯夜月，遗簪堕翠遍香街。

十、灰

春对夏，喜对哀，大手对长才。风清对月朗，地阔对天开。游阆苑，醉蓬莱，七政对三台。青龙壶老杖，白燕玉人钗。香风十里望仙阁，明月一天思子台。玉橘冰桃，王母几因求道降；莲舟藜杖，真人原为读书来。

朝对暮，去对来，庶矣对康哉。马肝对鸡肋，杏眼对桃腮。佳兴适，好怀开，朔雪对春雷。云移鳷鹊观，日晒凤凰台。河边淑气迎芳草，林下轻风待落梅。柳媚花明，燕语莺声浑是笑；松号柏舞，猿啼鹤唳总成哀。

忠对信，博对赅，忖度对疑猜。香消对烛暗，鹊喜对蛩哀。金花报，玉镜台，倒斝对衔杯。岩巅横老树，石磴覆苍苔。雪满山中高士卧，月明林下美人来。绿柳沿堤，皆为苏子来时种；碧桃满观，尽是刘郎去后栽。

十一、真

莲对菊，凤对麟，浊富对清贫。渔庄对佛舍，松盖对花茵。萝月叟，葛天民，国宝对家珍。草迎金埒马，花醉玉楼人。巢燕三春尝唤友，塞鸿八月始来宾。古往今来，谁见泰山曾作砺；天长地久，人传沧海几扬尘。

兄对弟，吏对民，父子对君臣。勾丁对补甲，赴卯对同寅。折桂客，簪花人，四皓对三仁。王乔云外舄，郭泰雨中巾。人交好友求三益，士有贤妻备五伦。文教南宣，武帝平蛮开百越；义旗西指，韩侯扶汉卷三秦。

申对午，侃对訚，阿魏对茵陈。楚兰对湘芷，碧柳对青筠。花馥馥，叶蓁蓁，粉颈对朱唇。曹公奸似鬼，尧帝智如神。南阮才郎差北富，东邻丑女效西颦。色艳北堂，草号忘忧忧甚事；香浓南国，花名含笑笑何人。

十二、文

忧对喜，戚对欣，二典对三坟。佛经对仙语，夏耨对春耘。烹早韭，剪春芹，暮雨对朝云。竹间斜白接，花下醉红裙。掌握灵符五岳箓，腰悬宝剑七星纹。金锁未开，上相趋听宫漏永；珠帘半卷，群僚仰对御炉熏。

词对赋,懒对勤,类聚对群分。鸾箫对凤笛,带草对香芸。燕许笔,韩柳文,旧话对新闻。赫赫周南仲,翩翩晋右军。六国说成苏子贵,两京收复郭公勋。汉阙陈书,侃侃忠言推贾谊;唐廷对策,岩岩直谏有刘蕡。

言对笑,绩对勋,鹿豕对羊羵。星冠对月扇,把袂对书裙。汤事葛,说兴殷。萝月对松云。西池青鸟使,北塞黑鸦军。文武成康为一代,魏吴蜀汉定三分。桂苑秋宵,明月三杯邀曲客;松亭夏日,薰风一曲奏桐君。

十三、元

卑对长,季对昆。永巷对长门。山亭对水阁,旅舍对军屯。杨子渡,谢公墩,德重对年尊。承乾对出震,叠坎对重坤。志士报君思犬马,仁王养老察鸡豚。远水平沙,有客泛舟桃叶渡;斜风细雨,何人携榼杏花村。

君对相,祖对孙。夕照对朝曛。兰台对桂殿,海岛对山村。碑堕泪,赋招魂,报怨对怀恩。陵埋金吐气,田种玉生根。相府珠帘垂白昼,边城画角动黄昏。枫叶半山,秋去烟霞堪倚杖;梨花满地,夜来风雨不开门。

十四、寒

家对国,治对安,地主对天官。坎男对离女,周诰对殷盘。三三暖,九九寒,杜撰对包弹。古壁蛩声匝,闲亭鹤影单。燕出帘边春寂寂,莺闻枕上漏珊珊。池柳烟飘,日夕郎归青琐闼;砌花雨过,月明人倚玉栏杆。

肥对瘦,窄对宽,黄犬对青鸾。指环对腰带,洗钵对投竿。诛佞剑,进贤冠,画栋对雕栏。双垂白玉箸,九转紫金丹。陕右棠高怀召伯,河阳花满忆潘安。陌上芳春,弱柳当风披彩线;池中清晓,碧荷承露捧珠盘。

行对卧,听对看,鹿洞对鱼滩。蛟腾对豹变,虎踞对龙蟠。风凛凛,雪漫漫,手辣对心酸。莺莺对燕燕,小小对端端。蓝水远从千涧落,玉山高并两峰寒。至圣不凡,嬉戏六龄陈俎豆;老莱大孝,承欢七袠舞斑斓。

十五、删

林对坞,岭对峦,昼永对春闲。谋深对望重,任大对投艰。裾袅袅,佩珊珊,守塞对当关。密云千里合,新月一钩弯。叔宝君臣皆纵逸,重华父母是嚚顽。名动帝畿,西蜀三苏来日下;壮游京洛,东吴二陆起云间。

临对仿,咨对悭,讨逆对平蛮。忠肝对义胆,雾鬓对云鬟。埋笔冢,烂柯山,月貌对天颜。龙潜终得跃,鸟倦亦知还。陇树飞来鹦鹉绿,池筠密处鹧鸪斑。秋露横江,苏子月明游赤壁;冻云迷岭,韩公雪拥过蓝关。

下

一、先

寒对暑，日对年，蹴踘对秋千。丹山对碧水，淡雨对罩烟。歌宛转，貌婵娟，雪赋对云笺。荒芦栖南雁，疏柳噪秋蝉。洗耳尚逢高士笑，折腰肯受小儿怜。郭泰泛舟，折角半垂梅子雨；山涛骑马，接䍦倒着杏花天。

轻对重，肥对坚，碧玉对青钱。郊寒对岛瘦，酒圣对诗仙。依玉树，步金莲，凿井对耕田。杜甫清宵立，边韶白昼眠。豪饮客吞波底月，酣游人醉水中天。斗草青郊，几行宝马嘶金勒；看花紫陌，十里香车拥翠钿。

吟对咏，授对传，乐矣对凄然。风鹏对雪雁，董杏对周莲。春九十，岁三千，钟鼓对管弦。入山逢宰相，无事即神仙。霞映武陵桃淡淡，烟荒隋堤柳绵绵。七碗月团，啜罢清风生腋下；三杯云液，饮余红雨晕腮边。

中对外，后对先，树下对花前。玉柱对金屋，叠嶂对平川。孙子策，祖生鞭，盛席对华筵。解醉知茶力，消愁识酒权。丝剪芰荷开冻沼，锦妆凫雁泛温泉。帝女衔石，海中遗魄为精卫；蜀王叫月，枝上游魂化杜鹃。

二、萧

琴对管，斧对瓢，水怪对花妖。秋声对春色，白缣对红绡。臣五代，事三朝，斗柄对弓腰。醉客歌金缕，佳人品玉箫。风定落花闲不扫，霜余残叶湿难烧。千载兴周，尚父一竿投渭水；百年霸越，钱王万弩射江潮。

荣对悴，夕对朝，露地对云霄。商彝对周鼎，殷濩对虞韶。樊素口，小蛮腰，六诏对三苗。朝天车奕奕，出塞马萧萧。公子幽兰重泛舸，王孙芳草正联镳。潘岳高怀，曾向秋天吟蟋蟀；王维清兴，尝于雪夜画芭蕉。

耕对读，牧对樵，琥珀对琼瑶。兔毫对鸿爪，桂楫对兰桡。鱼潜藻，鹿藏蕉，水远对山遥。湘灵能鼓瑟，嬴女解吹箫。雪点寒梅横小院，风吹弱柳覆平桥。月牖通宵，绛蜡罢时光不减；风帘当昼，雕盘停后篆难消。

三、肴

诗对礼，卦对爻，燕引对莺调。晨钟对暮鼓，野馔对山肴。雉方乳，鹊始巢，猛虎对神獒。疏星浮荇叶，皓月上松梢。为邦自古推瑚琏，从政于今愧斗筲。管鲍相知，能交忘形胶漆友；蔺廉有隙，终为刎颈死生交。

歌对舞，笑对嘲，耳语对神交。焉乌对亥豕，獭髓对鸾胶。宜久敬，莫轻抛，一气对同胞。祭遵甘布被，张禄念绨袍。花径风来逢客访，柴扉月到有僧敲。夜雨园中，一颗不雕王子奈；秋风江上，三重曾卷杜公茅。

衙对舍，廪对庖。玉磬对金铙。竹林对梅岭，起凤对腾蛟。鲛绡帐，兽锦袍，露果对风梢。扬州输橘柚，荆土贡菁茅。断蛇埋地称孙叔，渡蚁作桥识宋郊。好梦难成，蛩响阶前偏唧唧；良朋远到，鸡声窗外正嘐嘐。

四、豪

茭对茨，荻对蒿，山麓对江皋。莺簧对蝶板，麦浪对松涛。骐骥足，凤凰毛，美誉对嘉褒。文人窥蠹简，学士书兔毫。马援南征载薏苡，张骞西使进葡萄。辩口悬河，万语千言常亹亹；词源倒峡，连篇累牍自滔滔。

梅对杏，李对桃，棫朴对旌旄。酒仙对诗史，德泽对恩膏。悬一榻，梦三刀，拙逸对贤劳。玉堂花烛绕，金殿月轮高。孤山看鹤盘云下，蜀道闻猿向月号。万事从人，有花有酒应自乐；百年皆客，一丘一壑尽吾豪。

台对省，署对曹。分袂对同袍。鸣琴对击剑，返辙对回艚。良借箸，操提刀，香茗对醇醪。滴泉归海大，篑土积山高。石室客来煎雀舌，画堂宾至饮羊羔。被谪贾生，湘水凄凉吟鵩鸟；遭谗屈子，江潭憔悴著离骚。

五、歌

微对巨，少对多，直干对平柯。蜂媒对蝶使，雨笠对烟蓑。眉淡扫，面微酡，妙舞对清歌。轻衫裁夏葛，薄袂剪春罗。将相兼行唐李靖，霸王杂用汉萧何。月本阴精，岂有羿妻曾窃药；星为夜宿，浪传织女漫投梭。

慈对善，虐对苛，缥缈对婆娑。长杨对细柳，嫩蕊对寒莎。追风马，挽日戈，玉液对金波。紫诰衔丹凤，黄庭换白鹅。画阁江城梅作调，兰舟野渡竹为歌。门外雪飞，错认空中飘柳絮；岩边瀑响，误疑天半落银河。

松对竹，芡对荷，薜荔对藤萝。梯云对步月，樵唱对渔歌。升鼎雉，听经鹅，北海对东坡。吴郎哀废宅，邵子乐行窝。丽水良金皆待冶，昆山美玉总须磨。雨过皇州，琉璃色灿华清瓦；风来帝苑，荷芰香飘太液波。

笼对槛，巢对窝，及第对登科。冰清对玉润，地利对人和。韩擒虎，荣驾鹅，青女对素娥。破头朱泚笏，折齿谢鲲梭。留客酒杯应恨少，动人诗句不须多。绿野凝烟，但听村前双牧笛；沧江积雪，惟看滩上一渔蓑。

六、麻

清对浊，美对嘉，鄙吝对矜夸。花须对柳眼，屋角对檐牙。志和宅，博望槎，秋实对春华。乾炉烹白雪，坤鼎炼丹砂。深宵望冷沙场月，边塞听残野戍笳。满院松风，钟声隐隐为僧舍；半窗花月，锡影依依是道家。

雷对电，雾对霞，蚁阵对蜂衙。寄梅对怀橘，酿酒对烹茶。宜男草，益母花，杨柳对蒹葭。班姬辞帝辇，蔡琰泣胡笳。舞榭歌楼千万尺，竹篱茅舍两三家。

珊枕半床，月明时梦飞塞外；银筝一奏，花落处人在天涯。

圆对缺，正对斜，笑语对咨嗟。沈腰对潘鬓，孟笋对卢茶。百舌鸟，两头蛇，帝里对仙家。尧仁敷率土，舜德被流沙。桥上授书曾纳履，壁间题句已笼纱。远塞迢迢，露碛风沙何可极；长江渺渺，雪涛烟浪信无涯。

疏对密，朴对华，义鹊对慈鸦。鹤群对雁阵，白苎对黄麻。读三到，吟八叉，肃静对喧哗。围棋兼把钓，沉李并浮瓜。羽客片时能煮石，狐禅千劫似蒸沙。党尉粗豪，金帐笼香斟美酒；陶生清逸，银铛融雪啜团茶。

七、阳

台对阁，沼对塘，朝雨对夕阳。游人对隐士，谢女对秋娘。三寸舌，九回肠，玉液对琼浆。秦皇照胆镜，徐肇返魂香。青萍夜啸芙蓉匣，黄卷时摊薜荔床。元亨利贞，天地一机成化育；仁义礼智，圣贤千古立纲常。

红对白，绿对黄，昼永对更长。龙飞对凤舞，锦缆对牙樯。云弁使，雪衣娘，故国对他乡。雄文能徙鳄，艳曲为求凰。九日高峰惊落帽，暮春曲水喜流觞。僧占名山，云绕茂林藏古殿；客栖胜地，风飘落叶响空廊。

衰对壮，弱对强，艳饰对新妆。御龙对司马，破竹对穿杨。读班马，识求羊，水色对山光。仙棋藏绿橘，客枕梦黄粱。池草入诗因有梦，海棠带恨为无香。风起画堂，帘箔影翻青荇沼；月斜金井，辘轳声度碧梧墙。

臣对子，帝对王，日月对风霜。乌台对紫府，雪牖对云房。香山社，昼锦堂，蔀屋对岩廊。芬椒涂内壁，文杏饰高梁。贫女幸分东壁影，幽心高卧北窗凉。绣阁探春，丽日半笼青镜色；水亭醉夏，薰风常透碧筒香。

八、庚

形对貌，色对声，夏邑对周京。江云对涧树，玉磬对银筝。人老老，我卿卿，晓燕对春莺。玄霜春玉杵，白露贮金茎。贾客君山秋弄笛，仙人缑岭夜吹笙。帝业独兴，尽道汉高能用将；父书空读，谁言赵括善知兵。

功对业，性对情，月上对云行。乘龙对附骥，阆苑对蓬瀛。春秋笔，月旦评，东作对西成。隋珠光照乘，和璧价连城。三箭三人唐将勇，一琴一鹤赵公清。汉帝求贤，诏访严滩逢故旧；宋廷优老，年尊洛社重耆英。

昏对旦，晦对明，久雨对新晴。蓼湾对花港，竹友对梅兄。黄石叟，丹丘生，犬吠对鸡鸣。暮山云外断，新水月中平。半榻清风宜午梦，一犁好雨趁春耕。王旦登庸，误我十年迟作相；刘蒉不第，愧他多士早成名。

九、青

庚对甲，己对丁，魏阙对彤庭。梅妻对鹤子，珠箔对银屏。鸳浴沼，鹭飞

汀,鸿雁对鹡鸰。人间寿者相,天上老人星。八月好修攀桂斧,三春须系护花铃。江阁凭临,一水净连天际碧;石栏闲倚,群山秀向雨余青。

危对乱,泰对宁,纳陛对趋庭。金盘对玉箸,泛梗对浮萍。群玉圃,众芳亭,旧典对新型。骑牛闲读史,牧豕自横经。秋首田中禾颖重,春余园内菜花馨。旅次凄凉,塞月江风皆惨淡;筵前欢笑,燕歌赵舞独娉婷。

十、蒸

苹对蓼,芡对菱,雁弋对鱼罾。齐纨对鲁绮,蜀绵对吴绫。星渐没,日初升,九聘对三征。萧何曾作吏,贾岛昔为僧。贤人视履循规矩,大匠挥斤校准绳。野渡春风,人喜乘潮移酒舫;江天暮雨,客愁隔岸对渔灯。

谈对吐,谓对称,冉闵对颜曾。侯嬴对伯嚭,祖逖对孙登。抛白纻,宴红绫,胜友对良朋。争名如逐鹿,谋利似趋蝇。仁杰姨惭周不仕,王陵母识汉方兴。句写穷愁,浣花寄迹传工部;诗吟变乱,凝碧伤心叹右丞。

十一、尤

荣对辱,喜对忧,缱绻对绸缪。吴娃对越女,野马对沙鸥。茶解渴,酒消愁,白眼对苍头。马迁修史记,孔子作春秋。莘野耕夫闲举耜,渭滨渔父晚垂钩。龙马游河,羲帝因图而画卦;神龟出洛,禹王取法以明畴。

冠对履,舄对裘,院小对庭幽。面墙对膝地,错知对良筹。孤嶂耸,大江流,芳泽对圆丘。花潭来越唱,柳屿起吴讴。莺懒燕忙三月雨,蛮催蝉退一天秋。钟子听琴,荒径入林山寂寂;谪仙捉月,洪涛接岸水悠悠。

鱼对鸟,鹊对鸠,翠馆对红楼。七贤对三友,爱日对悲秋。虎类狗,蚁如牛,列辟对诸侯。陈唱临春乐,隋歌清夜游。空中事业麒麟阁,地下文章鹦鹉洲。旷野平原,猎士马蹄轻似箭;斜风细雨,牧童牛背稳如舟。

十二、侵

歌对曲,啸对吟,往古对来今。山头对水面,远浦对遥岑。勤三上,惜寸阴,茂树对平林。卞和三献玉,杨震四知金。青皇风暖催芳草,白帝城高急暮砧。绣虎雕龙,才子窗前挥彩笔;描鸾刺凤,佳人帘下度金针。

登对眺,涉对临,瑞雪对甘霖。主欢对民乐,交浅对言深。耻三战,乐七擒,顾曲对知音。大车行槛槛,驷马聚骎骎。紫电青虹腾剑气,高山流水识琴心。屈子怀君,极浦吟风悲泽畔;王郎忆友,扁舟卧雪访山阴。

十三、覃

宫对阙,座对龛,水北对天南。蜃楼对蚁郡,伟论对高谈。遵杞梓,树槐楠,得一对函三。八宝珊瑚枕,双珠玳瑁簪。萧王待士心惟赤,卢相欺君面独蓝。贾岛诗狂,手拟敲门行处想;张颠草圣,头能濡墨写时酣。

闻对见,解对谄,三橘对双柑。黄童对白叟,静女对奇男。秋七七,径三三,海色对山岚。鸾声何哕哕,虎视正眈眈。仪封疆吏知尼父,函谷关人识老聃。江相归池,止水自盟真是止;吴公作宰,贪泉虽饮亦何贪。

十四、盐

宽对猛,冷对炎,清直对尊严。云头对雨脚,鹤发对龙髯。风台谏,肃堂廉,保泰对鸣谦。五湖归范蠡,三径隐陶潜。一剑成功堪佩印,百钱满卦便垂帘。浊酒停杯,容我半酣愁际饮;好花傍座,看他微笑悟时拈。

连对断,减对添,淡泊对安恬。回头对极目,水底对山尖。腰袅袅,手纤纤,凤卜对鸾占。开田多种粟,煮海尽成盐。居同九世张公艺,恩给千人范仲淹。箫弄凤来,秦女有缘能跨羽;鼎成龙去,轩臣无计得攀髯。

人对己,爱对嫌,举止对观瞻。四知对三语,义正对辞严。勤雪案,课风檐,漏箭对书签。文繁归獭祭,体艳别香奁。昨夜题诗更一字,早春来燕卷重帘。诗以史名,愁里悲歌怀杜甫;笔经人索,梦中显晦老江淹。

十五、咸

栽对植,薙对芟,二伯对三监。朝臣对国老,职事对官衔。鹿麌麌,兔毚毚,启牍对开缄。绿杨莺睍睆,红杏燕呢喃。半篱白酒娱陶令,一枕黄粱度吕岩。九夏炎飙,长日风亭留客骑;三冬寒冽,漫天雪浪驻征帆。

梧对杞,柏对杉,夏澓对韶咸。洞瀍对溱洧,巩洛对崤函。藏书洞,避诏岩,脱俗对超凡。贤人羞献媚,正士嫉工谗。霸越谋臣推少伯,佐唐藩将重浑瑊。邺下狂生,羯鼓三挝羞锦袄;江州司马,琵琶一曲湿青衫。

袍对笏,履对衫,匹马对孤帆。琢磨对雕镂,刻划对镌鑱。星北拱,日西衔,厄漏对鼎馋。江边生杜若,海外树都咸。但得恢恢存利刃,何须咄咄达空函。彩凤知音,乐典后夔须九奏;金人守口,圣如尼父亦三缄。

《白香词谱》

忆江南·怀旧 (李煜)

多少恨，昨夜梦魂中。还似旧时游上苑，车如流水马如龙，花月正春风。
○⊙●　⊙●●●○△　⊙●⊙○○●●　⊙○○●●○△　⊙●●○△

捣练子令 (李煜)

深院静，小庭空，断续寒砧断续风。无奈夜长人不寐，数声和月到帘栊。
○●●　●○△　⊙●○○●●△　⊙●●○○●●　●○○●●○△

忆王孙·春词 (李重元)

萋萋芳草忆王孙，柳外楼高空断魂。杜宇声声不忍闻。欲黄昏，雨打梨花
⊙○⊙●●○△　⊙●○○○●△　⊙●○○○●△　●○△　⊙●○○

深闭门。
⊙●△

调笑令 (王建)

团扇，团扇，美人病来遮面。玉颜憔悴三年，谁复商量管弦。弦管，弦管，
○▲　○▲　●●○●○○▲　●○●○○△　⊙○○●○○△　○▲　○▲

春草昭阳路断。
○●○○●▲

如梦令·春景 (秦观)

莺嘴啄花红溜，燕尾点波绿皱。指冷玉笙寒，吹彻小梅春透。依旧，依旧，
⊙●⊙○○▲　⊙●⊙○○▲　⊙●●○○　⊙●●○○▲　○▲　○▲

人与绿杨俱瘦。
⊙●●○○▲

注：○平声 ●仄声 ⊙可平可仄 △平韵 ▲仄韵 △、△、①、②代表不同的
韵部，意味着换韵。

长相思·闺怨（白居易）

汴水流，泗水流，流到瓜洲古渡头。吴山点点愁。　思悠悠，恨悠悠，
　⊙⊙△　⊙⊙△　⊙●⊙○●⊙△　⊙○⊙●△　　⊙⊙△　⊙⊙△

恨到归时方始休。月明人倚楼。
⊙●○○○●△　　⊙○○●△

相见欢（李煜）

无言独上西楼，月如钩。寂寞梧桐深院锁清秋。　剪不断，理还乱，是离愁。
○○●●○○　●○○　●○○●○●○△　　⊙●▲　⊙○▲　●○△

别是一般滋味在心头。
⊙●○○○●○△

四字令（刘过）

情深意真，眉长鬓青。小楼明月调筝，写春风数声。　思君忆君，魂牵梦萦。
○○●△　○○●△　⊙○○●○△　●○○●△　　○○●△　○○●△

翠销香暖云屏，更那堪酒醒。
⊙○○●○△　　●○○●△

生查子·元夕（欧阳修）

去年元夜时，花市灯如昼。月上柳梢头，人约黄昏后。　今年元夜时，
　⊙○○●○　⊙●●○▲　⊙●●○○　⊙●○○▲　　⊙○○●○

月与灯依旧。不见去年人，泪湿春衫袖。
⊙●○○▲　⊙○●○○　⊙●○○▲

昭君怨（万俟咏）

春到南楼雪尽，惊动灯期花信。小雨一番寒，倚阑干。　莫把阑干频倚，
　⊙●○○⊙▲　⊙●○○⊙▲　⊙●●○①　●○△　　⊙●⊙○○△

一望几重烟水。何处是京华，暮云遮。
⊙●○○○▲　⊙●●○②　●●○②

点绛唇 (曾允元)

一夜东风，枕边吹散愁多少。数声啼鸟，梦转纱窗晓。　来是春初，去
⊙●○○　⊙○○●○○▲　⊙●○▲　⊙●○○▲　　⊙●○○　⊙

是春将老。长亭道，一般芳草，只有归时好。
●○○▲　○⊙▲　●●○▲　⊙●○○▲

菩萨蛮 (李白)

平林漠漠烟如织，寒山一带伤心碧。暝色入高楼，有人楼上愁。　玉阶
⊙○○⊙●○△　⊙○○○●○△　⊙●●○①　⊙○○●①　　⊙○

空伫立，宿鸟归飞急。何处是归程，长亭连短亭。
○●△　⊙●○○△　⊙●●○②　⊙○○●②

卜算子 (王观)

水是眼波横，山是眉峰聚。欲问行人去那边，眉眼盈盈处。　才始送春归，
⊙●●○○　⊙●○○▲　⊙●○○●●○　⊙●○○▲　　⊙●●○○

又送君归去。若到江南赶上春，千万和春住。
⊙●○○▲　⊙●○○●●○　⊙●○○▲

减字木兰花·春情 (王安国)

画桥流水，雨湿落红飞不起。月破黄昏，帘里余香马上闻。　徘徊不语，
⊙○○⊙▲　⊙●○○●▲　⊙●○①　⊙○○○●①　　⊙○○▲

今夜梦魂何处去。不似垂杨，犹解飞花入洞房。
⊙●○○○●△　⊙●○②　⊙●○○○●②

采桑子 (朱藻)

障泥油壁人归后，满院花阴，楼影沉沉，中有伤春一片心。　闲穿绿树
⊙○○●○○●　⊙●○△　⊙●○△　⊙○○●○△　　⊙○○●

寻梅子，斜日笼明，团扇风轻，一径杨花不避人。
○○●　⊙●○△　⊙●○△　⊙●○○●●○

谒金门（冯延巳）

风乍起，吹皱一池春水。闲引鸳鸯香径里，手挼红杏蕊。　　斗鸭阑干独倚，
⊙⊙● ⊙●○○●▲ ⊙●○○○●● ⊙○○●▲ 　　⊙●⊙○⊙▲

碧玉搔头斜坠。终日望君君不至，举头闻鹊喜。
⊙●○○○▲ ⊙●●○○●▲ ⊙○○●▲

诉衷情·眉意（欧阳修）

清晨帘幕卷轻霜，呵手试梅妆。都缘自有离恨，故画作、远山长。　　思往事，
⊙○○●●○△ ⊙●●○△ ○○●●○● ⊙●● ●○△ 　　○●●

惜流芳，易成伤。拟歌先敛，欲笑还颦，最断人肠。
●○△ ●○△ ⊙○○● ●●○△ ⊙●○△

好事近（蒋元龙）

叶暗乳鸦啼，风定老红犹落。蝴蝶不随春去，入薰风池阁。　　休歌金缕
⊙●●○○ ⊙●●○○▲ ○●⊙○○● ●○○○▲ 　　⊙○○●

劝金卮，酒病煞如昨。帘卷日长人静，任杨花飘泊。
●○○ ⊙⊙●○▲ ⊙●●○○● ●○○○▲

忆秦娥（李白）

箫声咽，秦娥梦断秦楼月。秦楼月，年年柳色，灞陵伤别。　　乐游原上
⊙⊙▲ ○○●●○○▲ ○○▲ ⊙○⊙● ●○○▲ 　　⊙○○●

清秋节，咸阳古道音尘绝。音尘绝，西风残照，汉家陵阙。
○○▲ ⊙○○●○○▲ ○○▲ ⊙○○▲ ●○○▲

更漏子（温庭筠）

柳丝长，春雨细，花外漏声迢递。惊塞雁，起城乌，画屏金鹧鸪。　　香雾薄，
●○○ ○●△ ⊙●⊙○○△ ●⊙● ⊙○○ ⊙○○●① 　　○○△

透帘幕，惆怅谢家池阁。红烛背，绣帘垂，梦长君不知。
⊙○△ ⊙●○○○△ ⊙○● ●○② ⊙○○●②

荆州亭·题柱（吴城小龙女）

帘卷曲栏独倚，江展暮云无际。泪眼不曾晴，家在吴头楚尾。　　数点雪
⊙●○⊙▲　⊙○●○⊙▲　⊙●○○⊙　○⊙○○●▲　　⊙●●

花乱委，扑漉沙鸥惊起。诗句欲成时，没入苍烟丛里。
○⊙●▲　⊙●⊙○⊙▲　○●⊙●○　⊙○○●⊙▲

清平乐（黄庭坚）

春归何处，寂寞无行路。若有人知春去处，唤取归来同住。　　春无踪迹谁知，
⊙○⊙▲　⊙●○○▲　⊙●○○○●●　⊙●○○○▲　　○○⊙●○△

除非问取黄鹂。百啭无人能解，因风飞过蔷薇。
⊙○⊙●○△　⊙●○○⊙●　⊙○⊙●○△

误佳期·闺怨（汪懋麟）

寒气暗侵帘幕，孤负芳春小约。庭梅开遍不归来，直恁心情恶。　　独抱
⊙●⊙○○▲　⊙●⊙○⊙▲　⊙○○●●○○　●⊙○○▲　　⊙●

影儿眠，背看灯花落。待他重与画眉时，细数郎轻薄。
●○○　⊙●⊙○▲　●⊙○●○○△　●⊙○○▲

阮郎归（欧阳修）

南园春半踏青时，风和闻马嘶。青梅如豆柳如眉，日长蝴蝶飞。　　花露重，
⊙○○●●○△　⊙○⊙●△　⊙○⊙○●○△　⊙○⊙●△　　○●●

草烟低，人家帘幕垂。秋千慵困解罗衣，画堂双燕归。
●○⊙　⊙○○●△　⊙○⊙●●○△　⊙○⊙●△

画堂春·春情（秦观）

东风吹柳日初长，雨余芳草斜阳。杏花零落燕泥香，睡损红妆。　　宝篆
⊙○⊙●●○△　⊙○○●○△　⊙○⊙●●○△　⊙●○△　　⊙●

烟消龙凤，画屏云锁潇湘。夜寒微透薄罗裳，无限思量。
⊙○⊙●　⊙○○●○△　⊙○⊙●●○△　○●○△

摊破浣溪沙 （李璟）

菡萏香销翠叶残，西风愁起绿波间。还与韶光共憔悴，不堪看。　　细雨
⊙●○○●●△　⊙○○●●○△　⊙●○○●●●　●○△　　　⊙●
梦回鸡塞远，小楼吹彻玉笙寒。多少泪珠何限恨，倚阑干。
⊙○○●●　●○○●●○△　⊙●●○○●●　●○△

人月圆（吴激）

南朝千古伤心事，还唱后庭花。旧时王谢，堂前燕子，飞向谁家。
⊙○⊙●○○●　⊙●●○△　⊙○⊙●　○○⊙●　⊙●○△

恍然一梦，仙肌胜雪，宫鬓堆鸦。江州司马，青衫泪湿，同是天涯。
⊙○⊙●　○○●●　○●○○　⊙○⊙●　○○⊙●　⊙●○△

桃源忆故人（秦观）

玉楼深锁薄情种，清夜悠悠谁共。羞见枕衾鸳凤，闷则和衣拥。　　无端
⊙○⊙●○○▲　⊙●○○○▲　⊙●⊙○○▲　⊙●○○▲　　　○○
画角严城动，惊破一番新梦。窗外月华霜重，听彻梅花弄。
⊙●○○▲　○●⊙○○▲　⊙●⊙○○▲　⊙●○○▲

眼儿媚·秋思（刘基）

萋萋芳草小楼西，云压雁声低。两行疏柳，一丝残照，万点鸦栖。
⊙○⊙●●○△　⊙●●○△　⊙○⊙●　⊙●○○　⊙●○△

春山碧树秋重绿，人在武陵溪。无情明月，有情归梦，同到幽闺。
⊙○⊙●○○●　⊙●●○△　⊙○⊙●　⊙○○●　⊙●○△

贺圣朝·留别（叶清臣）

满斟绿醑留君住，莫匆匆归去。三分春色二分愁，更一分风雨。　　花开花谢，
⊙○⊙●○○▲　⊙○○●▲　⊙○⊙●●○○　●⊙○○▲　　　⊙○○●
都来几许，且高歌休诉。不知来岁牡丹时，再相逢何处？
⊙○●▲　●●○○●　⊙○⊙●●○○　●●○○▲

柳梢青·记游 （朱彝尊）

障羞罗扇，花时犹记，这边曾见。曲录栏杆，玲珑窗户，也都寻遍。
⊙○○▲　⊙○○●　⊙○○▲　⊙○○○　○○○●　⊙○○▲

两峰依旧青青，但不比、眉梢平远。第一难忘，重来崔护，去年人面。
⊙○○●○○　●○●、○○○▲　●●○○　○○○●　●○○▲

西江月 （司马光）

宝髻松松挽就，铅华淡淡妆成。青烟翠雾罩轻盈，飞絮游丝无定。
⊙●○○●●　⊙○⊙●○△　○○●●●○△　○●○○○△

相见争如不见，有情何似无情。笙歌散后酒初醒，深院月斜人静。
⊙●○○●●　⊙○○●○△　○○●●●○△　○●●○○△

惜分飞 （毛滂）

泪湿阑干花著露，愁到眉峰碧聚。此恨平分取，更无言语，空相觑。
⊙●○○○●▲　⊙○○○●▲　⊙○○●▲　⊙○○●　○○▲

短雨残云无意绪，寂寞朝朝暮暮。今夜山深处，断魂分付，潮回去。
⊙●●○○●▲　⊙●○○●▲　○●○○▲　⊙○○●　○○▲

南歌子 （欧阳修）

凤髻金泥带，龙纹玉掌梳。走来窗下笑相扶，爱道画眉深浅、入时无？
⊙●○○●　○○●●△　⊙○○●●○△　⊙●⊙○⊙●　●○△

弄笔偎人久，描花试手初。等闲妨了绣功夫，笑问双鸳鸯字、怎生书？
⊙●○○●　○○●●△　⊙○○●●○△　⊙●○○●●　●○△

醉花阴 （李清照）

薄雾浓云愁永昼，瑞脑消金兽。佳节又重阳，玉枕纱厨、半夜凉初透。
⊙●○○○●▲　●●○○▲　○●●○○　⊙●○○　⊙○○●▲

东篱把酒黄昏后，有暗香盈袖。莫道不销魂，帘卷西风、人比黄花瘦。
⊙○●●○○▲　●●○○▲　⊙●●○○　○●○○　●○○▲

浪淘沙（李煜）

帘外雨潺潺，春意阑珊，罗衾不耐五更寒。梦里不知身是客，一晌贪欢。

⊙●●○△ ⊙●○△ ⊙○⊙●●○△ ⊙●⊙○○●● ⊙●○△

独自莫凭栏，无限江山，别时容易见时难。流水落花春去也，天上人间。

⊙●●○△ ⊙●○△ ⊙○⊙●●○△ ⊙●⊙○○●● ⊙●○△

鹧鸪天 · 别情（聂胜琼）

玉惨花愁出凤城，莲花楼下柳青青。尊前一唱阳关曲，别个人人第五程。

⊙●○○⊙●△ ⊙○⊙●●○△ ⊙○⊙●○○● ⊙●○○⊙●△

寻好梦，梦难成，有谁知我此时情。枕前泪共阶前雨，隔个窗儿滴到明。

○●● ●○△ ⊙○⊙●●○△ ⊙○⊙●○○● ⊙●○○⊙●△

虞美人（李煜）

春花秋月何时了，往事知多少？小楼昨夜又东风，故国不堪回首月明中。

⊙○⊙●○○△ ⊙●○○△ ⊙○⊙●●○① ⊙●⊙○○●●○○①

雕栏玉砌应犹在，只是朱颜改。问君能有几多愁，恰似一江春水向东流。

⊙○⊙●○○▲ ⊙●○○▲ ⊙○⊙●●○② ⊙●⊙○○●●○○②

南乡子 · 春闺（孙道绚）

晓日压重檐，斗帐春寒起未忺。天气困人梳洗倦，眉尖，淡画春山不喜添。

⊙●●○△ ⊙●○○●●△ ⊙●⊙○○●● ○△ ⊙●○○●●△

闲把绣丝挦，纤得金针又怕拈。陌上行人归也未，恹恹，满院杨花不卷帘。

⊙●●○△ ⊙●○○●●△ ⊙●⊙○○●● ○△ ⊙●○○●●△

鹊桥仙（秦观）

纤云弄巧，飞星传恨，银汉迢迢暗度。金风玉露一相逢，便胜却、人间无数。

⊙○⊙● ⊙○○● ⊙●⊙○⊙▲ ⊙○⊙●●○○ ●⊙● ⊙○⊙▲

柔情似水，佳期如梦，忍顾鹊桥归路。两情若是久长时，又岂在、朝朝暮暮。

⊙○⊙● ⊙○⊙● ⊙●⊙○⊙▲ ⊙○⊙●●○○ ●⊙● ⊙○⊙▲

一斛珠 <small>(李煜)</small>

晓妆初过，沉檀轻注些儿个。向人微露丁香颗，一曲清歌、暂引樱桃破。

⊙○⊙▲　⊙○●○⊙▲　⊙○●⊙○▲　一⊙○○、⊙⊙⊙○▲

罗袖裹残殷色可，杯深旋被香醪涴。绣床斜凭娇无那，烂嚼红茸、笑向檀郎唾。

⊙●⊙○○●▲　⊙○⊙●○○▲　⊙○⊙●○○▲　⊙●○○、⊙●○○▲

踏莎行 <small>(寇准)</small>

春色将阑，莺声渐老，红英落尽青梅小。画堂人静雨濛濛，屏山半掩余香袅。

⊙●○○　⊙○⊙●　⊙○⊙●○○▲　⊙○⊙●●○○　⊙○⊙●○○▲

密约沉沉，离情杳杳，菱花尘满慵将照。倚楼无语欲销魂，长空黯淡连芳草。

⊙●○○　⊙○⊙▲　⊙○⊙●○○▲　⊙○⊙●●○○　⊙○⊙●○○▲

临江仙 <small>(欧阳修)</small>

柳外轻雷池上雨，雨声滴碎荷声。小楼西角断虹明。阑干倚处，待得月华生。

⊙●○○○●●　⊙○⊙●○△　⊙○⊙●●○△　⊙○⊙●　⊙●●○△

燕子飞来窥画栋，玉钩垂下帘旌。凉波不动簟纹平。水精双枕，傍有堕钗横。

⊙●○○○●●　⊙○⊙●○△　⊙○⊙●●○△　⊙○⊙●　⊙●●○△

蝶恋花·春景 <small>(苏轼)</small>

花褪残红青杏小。燕子飞时，绿水人家绕。枝上柳绵吹又少，天涯何处无

⊙●○○○●▲　⊙●○○　●●○○▲　⊙○⊙●○○▲　⊙○⊙●○

芳草。　　墙里秋千墙外道。墙外行人，墙里佳人笑。笑渐不闻声渐悄，多情

○▲　　⊙●○○⊙●▲　●●○○　●●○○▲　⊙●⊙○○●▲　⊙○

却被无情恼。

⊙●○○▲

一剪梅 <small>(蒋捷)</small>

一片春愁待酒浇，江上舟摇，楼上帘招。秋娘度与泰娘桥。风又飘飘，雨

⊙●○○●●△　⊙●○△　⊙●○△　⊙○⊙●●○△　⊙●○△　●

又萧萧。　　何日归家洗客袍。银字笙调，心字香烧。流光容易把人抛。红了樱桃，

●○△　　⊙●○○●●△　⊙●○△　⊙●○△　⊙○⊙●●○△　⊙●○△

绿了芭蕉。
⊙●○△

河传（秦观）

恨眉醉眼，甚轻轻觑著，神魂迷乱。常记那回，小曲阑干西畔。鬓云松，
⊙○⊙▲　●○○●●　⊙●⊙▲　⊙●○●　⊙●○●⊙○▲　●○○

罗袜划。　　丁香笑吐娇无限，语软声低、道我何曾惯。云雨未谐，早被东风吹散。
○●▲　　　⊙○○●○○▲　　●○○●　●○⊙●▲　●○●○　　●○●○○▲

闷损人，天不管。
●○○　　○●▲

渔家傲·秋思（范仲淹）

塞下秋来风景异，衡阳雁去无留意，四面边声连角起，千嶂里，长烟落日
⊙●⊙○○●▲　⊙○⊙●○○▲　⊙●○○○●▲　⊙●●　⊙○⊙●

孤城闭。　　浊酒一杯家万里，燕然未勒归无计。羌管悠悠霜满地，人不寐，
○○▲　　　⊙●⊙○○●▲　⊙○⊙●○○▲　⊙●○○○●▲　⊙●▲

将军白发征夫泪。
⊙○⊙●○○▲

苏幕遮·怀旧（范仲淹）

碧云天，黄叶地。秋色连波，波上寒烟翠。山映斜阳天接水。芳草无情，
●○○　⊙●▲　⊙●○○　⊙●○○▲　⊙●○○○●▲　⊙●○○

更在斜阳外。　　黯乡魂，追旅思，夜夜除非，好梦留人睡。明月楼高休独倚，
⊙●○○▲　　　●○○　○●▲　⊙●○○　⊙○○●▲　⊙●○○○●▲

酒入愁肠，化作相思泪。
⊙●○○　⊙●○○▲

锦缠道（宋祁）

燕子呢喃，景色乍长春昼。睹园林、万花如绣，海棠经雨胭脂透。柳展宫眉，
●●○○　●●●○○▲　●○○　●○○▲　⊙○●●○▲　●●○○

翠拂行人首。向郊原踏青，恣歌携手。醉醺醺、尚寻芳酒。问牧童、遥指孤村
⊙●○○▲　●○○○●　●○○▲　●○　●○○▲　●●○　○●○○
道：杏花深处，那里人家有。
●　●○○●　●●○○▲

青玉案（贺铸）

凌波不过横塘路，但目送、芳尘去。锦瑟华年谁与度？月桥花院，琐窗朱户，
⊙⊙●●○○▲　●⊙●　○○▲　⊙●○○○●▲　○○⊙●　⊙○○▲
只有春知处。　飞云冉冉蘅皋暮，彩笔新题断肠句。试问闲情都几许？一川
⊙●○○▲　⊙○●●○○▲　●●○○●●▲　⊙●○○○●▲　⊙○
烟草，满城风絮，梅子黄时雨。
○●　⊙○○▲　⊙●○○▲

感皇恩（赵企）

骑马踏红尘，长安重到，人面依前似花好。旧欢才展，又被新愁分了。未
⊙●●○○　○○●▲　○●○○●○▲　●○○●　●●○○▲　●
成云雨梦，巫山晓。　千里断肠，关山古道，回首高城似天杳。满怀离恨，
○○●●　○○▲　⊙●○○　○○●●▲　○●○○●○▲　⊙○○●
付与落花啼鸟。故人何处也？青春老。
⊙●○○▲　●○○●▲　○○▲

解佩令·自题词集（朱彝尊）

十年磨剑，五陵结客，把平生、涕泪都飘尽。老去填词，一半是、空中传恨。
●○○●　●○●●　●○○▲　●●○○　●●○　○○○▲
几曾围、燕钗蝉鬓。　不师秦七，不师黄九，倚新声、玉田差近。落拓江湖，
●○○　●○○▲　●○○●　●○○●　●○○　●○○▲　●●○○
且分付、歌筵红粉。料封侯、白头无分。
●○●　○○○▲　●○○　●○○▲

天仙子（张先）

水调数声持酒听，午醉醒来愁未醒。送春春去几时回？临晚镜，伤流景，
⊙◑⊙○○●▲　⊙●○○○●▲　⊙○⊙●●○○　○●●　○○●

往事后期空记省。　　沙上并禽池上暝，云破月来花弄影。重重帘幕密遮灯，
⊙●○○○●▲　　　⊙○⊙●○○●　⊙●⊙○○●▲　⊙○⊙●●○○

风不定，人初静，明日落红应满径。
○⊙▲　○⊙▲　⊙●●○○●▲

千秋岁·咏夏景（谢逸）

楝花飘砌，蔌蔌清香细。梅雨过，萍风起，情随湘水远，梦绕吴峰翠。琴书倦，
⊙○○▲　●●○○▲　○●●　○○▲　⊙○○●●　⊙●○○▲　○○●

鹧鸪唤起南窗睡。　　密意无人寄，幽恨凭谁洗。修竹畔，疏帘里，歌余尘拂扇，
⊙○⊙●○○▲　　　⊙●○○▲　⊙●○○▲　○●●　○○▲　⊙○○●●

舞罢风掀袂。人散后，一钩淡月天如水。
⊙●○○▲　○●●　⊙○⊙●○○▲

离亭燕（张昇）

一带江山如画，风物向秋潇洒。水浸碧天何处断，翠色冷光相射。蓼岸荻花中，
⊙●○○○▲　○●●○○▲　⊙●●○○●●　⊙●●○○○　●●●○○

隐映竹篱茅舍。　　天际客帆高挂，门外酒旗低迓。多少六朝兴废事，尽入渔
⊙●●○○▲　　　⊙●●○○▲　○●●○○▲　⊙●⊙○○●●　●●○

樵闲话。怅望倚危栏，红日无言西下。
○○▲　●●●○○　⊙●○○○▲

河满子·秋怨（孙洙）

怅望浮生急景，凄凉宝瑟余音。楚客多情偏怨别，碧山远水登临。目送连
⊙●○○●●　○○⊙●○△　⊙●○○○●●　⊙○⊙●○△　⊙●○

天衰草，夜阑几处疏砧。　　黄叶无风自落，秋云不雨长阴。天若有情天亦老，
○○●　●○⊙●○△　　　⊙●○○●●　○○⊙●○△　⊙●⊙○○●●

摇摇幽恨难禁。惆怅旧欢如梦，觉来无处追寻。
⊙○⊙●○△　⊙●●○○●　⊙○⊙●○△

风入松（吴文英）

听风听雨过清明，愁草瘗花铭。楼前绿暗分携路，一丝柳、一寸柔情。料
⊙○⊙●●○△　⊙●●○△　⊙○⊙●○○●　○⊙●、⊙●○○　⊙

峭春寒中酒，交加晓梦啼莺。　西园日日扫林亭，依旧赏新晴。黄蜂频扑秋千索，
●⊙○⊙●　⊙○⊙●○△　　⊙○⊙●●○△　⊙●●○△　⊙○⊙●○○●

有当时、纤手香凝。惆怅双鸳不到，幽阶一夜苔生。
⊙○○、⊙●○△　⊙●⊙○⊙●　⊙○⊙●○△

祝英台近·晚春（辛弃疾）

宝钗分，桃叶渡，烟柳暗南浦。怕上层楼，十日九风雨。断肠片片飞红，
●○○　○●▲　⊙●●○▲　⊙●○○　⊙●●○▲　⊙○⊙●○○

都无人管，倩谁唤、流莺声住。　鬓边觑，试把花卜归期，才簪又重数。罗帐灯昏，
⊙○○●　●○●、⊙○○▲　　●○▲　⊙●○●○○　○○●○▲　⊙●○○

鸣咽梦中语：是他春带愁来，春归何处？却不解、带将愁去。
⊙●●○▲　⊙○○●○○　○○⊙▲　⊙⊙●、⊙○○▲

御街行·秋日怀旧（范仲淹）

纷纷坠叶飘香砌，夜寂静、寒声碎。真珠帘卷玉楼空，天淡银河垂地。年
⊙○⊙●○○▲　●●●、○○▲　⊙○⊙●●○○　⊙●○○○▲　⊙

年今夜，月华如练，长是人千里。　愁肠已断无由醉，酒未到、先成泪。残
○⊙●　⊙○○●　⊙●○○▲　　○○⊙●○○▲　⊙●●、○▲　⊙

灯明灭枕头敧，谙尽孤眠滋味。都来此事，眉间心上，无计相回避。
○○⊙●●○○　⊙●○○○▲　⊙○⊙●　⊙○⊙●　⊙●○○▲

蓦山溪·赠衡阳妓陈湘（黄庭坚）

鸳鸯翡翠，小小思珍偶。眉黛敛秋波，尽湖南、山明水秀。娉娉袅袅，恰
⊙○⊙●　⊙●○○▲　○●●○○　●○○、○○⊙▲　⊙○⊙●　⊙

近十三余；春未透，花枝瘦，正是愁时候。　寻芳载酒，肯落谁人后。只恐远归来，
●⊙○○　○●▲　○○▲　⊙●○○▲　　⊙○⊙●　⊙●○○▲　⊙●●○○

绿成阴、青梅如豆。心期得处，每自不由人，长亭柳，君知否，千里犹回首。
●○○、○○⊙▲　⊙○⊙●　⊙●●○○　○○●　⊙○▲　⊙●○○▲

洞仙歌（苏轼）

冰肌玉骨，自清凉无汗。水殿风来暗香满。绣帘开、一点明月窥人，人未寝，
⊙○⊙● ⊙○○▲ ⊙●○○⊙○▲ ●○○ ⊙○○○⊙○ ○⊙●

攲枕钗横鬓乱。　起来携素手，庭户无声，时见疏星渡河汉。试问夜如何，夜
⊙●○○⊙▲ 　⊙○○●● ⊙●○○ ⊙●○○⊙○▲ ⊙●●○○ ●

已三更，金波淡、玉绳低转。但屈指、西风几时来，又不道、流年暗中偷换。
●○○ ○○● ●○○▲ ●⊙● ○○⊙○○ ⊙⊙● ⊙○⊙○○▲

潇湘夜雨·灯词（赵长卿）

斜点银釭，高擎莲炬，夜寒不奈微风。重重帘幕掩堂中。香渐远、
⊙●○○ ○○○● ⊙○⊙●○△ ⊙○⊙●●○△ ○●●

长烟袅穟；光不定、寒影摇红。偏奇处，当庭月暗，吐焰如虹。　　红裳呈
⊙○⊙● ○●● ⊙●○△ ⊙○● ⊙○⊙● ⊙●○△ 　　○○○

艳丽，丽娥一见，无奈狂踪。试烦他纤手，卷上纱笼。开正好、银花照夜，
●● ⊙○⊙● ⊙●○△ ⊙○○⊙● ⊙●○△ ○⊙● ○○⊙●

堆不尽、金粟凝空。叮咛语，频将好事，来报主人公。
○⊙● ⊙●○△ ○○● ○○⊙● ○●●○△

满江红·金陵怀古（萨都剌）

六代豪华，春去也、更无消息。空怅望，山川形胜，已非畴昔。王谢堂前
⊙●○○ ○●● ⊙○○▲ ⊙●● ○○⊙● ⊙○○▲ ⊙●○○

双燕子，乌衣巷口曾相识。听夜深、寂寞打孤城，春潮急。　　思往事，愁如织。
○⊙● ⊙○⊙●○○▲ ⊙●○ ⊙●⊙○○ ○○▲ 　　○⊙● ○○▲

怀故国，空陈迹。但荒烟衰草，乱鸦斜日。玉树歌残秋露冷，胭脂井坏寒蛩泣。
○⊙● ○○▲ ⊙○○⊙● ⊙○○▲ ⊙●⊙○○●● ○○⊙●○○▲

到如今，只有蒋山青，秦淮碧。
⊙○○ ⊙●●○○ ○○▲

玉漏迟（元好问）

浙江归路杳，西南却羡，投林高鸟。升斗微官，世累苦相萦绕。不入麒麟画里，
⊙○○●▲ ○○●● ○○○▲ ⊙●○○ ⊙●●○○▲ ⊙●○○⊙●

又不与、巢由同调。时自笑,虚名负我,半生吟啸。 扰扰马足车尘,被岁月无情,
●⊙○● ○○○▲ ○●▲ ⊙○●● ○○●● ⊙○●●○○ ●⊙○○○

暗消年少。钟鼎山林,一事几时曾了。四壁秋虫夜语,更一点、残灯斜照。
⊙○○▲ ⊙●○● ○●⊙○○▲ ⊙○●●⊙● ●●● ○○○▲

清镜晓,白发又添多少。
○●▲ ⊙●●○○▲

水调歌头(苏轼)

明月几时有,把酒问青天。不知天上宫阙,今夕是何年? 我欲乘风归去,
○●●○● ●●●○△ ○○○●○● ○●●○△ ⊙●○○⊙▲

又恐琼楼玉宇,高处不胜寒。起舞弄清影,何似在人间。 转朱阁,低绮户,
⊙●○○●● ○●●○△ ●●●○● ○●●○△ ⊙○● ○●●

照无眠。不应有恨,何事长向别时圆。人有悲欢离合,月有阴晴圆缺,此事古难全。
●○△ ⊙○●● ○●○●●○△ ○●○○○● ●●○○○● ⊙●●○△

但愿人长久,千里共婵娟。
⊙●○○● ○●●○△

满庭芳(秦观)

晓色云开,春随人意,骤雨才过还晴。古台芳树,飞燕蹴红英。舞困榆钱自落,
⊙●○○ ○○○● ●●○○○△ ●●○○ ○●●○△ ⊙⊙○○●●

秋千外、绿水桥平。东风里,朱门映柳,低按小秦筝。 多情,行乐处,珠钿翠盖,
⊙○● ⊙●○△ ○○● ○○●● ○●●○△ ○△ ○●● ⊙○●●

玉辔红缨。渐酒空金榼,花困蓬瀛。豆蔻梢头旧恨,十年梦、屈指堪惊。凭阑久,
⊙●○△ ⊙●○○● ○●○△ ●●○○●● ⊙○● ⊙●○△ ○○●

疏烟淡日,寂寞下芜城。
⊙○⊙● ⊙●●○△

凤凰台上忆吹箫(李清照)

香冷金猊,被翻红浪,起来慵自梳头。任宝奁尘满,日上帘钩。生怕离怀
⊙●○○ ○○○● ⊙○○●○△ ●●○○ ⊙●○△ ○●●○

别苦,多少事、欲说还休。新来瘦,非干病酒,不是悲秋。 休休。者回去
⊙● ○⊙●● ⊙●○△ ○○● ○○●● ●●○△ ○△ ●○

也，千万遍阳关，也则难留。念武陵人远，烟锁秦楼。惟有楼前流水，应念我、
● ⊙○●○○ ⊙●○△ ●●○○● ⊙●○△ ⊙●○○⊙ ○○●

终日凝眸。凝眸处，从今又添，一段新愁。
⊙●○△ ○○● ○○●● ●●○△

烛影摇红（周邦彦）

芳脸匀红，黛眉巧画宫妆浅。风流天付与精神，全在娇波眼。早是萦心可惯。
⊙●○○ ●●●⊙●○▲ ⊙●○●●○ ⊙●○○▲ ⊙●●⊙●▲

更那堪、频频顾眄。几回相见，见了还休，争如不见。　　烛影摇红，夜阑饮
●○○ ○○●▲ ●○○● ●●○○ ○○●▲ 　　 ●●○○ ●○●

散春宵短。当时谁会唱阳关，离恨天涯远。争奈云收雨散，凭阑干、东风泪满。
●○○▲ ⊙○○●●○○ ○●○○▲ ○●○○●● ○○○ ○○●▲

海棠开后，燕子来时，黄昏深院。
●○○● ⊙●○○ ○○○▲

暗香·咏红豆（朱彝尊）

凝珠吹黍，似早梅乍萼，新桐初乳。莫是珊瑚，零乱敲残石家树。记得南
○○●▲ ●⊙○●● ○○○▲ ●●○○ ○●○○●●▲

中旧事，金齿屐、小鬓蛮语。向两岸、树底盈盈，素手摘新雨。　　延伫，碧云暮。
○●● ⊙●● ●●○▲ ●●● ●●○○ ●●●○▲ 　　 ○▲ ●○▲

休逗入茜裙，欲寻无处。唱歌归去，先向绿窗饲鹦鹉。惆怅檀郎终远，待寄与、
⊙●●○○ ●○○▲ ●○○● ○●●○○▲ ○●○○○● ●●●

相思犹阻。烛影下、开玉盒，背人偷数。
○○○▲ ●●● ○●● ●○○▲

声声慢（李清照）

寻寻觅觅，冷冷清清，凄凄惨惨戚戚。乍暖还寒时候，最难将息。三杯两
○○●▲ ●●○○ ○○●●○▲ ●●○○○● ●○○▲ ○○●

盏淡酒，怎敌他、晚来风急。雁过也，正伤心、却是旧时相识。　　满地黄花
●●● ●●○ ●○○▲ ●●● ●○○ ●●●○○▲ 　　 ●●○○

堆积。憔悴损、如今有谁堪摘。守着窗儿，独自怎生得黑。梧桐更兼细雨，到黄昏、
○▲ ●●● ○○●○○▲ ●●○○ ●●●○●▲ ○○●○●● ●○○

点点滴滴。这次第，怎一个愁字了得。

●●●▲　●●●　●●●○●●▲

双双燕·咏燕（史达祖）

过春社了，度帘幕中间，去年尘冷。差池欲住，试入旧巢相并。还相雕梁

●○●●　⊙○●○○　●○○▲　⊙○○⊙　⊙●●⊙○▲　⊙●○○

藻井，又软语、商量不定。飘然快拂花梢，翠尾分开红影。　　芳径，芹泥雨

●▲　●⊙●　○○⊙▲　○○●○○　●○○○●▲　　○▲　○○●

润。爱贴地争飞，竞夸轻俊。红楼归晚，看足柳昏花暝。应自栖香正稳，便忘了、

▲　●⊙○○　●○○▲　○○○●　●●●○○▲　⊙○○○●▲　●○●

天涯芳信。愁损翠黛双蛾，日日画阑独凭。

○○⊙▲　○○●●○○　●●●○⊙▲

昼夜乐（柳永）

洞房记得初相遇，便只合、长相聚。何期小会幽欢，变作离情别绪。况值

⊙○●●○○●　●⊙●　○○▲　○○●●○○　●●○○●▲　●●

阑珊春色暮，对满目、乱花狂絮。直恐好风光，尽随伊归去。　　一场寂寞凭

○○○●▲　●●●　●○○▲　⊙●●○○　●○○○▲　　⊙○●●○

谁诉，算前言、总轻负。早知恁地难拼，悔不当时留住。其奈风流端正外，

○▲　●○○　●○▲　⊙○●●○○　●●○○○▲　⊙●○○○●●

更别有、系人心处。一日不思量，也攒眉千度。

●⊙●　●○○▲　⊙○●○○　●○○○▲

琐窗寒（周邦彦）

暗柳啼鸦，单衣伫立，小帘朱户。桐花半亩，静锁一庭愁雨。洒空阶，夜

●●○○　○○●●　●○○▲　○○●●　●●⊙○○▲　●○○　⊙

阑未休，故人剪烛西窗语。似楚江暝宿，风灯零乱，少年羁旅。　　迟暮。嬉

⊙●○　●○●●○○▲　●⊙○⊙●　○○○●　●○○▲　　○▲　○

游处，正店舍无烟，禁城百五。旗亭唤酒，付与高阳俦侣。想东园、桃李自春，

○▲　●●●○○　●○●▲　○○●●　●●○○○▲　●○○　⊙●●○

小唇秀靥今在否？到归时、定有残英，待客携尊俎。

●○○●○●▲　●○○　●○○　●●○○▲

瑶台聚八仙（张炎）

秋水涓涓，人正远、鱼雁待拂吟笺。也知游意，多在第二桥边。花底鸳鸯
　⊙●○○　○●●　○●●⊙○△　　●○⊙●　○●●●○△　○●⊙○
深处影，柳阴淡隔里湖船。路绵绵。梦吹旧笛，如此山川。　　平生几两谢屐，
○●●　●○●●●○△　●○△　⊙○●●　○●○△　　　○○⊙●●○
任放歌自得，直上风烟。峭壁谁家，长啸竟落松前。十年孤剑万里，又何似、
●●○●●　⊙●○△　⊙●○○　○●●●○△　⊙○○●●●　●○●
畦分抱瓮泉。山中酒，且醉餐石髓，白眼青天。
○○●●△　　○○●　　●●○●●　●●○△

陌上花 · 有怀（张翥）

关山梦里，归来还又、岁华催晚。马影鸡声，谙尽倦邮荒馆。绿笺密记多情事，
○○●●　○○○●　●○○▲　●●○○　⊙●●○○▲　●○●●○○●
一看一回肠断。待殷勤寄与，旧游莺燕，水流云散。　　满罗衫是酒，香痕凝处，
⊙●⊙○▲　●○○●●　⊙○○●　●○○▲　　●○○●●　○○○●
唾碧啼红相半。只恐梅花，瘦倚夜寒谁暖。不成便没相逢日，重整钗鸾筝雁。
●●○○○▲　●●○○　●●●○○▲　⊙○●●○○●　○●○○○▲
但何郎，纵有春风词笔，病怀浑懒。
●○○　●●⊙○○●　●○○▲

解语花 · 元宵（周邦彦）

风销焰蜡，露浥红莲，花市光相射。桂华流瓦。纤云散、耿耿素娥欲下。
○○●●　●●○○　○●○○▲　●○○▲　○○●　⊙●●○●▲
衣裳淡雅。看楚女、纤腰一把。箫鼓喧、人影参差，满路飘香麝。　　因念都城放夜，
○○●▲　⊙●●　○○●▲　○●○　○●○○　●●○○▲　　　●●○○●▲
望千门如昼，嬉笑游冶。钿车罗帕。相逢处、自有暗尘随马。年光是也，惟只见、
●○○○▲　○●○▲　○○○▲　○○●　●●●○○▲　○○●●　○●●
旧情衰谢。清漏移、飞盖归来，从舞休歌罢。
⊙○⊙▲　○●○　●●○○　○●○○▲

换巢鸾凤（史达祖）

人若梅娇，正愁横断坞，梦绕溪桥。倚风融汉粉，坐月怨秦箫。相思因甚

○●○△　●○○●●　●●○△　●○○●●　●●○△　○○○●

到纤腰。定知我今、无魂可销。佳期晚，谩几度、泪痕相照。　　人悄。天渺渺。

●○△　●○●○、○○●○　○○●　●●●、●○○▲　　○▲　○●▲

花外语香，时透郎怀抱。暗握荑苗，乍尝樱颗，犹恨侵阶芳草。天念王昌忒多情，

○●●○　○●○○▲　●●○○　●○○●　○●○○○●　○●○○●○○

换巢鸾凤教偕老。温柔乡，醉芙蓉、一帐春晓。

●○○●○○▲　○○○　●○○、●●○▲

念奴娇·登石头城登次东坡韵（萨都刺）

石头城上，望天低吴楚，眼空无物。指点六朝形胜地，惟有青山如壁。蔽

⊙○○●　●⊙○○●　●○○▲　⊙●●○○●●　⊙●○○○▲　⊙

日旌旗，连云樯橹，白骨纷如雪。一江南北，消磨多少豪杰。　　寂寞避暑离宫，

●○○　⊙○○●　⊙●○○▲　⊙○○●　○○○●○▲　　⊙●●●○○

东风辇路，芳草年年发。落日无人松径冷，鬼火高低明灭。歌舞尊前，繁华镜里，

⊙○⊙●　○●○○▲　●●○○○●●　●●○○○▲　○●○○　○○⊙●

暗换青青发。伤心千古，秦淮一片明月。

⊙●○○▲　⊙○○●　○○●●○▲

东风第一枝·忆梅（张翥）

老树浑苔，横枝未叶，青春肯误芳约。背阴未返冰魂，阳梢已含红萼。佳

●●○○　○○●●　○○●●○▲　●○●●○○　⊙○●○○▲　○

人寒怯，谁惊起、晓来梳掠。是月斜、花外幺禽，霜冷竹间幽鹤。　　云淡淡、

○⊙●　○○●、●○○▲　●●○、○●○○　○●●○○▲　　○●●

粉痕渐薄，风细细、冻香又落。叩门喜伴金尊，倚阑怕听画角。依稀梦里，记半面、

●○●●　○●●、●○●▲　●○●●○○　●○●○●▲　○○●●　●●●

浅窥珠箔。甚时得、重写鸾笺，去访旧游东阁。

⊙○○▲　●●○、○●○○　●●●○○▲

高阳台（朱彝尊）

桥影流虹，湖光映雪，翠帘不卷春深。一寸横波，断肠人在楼阴。游丝不
〇●〇〇　〇〇●●　●〇●●〇△　●●〇〇　〇〇〇●〇△　〇〇〇

系羊车住，倩何人、传语青禽。最难禁、倚遍雕阑，梦遍罗衾。　　重来已是
●〇〇●　●〇〇　〇●〇△　●〇〇　●●〇〇　●●〇△　　〇〇●●

朝云散，怅明珠珮冷，紫玉烟沉。前度桃花，依然开满江浔。钟情怕到相思路，
〇〇●　●〇〇●●　●●〇〇　〇●〇〇　〇〇〇●〇〇　〇〇●●〇〇●

盼长堤、草尽红心。动愁吟，碧落黄泉，两处难寻。
●〇〇　●●〇〇　●〇〇　●●〇〇　●●〇△

桂枝香（王安石）

登临送目，正故国晚秋，天气初肃。千里澄江似练，翠峰如簇。征帆去棹
〇〇●▲　●●●〇〇　〇●●　〇〇〇〇●●　●〇〇▲　〇〇●●

残阳里，背西风、酒旗斜矗。彩舟云淡，星河鹭起，画图难足。　　念往昔、
〇〇●　●〇〇　●〇〇▲　●●〇〇　〇〇●●　〇〇〇▲　　〇●●

繁华竞逐。叹门外楼头，悲恨相续。千古凭高，对此漫嗟荣辱。六朝旧事随流水，
〇〇●▲　●〇●〇〇　〇●〇▲　〇●〇〇　●●●〇〇▲　〇〇●●〇〇●

但寒烟、衰草凝绿。至今商女，时时犹唱，后庭遗曲。
●〇〇　〇●〇▲　●〇〇●　〇〇〇●　●〇〇▲

翠楼吟·魂（黄之隽）

月魄荒唐，花灵仿佛，相携最无人处。栏杆芳草外，忽惊转、几声啼宇。
●●〇〇　〇〇●●　〇〇●〇〇▲　〇〇〇●●　●〇●　●〇〇▲

飘零何许，似一缕游丝，因风吹去。浑无据。想应凄断，路旁酸雨。　　日暮。
〇〇〇▲　●●●〇〇　〇〇〇▲　〇〇▲　●〇〇●　●〇〇▲　　●▲

渺渺愁予，觉黯然销者，别情离绪。春阴楼外远，入烟柳、和莺私语。连江暝树。
●●〇〇　●●〇〇●　●〇〇▲　〇〇〇●●　●〇●　〇〇〇▲　〇〇●▲

愿打点幽香，随郎黏住。能留否？只愁轻绝，化为飞絮。
●●●〇〇　〇〇〇▲　〇〇●　●〇〇●　●〇〇▲

瑞鹤仙（史达祖）

杏烟娇湿鬓。过杜若汀洲，楚衣香润。回头翠楼近。指鸳鸯沙上，暗藏春
⊙○○●▲　　●●●○○　⊙○○▲　○○●○▲　○○○

恨。归鞭隐隐，便不念、芳盟未稳。自箫声、吹落云东，再数故园花信。
▲　○○●▲　　●●●　○○●▲　●○○　⊙○○　⊙○○●○▲

谁问。听歌窗罅，倚月钩阑，旧家轻俊。芳心一寸，相思后，总灰尽。奈春
○▲　⊙○○●　●●○○　⊙○○▲　○○●▲　⊙○●　○○▲　●○

风多事，吹花摇柳，也把幽情唤醒。对南溪、桃萼翻红，又成瘦损。
⊙○●　○○○●　⊙●○○●▲　●○○　⊙○○▲　●○○▲

水龙吟·白莲（张炎）

仙人掌上芙蓉，涓涓犹湿金盘露。轻妆照水，纤裳玉立，飘摇似舞。几度
⊙○○●●○○　○○○●○○▲　○○●●　○○⊙●　○○⊙▲　⊙●

消凝，满湖烟月，一汀鸥鹭。记小舟夜悄，波明香远，浑不见，花开处。
○○　⊙○○●　⊙○○▲　●⊙○○●　○○⊙●　○○●　○○▲

应是浣纱人妒，褪红衣、被谁轻误。闲情淡雅，冶容清润，凭娇待语。隔
⊙●●○○●　●○○　●○○▲　○○⊙●　⊙○○●　○○⊙▲　○

浦相逢，偶然倾盖，似传心素。怕湘皋佩解，绿云十里，卷西风去。
●●○○　⊙○○●　○○○▲　●○○●●　●○○●　●○○▲

齐天乐（姜夔）

庾郎先自吟愁赋，凄凄更闻私语。露湿铜铺，苔侵石井，都是曾听伊处。
●○○●○○▲　○○●○○▲　●●○○　○○●●　○●○○○▲

哀音似诉。正思妇无眠，起寻机杼。曲曲屏山，夜凉独自甚情绪。　　西窗又
○○●▲　⊙○●○○　●○○▲　●●○○　●○●●●○▲　　○○●

吹暗雨。为谁频断续，相和砧杵。候馆迎秋，离宫吊月，别有伤心无数。幽诗
○●▲　●○○●●　○○○▲　⊙○○●　○○●▲　⊙●○○○▲　○○

漫与，笑篱落呼灯，世间儿女。写入琴丝，一声声更苦。
●▲　●⊙○○　●○○▲　⊙●○○　●○○●▲

雨霖铃（柳永）

寒蝉凄切，对长亭晚，骤雨初歇。都门帐饮无绪，留恋处、兰舟催发。

○○○▲　●○○● ●○○▲　○○○⊙○◉　●○● ○○○▲

执手相看泪眼，竟无语凝噎。念去去、千里烟波，暮霭沉沉楚天阔。　　多情

●●○○●● ●○●○○● ○●● ○○○● ●●○○○●▲ ⊙○

自古伤离别，更那堪、冷落清秋节。今宵酒醒何处，杨柳岸、晓风残月。此去

●●○○▲ ●○○ ●●○○▲ ○○●●○● ○●● ●○○▲ ●●

经年，应是良辰、好景虚设。便纵有、千种风情，更与何人说。

○○ ○●○○ ●●○▲ ●●● ○●○○ ●●○○▲

喜迁莺·闰元宵（吴礼之）

银蟾光彩，喜稔岁闰正，元宵还再。乐事难并，佳时罕遇，依旧试灯何碍。

⊙○○▲ ●●●○● ○○○▲ ⊙●○○ ○○●● ⊙○●○○▲

花市又移星汉，莲炬重芳人海。尽勾引，遍嬉游宝马，香车喧隘。　　晴快。

⊙○●○○● ○○○●○▲ ●○● ○○○▲ ○▲

天意教，人月更圆，偿足风流债。媚柳烟浓，夭桃红小，景物迥然堪爱。巷陌

○●○ ○●●○ ○●○○▲ ●●○○ ○○○● ●●●○○▲ ⊙○

笑声不断，襟袖余香仍在。待归也，便相期明日，踏青挑菜。

●○⊙● ○●○○●▲ ●● ○○○● ○○○▲

绮罗香·红叶（张炎）

万里飞霜，千林落木，寒艳不招春妒。枫冷吴江，独客又吟愁句。正船舣、

●●○○ ○○●● ○●●○○▲ ○●○○ ●●●○○● ●○●

流水孤村，似花绕、斜阳归路。甚荒沟、一片凄凉，载情不去载愁去。

⊙●○○ ●○● ○○○▲ ●○○ ●●○○ ●○●●●○▲

长安谁问倦旅，羞见衰颜借酒，飘零如许。漫倚新妆，不入洛阳花谱。为回风、

○○○●●▲ ○●○○●● ○○○▲ ●●○○ ●●●○○▲ ○○○

起舞尊前，尽化作、断霞千缕。记阴阴、绿遍江南，夜窗听暗雨。

●●○○ ●○● ●○○▲ ●○○ ●●○○ ●○○●▲

永遇乐·绿阴（蒋捷）

清逼池亭，润侵山阁，雪气凝聚。未有蝉前，已无蝶后，花事随逝水。西
〇〇〇● 〇〇〇● ●●〇▲ ●●〇〇 〇〇〇● 〇●〇▲ 〇

园支径，今朝重到，半碍醉筇吟袂。除非是、莺身瘦小，暗中引雏穿去。
〇〇● 〇〇〇● 〇●〇〇●▲ 〇〇〇 〇〇〇● ●〇〇●〇▲

梅檐溜滴，风来吹断，放得斜阳一缕。玉子敲枰，香绡落剪，声度深几许。
〇〇●● 〇〇〇● 〇●〇〇●▲ ●●〇〇 〇〇●● 〇●〇●▲

层层离恨，凄迷如此，点破谩烦轻絮。应难认、争春旧馆，倚红杏处。
〇〇〇● 〇〇〇● ●●●〇▲ 〇〇〇 〇〇〇● ●〇〇▲

南浦（程垓）

金鸭懒熏香，向晚来春醒，一枕无绪。浓绿涨瑶窗，东风外、吹尽乱红飞絮。
〇●●〇〇 ●●〇〇〇 ●●〇▲ 〇〇●〇〇 〇〇● 〇〇●〇〇▲

无言伫立，断肠惟有流莺语。碧云欲暮，空惆怅，韶华一时虚度。　追思旧
〇〇●● 〇〇〇●〇〇▲ ●〇〇● 〇〇● 〇〇●〇〇▲ 〇〇●

日心情，记题叶西楼，吹花南浦。老去觉欢疏，伤春恨、都付断云残雨。黄昏
●〇〇 ●〇●〇〇 〇〇〇● ●●●〇〇 〇〇● ●●●〇〇▲ 〇〇

院落，问谁犹在凭阑处。可堪杜宇，空只解声声，催他春去。
●● ●〇〇●〇〇▲ ●●〇▲ 〇●●〇〇 〇〇〇▲

望海潮·凯旋舟次（折元礼）

地雄河岳，疆分韩晋，潼关高压秦头。山倚断霞，江吞绝壁，野烟萦带沧
〇〇〇● 〇〇〇● 〇〇〇●〇△ 〇●●〇 〇〇●● ●〇〇〇●

洲。虎旆拥貔貅。看阵云截岸，霜气横秋。千雉严城，五更残角月如钩。
△ 〇●●〇△ ●●〇●● 〇●〇〇 〇●〇〇 ●●〇●●〇〇△

西风晓入貂裘。恨儒冠误我，却羡兜鍪。六郡少年，三明老将，贺兰烽火
〇〇●●〇〇 ●〇〇●● ●●〇〇 ●●〇〇 〇〇●● ●〇〇●

新收。天外岳莲楼，挂几行雁字，指引归舟。正好黄金换酒，羯鼓醉凉州。
〇△ 〇●●〇〇 ●●〇●● 〇●〇△ ●●〇〇●● 〇●●〇△

夺锦标 · 七夕（张埜）

凉月横舟，银河浸练，万里秋容如拭。冉冉鸾骖鹤驭，桥倚高寒，鹊飞
⊙●○○　○○●●　●●○○⊙▲　●●○○⊙●　⊙○○○　●○

空碧。问欢情几许，早收拾、新愁重织。恨人间、会少离多，万古千秋今夕。
○▲　●○○⊙●　●○○　○○○▲　●○○　⊙●○○　●●○○○▲

谁念文园病客，夜色沉沉，独抱一天岑寂。忍记穿针亭榭，金鸭香寒，玉
○●○○●●　●●○○　●●●○○▲　●●○○○●　○●○○　●

徽尘积。凭新凉半枕，又依稀、行云消息。听窗前、泪雨浪浪，梦里檐声犹滴。
○○▲　●○○●●　●○○　○○○▲　●○○　●●○○　●●○○○▲

薄幸（贺铸）

淡妆多态，更的的、频回眄睐。便认得、琴心先许，欲绾合欢双带。记画堂、
⊙○○▲　●●●　○○●▲　●●●　○○○●　●○○○▲　●○○

风月逢迎，轻颦浅笑娇无奈。向睡鸭炉边，翔鸳屏里，羞把香罗偷解。　自过
○●○○　○○●●○○▲　●●●○○　○○⊙●　○●○○○▲　　⊙●

了、烧灯后，都不见、踏青挑菜。几回凭双燕，丁宁深意，往来却恨重帘碍。约
●　○○●　○●●　●○○▲　●○○○●　○○○●　⊙○●●○○▲　●

何时再？正春浓酒困，人闲昼永无聊赖。厌厌睡起，犹有花梢日在。
○○▲　●○○●●　○○●●○○▲　●●●○　⊙○○○●▲

疏影 · 梅影（张炎）

黄昏片月，似碎阴满地，还更清绝。枝北枝南，疑有疑无，几度背灯难
○○●▲　●●○●●　○●○▲　○●○○　○●○○　●●●○○

折。依稀倩女离魂处，缓步出、前村时节。看夜深、竹外横斜，应妒过云明灭。
▲　○○●●○○●　●●●　○○○▲　●●○　●●○○　○●●○○▲

窥镜蛾眉淡抹，为容不在貌，独抱孤洁。莫是花光，描取春痕，不怕丽谯
○●○○●●　●○●●●　●●○▲　●●○○　○●○○　●●●○

吹彻。还惊海上然犀处，照水底、珊瑚凝活。做弄得、酒醒天寒，空对一庭香雪。
○▲　○○●●○○●　●●●　○○○▲　●●●　⊙●○○　⊙●●○○▲

过秦楼·大石（周邦彦）

水浴清蟾，叶喧凉吹，巷陌马声初断。闲依露井，笑扑流萤，惹破画罗轻
●●○○　●○○●　●●●●○○▲　○○●●　○●○○　●●○○○
扇。人静夜久凭阑，愁不归眠，立残更箭。叹年华一瞬，人今千里，梦沉书远。
▲　○●●○○　○○●○　●○○▲　●○○●○　○○○●　●○○▲
空见说、鬓怯琼梳，容消金镜，渐懒趁时匀染。梅风地溽，虹雨苔滋，一
○●●　●●○○　○○○●　●●●○○▲　○○●●　○●○○　●
架舞红都变。谁信无聊，为伊才减江淹，情伤荀倩。但明河影下，还看稀星数点。
●●○○▲　○○○●　●○○●○○　○○○▲　●○○●●　○○○○●▲

沁园春（陆游）

孤鹤归飞，再过辽天，换尽旧人。念累累枯冢，茫茫梦境，王侯蝼蚁，毕
○●○○　●●○○　●●●○　●○○○●　○○●●　○○○●　●
竟成尘。载酒园林，寻花巷陌，当日何曾轻负春。流年改，叹围腰带剩，点鬓
●○△　●●○○　○○●●　○●○○○●○　○○●　●○○●●　●●
霜新。　交亲。散落如云。又岂料、如今余此身。幸眼明身健，茶甘饭软；
○○　　○○　●●○○　●●●　○○○●○　●●○○●　○○●●
非惟我老，更有人贫。躲尽危机，消残壮志，短艇湖中闲采莼。吾何恨，有渔
○○●●　●●○○　●●○○　○○●●　●●○○○●○　○○●　●○
翁共醉，溪友为邻。
○●●　○●○△

摸鱼儿·送春（张翥）

涨西湖、半篙新雨，麴尘波外风软。兰舟同上鸳鸯浦，天气嫩寒轻暖。帘
●○○　●○○●　○○○●○▲　○○○●○○●　○●●○○▲　○
半卷，度一缕、歌云不碍桃花扇。莺娇燕婉。任狂客无肠，王孙有恨，莫放酒
●▲　●●●　○○●●○○▲　○○●●　●○●○○　○○●●　●●●
杯浅。　垂杨岸、何处红亭翠馆。如今游兴全懒。山容水态依然好，惟有绮
○▲　　○○●　○●○○●▲　○○○●○●　○○●●○○●　○●●
罗云散。君不见，歌舞地、青芜满目成秋苑。斜阳又晚。正落絮飞花，将春欲
○○▲　○●▲　○●●　○○●●○○▲　○○●●　●●●○○　○○●
去，目断水天远。
●　○●●○▲

贺新郎·春情（李玉）

篆缕销金鼎，醉沉沉、庭阴转午，画堂人静。芳草王孙知何处，惟有杨花糁
⊙●○○▲　●○○　○⊙●○●　○○⊙○○⊙●　⊙●○○

径。渐玉枕、腾腾春醒。帘外残红春已透，镇无聊、殢酒厌厌病。云鬓乱，未
▲　●⊙●　○○○▲　○⊙○○○●●　⊙○○　⊙●○○▲　○⊙●　●

忺整。　　江南旧事休重省。遍天涯、寻消问息，断鸿难倩。月满西楼凭阑久，
○▲　　⊙○⊙●○○▲　●○○　○○⊙●　⊙○○▲　⊙●○○○○●

依旧归期未定。又只恐、瓶沉金井。嘶骑不来银烛暗，枉教人、立尽梧桐影。谁
⊙●○○●▲　●⊙●　○○○▲　○⊙●○○●●　⊙○○　⊙●○○▲　○

伴我，对鸾镜。
●●　●○▲

春风袅娜·游丝（朱彝尊）

倩东君著力，系住韶华。穿小径，漾晴沙。正阴云笼日，难寻野马；轻飔染
●○○⊙●　⊙●○△　○●●　●○△　⊙○○●●　○○⊙●　○○●

草，细绾秋蛇。燕蹴还低，莺衔忽溜，惹却黄须无数花。纵许悠扬度朱户，终
●　⊙●○△　●●○○　○○●●　●●○○○●○　⊙●○○●○●　○

愁人影隔窗纱。　　惆怅谢娘池阁，湘帘乍卷，凝斜盼、近拂檐牙。疏篱罥，
○○●●○△　　⊙●●○○●　○○●●　○○●　●●○○　○○●

短垣遮。微风别院，明月谁家。红袖招时，偏随罗扇；玉鞭堕处，又逐香车。
●○△　○○●●　○●○○　○●○○　○○○●　●○○●　●●○△

休憎轻薄，笑多情似我，春心不定，飞梦天涯。
○○○●　●○○●●　○○●●　○●○△

多丽·西湖（张翥）

晚山青，一川云树冥冥。正参差、烟凝紫翠，斜阳画出南屏。馆娃归，吴
●○△　⊙○○●○△　⊙○○　○○●●　○○⊙●○○　⊙○○　○

台游鹿，铜仙去、汉苑飞萤。怀古情多，凭高望极，且将尊酒慰飘零。自湖
○○●　○○●　●●○○　○●○○　○○●●　●○○●●○○　●○

上、爱梅仙远，鹤梦几时醒。空留得、六桥疏柳，孤屿危亭。　　待苏堤、歌声
●　⊙○○●　●●●○△　○○●　●○○●　○●○△　　●○○　○○

散尽，更须携妓西泠。藕花深、雨凉翡翠;菰蒲软、风弄蜻蜓。澄碧生秋，闹红

●● ⊙⊙⊙●○△ ●○○ ⊙○○● ⊙● ○● ⊙●○△ ⊙●●○○ ⊙○

驻景，采菱新唱最堪听。见一片、水天无际，渔火两三星。多情月，为人留照，

●● ⊙○○●●○△ ●⊙● ⊙○○● ○●●○△ ○○● ⊙○○● ⊙○⊙●

未过前汀。

⊙●○△

第二章

诗词格律基础知识

　　诗词之所以成为诗词，而不是散文，就在于它们在文字形式上有种种不同于散文的规则，而这些规则就叫作格律。格律是诗词的表现形式之一，其中有很多讲究，如韵脚、对仗、变格、对黏、拗救等。它们都是学习诗词格律的基础。

第一节　韵

一、什么是韵

　　在诗词之中，韵就是韵脚，是诗词格律的基本要素之一。诗人在诗词中用韵，叫作押韵。从《诗经》到后代的诗词，几乎没有不押韵的，即使是民歌也会押韵。

　　一首诗有没有押韵，一般人都能觉察出来。但是"什么是韵"，说起来就很复杂了。在古代，对"韵"的理解非常复杂，但是现代汉语中出现了拼音和字母，对于韵的概念就比较容易理解了。

　　古代诗词中所谓"韵"，与现代汉语拼音中的"韵母"大致相同。在现代汉语拼音中，一个汉字一般由声母和韵母两部分构成，如"工"字拼成 gōng，其中 g 是声母，ōng 是韵母。要注意：声母总是在前面，韵母总是在后面。再看"冬"dōng，"同"tóng，"龙"lóng，"综"zōng，"聪"cōng 等字的拼音，会发现它们的韵母都是 ong，所以，将它们称为同韵字。

　　汉字一字一音，每个音隶属于不同的韵，即现代汉语拼音中所说的韵母。同韵母的字在一首诗词中被用于一部分句子的末尾，就叫"押韵"。这样会使诗歌具备节奏感和音乐感，读起来既顺耳又动听，借以增加诗词的艺术感染力。因押韵的字都在句子的末尾，所以又称为"韵脚"。

还有一点需要特别注意:在现代汉语拼音中,韵母又分为韵头、韵腹和韵尾,a、e、o 前面常会出现 i、u、ü 等介母,共同构成韵母,如 ia、ua、uai、iao、ian、uan、üan、iang、uang、ie、üe、iong、ueng 等。在上述这些韵母中,i、u、ü 就叫作韵头,其余部分叫作韵腹和韵尾。凡韵腹和韵尾相同的,都可视为同韵,所以,eng 和 ing 同韵,ie 和 üe 同韵,en、in、un 同韵。

试看下面的例子:

出郊

王安石

川原一片绿交加(jiā),深树冥冥不见花(huā)。
           △   △

风日有情无处著,初回光景到桑麻(má)。
                                  △

江南曲

李益

嫁得瞿塘贾,朝朝误妾期(qī)。
                         △

早知潮有信,嫁与弄潮儿(ér)。
                         △

时代不同,语言有了不同的发展,很多字的读音也有了变化。这就是为什么我们今天读一些古诗的时候,会觉得诗中的韵并不十分谐和。

我们今天读这首《江南曲》会觉得这首诗并没有押韵,因为在现代汉语中"期"和"儿"没有相同的韵母。但是在古代,"儿"的读音类似于今天上海话中的 ní,所以"期"和"儿"有相同的韵母,就是押韵了。

古人作诗都会依照韵书来押韵。几乎每个朝廷都会颁布韵书,即所谓"官韵"。"官韵"所列之韵皆与各代通行口语基本一致,所以各代诗人作诗仿照各代通行的韵书押韵,就会十分便利。

虽然我们现在没有必要完全按照古音去读古诗,或在写作旧体诗时依照旧时韵书来押韵,但是要掌握古代汉语与现代汉语存在区别的这个常识。

作诗押韵的目的是声韵的谐和,当同类的乐音在同一位置上重复时,就会出现一种优美的回环乐感。但是诗中的每一句都押韵,也是不可以的,因为韵脚过于密集,就会使全诗显得呆板。

例如:

沈园

陆游

城上斜阳画角哀（āi），沈园非复旧池台（tái）。
△   △

伤心桥下春波绿，曾是惊鸿照影来（lái）。
                              △

　　这首诗中"哀""台"和"来"三字押韵，它们的韵母都是 ɑi。"绿"字不押韵，因为"绿"字拼起来是 lù，它的韵母是 ü，跟"哀""台""来"不是同韵字。依照诗律，像这样的四句诗，第三句是不必押韵的。

二、诗韵的发展

　　1. 经王力先生考证，在《诗经》时代，古韵分十一类、二十九部；到了《楚辞》时代，古韵分为三十部。

　　2. 南朝梁时，沈约、周颙等人发现了汉语的四声，即"平、上、去、入"，并创立"四声八病"之说，六朝以前并无此说法。如今，古四声的"调值"已不可考。现代汉语中普通话的"阴平、阳平、上声、去声"四个声调就是从古代四声演变而来的。

　　3. 隋朝，陆法言编纂《切韵》一书。全书共五卷，分二百零六韵，以当时的洛阳音为主，酌收古音及其他地方音，为唐、宋韵书的始祖。但原书已佚，具体分韵已不可考。近几十年来，几种唐代写本的韵书陆续被发现。专家考定，《切韵》应分为一百九十三韵。

　　4. 唐初科举考试，采用律韵，对押韵做出严格规定和限制。由考官命题，出八个韵字，规定八类韵脚，称"八韵律赋"。押韵、词序、平仄均有相关的规定，字数也有限制，不超过四百字。唐代，孙愐编有《唐韵》一书，原书已佚。近年发现残卷，经专家考证，《唐韵》应为《切韵》的"增字加注"之作。

　　5. 唐初，许敬宗奏议，将《切韵》之中部分邻近的韵部合并，以免分韵太细，产生作诗太过拘束的弊病。

　　6. 北宋，真宗大中祥符元年（1008），陈彭年、丘雍等人奉旨将隋朝《切韵》扩编为《广韵》，全称《大宋重修广韵》，增至二百零六韵，是历代韵书中分韵最多的一种，收字二万六千余个。此书现有数个不同版本，是现存汉语音韵学著作中时代最早、最具研究中古语言价值的著作。此后出现的韵书在韵目和删改方面，皆以此为基础。

　　7. 北宋仁宗景祐四年（1037），礼部编《礼部韵略》，共二百零六韵，与《广韵》相同。此韵书完全为科举考试之用。

8. 金宣宗元光二年（1223），负责印书的官员王文郁刊印了《平水新刊礼部韵略》。其韵部合并为一百零六个，与前代韵书相比，大为简便、实用。自此，后代韵书基本以此韵目为标准。因作者为平水人，故此韵书名为"平水"，这也是《平水韵》之称谓的正源。

9. 南宋，理宗淳祐十二年（1252）平水人刘渊以王文郁《平水韵》为原本，刊印了《壬子新刊礼部韵略》。此书将原本中一个韵部进行分韵，共一百零七韵，但原书已佚。

10. 元初，阴时夫编《韵府群玉》；黄公绍、熊忠编《古今韵会举要》，均师法《平水韵》。

11. 元末，泰定元年（1324），周德清编纂《中原音韵》。周德清是元代散曲家、音韵学家，擅长乐府，精于音律，通习北曲。他指出，"世之泥古非今，不达时变者众。呼吸之间，动引《广韵》为证。"《中原音韵》共十九韵部，分平、上、去声。此书为北音韵书的开端，是研究"近代普通话"语音的重要参考资料。

12. 明末清初，《十三辙》出现。它实行"阴阳上去"统押，并不分四声，对韵辙有大刀阔斧的合并，将分韵减少最低，只分"发花、梭波、乜斜、一七、姑苏、怀来、灰堆、遥条、由求、言前、人辰、江阳、中东"十三个名目。《十三辙》主要记录了北方官话地区的语言系统，在北方戏曲、曲艺界中被广泛使用，在民间也有广泛的影响。

13. 清代康熙年间，张玉书等人奉旨编纂《佩文韵府》。书中按《平水韵》一零六韵排列，共收入一万零二百余字，每字有解释、词语、摘句、书例等条目。《佩文韵府》文字浩繁，原书共二百一十二卷，一万八千页，1983 年出版的影印本进行缩编后仍有四千七百八十五页。

《佩文韵府》的出现大大巩固了"平水韵"的地位，清代至今的诗人、词人均依照"平水韵"来作诗、填词。

因《佩文韵府》不便携带，时人另编《佩文诗韵》《诗韵珠玑》《诗韵集成》《诗韵合璧》等。这些韵书在分韵、收字上与《佩文韵府》相同，但在所收词语、书例、字数上各有差别，便于购买和携带。

14. 民国末年，"国语推行委员会"编纂《中华新韵》，共分十八韵部。此书将"十三辙"中同韵字过宽的几类，如"波歌""支齐""庚东"等进行了适当分离，从而增加五个韵部。书中对韵目的名称也有所变更，总的和谐度有所提高。在押韵效果上，这可谓是一种合理的改造。因此，《中华新韵》逐渐在全国范围内推广，并为大多数人所接受。

15. 中华人民共和国成立后，新旧诗韵共存、并用，百花齐放。

三、诗韵的标准：《广韵》音系

《广韵》是中国古代标注汉字读音的书籍，其中保留了很多汉字的古音，是中国古代文化典籍中的重要书籍。

《广韵》，全称《大宋重修广韵》，共五卷，是北宋时代官修的一部韵书，也是第一部官修的韵书。此书是我国历史上完整保存至今并广为流传的一部重要韵书，可谓是宋代以前音韵的集大成者。此书原为增广《切韵》而作，除增字加注外，部目也略有增订。《广韵》是《切韵》最重要的增订本，它使已经亡佚的《切韵》的古音得以完整地保存下来，成为研究中古汉语语音的重要参考资料。

《广韵》是在《切韵》《唐韵》基础上增广而成的。《切韵》由隋朝陆法言编撰，成书于仁寿元年（601）。参与该书编撰的还有刘臻、颜之推、魏渊、卢思道、李若、萧该、辛德源、薛道衡等知名学者和文人。《切韵》原书已佚，据专家考证，全书共一百九十三韵，并按四声分五卷，其中平声分上、下两卷，上、去、入各一卷。平声五十四韵，上声五十一韵，去声五十六韵，入声三十韵，共收一万一千字左右。

唐代，《切韵》发展为《唐韵》，除增字加注外，语音体系基本无变化。《广韵》就是在《切韵》《唐韵》基础上"增广"而成。

《广韵》在体例上也继承《切韵》《唐韵》。全书分二百零六韵，较《切韵》增十三韵，增加的韵没有改变语音体系，只是将某些包含两个韵母的韵析成两韵。

《广韵》共收单字 26194 字，比《切韵》多一倍；注文 191692 字，比《切韵》多若干倍，可见《广韵》注文引证之丰富。

从唐代王仁昫《刊谬补缺切韵》起，到《唐韵》，韵书内容逐渐丰富，注释也逐渐加多，并且引文都附有出处，从此韵书开始具有一般辞书、字典的性质和功用。到《广韵》，这种体制已经成型。

《广韵》可以算是一部按韵编排的同音字典。现存《广韵》版本很多，一般认为清代黎庶昌《古逸丛书》覆宋刊本较好，涵芬楼影印黎氏覆宋刊本也较好。

第二节 平仄

一、四声

四声是中古汉语中关于声调的四种分类，以此来表示音节的高低变化，其中包括平声、上声、去声和入声。去声又称舒声，入声则为促声。辨别四声是辨别平仄的基础。

我们在这里说的四声指的是古代汉语的四种声调。要想了解四声，必须先知道声调是怎样构成的，所以要先从声调谈起。

声调是汉语及其他少数语言才有的特点。汉语的声调就是指语音的高低、升降、长短。以现代普通话为例，普通话中共有四个声调：阴平声是一个高平调，阳平声是一个中升调，上声是一个低升调（有时是低平调），去声是一个高降调。其中所谓"平"即不升不降，所谓"中"即不高不低。

古代汉语中所分的四个声调，和现代汉语普通话的声调有些许不同。古代的四声是：

平声，是一个平调，到后代分化为阴平和阳平。

上声，是一个升调，到后代有一部分变为去声。

去声，是一个降调，到后代仍为去声。

入声，是一个短促的调子。在现代汉语普通话中入声字已经消失，多变入去声等其他声调中。如今江浙、福建、广东、广西、江西等地的方言中还保存着入声。

古代四声的高低升降到底是怎样的，现在已不能准确形容了。根据古代文献中的记载，我们大致知道平声应该是一个平调，上声应该是一个升调，去声应该是一个降调，入声应该是一个短调。《康熙字典》中载有一首明朝释真空《玉钥匙歌诀·分四声法》：

> 平声平道莫低昂，
> 上声高呼猛烈强，
> 去声分明哀远道，
> 入声短促急收藏。

虽然这种叙述不够科学，却可以让我们从中窥见古代四声基本形态之一二。

四声和韵的关系非常密切。在韵书中，不同声调的字不能算同韵。在诗词中，不同声调的字一般也不能够押韵。

汉语拼音四声		古代汉语四声	
阴平声	普通话一声	平声	包括阴平声和阳平声
阳平声	普通话二声	上声	同汉语拼音上声，少数按现在读去声
上声	普通话三声	去声	同汉语拼音去声，少数按现在读上声
去声	普通话四声	入声	读音短促，普通话中已不存在，方言中仍有

汉语拼音	阴平声	阳平声	上声	去声
ya	鸦	牙	雅	亚
po	坡	婆	叵	破
qi	期	奇	起	气
fei	飞	肥	斐	费
xie	些	偕	写	卸
fu	敷	服	府	付
chou	抽	绸	丑	臭
shi	诗	时	史	世
yu	迂	鱼	雨	裕
fen	芬	焚	粉	奋
ke	科	壳	可	课
cai	猜	才	采	菜
yao	邀	摇	舀	要
fan	番	凡	返	范
chang	昌	长	厂	唱
cheng	撑	成	逞	秤
tong	通	同	统	痛

　　韵书中通常会清楚地写明什么字归什么声调。即使是保存着入声的汉语方言里，某字属某声也是相当清楚的，但是我们要特别注意一字多义、多音的情况。有时候，一个字会有两种或两种以上不同的意义，意义不同，词性也会不同，同时也就有了两种读音。例如"为"字，当表示"因为""为了"等意义时，就读去声。

　　在古代汉语里，这种情况很多，下面举一些类似的例子：

　　骑：平声，动词，骑马；去声，名词，骑兵。

　　思：平声，动词，思念；去声，名词，思想，情怀。

　　誉：平声，动词，称赞；去声，名词，名誉。

　　污：平声，形容词，污秽；去声，动词，弄脏。

数：上声，动词，计算；去声，名词，数目，命运；入声（读朔），形容词，频繁。

教：去声，名词，教化，教育；平声，动词，使，让。

令：去声，名词，命令；平声，动词，使，让。

禁：去声，名词，禁令，宫禁；平声，动词，堪，经得起。

杀：入声，及物动词，杀戮；去声（读晒），不及物动词，衰落。

有些字本来是读平声的，后来变为去声，但是意义词性都不变，如"望""叹""看"等字。在唐诗中，"望"和"叹"就有读去声的了，而"看"字总是读去声。

还有一些比较复杂的情况：如"过"字，用作动词时，有平、去两种读音；用作名词，意为"过失"时，就只有去声一种读音了。

二、平仄

四声是辨别平仄的基础，知道了什么是四声，平仄就容易理解了。

平仄是诗词格律的一个基本术语：诗人们把四声分为平仄两大类，平就是平声，仄就是上去入三声。仄，按字义解释，就是不平的意思。

从元朝周德清时起，平分为阳平、阴平，上声、去声归为仄。依照明朝释真空的《玉钥匙歌诀》的说法，平声是平调，上声是升调，去声是降调，入声是短调。

可见，区别平仄的要诀是"不平就是仄"。

给平仄分类是依据什么呢？因为平声没有升降，较长的，而其他三声是有升降的（入声也可能是微升或微降），较短的，这样，它们就形成了两大类型。如果让这两类声调在诗词中交错着，那就自然能使声调多样化，而不至于显得单调。古人所谓"声调铿锵"，虽然有许多讲究，但是平仄谐和是其中的一个极其重要的因素。

在诗词中，平仄的交错方式可以简单概括为两句话：第一，在本句"平仄"是相互交替的；第二，在对句"平仄"是相互对立的。

这种平仄的规则在律诗中表现得特别明显。例如杜甫《阁夜》诗中颔联两句：

五更鼓角声悲壮，
三峡星河影动摇。

这两句诗的平仄是：